Das Leben im Norden

Ein Apokalyptischer LitRPG-Roman

Buch 1 der System-Apokalypse

von

Tao Wong

Copyright

Dieses Buch ist ein fiktionales Werk. Namen, Charaktere, Firmen, Orte, Ereignisse und Vorfälle sind entweder Produkte der Fantasie des Autors oder werden fiktiv eingesetzt. Jede Ähnlichkeit mit tatsächlichen Personen, lebendig oder tot, oder wirklichen Ereignissen ist reiner Zufall.

Dieses Buch ist nur für den persönlichen Gebrauch lizenziert. Dieses Buch darf weder weiterverkauft noch an andere verschenkt werden. Wenn Sie dieses Buch einer anderen Person schenken wollen, kaufen Sie bitte für jeden Empfänger eine zusätzliche Kopie. Falls Sie dieses Buch lesen und es nicht gekauft haben (oder es nicht für Ihre alleinige Nutzung gekauft wurde), besuchen Sie bitte Ihren Buch-Händler und erwerben Sie eine eigene Kopie. Danke, dass Sie die harte Arbeit dieses Autors respektieren.

Das Leben im Norden

Copyright © 2020 Tao Wong. Alle Rechte vorbehalten.
Copyright © 2020 Sarah Anderson Cover-Designer

Ein Starling-Publishing-Buch

Veröffentlicht durch Tao Wong

PO Box 30035

High Park PO

Toronto, ON

M6P 3K0

Kanada

Übersetzung: Frank Dietz
Lektorat: Olivia Brechbühl

www.starlitpublishing.com

E-Buch ISBN: 9781989458709

Taschenbuch ISBN: 9781989458716

Gebundenes Buch ISBN: 9781989458730

Bücher im System-Apokalypse-Universum

Haupthandlung

Das Leben im Norden

Erlöser der Toten

Der Preis des Überlebens

Städte in Ketten

Die brennende Küste

Die befreite Welt

Die Sterne erwachen

Stern der Rebellen

Die entzweiten Sterne

Der zersplitterte Rat

Die verbotene Zone

Das System-Finale

System Apocalypse: Relentless

Eine Faust voller Credits

System Apocalypse: Australia

Die Stadt am Ende der Welt

Anthologien und Kurzgeschichten

The System Apocalypse Short Story Anthology Volume 1

Valentines in an Apocalypse

A New Script

Daily Jobs, Coffee and an Awfully Big Adventure

Questing for Titles

Adventures in Clothing

Blue Screens of Death

My Grandmother's Tea Club

A Game of Koopash (Newsletter-exklusiv)

Lana's story (Newsletter-exklusiv)

Schulden und Tänze (Newsletter-exklusiv)

Comic-Serie

Die System-Apokalypse

Inhalt

Kapitel 1 1

Kapitel 2 13

Kapitel 3 25

Kapitel 4 35

Kapitel 5 49

Kapitel 6 69

Kapitel 7 89

Kapitel 8 109

Kapitel 9 129

Kapitel 10 137

Kapitel 11 157

Kapitel 12 176

Kapitel 13 193

Kapitel 14 213

Kapitel 15 221

Kapitel 16 239

Kapitel 17 261

Kapitel 18 279

Kapitel 19 295

Kapitel 20 311

Kapitel 21 327

Kapitel 22 335

Kapitel 23 347

Kapitel 24 363

Kapitel 25 370

Hinweis des Autors 378

Über den Autor 379

Über den Verlag 380

Glossar 385

Fertigkeitenbaum Erethra-Ehrengarde 385

Johns Fertigkeiten 385

Zaubersprüche 387

Ausrüstung 388

Kapitel 1

Guten Morgen, Bürger. Da eine friedliche und organisierte Aufnahme in den Galaxis-Rat (nach umfangreichen und schwierigen Untersuchungen, wie wir betonen müssen) abgelehnt wurde, ist deine Welt nun ein Dungeon. Danke. Die vorherigen 12 Welten wurden ohnehin allmählich langweilig.

Allerdings kann die Entwicklung einer Dungeonwelt für die jetzigen Bewohner mit Schwierigkeiten verbunden sein. Wir empfehlen, den Planeten bis zum Ende der Umwandlung in 373 Tagen, 2 Stunden, 14 Minuten und 12 Sekunden zu verlassen.

Alle, die den Planeten nicht verlassen können oder wollen, sollten sich bewusst sein, dass im Verlauf des Integrationsprozesses in unregelmäßigen Abständen neue Dungeons und wandernde Monster spawnen. Sämtliche neuen Dungeons und Zonen werden empfohlene Minimal-Levels erhalten. Allerdings ist während der Übergangsphase mit beträchtlichen Abweichungen von Levels und Monsterarten in den jeweiligen Dungeons und Zonen zu rechnen.

Da er eine neue Dungeonwelt darstellt, wurde dein Planet zur Einwanderung freigegeben. Nicht entwickelte Welten des Galaxis-Rats dürfen diese neuen Einwanderungsrichtlinien nutzen. Begrüßt die neuen Besucher aber bitte nicht so, wie ihr unseren Botschafter empfangen habt, denn ihr Menschen könntet wirklich ein paar Freunde gebrauchen.

Während der Übergangsphase haben alle vernunftbegabten Wesen Zugriff auf neue Klassen und Fähigkeiten sowie das vom Galaxis-Rat im Jahr 119 gewählte traditionelle Interface. Vielen Dank für die Zusammenarbeit und viel Glück! Wir sehen unserem baldigen Treffen freudig entgegen.

Zeit bis zum Systemstart: 59 Minuten 23 Sekunden

Ich stöhne und strecke meine Hand gerade weit genug aus, um nach dem blauen Feld vor meinem Gesicht zu schlagen, während ich mühsam die Augen öffne. Seltsamer Traum. So viel hatte ich eigentlich gar nicht getrunken, nur ein paar Gläser Whiskey vor dem Schlafengehen. Fast sofort nach dem Verschwinden des Felds erscheint ein weiteres und verschleiert das kleine Zweimannzelt, in dem ich schlafe.

Herzlichen Glückwunsch! Du befindest dich nun in der Zone Kluane National Park (Level 110+).
Du hast 7.500 EP erhalten (verzögert).

Laut Dungeonwelt-Entwicklungsplan 124.3.2.1 erhalten Einwohner einer Region mit einem Level, der ihren eigenen um 25 oder mehr Stufen übersteigt, einen geringfügigen Bonus.

Laut Dungeonwelt-Entwicklungsplan 124.3.2.2 erhalten Einwohner einer Region mit einem Level, der ihren eigenen um 50 oder mehr Stufen übersteigt, einen mittleren Bonus.

Laut Dungeonwelt-Entwicklungsplan 124.3.2.3 erhalten Einwohner einer Region mit einem Level, der ihren eigenen um 75 oder mehr Stufen übersteigt, einen hohen Bonus.

Laut Dungeonwelt-Entwicklungsplan 124.3.2.4 erhalten Einwohner einer Region mit einem Level, der ihren eigenen um 100 oder mehr Stufen übersteigt, einen extrem hohen Bonus.

Was zum Teufel? Ich richte mich mit einer ruckartigen Bewegung auf und falle sofort darauf wieder hin, da ich mich im Schlafsack verheddert habe. Ich krieche ins Freie, bringe meinen einszweiundsiebzig großen Körper in eine sitzende Position und wische mir die schwarzen Haare aus den Augen, während ich die provozierende blaue Nachricht anstarre. Na gut, ich bin also wach und das hier ist kein Traum.

Aber so etwas kann eigentlich nicht passieren. Ich meine, es spielt sich jetzt gerade ab, trotzdem ist es unmöglich. Es muss einfach ein Traum sein, weil solche Dinge im echten Leben nicht vorkommen. Wenn ich allerdings die ziemlich realistischen Schmerzen am ganzen Körper in Betracht ziehe, die von meiner gestrigen Wanderung stammen, dann ist es kein Traum. Trotzdem kann nichts davon wahr sein.

Als ich versuche, den eigentlichen Bildschirm zu berühren, geschieht nichts, bis ich meine Hand bewege. Nun scheint der Schirm daran zu ‚kleben' und bewegt sich mit mir mit. Er sieht aus wie ein Fenster auf einem Touchscreen, was absolut keinen Sinn ergibt. Schließlich ist das die echte Welt und ich habe hier kein Tablet. Aber da ich mich nun darauf konzentriere, spüre ich, dass der Bildschirm mir die Andeutung eines haptischen Gefühls vermittelt. Etwa so, als ob man eine zu straff gespannte Plastikfolie berührt, aber mit einem Kribbeln statischer Elektrizität. Ich starre meine Hand und das Fenster an und wische sie dann zur Seite. Das Fenster schrumpft in sich zusammen. Auch das ergibt keinen Sinn.

Erst gestern habe ich mit meiner Ausrüstung den King's Throne Peak bestiegen, um oberhalb des Sees zu zelten. Im Yukon ist der Gipfel Anfang April noch schneebedeckt, aber darauf war ich vorbereitet. Allerdings gestalteten sich die letzten paar Kilometer anstrengender als erwartet. Wenigstens lenkte mich der Aufenthalt in der Natur davon ab, wie miserabel es mir seit meinem Umzug nach Whitehorse gegangen ist. Ich war arbeitslos und konnte kaum das Geld für die nächste Monatsmiete zusammenkratzen. Als dann auch noch die Beziehung zu meiner Freundin in die Brüche ging, beschloss ich am Dienstag, ein Ausflug mit meiner alten Klapperkiste wäre genau das Richtige. Obwohl ich mich hundeelend fühlte, war ich nicht so kurz vor dem Überschnappen, dass ich von einem Tag auf den anderen halluzinieren würde.

Ich schließe die Augen und zähle bis drei, bevor ich sie wieder öffne. Das blaue Feld ist immer noch da, und seine Realität scheint mich zu verspotten.

Ich spüre, wie meine Atmung sich beschleunigt und meine Gedanken in tausend verschiedene Richtungen davonrasen, während ich versuche, diese Ereignisse zu verstehen.

Stopp.

Ich schließe die Augen erneut und mein vergangenes Training und alte Gewohnheiten erwachen wieder. Ich unterdrücke die Panik, die mein Bewusstsein zu überwältigen droht. Bringe meine wirbelnden Gedanken unter Kontrolle und spalte meine Gefühle von mir ab. Das ist weder der Zeitpunkt noch der Ort für Gefühlskram. Ich schiebe alles in eine Schachtel und schließe den Deckel, unterdrücke meine Emotionen, bis sich eine beruhigende, vertraute Betäubung in mir ausbreitet.

Ein Therapeut sagte mir einst, dass meine emotionale Distanzierung einen erlernten Abwehrmechanismus darstellt, der mir während meiner Jugend nützlich war. Jetzt aber, da ich als Erwachsener eine größere Kontrolle über meine Umgebung habe, brauche ich ihn nicht mehr. Meine Freundin, meine Ex-Freundin, nannte mich ein gefühlloses Arschloch. Man hat mir bessere Methoden beigebracht, mit Problemen umzugehen. Im Ernstfall greife ich aber immer noch auf die zurück, die funktionieren. Wenn es eine Umgebung gäbe, die sich meiner Kontrolle entzieht, würden schwebende blaue Felder in der realen Welt sicher dazugehören.

Nachdem ich mich etwas beruhigt habe, öffne ich die Augen und lese mir den Text durch. Erste Regel – was ist, das ist. Schluss mit Argumenten oder Geschrei oder der Beschäftigung mit dem Warum. Der Frage, ob ich verrückt geworden bin. Was ist, das ist. Also. Ich habe Boni. Und es existiert ein System, das den jeweiligen Bonus verteilt und Level zuweist. Dungeons und Monster wird es ebenfalls geben. Anscheinend befinde ich mich in einem gottverdammten MMO ohne ein beschissenes Handbuch, was bedeutet, dass zumindest ein Teil meiner verschwendeten Jugend sich als nützlich erweisen wird. Ich frage mich, was mein Vater dazu sagen würde. Sobald ich an ihn denke, muss ich meine allzu vertraute Wut unterdrücken und fasse den Entschluss, mich stattdessen auf meine jetzigen Probleme zu konzentrieren.

Zuerst muss ich an Informationen kommen. Oder eine Dokumentation, was noch besser wäre. Momentan folge ich meinem Instinkt und tue das, was sich richtig anfühlt anstelle von dem, was ich für richtig halte. Schließlich hat sich der vernunftbegabte Teil meines Bewusstseins soeben die Finger in die Ohren gesteckt und singt „na-na-na-na-na."

„Status?", frage ich, und ein neuer Bildschirm erscheint.

Statusmonitor			
Name	John Lee	Klasse	Keine
Volk	Mensch (M)	Level	0
Titel			
Keine			
Gesundheit	100	Ausdauer	100
Mana	100		
Status			
Verstauchter Knöchel (-5 % Tempo) Sehnenentzündung (-10 % manuelle Beweglichkeit)			
Attribute			
Stärke	11	Beweglichkeit	10
Konstitution	11	Wahrnehmung	14
Intelligenz	16	Willenskraft	18
Charisma	8	Glück	7
Fertigkeiten			
Keine			
Klassen-Fertigkeiten			
Keine			
Zaubersprüche			
Keine			

Nicht zugewiesene Attribute:

1 geringfügiger, 1 mittlerer, 1 hoher, 1 extrem hoher Bonus
Möchtest du diese Attribute zuweisen? (J/N)

Das zweite Fenster erscheint fast augenblicklich über dem ersten. Ich wünsche mir mehr Zeit, um meinen Status zu analysieren, aber die Informationen scheinen größtenteils für sich zu sprechen. Es wäre besser, die Angelegenheit hinter mich zu bringen. Schließlich habe ich nicht viel Zeit. Nachdem ich diesen Gedanken gefasst habe, wird das J angeklickt und eine ellenlange Bonusliste erscheint.

Dafür habe ich **garantiert** keine Zeit. Ich kann mir nicht leisten, während der Charaktererstellung steckenzubleiben. Halte ich mich nach dem Systemstart in einer Zone auf, die meinen Level um ein Vielfaches übersteigt, werde ich zum leckeren Appetithappen für Monster. Ich kann nicht einmal damit beginnen, die lange Bonusliste durchzugehen, auch aus dem Grund, weil manche Namen keinen Sinn ergeben. Was zum Teufel soll etwa eine adaptive Färbung darstellen? Das System scheint also durch Gedanken gesteuert zu werden. Es reagiert darauf, was in meinem Kopf vorgeht. Also gelingt es mir vielleicht, die Liste nach Bonustyp zu sortieren, mich auf kleine Boni für eine Art Fremdenführer oder Begleiter zu konzentrieren?

Kurz nach diesem Gedanken blinkt das System auf und nur das Wort „Begleiter" wird noch angezeigt. Ich nicke mir kaum merklich zu. Weitere Details erscheinen und bieten mir zwei Optionen.

KI   Geist

Ich wähle KI, aber nun blinkt eine neue Meldung auf.

KI-Option nicht verfügbar. *Minimalanforderungen:*
Mark-IV-Prozessor (nicht vorhanden)

Ich grunze. Ja, im Ernst. Natürlich habe ich keinen Computer bei mir. Oder ... in mir? Keine Cyberpunkwelt für mich. Zumindest noch nicht, obwohl es cool wäre, einen Computer als Gehirn und metallische Arme zu haben, die nicht schmerzen, wenn man zu lange am Computer hockt. Aber dafür ist es jetzt gerade der falsche Zeitpunkt, also wähle ich „Geist" und bestätige die Auswahl.

System-Begleitergeist erhalten
Herzlichen Glückwunsch! Vierter in der Welt. Du bist die vierte Person, die einen Begleitergeist erhalten hat, und dein Begleiter ist nun (Verbunden). Verbundene Begleiter wachsen und entwickeln sich mit dir.

Nach dem Löschen dieser Meldung entdecke ich rechts von mir ein Licht, das nun aufzuleuchten beginnt. Ich drehe mich um und frage mich, wer oder was mein neuer Begleiter sein wird.

***

„Fliehen, verstecken oder kämpfen. Die Entscheidung ist leicht, Junge."

Na ja, sexbesessen bin ich ja nicht gerade. Ich brauche keine süße, schöne Fee als System-Begleitergeist. Klar, irgendwie hatte ich darauf gehofft. Ich bin nun einmal ein ganzer Kerl, der gerne mal ein hübsches Ding anstarrt. Aber praktisch gesehen wäre mir ein geschlechtsloser Automat, der meine Fragen effizient und ohne freche Bemerkungen beantwortet, auch ganz recht gewesen. Stattdessen bekomme ich ... ihn.

Ich starre meinen neuen Begleiter an und muss innerlich seufzen. Er ist keine dreißig Zentimeter groß und so breitschultrig wie ein Footballspieler, ausgestattet mit einem vollen, braunen Kräuselbart. Braune Haare, braune Augen und olivfarbene Haut in einem knappen, orangefarbenen Overall, der sich über all den falschen Stellen zu eng spannt, komplettieren die Erscheinung. Mein neuer Begleiter namens Ali ist gerade erst 10 Minuten hier und dabei, mir eine Einführung zu liefern, als ich meine Wahl bereits teilweise bereue.

Nur teilweise, denn trotz seiner unablässigen Nörgeleien ist er eigentlich ganz nützlich.

„Fliehen", entscheide ich schließlich, breche den Schokoriegel entzwei und beiße hinein. Ein Kampf wäre sinnlos, denn laut Ali kann ich im Shop nichts benutzen, das einem Level-110-Monster etwas anhaben würde. Und obwohl es keine Garantie dafür gibt, dass eines dieser Monster sofort hier auftauchen wird, wären sogar die schwächeren Monster, von denen es sich ernährt, viel zu stark für mich.

Ein Versteckspiel würde alles nur hinauszögern. Also muss ich so schnell wie möglich raus aus diesem Park, was eigentlich nicht allzu schwierig sein dürfte. Ich habe einen halben Tag und eine ziemlich anstrengende Wanderung gebraucht, um vom Parkplatz so hoch auf den Berg zu gelangen. Der Parkplatz befindet sich gerade noch innerhalb der neuen Zone. Wenn ich flott vorankomme, dürfte ich in einigen Stunden dort unten ankommen. Wenn ich die Dinge richtig verstehe, bedeutet das, dass nicht allzu viele Monster unterwegs sind. Draußen angekommen kann ich Whitehorse erreichen. Anscheinend gibt es dort eine sichere Zone. Dort hätte ich die Möglichkeit, eine Pause einzulegen und herauszufinden, was zum Geier eigentlich los ist.

„Wird aber auch höchste Zeit", schimpft Ali. Er bewegt die Hände und vor mir erscheinen einige neue Fenster. Kurz nach seiner Ankunft verlangte Ali vollen Zugriff auf mein System, was es ihm erlaubt, die Informationen zu beeinflussen, die ich sehe und empfange. Auf diese Weise werden wir schneller vorankommen, da er mir die Informationen einfach zusendet, so dass ich sie mir durchlese, während er detailliertere Suchanfragen stellt. Die neuen blauen Felder – ihm zufolge Systemmeldungen – sind die Optionen, die er als mittleren und hohen Bonus ausgewählt hat.

Wunderkind: Täuschung

Du bist ein geborener Spion. Jeder Geheimdienst würde dich sofort einstellen.

Wirkung: Alle Täuschungsfertigkeiten werden um 100 % schneller erworben: +50 % Level für sämtliche Täuschungsfertigkeiten.

„Warum das?" Ich verziehe das Gesicht und tippe die Täuschungsseite an. Ich bin nicht gerade ein Spionagetyp und im sozialen Umgang eher direkt. Ich hatte nie das Verlangen, den Leuten allzu viele Lügen aufzutischen und kann mir nicht vorstellen, herumzuschleichen und in Gebäude einzubrechen.

„Skills, die mit Verstohlenheit verbunden sind. Es gewährt allen davon einen direkten Bonus, wodurch du sie schneller erwerben wirst. Mit einem kleinen Bonus könnten wir die grundlegende Verstohlenheit direkt beeinflussen, aber auf diesem Level müssen wir in die Hauptkategorie gehen." Ali fährt fort: „Wenn du es schaffst, zu überleben, dürfte es sich auch in Zukunft noch als nützlich erweisen."

Quanten-Status-Manipulator (QSM)

QSM ermöglicht es dem Benutzer, eine Phasenverschiebung durchzuführen und sich neben der aktuellen Dimension zu platzieren.

Wirkung: Solange der QSM aktiv ist, ist der Benutzer unsichtbar und kann weder durch normale noch durch magische Methoden entdeckt werden. Er kann feste Objekte durchdringen, aber dadurch wird die Ladung schneller verbraucht. Unter normalen Umständen reicht sie für 5 Minuten.

„Wie kann ich den QSM aufladen?"

„Er verwendet einen Typ-III-Kristallmanipulator. Der Kristall nutzt räumliche und linienspezifische ..." Ali starrt mir einen Moment lang ins Gesicht und macht dann eine Handbewegung. „Er lädt sich automatisch wieder auf. Unter normalen Bedingungen erreicht er nach einem Tag die volle Ladung."

„Gibt es dabei keine Levelanforderungen?"

„Absolut keine."

Ich habe Ali gewählt, weil er sich mit dem System besser auskennt als ich. Also akzeptiere ich entweder seine Erläuterungen oder mache alles selber. Anders gesagt bleibt mir kaum eine Wahl. Aber wie bereits erwähnt ist die Nützlichkeit dieses Täuschungsbonus für mich begrenzt. Andererseits wäre jeder Bonus toll, mit dem ich außer Sicht bleibe und es wäre großartig, sofort nach meiner Entdeckung mit dem QSM zu fliehen. Somit ist nur noch mein extrem hoher Bonus übrig.

Fortgeschrittene Klasse: Erethra-Ehrengarde

Die Erethra-Ehrengarde stellt die Elite der Streitkräfte von Erethra dar.

Klassenfähigkeiten: +2 pro Level in Stärke. + 4 pro Level: in Konstitution und Beweglichkeit. +3 pro Level: in Intelligenz und Willenskraft. Zusätzlich 3 Gratis-Attribute pro Level.

+90 % Geistiger Widerstand. +40 % Elementarwiderstand

Darf die persönliche Waffe bestimmen. Persönliche Waffe ist seelengebunden und ermöglicht Upgrades.

Mitglieder der Ehrengarde können bis zu 4 Hardware-Links besitzen, bevor die Essenz-Strafpunkte einsetzen.

Warnung! Minimale Attribut-Anforderungen für die Klasse Erethra-Ehrengarde nicht erfüllt. Klassen-Fertigkeiten gesperrt, bis die minimalen Anforderungen erfüllt werden.

Fortgeschrittene Klasse: Drachenritter

Die schon vor der Geburt für ihre Rolle bestimmten Drachenritter sind die Elitekrieger des Königreichs Xylargh.

Klassenfähigkeiten: +3 pro Level in Stärke und Beweglichkeit. + 4 pro Level in Konstitution. +3 pro Level in Intelligenz und Willenskraft. +1 in Charisma. Zusätzlich 2 Gratis-Attribute pro Level.

+80 % Geistiger Widerstand. +50 % Elementarwiderstand

Erhalte eine extrem hohe und eine geringfügige Elementar-Affinität

Warnung! Minimale Attribut-Anforderungen für die Klasse Drachenritter nicht erfüllt. Klassen-Fertigkeiten gesperrt, bis die minimalen Anforderungen erfüllt werden.

„Ist das alles?"

„Nein. Der hier wäre auch noch eine Option."

Klasse: Halbgott

Du sexy aussehender Mensch wirst ein Halbgott. Intelligent, stark, attraktiv. Was will man denn mehr?

Klassenfähigkeiten: +100 auf alle Attribute

Alle höheren Affinitäten erhalten

Merkmal: Super-Sexy

„Diese Option gibt es überhaupt nicht."

„Nein, damit hast du recht", sagt Ali grinsend, wedelt mit der Hand und der letzte Bildschirm verschwindet. „Du wolltest eine Klasse, die dir das Überleben erleichtert? Das bedeutet mentalen Widerstand. Ansonsten machst du dir in deine hübsche kleine Pac-Man-Unterhose, sobald du ein Level-50-Monster siehst. Möchtest du etwas für die Endphase des Spiels? Die Ehrengardisten sind knallharte Kämpfer. Sie kombinieren Magie und Technologie, was sie zu einer der vielseitigsten Gruppen macht. Und ihre Meister-Klassenfortschritte sind echt unheimlich. Die Drachenritter bekämpfen Drachen. Im Einzelkampf, und gelegentlich gewinnen sie sogar. Oh, und keine dieser Optionen, und ich zitiere ‚macht mich zu einem Monster.'"

„Wenn das die fortgeschrittenen Klassen sind, welche Klassen gibt es sonst noch?" Ich schubse Ali an und zögere. Diese Entscheidung erscheint mir wichtig.

„Einfach, Erweitert, Meister, Heroisch, Legendär", listet Ali auf und zuckt mit den Schultern. „Ich könnte dir eine Meisterklasse mit deinem Bonus besorgen, aber dann wärst du für immer aus deinen Klassen-Fertigkeiten ausgesperrt. Für den Levelaufstieg würdest du auch ewig lange brauchen, da die minimalen Erfahrungspunkte pro Level höher sind. Stattdessen habe ich dir eine seltene fortgeschrittene Klasse besorgt – dadurch erhältst du einen besseren Grundwertzuwachs pro Level und musst nicht ewig warten, bis du auf deine Klassen-Fertigkeiten zugreifen kannst. Eine einfache Klasse, selbst eine seltenere einfache Klasse, wäre eine Verschwendung des extrem hohen Bonus. Was soll es also sein?"

Auch wenn es cool wäre, einem Drachen so richtig in die Fresse zu hauen, kenne ich meinen Weg, sobald dieser aufgerufen wurde. In Gedanken wähle ich die Garde, und Licht erfüllt mich. Anfangs muss ich deswegen nur die Augen zusammenkneifen. Dann aber verstärkt sich der Effekt, gräbt sich in meinen Körper und Geist und packt meine Zellen mit glühend heißen elektrischen Klauen. Der Schmerz ist schlimmer als alles, was ich je erlebt habe, und ich habe mir in der Vergangenheit Knochen und Rippen gebrochen und mir sogar einen Stromschlag eingefangen. Ich bin mir bewusst, dass ich laut schreie. Aber der Schmerz lässt nicht nach, rollt über mich hinweg und zerrt an meinem Verstand, meiner Beherrschung. Glücklicherweise empfängt mich die Dunkelheit, bevor ich den Verstand verliere.

Kapitel 2

„Du hättest mir sagen können, was passieren wird!" Ich schreie Ali an, der über meiner rechten Schulter schwebt, während ich eiligst mein Zelt und meine Ausrüstung einpacke.

„Woher sollte ich denn wissen, dass du wie ein Goblin beim ersten Date durchdrehst und umkippst?" Ali schwebt mit einem zufriedenen Grinsen neben mir und betrachtet meinen Rücken.

„Du, ich könnte dich, aaaaahh", möchte ich schreien, muss diesen Impuls jedoch unterdrücken und mich wieder dem Packen zuwenden. Muss dieses Gefühl beiseiteschieben. Diese Furcht, die an mir nagt und versucht, die Kontrolle zu übernehmen und mich zur Untätigkeit zu verdammen. Mein Klassenwechsel hat uns zwei Stunden gekostet, und das System ist nun aktiv. Laut Ali ist es präsent und hat den Park mit Mana durchtränkt, so dass überall im Gebiet spontane Mutationen entstanden sind. Ich muss von hier verschwinden, am besten still, heimlich und schnell. Zudem zeigt die Rauchwolke weiter unten am Berghang, wo sich der Parkplatz befindet, dass meinem Auto etwas Schlimmes zugestoßen ist.

Generell betrachtet wäre Geschrei momentan die am wenigsten hilfreiche Reaktion. Na ja, außer wie ein kompletter Idiot herumzuhocken. „Du könntest mir helfen, weißt du."

„Das tue ich", sagte Ali und deutete mit der Hand nach außen. „Ich biete dir Rückendeckung."

Ich hätte mich deswegen mit ihm streiten können, aber jetzt ist mein Rucksack gepackt und wir müssen los. Ich reiße die Verpackung eines weiteren Schokoriegels auf und beiße hinein, während ich den Rucksack hochhebe und festschnalle.

Ich sehe mich einen Moment lang auf der Lichtung um, und ein Teil meines Bewusstseins registriert die wunderschöne Aussicht. Kathleen Lake zeigt sich in all der kalten Schönheit seiner Wellen und Wogen, und der Wind heult um die schneebedeckten Berge, die den See umgeben. Die unberührte Wildnis, die auf einer Ansichtskarte erscheinen könnte, ist für mich zu einem Gefahrensignal geworden. Immerhin könnten die Wälder allerhand neue Monster verbergen. Ich drehe mich um und sehe mir den Zeltplatz an, um sicherzustellen, dass ich nichts übersehen habe. Ich finde nichts. Hier im Gebirge ist das Unterholz spärlich und die Bäume niedrig und verkümmert, da sie nur während des kurzen Sommers wachsen. Daher beschließe ich, mich bergab durchs Unterholz zu schlagen, statt dem Weg zu folgen. Es ist besser, gemächlich und lautlos voranzukommen, als auf dem Weg einer Kreatur in die Arme zu laufen, die in dieser neuen Welt auf Beute lauert.

Dreißig Minuten später erhalte ich die Benachrichtigung, dass ich nun eine Fähigkeit namens „Verstohlenheit" besitze. Die Meldung kommt nicht überraschend, da das Herumschleichen zum Plan gehört, den Ali und ich entwickelt haben. Aufgrund meines mittleren Bonus und der Tatsache, dass ich mich mit einem extrem niedrigen Level in einer manareichen Umgebung aufhalte, erzeugt das System automatisch weitere Bonus-Lernwerte, um das Gleichgewicht von Risiko und Belohnung zu bewahren. Sofort nach der Benachrichtigung spüre ich ein leichtes Kribbeln im Körper. Das neue Wissen verändert die Art und Weise, wie ich mich bewege, denke und die Umgebung analysiere.

Dann stoße ich auf das erste Anzeichen von Schwierigkeiten – das Klappern. Viel zu laut. Danach erspähe ich einen schwarzen Schatten von der Größe eines Dobermanns, der sich mit sechs Beinen über den Boden bewegt und mit Fühlern ausgestattet ist. Ameisen sollten nicht so riesig sein. Ich erstarre und ziehe mich dann langsam zurück. Zum Glück hat das Ding mich nicht bemerkt.

„Hey, du hübsches schwarzes Biest. Hier drüben! Ein Leckerbissen für deine Königin. Juhu!", ruft ein manisch grinsender Ali über mir und wedelt mit den Armen, um die Aufmerksamkeit des Monsters auf sich zu ziehen.

„Was soll der Scheiß!" Mir bleibt gerade noch genügend Zeit, ihn zu beschimpfen, bevor die Ameise sich auch schon zu mir hindreht. Die Mätzchen des kleinen Mistkerls haben sie angelockt, so dass sie nach kurzem Zögern direkt auf mich zustürmt. Ich hebe meinen Wanderstab und schnelle nach vorn, um sie hoffentlich zu durchbohren.

Ja, ich bin nicht gerade ein Fechter. Außerdem habe ich kein Schwert. Die Spitze des Stabs rutscht harmlos ab, dann springt die Ameise mich an, wirft mich zu Boden und versucht, mir mit den Mandibeln den Kopf abzureißen.

Ich keuche und wälze mich herum, bevor es mir gelingt, die Ameise von mir zu schleudern. Glücklicherweise ist mir mein Rucksack behilflich. Er verhindert, dass ich flach auf dem Rücken zu liegen komme. Ich schaffe es sogar, die Ameise so zu werfen, dass sie unter mir zu liegen kommt. Sobald ich über der Ameise bin, breite ich meinen Körper aus und lege dann den Wanderstab über ihren Hals. Ich drücke den Stab mit einem Arm nach unten, während ich verzweifelt nach meinem Kampfmesser taste. Es dauert einen Moment, bevor ich es an meinem Gürtel zu fassen bekomme. Dann steche ich mehrere Minuten lang verzweifelt zu, bis die Kreatur sich nicht mehr regt.

Ich bin dreckig, stinke und bin mit Ameiseninnereien bespritzt. Aber das ist mir scheißegal. Beim Aufstehen kocht die Wut in mir hoch. „Was in drei Teufels Namen sollte das?"

„Training." Ali zuckt unbekümmert mit den Schultern. „Du musstest einen höheren Level erreichen. Die Ameise war Level 1. Ein einfacheres Opfer wirst du nicht finden. Holst du dir jetzt deine Beute oder nicht?"

„Du, du, du ...", stottere ich, wende mich dann der Ameise zu und trete mehrmals nach ihr, um meinen angestauten Frust und die Angst abzubauen. Nachdem das Adrenalin nachgelassen hat, sacke ich neben der Ameisenleiche zusammen, bevor mir die Bedeutung von Alis Worten klar wird. „Beute?"

„Leg deine Hand auf den Körper und denk oder sag ‚Beute.'"

Ich folge der Aufforderung und blinzle das nun erscheinende Pop-up-Fenster an. Ich greife nach der dargestellten Beute, bevor ich das Gesicht verziehe. Ein Stück Ameisenfleisch.

„Steck es in dein Inventar, Dummkopf."

Ich habe es aufgegeben, all die verrückten Ereignisse in Frage zu stellen. Also zwinge ich mich einfach dazu, sie zu akzeptieren. Beim ersten aufkeimenden Gedanken an das Inventar erscheint ein aus fünf mal fünf Feldern bestehendes Raster. Als ich es mit der Hand berühre, erscheint das Fleisch darin und füllt ein Feld aus. Ich frage mich, ob meine Beute stapelbar ist.

„Toll." Ich greife bereits nach meinem Rucksack, um die Gurte zu lösen, als Ali mich davon abhält.

„Mach dir gar nicht erst die Mühe. Nur vom System erzeugte Gegenstände können im Inventar abgelegt werden", sagt er und wirbelt weiter um mich herum.

„Verdammt. So eine Sauerei", murmle ich und behalte den Rucksack an, während ich die Überreste der Ameise anstarre. Anscheinend lösen in dieser neuen Welt erzeugte Leichen sich nicht nach einer Weile auf.

Levelaufstieg!

Du hast Level 2 als Erethra-Ehrengarde erreicht. Wertepunkte werden automatisch verteilt. Du darfst 3 Gratis-Attribute verteilen. Klassen-Fertigkeiten gesperrt.

Wie seltsam, dass die Benachrichtigung erst jetzt erscheint. Dann denke ich darüber nach und richte den Blick auf Ali, der einen Daumen hochstreckt. Aha, also unterdrückt er die Nachrichten, bis es sinnvoll ist, diese anzuzeigen. Beim ersten Aufwachen war ich enttäuscht gewesen, das die aufgesparten Erfahrungspunkte aus der Anfangsphase mir keinen höheren Level eingebracht hatten, nicht einmal Level 2. Aber Ali erklärt, dass fortgeschrittene Klassen mehr Erfahrung benötigen. Nach einem Blick auf meine freien

Wertepunkte gebe ich alle davon für Glück aus. Ja, ich weiß, dass ich die Punkte intelligenter investieren könnte. Etwa durch das Verbessern meiner Beweglichkeit oder meiner Stärke, um meine Schlagkraft zu verbessern.

Aber wer so denkt, kennt mein Leben nicht. Falls mein Glückswert tatsächlich derart niedrig ist, erklärt diese Tatsache verdammt viel meiner Vergangenheit. Ich wäre nicht mal im Yukon, wenn meine Wohnung nicht eine Woche nach dem Verlust meiner Stelle als Programmierer abgebrannt wäre. Deshalb zog ich mit meiner damaligen Freundin hierher. Bald darauf ging die Beziehung zu ihr ebenfalls den Bach runter. Die verfluchte Versicherung lehnte meine Ansprüche ab, und dann besaß ich nur noch ein dürftiges Sparkonto. Statt zu meinem Vater zurückzukriechen, packte ich alles ein und zog in ein neues Gebiet um. Ich würde lieber sterben, als zuzulassen, dass mein Vater mich so sieht. Nachdem ich nun eine Chance habe, ein Teil meines bösen Karmas oder Schicksals abzuwenden, werde ich sie ergreifen.

„Du weißt schon, dass das nicht diese Art von Glück ist, oder, Jungchen?"

Ich bin ein größerer Mann als er. Ich bin ein größerer Mann als er. Ich bin ein größerer Mann als er. Ich zeige ihm den Stinkefinger und marschiere weiter, woraufhin beide von uns zur Ernsthaftigkeit zurückfinden.

***

Den Rest des Tages verbringe ich damit, vorsichtig nach unten zu klettern. Dabei weiche ich soweit möglich den zahlreichen Riesenkreaturen aus und töte gelegentlich welche, wenn es sich nicht vermeiden lässt. Das Töten war nicht meine Entscheidung. Ali und ich haben uns nach einigen hektischen Verhandlungen darauf geeinigt. Er zeigt mir nahe Monster mit einem niedrigen Level und ich töte diese, wenn es gefahrlos möglich ist. Als Gegenleistung bringt er mich nicht in Zugzwang – solange ich mich ernsthaft bemühe. Wäre ich beim Militär, hätte ich Ali wohl als meinen Ausbilder bezeichnet. Da dies aber nicht der Fall ist, nenne ich ihn einfach ein Arschloch.

Einmal ging es wirklich hart auf hart. Ich ging unter zwei Bäumen durch. Zumindest hielt ich sie für Bäume, bis mir auffiel, dass es sich um die Beine eines riesigen Ogers handelte. Glücklicherweise hat mich sein erster Schlag verfehlt, und nachdem ich vortäuschte, bergab zu rennen, aktivierte ich den QSM und eilte bergauf an ihm vorbei. Während der nächsten halben Stunde sah ich ihn wütend bergab marschieren, Bäume umwerfen und andere Monster zerschmettern, die ihm in die Quere kamen. Ich hatte nie zuvor eine derartige Angst verspürt. Vor allem nach der Erkenntnis, dass der Oger sich von jeglicher Fleischsorte zu ernähren schien.

Anderseits musste ich ihm für mein bisher hochstufigstes Opfer danken – einen Fuchs, dessen Rückgrat von einem fallenden Baum zerschmettert worden war. Die Beute bestand nur noch aus einigen Organen und dem Pelz, aber über kostenlose Erfahrungspunkte und Beute kann ich mich schlecht beschweren.

Ich würde ja gerne behaupten, dass ich den Rest des Tages den Hang hinabstieg und heroisch gegen meine Erschöpfung ankämpfte. Aber um 15 Uhr war ich einfach total fertig. Der konstante Adrenalinschub, das unablässige Verstecken und Flüchten hatten mir den Rest gegeben. Ich war mir bewusst, dass ich einen Fehler machen würde, wenn es so weiter ging. Dabei kam ich nur langsam voran und hatte erst die Hälfte der erforderlichen Strecke zurückgelegt. Nach meiner Entdeckung einer niedrigen, relativ gut verborgenen Mulde gab ich einfach auf. Nun hole ich mein Handy hervor und versuche, es einzuschalten. Nichts geschieht, und ich starre Ali an.

„Spar dir die Mühe. Sobald das Mana in der Umgebung diesen Wert erreicht, fallen zuerst alle elektronischen Geräte aus. Wenn ein Gerät nicht abgeschirmt oder für die Verwendung von Mana konzipiert ist, gibt es einen Kurzschluss", erklärt Ali.

„Verdammte Scheiße. Alle Arten von Elektronik?", frage ich nach, und er nickt nur. Verdammt, das bedeutet wohl, dass die meisten neuen Fahrzeuge nicht mehr funktionstüchtig sind. Das Internet, Handys und ein Großteil der modernen Annehmlichkeiten ebenfalls nicht. Ich reibe mir die Schläfen, stecke das Handy weg und lege mich hin, um mich ein paar Minuten auszuruhen. Aber ich muss wohl eingeschlafen sein, denn plötzlich ist es bereits 19 Uhr.

„Warum passiert gerade uns so etwas?", frage ich Ali, während ich aus meinen Campingvorräten ein Abendessen zubereite.

„Ihr Menschen seid einzigartige Schneeflocken. Absolut einzigartig, mit unendlichem Potenzial", antwortet Ali, der draußen Wache steht, ohne meinen Blick zu erwidern.

„Schluss mit dem Sarkasmus. Wirklich, warum wir? Warum jetzt?"

„Leider muss ich dir sagen, dass es dafür keinen guten Grund gibt. Der Manastrom hat nun einmal ein Niveau erreicht, das eure Integration ins System möglich machte."

„Moment, gehen wir mal einen Schritt zurück. Was ist Mana? Ich sehe diesen Ausdruck immer auf meinem Statusbildschirm und du redest davon, aber das erklärt überhaupt nichts."

„Ich habe tausend Erklärungen für dich, Junge, oder gar keine. Naniten, die in deinen Körper eindringen und ihn mithilfe von Quanten-Strings und ultradimensionaler Energie lenken. Oder du könntest es als eine das Universum durchströmende Kraft bezeichnen, aus der alle Elemente bestehen. Es könnte sich um dunkle Materie handeln, die aus Fleisch oder Magie entsteht. Das ist alles dasselbe, weil die Leute ohne die geringste Ahnung schwätzen", sagte Ali mit einem Schulterzucken. „Mana umgibt uns und sorgt dafür, dass das System funktioniert."

„Okay, was ist in diesem Fall das System?"

„Die blauen Felder. Die Erfahrungspunkte. Die Beute. Der Shop, in dem du alles kaufen kannst, das von überall her stammt oder von den Händlern, die den Laden mieten. Es ist die Art, wie wir Upgrades an unserer Welt und uns selbst ausführen. Es zwingt mich, mit dir und für dich zu arbeiten. Es ist alles. Das System ist nun deine Welt, dein Universum", sagt Ali fatalistisch.

„Ich dachte, der Galaktische Rat hätte es erschaffen, wegen der Nachricht ..." Ich deute mit der Hand auf die Stelle, an der die blauen Felder erschienen sind.

„Der GR soll etwas erzeugt haben? Das Einzige, zu was diese Bürokraten fähig sind, ist ein Haufen Scheiße. Und auch nur dann, wenn man ihnen vorher sagt, wo sie sich hinsetzen sollen. Diese Idioten üben nur eine lockere Kontrolle über das System aus, und die Galaxie freut sich darüber. Vergiss es, Junge, das System ist einfach so."

„Komm schon, bist du nicht ein bisschen neugierig, was das System eigentlich ist? Es regiert unser Leben und ..."

„Genug. Schluss damit." Ali dreht sich um, schwebt vor mein Gesicht und starrt mich an.

„Verdammt, ich will es aber wissen!"

Herzlichen Glückwunsch! Quest vergeben. **Das System**
Finde heraus, was das System ist.
Belohnung: Wissen ist Macht. Oder so ähnlich.

Als diese Quest erscheint, stöhnt Ali und schwebt einfach davon. Ich lese den Text erneut durch und schließe das Fenster, bevor ich mich wieder zu Wort melde. „Was ist mit dir los?"

„Nichts. Überhaupt nichts." Ali sitzt einfach nur in der Luft, schwebt im Schneidersitz und weigert sich, mich anzusehen.

„Ali."

„Ich hasse diese Quest. Der größte Blödsinn der gesamten Galaxis. Alle kriegen sie und jeder glaubt, sie als erster abschließen zu können. Und dann verbringst du die nächsten 80 Jahre damit, in einer verfluchten Bibliothek herumzuhocken und mit anderen verdammten Forschern über einen in Kricklik geschriebenen Artikel zu streiten, der vor 2000 Jahren verfasst wurde! Und dann, ach du meine Güte ..." sagt er, und seine Stimme wird immer lauter.

„Okay, ich verstehe. Du hast irgendein Problem damit. Könnten wir es vielleicht vermeiden, den ganzen Wald zu alarmieren?" Ich gestikuliere mit nach unten gerichteten Handflächen, um ihn zum Schweigen zu bringen.

Ali beruhigt sich allmählich und knurrt. „Ich habe keine Probleme. Du bist der Typ mit Problemen."

Äh ... Okay, dann mache ich mal weiter. Quests also. Wenn das System weiter so funktioniert, befindet sich die Registerkarte Quests unter ...

Quests	
Einzigartig	Verlasse den Kluane National Park lebend
Gruppe	Keine
System	Entdecke die Geheimnisse des Systems

„Wann habe ich diese Quest erhalten?", murmle ich und glotze die erste aufgelistete Quest an.

„Oh, die habe ich stellvertretend für dich akzeptiert, während du den elektrischen Aal gespielt hast."

„Du kannst Quests für mich akzeptieren?" Meine Augen bohren sich in Ali. „Wie viel Kontrolle habe ich dir eigentlich überlassen?"

„Nicht genug, mein Glückskind", sagt Ali und grinst, bevor er mit der Schulter zuckt. „Ich bin dein Begleiter. Ich bin nicht befähigt, etwas zu tun, das dir schaden würde. Davon abgesehen warst du ohnehin auf dem Weg nach draußen. Es spielte keine Rolle, ob ich die Quest annehme oder nicht."

„Na schön, aber setz mich wenigstens in Kenntnis, okay? Ich mag derartige Überraschungen nicht." Ich schließe das Register und starre ihn noch länger an. „Und was genau ist ein Begleiter?"

„Wird aber auch höchste Zeit. Ich bin ein System-Begleiter – genauer gesagt von Typ Geist. Als vom System zugewiesener Begleiter bin ich in der Lage, auf dein Interface zuzugreifen sowie auf bestimmte Aspekte des Systems, die für Benutzer generell nicht sichtbar sind. Zwischen uns besteht eine

Verbindung. Sobald du also im Level aufsteigst, erhalte ich ebenfalls zusätzliche Fähigkeiten. Ab Level 2 erhielt ich Zugriff auf Informationen über die Monster im System in unserer Nähe. Später werde ich dir zusätzliche Details liefern können und auf noch höheren Stufen bin ich dann in der Lage, meine Elementar-Affinität mit dir zu teilen und sogar einen Körper zu bekommen."

Ich nicke Ali dankend zu und schweige, während ich über das Gesagte nachdenke. Anscheinend hat seine Wahl als verbundener Begleiter größere Auswirkungen als erwartet. Und es gab noch so viel, was ich in Erfahrung bringen musste. „Gibt es eine Hilfedatei?"

Eine Hand bewegt sich, und einen Moment später senkt sich ein enormes blaues Textfeld vor mir herab. Ich grunze und lehne mich in der Höhle zurück, um mit dem Lesen zu beginnen. Stunden später habe ich ein besseres Verständnis der Grundlagen. Die Auswirkungen der Basisattribute sind gut nachvollziehbar, obwohl die Ausdauer interessanterweise nicht nur meine Gesundheit an sich, sondern auch die Geschwindigkeit des Heilprozesses beeinflusst. Jeder zusätzliche Punkt fügt denselben Heilfaktor pro Minute hinzu. Die Intelligenz bestimmt die Größe meines Manapools, während die Willenskraft diesen Pool auf Grundlage ihres statistischen Werts Minute um Minute auffüllt. Natürlich habe ich aktuell keine Ahnung, wie hilfreich diese Regeneration sein wird, da ich keine Mana-basierten Fertigkeiten besitze. Dennoch sind diese Informationen relevant.

Interessanterweise bestimmte die Gesundheit nicht nur meinen körperlichen Zustand. Eigentlich war sie ein numerischer Wert dafür, wie viel Schaden das in meinen Körper eingebundene Mana tatsächlich absorbieren konnte, um mir zugefügte Schäden abzudecken. Sie würde keinen plötzlichen Tod verhindern, falls man mir einen Pickel ins Gehirn rammte, bei einem ausreichend großen Gesundheits-Pool würde sie die Wucht des Pickels jedoch abschwächen. Natürlich würde dieser Effekt einen Teil des eingebundenen Manas verbrennen und meine „Gesundheit" noch schneller reduzieren.

Seltsam, vor allem angesichts der Tatsache, dass das eingebundene Mana sich grundlegend von dem Mana unterschied, das für Zaubersprüche zum Einsatz kam. Während ich ein Gähnen unterdrücke, suche ich nach weiteren Informationen über die Dinge, die ich auf dem Statusbildschirm gesehen habe.

Die Klassen-Fertigkeiten waren spezielle Skills, deren Effekte Mana verbrauchten. Die meisten von ihnen verstießen gegen die Naturgesetze, wobei es vom Skill selbst abhing, in welchem Umfang dies geschah. Einige der typischen Beispiele erinnerten mich an Actionfilme oder Anime – die Fähigkeiten, Feuer aus meinen Händen schießen zu lassen oder einen Körperpanzer zu erhalten kamen mir echt cool vor.

Zaubersprüche hingegen waren genau das, was man von ihnen erwartete – magische Formeln, die mit Hilfe von Mana gewirkt wurden. Der Unterschied zwischen dem, was als Fertigkeit und dem, was als Zauberspruch betrachtet wurde, machte auf mich einen relativ willkürlichen Eindruck. Aber vielleicht wird mir all das klarer werden, nachdem ich es einmal selbst versucht habe.

Und Boni, ja, die erhielt man für das Abschließen besonderer Quests und anscheinend auch dafür, sich zum falschen Zeitpunkt am falschen Ort aufzuhalten. Sie boten geringfügige bis bedeutende Vorteile gegenüber einer normalen Nicht-Bonus-Person.

Jetzt haben wir also Zahlen, Punkte, die uns sagen, wer wir sind, was wir sind und was wir anscheinend gut oder schlecht beherrschen. Hätte es mir in meinen jüngeren Jahren geholfen, auf einen Bildschirm zu deuten und zu sagen: „Ich bin nicht der, für den du mich hältst", oder hätte es keinen Unterschied ausgemacht? Wäre mein früheres Leben von diesem System kontrolliert worden, hätte ich dann versucht, mein Charisma zu erhöhen oder härter trainiert, um stärker zu werden? Hätte ich weniger oft versagt, weil ich mich auf Dinge konzentriert hätte, für die ich bereits Talente besaß? Oder hätte nichts davon eine Rolle gespielt?

Ich seufze und reibe mir die Augen. Es gibt noch so viel, das ich lesen muss, um mehr über diese seltsame neue Welt zu erfahren. Ich möchte mir noch mehr davon ansehen, verliere aber den Kampf gegen die eigene Müdigkeit und meine Augen schließen sich.

Kapitel 3

Herzlichen Glückwunsch. Du hast einen ganzen Tag überlebt! Ihr Menschen seid wirklich erstaunliche Kreaturen. Gestern sind nur 60 % von euch gestorben. Wir sind schwer beeindruckt. Hier, ein Keks. Und Erfahrungspunkte. Denk daran, dass im Verlauf der kommenden Woche mehr und mehr Monster erscheinen werden.

„60 %!" Ich schließe die Augen, während ich versuche, diese Zahl zu begreifen. 60 % – über 4 Milliarden Tote. 60 % – 6 von 10 all der Menschen, die ich je getroffen habe, sind tot. 6 von 10 … ich bin am Leben, also muss meine Familie tot sein. Beim letzten Gedanken schnappe ich nach Luft, und plötzlich öffnet sich ein Abgrund der Schmerzen. Ich wollte es vermeiden, an meine Familie zu denken. Daran, was dieses System für die Welt bedeutet, aber nach dieser Nachricht steigen Trauer und Zorn und Bedauern in mir hoch. Dieser Abgrund der Schmerzen und gemischten Gefühle verbreitet sich einen Moment, bevor er unterdrückt, ignoriert und weggeschoben wird. Momentan fehlt mir die Zeit, um mich damit zu befassen. Ich habe Dinge zu erledigen, muss mein eigenes Überleben sichern.

„Weißt du, bei den Kraska-Kulturen gilt das Weinen als ausgesprochen männlich. Natürlich ähneln sie den Krokodilen deiner Erde." Ali schwebt über mir und beobachtet mich dabei, wie ich meine Gedanken ordne, bevor er die Benachrichtigung mit einer Handbewegung verschwinden lässt. „Los geht's, mein Junge."

„Einen Moment, bitte", murmle ich.

„Du möchtest doch nicht wirklich weinen, oder?", fragt Ali und vollführt aus reiner Langeweile einen Salto.

„Nein, ich weine nicht", sage ich mit Nachdruck. Die Trauer ist immer noch spürbar, wenn ich mich darauf konzentriere. Aber wie die meisten meiner Emotionen fühlt sie sich gedämpft an, als hätte jemand eine schwere Decke über einen Lautsprecher geworfen. Sie existiert, ist aber schwer zugänglich.

Das reicht, um mich funktionsfähig zu halten, zumindest größtenteils. Trotzdem spüre ich, wie die Trauer sich jetzt schon mit den wilden Wogen der Wut vermischt, in denen ich schwimme.

Wut ...

„Ali, finde etwas, das ich umbringen kann", sage ich mit neutraler Stimme, während ich aufstehe und meinen Rucksack hebe. „Finde viele Dinge, die ich umbringen kann."

Diesmal widerspricht mir Ali nicht, sondern tut, was ich verlange.

***

„Es ist tot", sagte Ali besänftigend, während ich ein letztes Mal auf das Erdhörnchen einsteche. Vielleicht bin ich etwas zu weit gegangen – das Tier wurde zerstückelt. Ich danke den Göttern, dass die Beutefunktion den Zustand der Leiche nicht in Betracht zieht. Mein Preis weist keine dieser hässlichen Stichwunden auf.

„Ali, wie komme ich an eine bessere Waffe?" Ich starre mein Messer und die Tierleiche an. Glücklicherweise bin ich meinen kindlichen Instinkten gefolgt, als ich mir ein Bowie-Messer kaufte. Fürs Campen war es komplett übertrieben, aber bei dem Kauf steckte ich gerade in einer Rambo-Phase. Jetzt stellt die Klinge meine einzige Waffe dar. Na ja, abgesehen von der Dose mit dem Bären-Abwehrspray.

„System-Shop. Der befindet sich in einer vom System erzeugten Schutzzone, die momentan nur Whitehorse selbst ist. Allerdings wirst du deine Beute verkaufen müssen, um eine zu bekommen. Es sei denn, du verschaffst dir System-Credits, die nur intelligente Wesen auf sich tragen", erklärt Ali dann. „Verspürst du immer noch diesen Zwang, deine Emotionen auszuleben?"

„Nichts wie weg hier", sage ich und schüttle den Kopf, da mein Zorn allmählich abflacht. Ich bin mir nicht sicher, was die Tatsache, dass ich meine Gefühle an diesen Kreaturen ausgelassen habe, über mich aussagt. Momentan möchte ich einfach nicht daran denken. Der Morgen ist schon halb vorüber, und bisher ist es mir nur gelungen, einige wenige Kreaturen zu erlegen. Die Jagd wird zunehmend gefährlicher, da selbst irdische Wesen jetzt immer häufiger mutieren und mir und meinem armseligen Messer überlegen sind.

„Also, Junge, genau wie gestern", sagt Ali mit einer Geste in Richtung des Pfads, und ich folge seinen Richtungsanweisungen.

***

Ich halte das Messer vor mir ausgestreckt, springe und schwinge es nach unten. Der QSM deaktiviert sich im letzten Moment, während ich die Klinge in den Kopf des Schneeschuhhasen bohre. Ich hoffe darauf, ein wichtiges Organ zu treffen, denn der Hase ist nun so groß wie ein Pferd, wenn auch deutlich breiter. Er bäumt sich auf, und ich muss eiligst sein Fell packen, um nicht zu stürzen, während ich mit der Klinge mehrmals in seinen Hinterkopf und Nacken steche.

Eine Minute später habe ich genug Schaden angerichtet und der Hase bricht tot zusammen. Kurz davor hatte er mich endlich abgeworfen, indem er sich gegen eine Kiefer in der Nähe warf, mir die Schulter brach und meinen Griff lockerte. Während ich vor Schmerzen wimmernd am Boden liege, frage ich mich, warum Ali mir den Kampf gegen den Hasen aufgedrängt hat. Ich fasse meine Gedanken in Worte, während meine Knochen heilen und sich in ihre korrekten Positionen zurückbewegen. Ich ziehe mich hoch und lehne mich gegen einen Baum, woraufhin ich einen Schokoriegel aus meinem Rucksack ziehe. Ich bin dankbar für meine Angewohnheit, immer riesige Schokoladenmengen auf mir zu tragen.

„Hase? Ich dachte, das wäre ein Kaninchen", sagt Ali missmutig, während er über der Kreatur schwebt. „Das wäre lustig gewesen. So wie Bugs Bunny."

***

„Runter!"

Ich lasse mich fallen und werde zur Seite geworfen, als ein Wesen gegen meinen Rucksack prallt. Wir bewegen uns in hohem Tempo den Abhang hinunter. Ali unterstützt mich dabei, trotz der angreifenden Monster auf den Beinen zu bleiben. Ich rolle mich ab und sehe plötzlich einen wütenden Fellball mit viel zu vielen Zähnen vor mir. Der Wanderstab sticht in den Schlund, und die Kreatur beißt automatisch ins Metall des Stabs. Ich verstärke meinen Druck und halte die Kreatur am Boden fest, während sie zu ersticken beginnt.

„Weiter!"

Ich springe und ziehe den Stab zurück, als mich ein weiteres Flaummonster von der Seite angreift, da ich mich zu sehr auf das Töten des ersten konzentriert hatte. Ich steche mit meinem Messer zu und hinterlasse Schnitte in dem kratzigen Pelz, während ich rückwärts stolpere und meine Waffe verzweifelt hin und her schwenke.

„Rechts von dir", ruft Ali. Ich richte meinen Blick dorthin, wobei ich das dritte Tribble-Monster mit der Rückhand erwische. Der Schlag trifft, es wird weggeschleudert und rollt den Hang hinab. Das zweite Monster nutzt meine vorübergehende Ablenkung zu seinem Vorteil und beißt mich ins Bein. Ich schreie vor Schmerz auf und steche immer und immer wieder mit dem Messer nach unten zu, bis es mich loslässt.

Ich erhebe mich und humple zu der Stelle, wo das erste Monster noch keucht und würgt. Ich eliminiere es, indem ich wiederholt darauf stampfe, bis es sich nicht mehr bewegt.

„Wieder hinter dir", ruft ein mittlerweile recht gelangweilt wirkender Ali.

Ich wirble herum und hebe meinen Arm rechtzeitig, so dass die Kreatur anstelle meines Gesichts auf meinem Unterarm herumkaut. Dann steche ich sie tot.

„Auch eine Methode, ein Monster zu erledigen. Vielleicht solltest du dich beim nächsten Kampf nicht so sehr anknabbern lassen", schlägt Ali hilfreich vor. Ich fauche ihn an und entnehme den Flaumkugeln meine Beute. Im Ernst, die Beute besteht aus Flaum? Das ist alles? Flaum? Aber was hätte ich bei Flaumkugeln auch erwarten sollen? Ich werfe das Zeug in mein Inventar, verziehe das Gesicht und hinke zu der Stelle, an der sich ein Bach befinden müsste.

Ich wasche darin meine Kleidung so gut es geht, während Ali über mir Wache steht. Ich beeile mich und spüle möglichst viel Blut ab, ohne meine Sachen zu nass zu machen. Nass ist nass, auch für Wolle. Davon abgesehen liegen die April-Temperaturen des Kluane National Park bei etwa 6 Grad Celsius im Schatten. Während ich mich wasche, frage ich Ali etwas, das mir seit einer Weile durch den Kopf geht. „Ali, warum greifen die Monster dich nie an?"

„Sie sehen mich nicht", antwortet Ali.

Ich runzle die Stirn. „Aber beim ersten Mal ..."

„Mit einiger Anstrengung gelingt es mir, sichtbar zu werden, kann diesen Zustand aber nicht langfristig aufrechterhalten. Zumindest noch nicht." Ali hält kurz inne und wendet sich nach Osten, bevor er fortfährt. „Zeit zum Abhauen, mein hübscher Junge. Da kommt jemand."

Ich stehe hastig auf, schüttle das Wasser von meinen Händen und trabe in Richtung Südwesten, wobei ich versuche, mich möglichst leise zu bewegen.

***

Als ich schließlich den Parkplatz erreiche, steht die Sonne bereits sehr niedrig. Was als eine einen halben Tag erfordernde Wanderung gedacht war, wurde zu einer zwei Tage lang andauernden Tortur. Ich bin nicht überrascht, als ich die verbrannten Überreste meines Fahrzeugs sehe, aber das gezischte Wort „Salamander" gibt mir einen Hinweis auf die Ursache des Problems. Wenn ich bloß wüsste, was ein Salamander ist.

„Riesenechse mit einer großen Affinität für Feuermagie. Speit sogar Feuer. Manche halten sie für die Minivariante eines Drachen", erklärt Ali. „Es gibt gute und schlechte Nachrichten."

„Dann schieß mal los", murmle ich leise, während ich auf die Lichtung nach Monstern absuche.

„Die schlechte Nachricht ist, dass er nach Haines Junction unterwegs ist." Ali deutet auf die ziemlich offensichtlichen Spuren. Als ich nicht auf sein Schweigen reagiere, seufzt Ali und erwähnt die gute Nachricht. „Seine Anwesenheit dürfte die meisten Monster auf seinem Weg verscheuchen. Daher wäre es sicherer, ihm zu folgen. Solange er nicht umkehrt."

Toll. Echt toll. Ich werde also einer riesigen feuerspeienden Echse folgen, die zum nächsten mir bekannten Stützpunkt der Zivilisation unterwegs ist und darauf hoffen, dass sie mich nicht bemerkt. Wenigstens heißt das Ding nicht Godzilla.

***

Im Gegensatz zu meiner Ex bin ich eigentlich kein Gamer. Allerdings habe ich ausreichend Jargon absorbiert, um den Begriff „Kills stehlen" zu kennen. Eigentlich sollte ich mich schuldig fühlen, dass ich das Leben dieser Blitz-Hirsche beende und dadurch minimal an Erfahrung gewinne. Da sie aber entweder schwer entstellt sind oder massive Brandwunden aufweisen, betrachte ich es als Akt der Menschlichkeit. Mit Ausnahme der Gnadenstöße ignoriere ich die gerösteten, halb gefressenen Leichen, die den Großteil der Herde und die jüngste Mahlzeit des Salamanders darstellen.

Levelaufstieg!
Du hast Level 3 als Erethra-Ehrengarde erreicht. Wertepunkte werden automatisch verteilt. Du darfst 3 Gratis-Attribute verteilen. Klassen-Fertigkeiten gesperrt.

Die gesperrten Fertigkeiten entlocken mir eine Grimasse, aber angesichts des unglaublichen Werteanstiegs kann ich damit leben. Da ich einen Moment Zeit habe, rufe ich meinen Statusbildschirm auf und überprüfe diesen.

Statusmonitor			
Name	John Lee	Klasse	Erethra-Ehrengarde
Volk	Mensch (M)	Level	3
Titel			
Keine			
Gesundheit	190	Ausdauer	190
Mana	220		
Status			
Normal			
Attribute			
Stärke	15 (50)	Beweglichkeit	18 (70)
Konstitution	19 (75)	Wahrnehmung	12
Intelligenz	22 (60)	Willenskraft	24 (60)
Charisma	8 (16)	Glück	10
Fertigkeiten			
Verstohlenheit	6	Überleben in der Wildnis	3
Unbewaffneter Kampf	2	Messerfähigkeit	5
Athletik	3	Beobachten	4
Kochen	1	Gefahr spüren	2
Klassen-Fertigkeiten			
Keine (2 gesperrt)			
Zaubersprüche			
Keine			
Boni			
Begleitergeist	Level 3	Wunderkind (Täuschung)	--

Nicht zugewiesene Attribute:

Möchtest du diese Attribute zuweisen?

3 Wertepunkte

(J/N)

„Moment! Wo kommen all die Skills her?" Als ich meinen Statusmonitor seit Tagen zum ersten Mal sehe, hebe ich die Augenbrauen.

„Die hast du die ganze Zeit über erworben, aber ich hatte die Benachrichtigungen momentan deaktiviert." Ali zuckt mit den Schultern und vollführt in der Luft einen Handstand, während er auf mich wartet.

„Was! Warum?" Ich knurre den kleinen Mann an und kneife die Augen zusammen.

„Es hätte dich nur abgelenkt. Schließlich hättest du dich nicht anders verhalten, oder? Die vom System erhaltenen Fertigkeiten fließen direkt in dein Muskelgedächtnis und dein Bewusstsein, daher hast du ja bisher davon profitiert. Der Rest ist nur Statistik", sagt Ali verstimmt. „Und eine Statistik ist absolut bedeutungslos, wenn du untätig bleibst. Also sei mal nicht so darauf fixiert."

Seine Worte erinnern mich an ein Gespräch mit einem Beratungslehrer vor langer Zeit. *Dein IQ bedeutet nichts, wenn du nicht büffelst,* sagte der immer. Als Ali etwas Ähnliches von sich gibt, durchbohre ich ihn mit Blicken. „Aber von jetzt an gibst du mir jeden Abend eine Zusammenfassung, okay? Ich möchte wenigstens wissen, was läuft."

Ali seufzt und spielt die beleidigte Leberwurst, während ich losmarschiere und den Bildschirm so einstelle, dass er fast transparent wird. Ich lese weiter und vertraue darauf, dass mich der kleine Mann vor Gefahren warnen wird. Trotz seines Nervfaktors ist er dennoch ein guter Aufpasser.

„Ali, die Zahlen ergeben einfach keinen Sinn."

„Durch all das Herumrennen und Verstecken hast du einige Punkte erhalten. Und sobald dir eine Klasse zugewiesen wurde, flossen deine Werte in die Trefferpunkte", sagt Ali, als wäre alles davon völlig selbstverständlich. Für ihn vielleicht, trotzdem es wäre nett gewesen zu wissen, dass so etwas möglich ist. Dank seiner Hilfedateien hatte ich einige Hinweise, trotzdem gab es offensichtlich noch viel, was sich meinem Verständnis entzog. „Mehr solltest du aber nicht erwarten. Du bist weit genug gelevelt, dass du deine Zeit besser in den nächsten Stufenaufstieg investierst. Außer, du möchtest ein professioneller Athlet werden."

Ich nicke, während er spricht und überlege mir, was ich mit meinen verfügbaren Punkten anfange. Dann erkenne ich, dass ich keine Ahnung habe. All die Minimalwerte sind so weit von mir entfernt, dass sie sich auf dem Mond befinden könnten. Einer schnellen Berechnung zufolge brauche ich mindestens 18 Level, um meine Stärke auf das Niveau meiner Klasse zu bringen, falls ich keine zusätzlichen Punkte dafür ausgebe. Stattdessen beschließe ich, die Punkte momentan nicht zuzuweisen. Vielleicht wird mir später klar, was genau ich brauche.

„Ali, ich habe eine Frage zu den Benachrichtigungen. Der Ton scheint sich geändert zu haben. Von neutral zu, sagen wir mal, ziemlich nervig."

„Na ja, in den meisten Fällen siehst du die grundlegenden Systemmeldungen. Diese sind, wie du erwähnt hast, sehr neutral gehalten. Allerdings hat der Galaktische Rat die Kontrolle über die Benachrichtigungen und greift gelegentlich ein. Vor allem dann, wenn einer ihrer Beobachter sich für etwas interessiert", erklärt Ali.

„Beobachter?", grunze ich und mustere erst ihn, gefolgt von meiner Umgebung.

„Ja, aber du müsstest schon etwas wirklich Auffälliges tun, um bemerkt zu werden. Keine Sorge, dazu bist du schlicht nicht fähig", bemerkt Ali, und ich nicke. Mir fällt auf, dass ich meine Schultern immer noch hängen lasse – der Große Bruder sieht zu.

***

Einige Stunden später lege ich eine Pause ein und hole meinen Kompass heraus. Ich schätze hastig den vor mir liegenden Weg ab und werfe einen Blick auf Ali, der nickt, um meine Schätzung zu bestätigen. Der Salamander hat den Kurs geändert und bewegt sich nun von Junction weg.

Das Erschreckendste ist, dass der Salamander eines der schwächeren regulären Monster darstellt, die von nun an den Park bewohnen werden und dass er die überdimensionierte und im Level aufgestiegene einheimische Fauna als Nahrungsquelle nutzen wird. Glücklicherweise ist der Salamander geistig beschränkt. Eine Kreatur, die während ihrer Streifzüge durch den Park und dessen Umgebung stur den eigenen Instinkten folgt.

Ich verstelle die Riemen an meinem Rucksack und beschleunige meine Schritte. Hoffentlich finde ich ein Auto oder ein anderes Fahrzeug, das ich mir für die Fahrt nach Whitehorse ausleihen könnte. Zumindest wird es dort Überlebende geben, denen ich mich anschließen kann.

Kapitel 4

Als ich den Park verlasse, erhalte ich eine kurze Benachrichtigung und eine Belohnung. Diese reicht bei weitem nicht für einen weiteren Levelaufstieg, aber jedes bisschen zählt.

Quest abgeschlossen!
Du hast Kluane National Park überlebt und besitzt sogar noch alle Gliedmaßen!
5.000 EP

Während ich mich Haines Junction nähere, versuche ich, mich an die paar Dinge zu erinnern, die ich darüber weiß. Die Bevölkerungszahl beträgt etwa 800. Also dürfte es mindestens einige hundert Überlebende geben, falls die Statistik richtig liegt. Der Rauch, den ich im Zentrum der sich entlang einer Straße erstreckenden Stadt aufsteigen sehe, bereitet mir Sorgen. Daher nehme ich mir Zeit und durchsuche einige der Häuser, die vor den wenigen Gebäuden in der Stadtmitte liegen. Ich finde ein Auto und sogar den Zündschlüssel, aber da das Fahrzeug zu modern ist, regt sich nichts. Verdammtes System.

Dann aber habe ich Glück und entdecke brauchbare Nahrung und Kleidung sowie endlich eine echte Waffe – ein zurückgelassenes Kleinkalibergewehr und eine Schachtel Patronen. Das Gewehr verfügt über ein Abzugsschloss, aber der Schlüssel dafür war leicht zu finden, da er an einem Nagel neben dem Futteral hing. Ich danke den Göttern für die Bequemlichkeit der Menschen.

Überall gab es Anzeichen für Kämpfe, darunter einige umgeworfene Autos, Blutlachen und zerbrochene Fenster. Die Abwesenheit von Leichen beunruhigt mich. Vielleicht wurden diese von den Überlebenden zwecks Bestattung eingesammelt, zumindest hoffe ich darauf. Wenn ich aber bedenke, wie viele der Tiere, die mir begegnet sind, ihre Speisepläne erweitert haben, bin ich eher skeptisch gestimmt.

Mit der neuen Waffe im Anschlag wage ich mich näher an die Stadtmitte heran. Ich habe keine Ahnung, was mich erwartet, hoffe aber, dass Frosty's noch steht. Den Milchshake, die Burger und die Pommes von Frosty's könnte ich jetzt wirklich gebrauchen.

Bis auf eine abfällige Bemerkung über die von mir entdeckte mickrige Flinte ist Ali ungewöhnlich schweigsam geblieben. Das ist ihm gegenüber vielleicht etwas unfair – wenn es ernst wird, verhält sich der Geist eigentlich sehr professionell, auch wenn er ein ziemlicher Besserwisser ist.

Das erste Anzeichen für Ärger ist der riesige, unförmige Kopf, den ich während des Herankriechens entdecke. Die über 5 Meter große Kreatur gleicht einer Kreuzung von Neandertaler und Bigfoot und scheint vergnügt ihre Mahlzeit zu verzehren. Die Situation verschlimmert sich noch, als ich erkenne, dass es sich um ein Kind handelt. Die Mutter, unbekleidet und eindeutig weiblich, schlurft herbei und schleppt ihr Kind in Richtung Stadtmitte zurück. Ali runzelt die Stirn, starrt sie an, und dann schwebt eine leuchtend grüne Leiste über ihren Köpfen, gemeinsam mit einer kurzen Beschreibung.

Junger Oger (Level 12)
Oger-Mutter (Level 21)

Ich atme tief ein und versuche, meinen Herzschlag zu beruhigen, bevor ich weiter vorwärts krieche. Irgendwie geht mir das Essen des jungen Ogers nicht aus dem Kopf. Ich muss herausfinden, was es war. Als ich nahe genug herangekommen bin, um es zu sehen, wünsche ich mir plötzlich, ich wäre ahnungslos geblieben. Ich habe die Dorfbewohner entdeckt oder zumindest das, was von ihnen übrig ist. Um ein Kochfeuer sehe ich etwa ein Dutzend erwachsener Oger, meist um den Level 20 herum, die sich nach einem wahrhaft epischen Mahl ausruhen. Im Knochenhaufen spielen zwei Kinder, die die Oberschenkelknochen der früheren Bewohner von Haines Junction als Schwerter benutzen. Mein einziger Trost besteht darin, dass es den

Dorfbewohnern anscheinend gelungen ist, einige Oger zu töten. Zumindest den Leichen nach zu schließen, die sorgfältig auf dem Boden platziert wurden.

Ein Schmerz in meinen Händen bringt mich wieder zu Sinnen. Meine Finger umklammern das Gewehr derart fest, dass das gesamte Blut aus ihnen gewichen ist. Nachdem ich in mein Versteck zurückgekrochen bin, zwinge ich mich dazu, tief einzuatmen und meine Emotionen zu kontrollieren. Bei jedem dieser Versuche muss ich an die kleinen Knochen denken. An das halb abgefressene Gesicht und ein anderes Kind, das weinte und sich fragte, warum niemand ihm zu Hilfe eilte. Ich atme tief und keuchend ein, meine Hände zittern und mir stehen die Tränen in den Augen.

„Wir können nichts ausrichten, John. Zeit zum Gehen", murmelt Ali beruhigend.

„Ich werde sie töten. Ich werde sie alle töten", fauche ich, während die Wut in mir aufsteigt, alles andere überflutet und mich in ihre vertraute Umarmung zieht.

„Kommt nicht in Frage. Selbst das Kind dort könnte dich mit einem einzigen Hieb erledigen. Gib die Idee auf. Wir können ein anderes Mal zurückkommen", betont Ali.

„Ist ... mir ... egal", knurre ich, stehe auf und setze wutentbrannt meinen Weg fort. Ich bin mir nicht sicher, wohin ich unterwegs bin. Aber ich kann einfach nicht länger stillsitzen.

„Das kannst du nicht. In der Gruppe nehmen die es mit einem Monster auf, das die fünffache Stärke besitzt!"

Plötzlich kühlt sich mein Zorn ab, wird eiskalt, und ein verrückter Plan entsteht.

***

Der Plan hat drei Teile. Jeder davon ist wahnsinnig gefährlich. Für den Abschluss des ersten Teils gebe ich 2 Punkte für Beweglichkeit und einen weiteren für Konstitution aus, um meine Ausdauer zu steigern. Für diese Aufgabe muss ich schnell und fit sein.

Die meisten Monster halten sich von Haines Junction fern, da die Anwesenheit der Oger eine ausreichende Abschreckung darstellt. Diejenigen, die sich näher wagen, werden blitzschnell getötet und am Feuer gebraten, nachdem ihre Körper wie diejenigen der Menschen zerlegt worden sind. Alles davon passt ausgezeichnet zu dem Plan, den ich nun vorbereite. Es dauert einige Tage, bis ich die benötigten Dinge zusammengesucht habe. Während dieser Tage schlafe oder esse ich kaum, da ich fieberhaft arbeite. Zweimal wäre ich um ein Haar entdeckt worden. Das erste Mal verstecke ich mich fast zwei Stunden lang unter einem Lastwagen und warte ab, bis die beiden Oger verschwinden. Beim zweiten Mal muss ich den QSM verwenden und mich an der sich nähernden Gruppe vorbeischleichen, um mich zu verbergen. Mir fällt auf, dass die Oger argwöhnisch werden. Im Verlauf der Tage wirken sie zunehmend aufgeregt, aber es gelingt ihnen nicht, mich aufzuspüren. Nicht einmal, als sie näher beieinander bleiben und zusätzliche Patrouillen aussenden.

Als die Vorbereitungen in Haines Junction selbst endlich abgeschlossen sind, verstecke ich meine Vorräte und nehme nur das absolute Minimum mit. Das Gewehr, zwei Magazine Munition und ausreichend Essen und Wasser für einige Tage.

Als ich mein Ziel endlich entdecke, spüre ich, wie sich auf meinem Gesicht ein humorloses Grinsen abzeichnet. Ich fühle einen Druck auf meinem Brustkorb, einen schnelleren Herzschlag und den Adrenalinschub, als ich möglicherweise mein eigenes Todesurteil unterschreibe. Aber all das ist dem Zorn untergeordnet, der mein ganzes Denken dominiert. Ich habe genug davon, herumzuschleichen und mich vor lauter Angst zu verstecken. Genug von dem System, das meine Freunde und Verwandten in den Tod getrieben und 60 % der Menschheit ausgelöscht hat.

Wenn ich schon sterbe, dann wenigstens im Kampf. Noch während ich diesen Gedanken verfolge, knallt mein Gewehr und der Schuss trifft den hunderte von Metern entfernten, ahnungslosen Salamander. Ich lade durch, feuere erneut und versuche, seine Aufmerksamkeit auf mich zu ziehen. Als er sich umdreht und auf mich zutrampelt, renne ich davon.

Ich locke die Kreatur stundenlang in Richtung Haines Junction. Dabei laufe ich so schnell, wie meine Beine mich tragen und wenn der Salamander mich schließlich fast erreicht hat, verschwinde ich mithilfe des QSM. Ich setzte das Gerät sparsam ein, renne möglichst weit weg und verstecke mich. Dann schleiche ich mich davon, um mehr Abstand zu gewinnen, bevor ich seine Aufmerksamkeit mit einem erneuten Schuss erwecke. Ich könnte mich schneller bewegen, aber die QSM-Ladungen müssen ausreichen. Daher lege ich regelmäßige Pausen ein, während der Salamander herumwühlt und nach mir sucht. Nach einer Weile vergrößere ich die Schussdistanz und feuere aus einem halben Kilometer Entfernung. Meistens verfehle ich das Monster, obwohl es die Größe eines Scheunentors hat. Aber eigentlich geht es mir nicht um die Jagd.

Dabei komme ich nur zweimal fast ums Leben. Das erste Mal ist am Anfang, als der Salamander mich mit einem plötzlichen Sprint fast erwischt. Es gelingt mir nur knapp, durch eine abrupte Seitwärtsrolle auszuweichen. Ich ziehe mir eine leichte Verletzung zu, bevor ich das QSM aktiviere und wie ein geölter Blitz zu einem Versteck renne. Beim zweiten Mal spuckt der Salamander eine Reihe von Feuerbällen in den Himmel, die um mich herum auftreffen. Hier ist eine interessante Tatsache über andere Dimensionen: Trotz meiner Fähigkeit, die Mehrheit der physischen Strukturen zu ignorieren, dringt die Energie immer noch durch. Vor allem die Hitze. Als ich dem Feuer endlich entkommen bin, fühle ich mich, als wäre ich zur Hälfte gekocht worden. Meine aufblinkende Gesundheitsanzeige, die ich aus den Augenwinkeln heraus erkenne, bestätigt dies. Danach halte ich einen größeren Abstand ein und lasse mich nur kurz blicken, wenn ich die Kreatur näher locken muss.

Als ich Haines Junction endlich erreiche, habe ich fast keine Patronen mehr. Die Oger stehen bereits da und beobachten das anstürmende wütende Monster. Bei ihrem Anblick atme ich erleichtert auf. Teil 2 des Plans setzt nämlich voraus, dass die Oger zum Kampf bereit sind. Als sie mich sehen, brüllen sie und einer will vorwärts treten, wird aber von den anderen zurückgedrängt. Ich grinse, halte in etwa hundert Meter Entfernung an und winke ihnen frech zu, bevor ich mich wieder dem herannahenden Monster zuwende.

„Ali, pass auf sie auf", knurre ich, nehme mein Gewehr ein letztes Mal von der Schulter und richte es auf den Salamander. Diesmal muss ich ihm ausreichende Schmerzen zufügen, um ihn hierher zu locken, daher muss der Schuss sitzen. Ich atme mehrmals tief durch und versuche, mein klopfendes Herz zu beruhigen und meinen Atem zu verlangsamen. Der Salamander befindet sich bereits außerhalb der Grenzen seiner „natürlichen" Zone und wird ein wenig mehr Motivation benötigen.

Als der erste Schuss verfehlt, fauche ich wütend und wünsche, ich hätte mehr Zeit auf dem Schießstand verbracht. Ich hatte es stets vor, tat es dann aber nie. Ich war zu sehr damit beschäftigt, die Dinge auf die lange Bank zu schieben. Der zweite Schuss trifft, und die Explosion entspricht absolut meinen Wünschen. Der zurückgelassene Propantank fliegt hinter dem Salamander in die Luft. Zu weit entfernt, um ernsthafte Schäden anzurichten, trotzdem jagt der Knall ihm ein wenig Angst ein. Die Kreatur ist bereits sauer auf mich und stürmt deshalb nach vorn. Sie ist schlau genug, das Schussgeräusch mit dem Quälgeist zu verbinden, der sie während der letzten Stunden geärgert hat.

Da mir die Munition ausgegangen ist, werfe ich das Gewehr zur Seite und hoffe darauf, dass ich es mir später zurückholen kann. Statt sofort wegzurennen warte ich ab und beobachte, wie der Salamander in meine Richtung stürmt. Die Tatsache, dass ich nun nicht mehr weglaufe, scheint ihn zu ermutigen. Er beschleunigt, und als er kaum noch hundert Meter von mir entfernt ist, drehe ich mich um und renne zu den Ogern.

Die Oger sind stinksauer. Da sie aber keine Schusswaffen besitzen, können sie mich nicht davon abhalten, ihnen ihren Tod vorbeizubringen. Kurz vor dem Erreichen der Ogergruppe löse ich meine QSM-Fähigkeit aus. Ein nach mir geworfener Knüppel bewegt sich durch meinen Körper, während ich ihre Linien durchquere. Als letzte Boshaftigkeit deaktiviere ich QSM gerade lange genug, um mein Messer in den Rücken eines Ogers zu stechen. Dann renne ich los und lasse die Monster aufeinander los. Obwohl die Oger mich nur zu gerne verfolgen würden, erkennen sie die Notwendigkeit, gemeinsam den Salamander zu bekämpfen.

Aus einer sicheren Entfernung beobachte ich gut verborgen den Verlauf der Schlacht. Der Kampf ist brutal und nicht ganz so einseitig wie erwartet. Anfangs kommen die Oger mit dem Salamander ganz gut zurecht. Ihr übergroßer Anführer löst eine Fähigkeit aus, die seine Keule mit einem grünen Lichtschein umgibt, bevor diese den Salamander trifft. Der Schlag richtet ernsthaften Schaden an, eine Tatsache, die die anderen Oger ausnutzen, um auf den benommenen Salamander einzuprügeln. Anfangs befürchte ich, der Salamander könnte umkommen, ohne selbst Schaden auszuteilen.

Dann aber glüht sein gesamter Körper rot und um ihn wabert ein rötlicher Dampf. Der Salamander scheint sein eigenes Blut zum Kochen zu bringen und zu versprühen, so dass die verbrühten Angreifer zurückweichen. Danach beißt der Salamander eine Ogerfrau und reißt ihr den Arm ab. Der Rest des Kampfes nimmt einen blutigen, unappetitlichen Verlauf, aber nach einer Weile wird mir klar, dass etwas nicht stimmt. Allerdings dauert es einen Augenblick, bis ich das Problem identifiziere.

„Die Kinder sind nicht da!", raunze ich Ali an, der den Kampf amüsiert beobachtet und sogar von irgendwo eine Tüte Popcorn herbeigezaubert hat. Er hält kurzzeitig inne, deutet auf etwas und ignoriert mich dann wieder.

Ich bewege mich in die entsprechende Richtung, schleiche von einem Gebäude zum nächsten und spüre die Kinder auf, auf die der junge Oger aufpasst. Ich kneife die Augen zusammen und überlege mir meine nächsten Schritte, bevor ich zum Hauptereignis zurückkehre. Ich lächle grimmig, denn bei meiner Ankunft ist die Schlacht fast schon vorbei und der schwer verletzte Salamander röstet den letzten Oger mit seinem Feueratem.

Wie gefällt es dir, gekocht zu werden? Ein Teil von mir macht sich Sorgen wegen der gehässigen Freude in meinem Herzen, aber dieser Teil ist sehr klein. Sobald der Salamander die letzten erwachsenen Oger erledigt hat, stelle ich sicher, dass er seine Aufgabe beendet und verspotte ihn, um ihn zu den Kindern zu locken.

Teil 2 ist abgeschlossen. Ich lächle ohne eine Spur von Humor vor mich hin, während der Salamander den jungen Oger verspeist. Dann renne ich davon. Eigentlich könnte ich jetzt, nachdem die Einwohner von Haines Junction gerächt wurden, aufhören. Aber mein Zorn ist noch nicht gestillt, und meine Wut muss nochmals an die Oberfläche treten. Der Salamander ist ein Monster und muss sterben.

In der Theorie war Teil 3 meines Plans ganz einfach. In Wirklichkeit hatte ich alles darauf gesetzt, dass der Salamander am Ende des Kampfes noch am Leben wäre, da ich mein kleines Spielzeug speziell für ihn gebaut hatte. Diese Waffe verbarg ich in der Nähe und war ganz froh darüber, dass die Oger weder mit menschlicher Technologie vertraut noch allzu neugierig sind. Meine Überraschung ist unberührt geblieben. Ich schnappe mir den Einkaufswagen und fahre ihn herum, bis ich den Salamander entdecke.

Ich drücke mir selbst die Daumen und hoffe, dass alles klappt, bevor ich den Einkaufswagen mit einem kräftigen Schubs in Richtung des Monsters rolle. Das Biest versteht nicht, wie ihm geschieht, sieht jedoch, wie ich weglaufe. Daher jagt es hinter mir her, um mich endlich zu erledigen.

Erstaunlicherweise wird das Ding noch nicht durch den ersten Stoß ausgelöst, als es direkt mit dem Salamander kollidiert. Als dann aber ein

Hinterbein auf dem Einkaufswagen landet, ist es soweit. Der Wagen ist mit mehreren Schichten beladen. Die innere, die mir einige Mühe bereitete, enthält eine Flasche selbstgemachten Nitroglyzerins. Die Flasche ist fest versiegelt und mit Watte umhüllt, damit sie nicht schon nach einem leichten Stoß hochgeht. Außerhalb davon habe ich halb gefüllte Benzinkanister und Haarspraydosen gestapelt. Die äußerste Schicht enthält eine dünne Schicht von Nägeln, Schrauben und Muttern. Hierbei handelt es sich um die improvisierte Bombe, deren Konstruktion einen Großteil meiner Zeit erfordert hat.

Bei der Detonation sind es wie erwartet die Schrapnellstücke, die den meisten Schaden verursachen. Der Salamander mag vielleicht extreme Hitze und bis zu einem gewissen Maß auch die Schockwirkung der Explosion aushalten, aber er wird das Schrapnell nicht aufhalten, das von seinem Fuß aufwärts in seinen Körper rast.

Selbstverständlich wird mir all das erst später klar. Als das Ding explodiert, erinnere ich mich nur noch an einen stechenden Schmerz und die Schockwelle, die mich nach vorn schleudert. Danach wird mir schwarz vor den Augen.

***

Als ich wieder zu mir komme, schwebt Ali mit einem besorgten Gesichtsausdruck über mir. Der Ausdruck verschwindet sofort, als ich die Augen öffne, woraufhin er wieder seinen üblichen desinteressierten und mürrischen Gesichtsausdruck aufsetzt. Ich sehe nur eine knappe Bewegung seiner Hand, bevor sich meine Sicht blau verfärbt.

Herzlichen Glückwunsch!
Du hast eine wichtige Rolle bei der Vernichtung des Ogerdorfs (Anfänger) gespielt. Bis hinab zu den Kindern. Wer ist denn jetzt das Monster?
+13.000 EP

Herzlichen Glückwunsch!

Du hast mitgeholfen, einen Salamander (Level 108) zu töten. Du solltest wirklich nicht mit Bomben spielen. Nächstes Mal gehen sie vielleicht zum falschen Zeitpunkt hoch.

+27.000 EP (nach Schadenswirkung zugeteilt)

„Äh ... Ali. War das System gerade sauer auf mich?" Ich sehe mir den blauen Bildschirm besorgt an. Hat der Große Bruder wirklich meine Aktionen verfolgt? Könnte er das Geschehen beeinflussen, falls ich plane, einen ähnlichen Trick einzusetzen? Andererseits hatte ich nicht gerade vor, die Geschichte zu wiederholen. Man sollte keine Bomben auf Grundlage halbvergessener YouTube-Videos und Chemiekurse bauen.

„Sieht so aus, oder?", antwortet Ali, während ich die Benachrichtigung lösche und weitere blaue Felder durchgehe.

Titel erhalten

Weil du ein Monster getötet hast, das mehr als 100 Level über dir war, erhältst du den Titel ‚Monsterschreck'. Alle Schäden an Monstern mit einem höheren Level als du steigen um + 15 %.

Herzlichen Glückwunsch!
Für deinen ersten Titel erhältst du einen Bonus von +5.000 EP.

Levelaufstieg* 4

Du hast Level 7 als Erethra-Ehrengarde erreicht. Wertepunkte werden automatisch verteilt. Du darfst 15 Gratis-Attribute verteilen.

Klassen-Fertigkeiten gesperrt.

Da das blaue Feld nicht mehr mein Sichtfeld versperrt, bin ich in der Lage, meine Statusleisten und anderen Benachrichtigungen ganz langsam durchzulesen. Meine Gesundheit steht immer noch bei weniger als der Hälfte des Normalwerts, und zusätzliche Statussymbole zeigen an, dass ich eine Gehirnerschütterung erlitten habe und erschöpft bin. Echt. Aber die Pflicht ruft. Ich zwinge mich dazu, auf die Beine zu kommen, bevor ich mich übergebe.

„Das ist ja eklig." Ali schnüffelt an der Luft und wartet ab, bis ich fast fertig bin. Dann sagt er: „Aber jetzt mal los, Kleiner. Bald kommen die Aasfresser, dann musst du mit dem Plündern fertig sein."

Ich verziehe das Gesicht, setze mich aber ganz langsam in Bewegung, wobei ich versuche, nicht gleich wieder mein Frühstück hochzukotzen. Oder ist es jetzt das Mittagessen? Abendessen? Bei den Göttern, ich habe keine Ahnung und meine Kopfschmerzen sind zu stark, als dass es mich kümmern würde. Trotzdem kann ich mich nicht beklagen – ich lebe noch, was mehr ist, als ich erwartet hatte. Ich bin mir sogar ziemlich sicher, dass ich während der letzten paar Tage nicht ganz richtig im Kopf war. Wer zum Teufel lockt einen Minidrachen in eine tödliche Schlacht mit einer Gruppe von Ogern, die gerade ein Dorf ausgelöscht haben, während er eigenhändig eine Bombe bastelt?

Im Salamander entdecke ich einen Salamander-Feuerbeutel, dessen Haut und noch mehr Fleisch. Als ich mein Inventar öffne, um die Objekte wegzustecken, stelle ich überrascht fest, dass es sich weiter vergrößert hat.

„Ali ... bilde ich mir das nur ein?" Ich runzle die Stirn und betrachte das neue 6-mal-6-Raster.

„Nein, der Inventarplatz wird alle 5 Level vergrößert", erklärt Ali und nimmt das Raster in Augenschein. „Da hast du Glück gehabt."

Ich muss ihm zustimmen. Ansonsten wäre ich gezwungen, einige dieser Sachen wegzuwerfen. Während Gegenstände des gleichen Typs gestapelt werden, benötigen einzigartige Objekte jeweils einen Platz und die verschiedenen Fleischsorten werden ausnahmslos als einzigartig betrachtet.

Auf jeden Fall bin ich ein Glückspilz. Ich nehme die Salamander-Beute an mich, werfe alles in mein Inventar und gehe weiter. Die Ogerkinder bieten einige Ogerhäute, während die Erwachsenen anfangs einen enttäuschenden Eindruck machen. Sie liefern mir eine Reihe primitiver Waffen, überdimensionierte Rüstungsteile, Ogerhaut und insgesamt 5.000 Credits. Die Credits gelangen als Benachrichtigung direkt in mein Inventar. Eine hilfreiche Tatsache, denn ich hatte begonnen, ältere Beutestücke wie das Ameisenfleisch zurückzulassen. Als ich den Ogerhäuptling erreiche, beuge ich mich vorsichtig nach unten, um seine Keule hochzuheben. Fast hätte ich sie wieder fallen gelassen, als eine Nachricht erscheint.

Verzauberte übergroße Schlagkeule
Grundschaden: 38
Verzauberung: Ignoriert 20 % der Zielpanzerung

Verdammt. Mein Messer hat nur einen Grundschaden von 4. Wie die Beschreibung erläutert, basierte der zusätzliche Schaden auf der Rüstung des Ziels und darauf, wie und wo dieses getroffen wird. Bessere Rüstungen absorbieren mehr Schaden, obwohl sie nach zahlreichen Treffern an Schutzwirkung verlieren. Darüber hinaus haben Nahkampfwaffen zusätzliche Schadensmodifikatoren, die auf der eigenen Stärke basieren. Im Fall des Ogers war diese wohl beträchtlich.

Ich schaffe es kaum, die verdammte Riesenkeule zu tragen und die Tatsache, dass ich sie überhaupt hochheben kann, verstößt gegen sämtliche Gesetze der Physik. Daher lasse ich sie liegen, während ich nach der Beute des Häuptlings greife. Die bringt mir eine weitere Ogerhaut, 7.000 Credits und einen goldenen Schlüssel ein. Als ich den Schlüssel in die Hand nehme, um ihn ins Inventar zu legen, erscheint ein weiterer blauer Bildschirm.

Schlüssel zur Stadt
Möchtest du die Kontrolle über Haines Junction übernehmen? (J/N)

„Was zum Teufel?", brülle ich in Alis Richtung und bereue meinen Ausbruch sofort, da sich mir der Kopf dreht. Ali flitzt zu mir hin, starrt den Bildschirm an und schweigt, während ich mich allmählich erhole. Mir ist derart schwindelig, dass ich mich frage, ob er größer geworden ist. Seine Stimme lenkt mich von diesem Gedanken ab.

„Ach du lieber Vater", haucht Ali und deutet auf den Schlüssel. „Das ist der Grund dafür, dass die Oger nicht geflohen sind. Sie haben die Stadt gekauft."

„Erklär mir das mal, verdammt", erwidere ich.

„Äh ... okay. Ja. Eure Städte sind nicht echt, zumindest nicht dem System zufolge. Wenn du eine besitzen möchtest, musst du die Rechte an der Stadt kaufen. Was die Oger getan haben. Sie müssen ihre Ressourcen zusammengelegt haben, um die Rechte und ein Portal hier vom System zu kaufen. Selbst ein Kaff wie das hier muss ein Vermögen gekostet haben", erklärt Ali hastig, wobei er vor lauter Aufregung Pirouetten dreht. Demnach waren die Oger wohl Pioniere. Tote, gebratene und gefressene kannibalische Pioniere.

„Scheißegal", sage ich wütend und lehne das Angebot des Systems ab. Das verdammte System scheint zu glauben, von uns erbaute Dinge wären nicht real. Alis überraschter Ausruf, als er sieht, was ich tue, wird von einem weiteren Textsegment unterbrochen.

Kontrolle über die Stadt abgelehnt.
Keine weiteren intelligenten Wesen im Bereich auffindbar.
Möchtest du die Rechte an Haines Junction weiterverkaufen? (J/N)

Ich kichere leise, während ich auf Ali deute: „Keine intelligenten Wesen!"

„Ach, hab dich nicht so. Ich zähle nicht, da ich mit dir verbunden bin, Jungchen", erwidert Ali, während der Schlüssel aus meiner Hand verschwindet.

Rechte an Haines Junction für 10 % der Kosten verkauft. 200.000 System-Credits wurden deinem Konto gutgeschrieben.
Einmaliges Angebot: Möchtest du deine System-Credits jetzt ausgeben? (J/N)

Diesmal habe ich keine Wahlmöglichkeit, da Ali für mich entscheidet.

Kapitel 5

Eben stand ich noch zwischen den verbrannten und zerfetzten Überresten des Oger-Clans, mein Körper schmerzte und ich musste Wellen alberner Anfälle und meiner Benommenheit abwehren. Im nächsten Moment bin ich wieder in bester körperlicher Verfassung und stehe in einem High-Tech-Laden, dessen Design zu viele Gelbtöne aufweist. Angesichts der Farbwahl runzle ich die Stirn. Ich hätte erwartet, der Shop wäre vollständig in Blau gehalten, aber er ist gelb. Von den Wänden bis zu den Sesseln und zur Ladentheke, hinter der uns ein gelber Eidechsenmensch erwartungsvoll beobachtet.

„Du bist viel größer!", rufe ich, als ich Ali sehe. Statt seiner üblichen 30 Zentimeter misst dieser Ali stattliche zwei Meter zehn. Wenigstens trägt er immer noch seinen orangefarbenen Overall, und ich muss zugeben, dass dieser ausgezeichnet zu seiner mokkafarbenen Haut passt.

„Das ist meine tatsächliche Größe", raunzt Ali und deutet auf mich. „Du kannst meine Großartigkeit nun einmal nicht unterdrücken."

„Großartigkeit?" Angesichts seiner Wortwahl klappt mir beinahe die Kinnlade nach unten.

„Ich langweile mich. Deine Welt bietet eine Menge interessante Arten der Unterhaltung", sagte Ali abschätzig, während er zu dem wartenden Eidechsenmenschen geht. „Malik! Du alter Gauner. Ich habe ein tolles Angebot für dich!"

Ich starre den Eidechsenmenschen und meinen Begleiter an, der bereits Objekte aus meinem Inventar zieht und über den Preis feilscht. In dieser Hinsicht ist er begabter als ich, aber was zum Geier tue ich in der Zwischenzeit? Und warum bin ich eigentlich körperlich wieder fit?

„Vielleicht möchte sich der Meister unsere Waren ansehen?" verkündet eine leise Stimme neben meinem Ellbogen, was mich veranlasst, herumzuwirbeln und zuzuschlagen. Ich sehe den Sprecher kurz, einen aufrecht gehenden Fuchs, bevor er mühelos meinem Schlag ausweicht.

„Entschuldigung! Tut mir echt leid. Ich meine ja nur, na ja, die Apokalypse!" Ich entschuldige mich mehrmals.

„Keine Sorge, Meister, das ist völlig normal. Die Schuld liegt bei deinem Diener, der dich überrascht hat." Der junge Fuchs setzt ein breites Grinsen auf und deutet auf eine Türöffnung, die mir zuvor verborgen geblieben war. „Die Waren, Meister?"

„Ja, das könnte ich ...", sagte ich und folge dem Fuchs. Schließlich bin ich jetzt reich oder gehe zumindest davon aus, es zu sein. „Übrigens, vorhin war ich noch verletzt, jetzt aber geht es mir ausgezeichnet."

„Ah, das ist ein Teil des Transferprozesses. Den Regeln des Galaktischen Rats zufolge müssen sämtliche Käufe durch völlig gesunde Individuen getätigt werden. Nach der Rückkehr wirst du aber wieder in den vorherigen Zustand zurückversetzt werden", erklärt der Fuchs, während er mich durch die Tür führt. Der Raum, den wir betreten, ist in einem kühlen Gelbton gehalten und so groß, dass ich kein Ende erkenne. Drinnen wird der Raum von einem schwebenden Raumschiff dominiert, das jenem Modell gleicht, in dem Superman im klassischen Film zur Erde kam. Davor schwebt ein Bildschirm.

Mark VIII Regulus *(200.000 Credits)*
Einsitziges Passagierraumschiff, ursprünglich ausgestattet mit der Fähigkeit für Hyperraumreisen. Ausgerüstet mit einem Link-Laser der 3. Generation und 2 Ares-Startröhren. Mehr ...
Möchtest du das kaufen? (J/N)

Meine Hand zuckt unwillkürlich und bewegt sich nach oben. Ein Schiff, um so schnell wie möglich von hier abzuhauen, wie das System vorgeschlagen hat. Ein Fluchtweg aus dem Blut und dem Wahnsinn meines jetzigen Lebens, ein Ausweg aus der Furcht. Alles, was ich mir zu wünschen wage. Eine leichte Bewegung lässt mich zum Fuchs hinsehen, und ich verenge die Augen. Irgendwas an seiner Körperhaltung, seinem Blick erscheint mir falsch.

Verdammt. Die wollen mich reinlegen. Wieder steigt die Wut in mir auf, und es gelingt mir nur mit Mühe, mich zu entspannen und meine Emotionen zu unterdrücken. Ich schüttle den Kopf und klicke entschlossen auf *Nein*. Zum Glück sagt der Fuchs nichts. Einen Moment später erscheint eine enorme Produktliste. Mit einem angespannten Lächeln blicke ich zum Fuchs und sage: „Sei ein guter Junge. Besorge mir einen Stuhl, einen Kaffee und alle Schokolade, die ihr hier habt. Das dürfte eine Weile dauern."

Der Fuchs schleicht sich davon, und ich gehe die Liste durch. Aber zunächst muss ich sie zwecks besserer Übersichtlichkeit sortieren.

„Alle Gegenstände entfernen, die mehr als 200.000 Credits kosten." Die Liste schrumpft zusammen, bevor neue Einträge erscheinen. Ich knurre, da mich dies nicht überrascht. Mal sehen, was nun passiert ...

„Nur Spezialobjekte für Menschen anzeigen." Diesmal verschwindet die Liste fast vollständig und lässt lediglich 3 Einträge zurück. Vermutlich sind wir als Rasse zu neu, als dass es für uns eine gute Auswahl an Spezialprodukten gäbe.

Menschen-Genombehandlungen

Genombehandlungen werden individuell auf jeden Kunden zugeschnitten. Ziel der Behandlung ist es, den grundlegenden genetischen Code des Kunden zu reparieren und zu optimieren, wobei durch Alter und Strahlung verursachte Fehler behoben werden. Zu den optionalen Verbesserungen der Behandlung gehören die Entfernung von suboptimalem genetischen Code und die Einfügung optimaler Gene.

Grundpreis: 10.000 Credits

Entfernung von Genen: 2.500 Credits

Einfügung von Genen: 2.500 Credits

„Die Behandlung macht mich aber nicht geschlechtslos oder verwandelt mich in ein abartiges Wesen, oder?", frage ich den inzwischen zurückgekehrten Fuchs, verwirrt vom Ausdruck „optimal". Schließlich könnte eine außerirdische Rasse es als optimal betrachten, uns zu Hermaphroditen zu machen oder uns den Affenschwanz zurückzugeben.

„Nein. Die Genombehandlung ist speziell auf Menschen zugeschnitten, einschließlich der sozialen Tabus ihrer Gattung", erwidert der Fuchs, der nun wieder kühl und professionell wirkt. Ich berühre mit einem Grummeln das Fenster, das ich zur Seite schiebe, um es geöffnet zu lassen. Dieses Angebot kaufe ich mir garantiert.

Die Grundlagen der Mana-Manipulation für Menschen
Unter Verwendung patentierter Systemtechnologie werden Informationen über die grundlegende Mana-Manipulation direkt in dein Gehirn geladen. Die Mana-Manipulation ist eine der Voraussetzungen für simple Zauberfertigkeiten.
Preis: 5.000 Credits

Interessant. Ich folge meinem Instinkt und erstelle einen Vergleich.

Die Grundlagen der Mana-Manipulation
Unter Verwendung patentierter Systemtechnologie werden Informationen über die grundlegende Mana-Manipulation direkt in deine geistige Speichereinheit geladen. Die Mana-Manipulation ist eine der Voraussetzungen für simple Zauberfertigkeiten.
Preis: 1.000 Credits.

„Möchtest du mir vielleicht den Preisunterschied erklären?" Ich richte meinen Blick auf den Fuchs, der diese Informationen in aller Seelenruhe zur Kenntnis nimmt. Er deutet zunächst auf die preisgünstigere Option.

„Das ist die vom System erstellte Option, die jedes Wesen im System erstehen kann. Da sie aber für die gesamte Bevölkerung des Systems entwickelt wurde, besteht keine Garantie für die erfolgreiche Absorption der Daten. Im Extremfall schadet der Prozess sogar. Mit einigen wenigen Ausnahmen liefert er nur grundlegende Informationen."

„Die zweite Option wurde von einem unserer Experten spezifisch angepasst, so dass die Absorption des Wissens garantiert erfolgreich ist. Wir stehen zu 100 % dahinter, und dieses Produkt hat sich in deiner Welt als besonders erfolgreich erwiesen. Manche talentierte Individuen werden durch den Kauf dieses Produkts sogar befähigt, einen höheren Basis-Fertigkeitslevel zu erhalten."

„Wie hoch ist die Chance für einen Durchschnittsmenschen, die Fertigkeit dadurch zu erhalten?" Ich deutete auf die allgemeine Systemfertigkeit.

„32 %"

„Und für mich?"

„98 %"

„Das hatte ich mir gedacht", grummle ich und wische das Systemfertigkeits-Fenster zur Seite, so dass es neben die Genombehandlung rutscht. Mit meinen sieben Levels liegt meine Intelligenz weit über derjenigen eines Normalmenschen. Ganz abgesehen davon, dass ich nie als Dummkopf betrachtet wurde. Ich richte meine Aufmerksamkeit wieder auf die Einkaufsfenster und sehe mir das letzte Spezialobjekt genauer an.

Thrashers Leitfaden zum Überleben der Apokalypse auf der Erde
Dieser Leitfaden enthält grundlegende Informationen über das System, die jetzige Apokalypse und zukünftige Pläne. Hierzu gehören Erläuterungen wichtiger Fertigkeiten, Magie, Technologie, sichere Bereiche, des Shops und mehr.
Preis: 50 Credits

Ich betrachte diesen Eintrag mit einiger Skepsis und erstelle eine zweite Sektion für vielleicht zu kaufende Objekte. Ich habe das Gefühl, dass Ali viel mehr weiß, als ein Leitfaden für 50 Credits hergeben würde, aber fragen kostet ja nichts. Dann kommt meine Klasse dran: „Verfügbare Informationen über die Erethra-Ehrengarde auflisten."

Eine ellenlange Liste über die Ehrengarde, ihre Ausbildung, Geschichte, Kampftaktik, Ausrüstung, gegenwärtige Organisationsstruktur und mehr erscheint. Die meisten Dinge kosten zwischen 20 und 50 Credits, daher schnappe ich mir alle davon. Interessanterweise ist es sogar möglich, Informationen über geheime und verborgene Missionen zu kaufen, aber darauf verzichte ich. Ich nehme an, dass die Garde ohnehin nicht sehr gut auf mich zu sprechen ist. Daher muss ich meine Arroganz nicht noch auf die Spitze treiben, indem ich dem System Insiderwissen abkaufe.

Und nun zu grundlegenden Fertigkeiten. Ich werfe einen kurzen Blick auf ein umfangreiches Spektrum von Skills und schränke die Auswahl dann auf die kampfrelevanten ein. Es gibt die üblichen Kategorien Unbewaffnet, Klingenwaffen, Stumpfe Waffen, Stangenwaffen, Bogenschießen, Gewehre, Pistolen und mehr. Wenn ich es möchte, könnte ich sogar die Steuerung eines Panzers erlernen! Ein Teil von mir lacht über die Idee, aber ich unterdrücke diesen Impuls. Ich glaube nicht einmal, dass es im Yukon-Gebiet vor der Apokalypse einen einzigen Panzer gab. Und selbst wenn, dann wäre dieser jetzt nur noch ein Metallklumpen.

Nein, es ist besser, ich konzentriere mich auf die Dinge, die ich wirklich brauche. Ich nehme die Fertigkeiten für den Unbewaffneten Kampf und schiebe sie in den Bereich der Dinge, die ich kaufen möchte. Dann füge ich Gewehre, Pistolen und Klingenwaffen zur Vielleicht-Liste hinzu. Bevor ich mich für irgendetwas davon entscheide, muss mir klar sein, was für Waffen ich erstehe.

Ich rufe den Bereich Klassen-Fertigkeiten auf und zucke zusammen. Selbst die billigsten kosten Zehntausende und machen keinen besonders nützlichen Eindruck. Ich muss meinen Wunsch nach coolen Skills mit der Tatsache abgleichen, dass ich Waffen, Transportmittel und Fertigkeiten brauche. Dennoch markiere ich einige davon und ziehe sie in die Spalte „Kaufen."

Ich grinse, trinke den Kaffee aus und winke dem Fuchs mit der leeren Tasse zu, während ich Schokoriegel aufreiße. Ach ja – eine schnelle Suche identifiziert haufenweise Optionen für Schokoriegel und ich genehmige mir einen ganzen Stapel Schweizer Schokolade. Und weiter geht's! Eine Waffe wäre super, aber ich muss auch dran denken, Geld für eine Rüstung und ein Transportmittel aufzusparen. Bis nach Whitehorse sind es nur 160 Kilometer, aber zu Fuß würde diese Strecke mehrere Wochen in Anspruch nehmen. Und dabei sind noch nicht einmal die diversen Monster eingerechnet, die wahrscheinlich am Wegrand lauern.

Also sollte ich erst mal herausfinden, was ein Transportmittel kostet. Beim Anblick der angezeigten Liste zucke ich zusammen. Selbst ein einfaches Motorrad kostet mehrere tausend Credits und ein Kleinwagen über zehntausend, zudem verbrennt er Benzin. Und für fortgeschrittene Optionen stiegen die Preise stark an. Allerdings zeigte ein Blick auf die Details den Grund dafür: viele dieser Fahrzeuge wurden direkt mithilfe von gespeichertem Mana betrieben. Für eine Rüstung wären die Kosten wohl ebenfalls sehr noch. Sogar höher als jede Waffe, wenn die Preise den historischen Vorbildern ähneln.

Ich fauche vor Ärger und starre die Fahrzeuge an. Es muss doch irgendwie möglich sein ...

***

„Wo zum Teufel bist du? Ich hoffe doch sehr, dass du noch nichts gekauft hast!" Ali reißt die Tür mit einem Knall auf und sucht verzweifelt nach mir, da er sich nun offensichtlich daran erinnert, dass er nicht alleine hier ist. Er rast zu mir, deutet auf mich und faucht: „Ich habe dich nur eine Sekunde alleingelassen!"

Ich schnaube, lehne mich zurück und lege die Beine hoch, während ich die wunderschönen blauen Fenster betrachte, die vor mir schweben. Ich denke an etwas und sie schrumpfen zusammen, bevor Ali eine Gelegenheit hat, etwas davon zu lesen. Stattdessen rufe ich ein neues Fenster auf.

„Oh, halt doch die Klappe. Ich habe schon einen besseren Begleiter gefunden." Ich deute auf das Fenster, und er wirbelt herum und starrt es an.

KI-Begleiter der Lambda-Klasse, 6. Generation
Dieser Begleiter der Lambda-Klasse, 6. Generation entstand aus der Kombination einer Delta- und einer Epsilon-KI. Er befindet sich noch im Anfangsstadium, aber der grundlegende Code dürfte beträchtliche Datenmengen verarbeiten und den Betrieb von bis zu 3 Rang-D-Maschinen oder 1 Rang-C-Maschine kontrollieren.
Rang: C
Erfordert: Mindestens Rang-D-Hardware für die Installation.

Ali liest sich den Text hektisch durch, reißt die Augen auf und stottert: „D... du, hast mich durch einen Haufen Code ersetzt!" Am Ende schreit er mich mit einem knallroten Gesicht an. „Du undankbarer Fleischklops, du elender Maden fressender, Schweine leckender, Schafe fickender ..."

Sein Wortschwall bricht abrupt ab, als ich mich nach vorne beuge und kichere. Ich versuche, mich zusammenzureißen, aber als er mit seiner Tirade aufhört, falle ich vom Stuhl und pruste vor Lachen. Und immer wenn ich glaube, ich hätte meine Emotionen wieder unter Kontrolle, sehe ich in Alis missmutiges Gesicht und pruste wieder los. Selbst der Fuchs ist leicht amüsiert, dem Zucken seines Schwanzes nach zu schließen.

Ich weiß nicht, wie lange es dauert, bis ich meine Emotionen wieder unter Kontrolle habe. Sicher eine ganze Weile. Schließlich deute ich auf Ali: „Du bist mir ja ein schöner Begleiter. Diese Marketingfritzen hätten mich beinahe über den Tisch gezogen."

Ali kneift die Augen zusammen. Ich seufze und zeige das Raumschiff an. Ali studiert dieses und das Fenster flackert, während er sich mit einem leisen Grummeln die Details durchliest. „Ja, das Ding ist absoluter Müll. Es ist um drei Generationen veraltet, hat keine Raketen, keine Panzerung und das ursprüngliche Raumtriebwerk wurde rausgerissen und durch einen Schrotthaufen ersetzt. Einen, der dich vielleicht in den Hyperraum bringt – oder auch nicht – und nach jedem Sprung aufgetankt werden muss. Sie haben es nicht einmal vollgetankt."

Während unserer Unterhaltung steht der Fuchs mit einem unschuldigen Lächeln da. Diese Typen sind unverschämt. Deshalb bin ich dankbar, dass Ali später mit ihnen feilschen und sie reinlegen wird.

„Na gut, Schluss mit dem Spaß. Wie ist es gelaufen?" Ich deute auf den Raum, aus dem er gekommen ist.

„Ich revanchiere mich dafür", murmelt Ali, bevor er eine Antwort liefert. „Ziemlich gut. Der Salamander-Feuerbeutel war auf der Erde der erste, daher erhältst du einen Sonderpreis von 23.187 Credits dafür. Mit Ausnahme der Kinder waren die Ogerhäute ziemlich billig. Die bringen mehr ein, weil sie weicher sind, weißt du ..."

Er verstummt, als ich die Hand hebe, da ich mir wirklich keine ausführliche Liste seiner Heldentaten anhören möchte. Er murmelt etwas über undankbare Gören, bevor er antwortet: „Insgesamt 38.632 Credits."

„Damit haben wir 250.632 Credits, stimmt's? Die wir in jeder beliebigen Reihenfolge verwenden können, je nach Bedarf, oder?"

„Ja ..."

„Gut. Hier ist meine Idee." Ich deute auf die mittlerweile geöffneten Fenster und bereite mich auf ein Streitgespräch mit dem Begleitergeist vor.

***

„Du kannst jederzeit aufhören, hübscher Junge", beschwert sich Ali, während ich mein Spiegelbild betrachte. Ich grinse ihn nur an und berühre erneut den Helm, der sich als Reaktion darauf in einen simplen Metallkragen zurückzieht, der meinen Hals umgibt. Ich trage einen einteiligen Overall, ganz in Schwarz gehalten und verdammt eng, aber das geht in Ordnung. Auch der Overall ist eine Rüstung.

Sein Kompliment passt sogar. Die Genombehandlung scheint mich unter anderem attraktiver gemacht zu haben. Mein Kinn ist kräftiger, meine Gesichtszüge etwas symmetrischer und länger, so dass meine chinesische Abstammung sich mit dem Aussehen anderer Rassen vermischt hat. In gewisser Weise ähnle ich nun eher Keanu Reeves als mir selbst. Einige Aspekte wie die schwarzen Haare habe ich beibehalten, aber an meinem gesamten Körper wurden minimale Veränderungen durchgeführt. Unter anderem stieg meine Körpergröße um zehn Zentimeter und ich habe deutlich mehr Muskelmasse. Fältchen, die während der letzten Jahre aufgetaucht sind – subtil genug, dass niemand außer mir sie bemerkte – sind nun verschwunden. Die Behandlung hat ein komplettes Jahrzehnt weggewischt und lässt mich wieder wie Anfang 20 aussehen. Die Gesichtsveränderungen waren anfangs besonders verstörend, aber glücklicherweise scheint sich mein Unterbewusstsein relativ gut an die Veränderungen gewöhnt zu haben. Anscheinend hat sich mein Klassentraining im geistigen Widerstand dabei hilfreich ausgewirkt – oder vielleicht hat das System meine Persönlichkeit verändert, damit ich mit meiner neuen Existenz zurechtkomme.

Überraschenderweise spüre ich aber nebst den oberflächlichen Faktoren keinerlei Veränderung, was die körperliche Leistung betrifft. Als ich Ali danach frage, erklärt er es als eine Nebenwirkung meines Levels und meiner Klasse. Ich habe die normale menschliche Genetik so weit hinter mir gelassen, dass die Genombehandlung nur noch minimale Anpassungen hervorrufen konnte. Dichtere Muskelfasern, mehr rote Blutkörperchen, zusätzliche graue Zellen und ähnliche Dinge, die ich größtenteils ignoriert habe.

Ich habe mich vor allem auf die psychischen Änderungen konzentriert. Ein Teil der Genomveränderung beinhaltete eine chemische Behandlung, nach der ich mich stabiler fühle und besser fähig bin, meine Emotionen unter Kontrolle zu halten. Mein eigenes Überleben ruft immer noch Wut und

Schuldgefühle in mir hervor, aber momentan bin ich wieder funktionsfähig, da ich nicht mehr an einem dramatischen chemischen Ungleichgewicht des Gehirns leide. Angesichts der Tatsache, dass mein geistiger Widerstand die äußeren physikalischen Veränderungen mühelos akzeptierte, frage ich mich, wie nahe ich ohne diese Klasse einem Nervenzusammenbruch gekommen wäre. Für einen ehemaligen Büroangestellten habe ich im Verlauf der letzten Woche verdammt viel Laufen, Verstecken und Töten hinter mich gebracht.

Aber eigentlich spielt nichts davon eine Rolle. Ich bin hier und ich könnte mich bis in alle Ewigkeit fragen, was wohl gewesen wäre, wenn ... So ist das eben. Dennoch bin ich neugierig und rufe den Statusmonitor auf, um die Veränderungen zu sehen.

Statusmonitor			
Name	John Lee	Klasse	Erethra-Ehrengarde
Volk	Mensch (M)	Level	7
Titel			
Monsterschreck			
Gesundheit	390	Ausdauer	390
Mana	360		
Status			
Normal			
Attribute			
Stärke	27 (50)	Beweglichkeit	38 (70)
Konstitution	39 (75)	Wahrnehmung	14
Intelligenz	36 (60)	Willenskraft	36 (60)
Charisma	14	Glück	10

Fertigkeiten			
Verstohlenheit	6	Überleben in der Wildnis	3
Unbewaffneter Kampf	2	Messerfähigkeit	5
Athletik	5	Beobachten	5
Kochen	1	Gefahr spüren	4
Improvisation	2	Sprengstoffe	1
Klassen-Fertigkeiten			
Keine (4 gesperrt)			
Zaubersprüche			
Keine			
Boni			
Begleitergeist	Level 3	Wunderkind (Täuschung)	--

Nicht zugewiesene Attribute:

12 Wertepunkte

Möchtest du diese Attribute zuweisen? (J/N)

„Hat deine Mutter dir nicht gesagt, du sollst ihn dir nicht die ganze Zeit reiben?", grummelt Ali und ich kehre in die Gegenwart zurück. Ich ziehe die Hand zurück, mit der ich mir den Kopf gerieben hatte. Dort gibt es nicht einmal eine Narbe, aber wenn ich mich konzentriere, spüre ich die Aktivierung der dort installierten Neuralverbindung. Ich könnte schwören, dass ich sie in meinem Gehirn fühle, bin mir jedoch bewusst, dass dieser Eindruck rein psychosomatischer Natur ist. Über die Neuralverbindung rufe ich erneut das Detailfenster auf.

Neuralverbindung Stufe IV

Die Neuralverbindung unterstützt bis zu 5 Anschlüsse.

Momentane Anschlüsse: Omnitron III Persönliches Kampffahrzeug der Klasse II

Installierte Software: Rich'lki Firewall Klasse IV, Omnitron III Klasse IV Controller

Ich schließe das Fenster, gehe zu meinem Persönlichen Kampffahrzeug (PKF) und streiche mit der Hand über den Lenker. Das PKF gleicht einer aufgemotzten Motocross-Maschine, pures Schwarz und elegante Panzerplatten. Aber das ist nicht alles. Auf einen Gedankenbefehl hin spaltet das PKF sich auf und legt sich als motorisierte Panzerung um meinen Körper. Korrekt – ich besitze einen Motorrad-Mech, der mich beinahe für all den Wahnsinn entschädigt, den ich durchgemacht habe. Fast.

Ich verspüre den Drang, die Mech-Details erneut aufrufen, um mich daran zu ergötzen.

Omnitron III Persönliches Kampffahrzeug der Klasse II (Sabre)

Kern: Omnitron Mana-Maschine der Klasse II

CPU: Klasse D Xylik Kern-CPU

Panzerstärke: Stufe IV

Befestigungspunkte: 4 (1 wird für die Integration des Quanten-Status-Manipulators benutzt)

Software-Anschlüsse: 3 (1 wird für Neuralverbindung benutzt)

Erfordert: Neuralverbindung für erweiterte Konfiguration

Akkukapazität: 120/120

Attribut-Boni: +20 Stärke, +7 Beweglichkeit, +10 Wahrnehmung

Ali hatte mich bei der Auswahl sogar unterstützt, so dass ich anstelle der ursprünglich gewählten Ares-Version dieses Produkts die Omnitron gekauft habe. Die Omnitron-Version war standardmäßig besser bewaffnet und gepanzert, verfügte aber über einen kleineren Mana-Motor. Daher habe ich auf Alis Vorschlag hin die installierte Bewaffnung und die verbesserte Panzerung zugunsten eines leistungsstärkeren Mana-Motors geopfert. Diese Wahl führte zu einem Minimalprodukt ohne Extras, aber mit dem Potenzial für massive Upgrades in der Zukunft sowie eine kurze Nachladezeit.

Zur Verringerung der Kosten wählten wir zudem die Version ohne ablative Panzerung. In dieser neuen Welt konnte man entweder eine superharte Panzerung wählen, die zerbricht, wenn sie je etwas durchschlägt oder eine ablative Panzerung, die allmählich abbröckelt und dünner wird, aber auch nach einer Beschädigung noch nützlich bleibt. Selbstverständlich ist die Panzerung der Stufe IV nach den Maßstäben der früheren Erde immer noch extrem stark. Die meisten Monster, die ich direkt bekämpft hatte, hätten darauf nicht einmal einen Kratzer hinterlassen. Der Salamander gehörte offensichtlich nicht dazu, da ich mich diesem nie im Kampf gestellt habe – meistens bin ich nur weggelaufen.

Unser einziges Upgrade für das Motorrad war der QSM-Integrator, der allein einen Viertel von Sabres Preis ausgemacht hat. Ja, ich habe dem Motorrad einen Namen gegeben. Na und? Zwar hat mich die Höhe des Preises für das Upgrade überrascht, aber da der QSM sich als extrem nützlich erwiesen hatte, war ich bereit, dafür zu bezahlen.

Natürlich blieb danach deutlich weniger für meine persönliche Waffe übrig. Am Ende wählten wir 2 verschiedene. Die Erste war über ein praktisches Holster an Sabre befestigt und mit einigen kleineren Modifizierungen ausgestattet. Eigentlich sah sie aus wie ein normales halbautomatisches Jagdgewehr mit einem Kolben aus Holzimitat, nur etwas dicker. Aber natürlich war sie das nicht:

Ferlix-Strahlengewehr Typ II (modifiziert)

Grundschaden: 38

Akkukapazität: 21/21

Nachladerate: 1 pro Stunde pro GME (momentan 12)

Ich musste Ali löchern, um eine Erklärung der Nachladezeit zu erhalten. Schließlich gab er mir die Details, sogar zu viele davon. Er rief sogar Grafiken und Tabellen mit Karten des Sonnensystems und der Galaxis auf. Ehrlich gesagt hatte ich nach den ersten 5 Minuten auf taub geschaltet. Eigentlich geht es um Folgendes: der Galaktische Rat hat eine Reihe von Maßeinheiten auf Grundlage des in der Umgebung der Hauptstadt verfügbaren Basis-Mana definiert. Eine davon war die Galaktische Mana-Einheit oder GME. Alle Mana-Motoren wurden nach ihrer Fähigkeit bewertet, eine GME zu absorbieren und mithilfe dieser eine Mana-Batterie aufzuladen. In Dungeonwelten und höherstufigen Zonen stieg die Nachladerate jedoch, da GMEs dort häufiger zu finden waren. Mana-Batterien konnten direkt nachgeladen werden, was aber spezielle Fähigkeiten erforderte, da eine falsch aufgeladene Mana-Batterie explodieren würde.

Meine Nahkampfwaffe hatte zu einem hitzigen Streitgespräch geführt. Ali wollte, dass ich mir eine Pistole kaufte – der Kerl war von Feuerwaffen total fasziniert – während ich mir ein Schwert wünschte. Er gab erst nach der Erklärung nach, dass ich eine Waffe brauche, der nicht mitten im Kampf der Saft ausgeht, da ich sonst tief in der Patsche sitzen würde. Er ärgert sich immer noch darüber, bei dieser Diskussion den Kürzeren gezogen zu haben.

Ich hatte mit einem einfachen Anderthalbhänder als Schwert begonnen und beobachtet, wie es sich veränderte, nachdem ich es zu meiner persönlichen Waffe ernannte. Anfangs verfügte es über ein subtiles Muster entlang der Blutrille an der Klinge, grüne Intarsien am Heft und eine gebogene Parierstange. Eine simple, aber attraktive Waffe. Als ich sie aber zu meiner persönlichen Waffe beförderte, verschwand jeglicher Schnickschnack. Nun wirkte das Schwert schlanker und ungeschmückt. Seine einzige Schönheit bestand in der reinen Zweckdienlichkeit – diese Waffe war zum Töten bestimmt und effizient dabei.

Schwert Stufe II (Seelengebundene persönliche Waffe eines Erethra-Ehrengardisten)

Grundschaden: 48

Haltbarkeit: N/Z (persönliche Waffe)

Sonderfähigkeiten: Keine

Das Schwert war noch schärfer geworden, und obwohl die Klinge nicht unzerbrechlich war, musste ich es nur wegschicken und zurückrufen, um es wieder in den ursprünglichen Zustand zu versetzen.

Nachdem die Vorbereitungen abgeschlossen und sämtliche grundlegenden Informationen absorbiert worden waren, musste ich mich nur noch mit den Skills beschäftigen. Ich trat schließlich zur Seite und nickte dem Fuchs zu, damit dieser den Prozess auslöste. Sofort nach meinem Nicken spürte ich bereits die Veränderung. Diese war noch deutlicher spürbar als beim vorherigen Wissenskauf – als hätte die Welt angehalten und erst nach einem Ruck wieder begonnen, sich zu drehen. Bald darauf erscheinen neue Fenster.

Fertigkeit Unbewaffneter Kampf erhalten (Level 6)

Fertigkeit Klingenbeherrschung erhalten (Level 6)

Fertigkeit PKF-Kampf erhalten (Level 4)

Fertigkeit Energiegewehre erhalten (Level 3)

Fertigkeit Meditation erhalten (Level 5)

Fertigkeit Mana-Manipulation erhalten (Level 1)

Schwacher Heilzauber erhalten

Sobald ich die Fenster schließe, erscheint eine weitere Nachricht.

Update System-Quest

Die Reise zu den Ursprüngen des Systems und des Mana hat viele Ausgangspunkte, aber alle Wege führen zum Verständnis des Mana. Du hast den ersten Schritt zum Systemverständnis getan.

Anforderungen: Erlerne die Mana-Manipulation

Belohnung: 500 EP

„Aha", sage ich mit einem Grinsen und schließe das Quest-Update. Da mein Einkauf abgeschlossen und mein Geld ausgegeben ist, kehre ich in die reale Welt zurück.

Der Gestank von verbranntem Fleisch und zerfetzten Gedärmen kehrt zurück, ebenso der Schmerz. Da ich nicht mehr vom System geschützt werde, machen sich all die erlittenen Schäden besonders heftig bemerkbar. Obwohl ich die Schmerzen erwartet habe, zwingen sie mich dennoch in die Knie, und mein Kopf brummt. Nur mit äußerster Konzentration gelingt es mir, den schwachen Heilzauber zu wirken und den Schaden zu heilen, indem ich den Zauber mehrmals wiederhole. Ali schweigt währenddessen und wartet, bis ich wieder einigermaßen funktionstüchtig bin. Dann sagt er: „Also, fangen wir mal an!"

„Nein." Ich schüttle den Kopf, zucke mit den Schultern und gehe zu meinem Motorrad. Ich setze mich darauf und löse in Gedanken die Umgestaltung aus, so dass ich spüre, wie die Panzerung mich umhüllt.

„Oh, werden wir nach Aas suchen?"

„Nicht direkt", sage ich und bewege mich auf die Stadtmitte zu, während ich nach potenziellen Bedrohungen Ausschau halte.

„Hör auf damit! Das hier ist kein Ratespiel. Was zum Teufel hast du vor, Junge?" Klang Ali und fliegt hinter mir her.

„Ein Mensch zu sein."

***

Ich erschieße den letzten übergroßen Kojoten, der nach Nahrung und Beute gesucht hatte. Danach wende ich mich wieder dem von mir aufgebauten Scheiterhaufen zu. Wahrscheinlich hätte ich mich um die Monsterleichen kümmern sollen, aber die sind mir scheißegal. Allerdings haben die Bürger der Stadt etwas Besseres verdient. Selbst in einem motorisierten Panzeranzug habe ich für das Hacken und Tragen mehrere Stunden gebraucht, erst recht, da ich gelegentlich einige herumwandernde Monster töten musste.

Als ich damit fertig bin, fehlen mir die Worte, obwohl ich während der letzten Stunden versucht habe, welche zu finden. Am Ende sage ich nur: „Es tut mir leid."

Als ich mich umdrehe und Sabre wieder in ein Motorrad verwandle, höre ich hinter mir eine raue Stimme.

Gott lag tot im Himmel,
Engel sangen das letzte Lied,
Purpurrote Winde heulten,
Von ihren Flügeln tropfte
Das Blut
Und fiel auf die Erde.
Es, ein ächzendes Ding,
Wurde schwarz und sank.
Dann kamen aus den fernen Höhlen
Der toten Sünden
Monster, wütend vor Verlangen.
Sie kämpften
Um die Welt,
Den Leckerbissen.
Doch in all dieser Trauer war dies die tiefste –
Die Arme einer Frau versuchten,
Den Kopf eines schlafenden Mannes

Vor den Zähnen der letzten Bestie zu schützen.[1]

Ich drehe mich um und starre Ali an. Dieser zuckt nur mit den Achseln. „Es erschien mir angemessen."

Ja, das war es.

Verborgene Quest abgeschlossen!
Du hast trotz aller Widerstände die Leichen der Gefallenen zur Ruhe gebettet und ihren Tod gerächt. Das System mag gefühllos sein, aber du bist es nicht.
Belohnung: 5.000 EP. Titel erhalten: Erlöser der Toten. Dein Ruf bei gewissen Gruppierungen wurde angepasst.

„Ich scheiße auf dich, System", flüstere ich und wische die Nachricht mit einer Handbewegung weg. Es ist Zeit, nach Hause zu gehen.

---

[1] „Gott lag tot im Himmel", Stephen Crane

Kapitel 6

„Ali, ich irre mich doch nicht, oder? Du bist größer geworden, richtig?" Ich lasse den Motor aufheulen und rase die Straße entlang, wobei ich neuen Schlaglöchern und Trümmerstücken ausweiche. Anscheinend besitzen Monster keinen Bürgerstolz, wenn man sieht, wie sie mit den öffentlichen Straßen umgehen. Seit dem Verlassen von Haines Junction sind Stunden vergangen, und bisher befördert mich Sabre wirklich flott zurück Richtung Zivilisation.

„Mehr als groß genug, wie alle Damen sagen", antwortet Ali grinsend.

„Du bist ein Geist. Du hast nicht mal ein Geschlecht", knurre ich und lehne mich in die Kurve, als wir an einem überraschten Elch vorbeizischen. Ach du Scheiße, das Ding war so groß wie ein Bus!

„Da zeigt sich deine Heteronormativität. Diese Denkweise hat während eurer gesamten Geschichte die Hälfte der Bevölkerung unterdrückt", sagt Ali.

„Ich hasse dich", murre ich und schalte auf taub. Ich hatte eine ernsthafte Frage bezüglich seiner Fähigkeiten, aber er kommt mir jedes Mal mit solchen Sprüchen!

Ich bemühe mich angestrengt, ihn zu ignorieren. Als er daher „runter!" schreit, dauert es einen Moment, bis ich realisiere, dass er es ernst meint und darauf reagiere. Diese Verzögerung hätte mich beinahe das Leben gekostet, als ich mich ducke und das Fahrzeug ins Schleudern bringe. Ein Drache, der mich nur um Zentimeter verfehlt hat, zieht aus dem Sturzflug hoch. Er kreischt vor Wut, und seine fledermausähnlichen Flügel und violetten Schuppen glitzern im Sonnenlicht. Ich spüre den Druck, die Auswirkungen der Furchtaura, die den Drachen umgibt, als er sich nähert und versucht, meine Muskeln zu lähmen und mich damit zur Strecke zu bringen.

Meine Widerstände aktivieren sich, während ich mich darauf konzentriere, das Motorrad wieder unter Kontrolle zu bringen. Sobald ich erkenne, dass das unmöglich ist, aktiviere ich die Verwandlung. Das gesamte

Motorrad löst sich unter mir auf, während ich mich verzweifelt am Lenker festklammere. Zum Glück sind in meinem Overall leichte Panzerplatten eingenäht, ansonsten würde ich mir schlimme Hautabschürfungen holen.

Die Verwandlung dauert wenige Sekunden. Panzerplatten schieben sich schützend über meine Arme und Beine, flüssiges Metall füllt die Lücken an meinen Gelenken und die Räder und der Auspuff des Motorrads bringen sich am Rücken an, wodurch sie einen umfangreichen Rucksackbereich bilden. Mein eigentlicher Wanderrucksack und dessen Inhalt werden während der Verwandlung auf der Straße verstreut. Während ich über den Boden rutsche, drücke ich einen Fuß nach unten und komme mit einer Wendigkeit, Koordination und Stärke, die die Fähigkeiten eines normalen Menschen bei weitem übersteigen würden, in die Hocke.

Als ich dann langsamer werde und nach oben blicke, sehe ich die Informationen, die Ali für mich aufgerufen hat.

Schattendrachling (Level 74)
HP: 14.780 / 14.780

Heiliger Bimbam! Diesen Kampf werde ich unmöglich gewinnen. Ein geistiger Befehl löst den QSM aus und ich fliehe in den nahen Wald, um mich dort zu verstecken.

***

Einige Stunden später kommt Ali zu meinem Versteck, nachdem die Sonne unter- und wieder aufgegangen ist. Er deutet nach oben. „Alles in Ordnung. Er ist weg."

Ich stoße einen Seufzer der Erleichterung aus. Meine Hände zittern kaum merklich, da der Adrenalinschub nun endlich nachlässt. Ich lege den Kopf auf die Arme und verlangsame meine Atemzüge. Nach einem Moment gelingt es mir, meine Angst zu unterdrücken. Der Drachling war ziemlich hartnäckig und wollte nicht aufgeben, nachdem er mich aus den Augen verloren hatte. Dank des QSM bin ich ihm entkommen, sonst wäre ich als Drachlingfutter geendet. Ich hatte Glück, so viel Glück ...

Nachdem ich mich wieder unter Kontrolle habe, werfe ich rasch einen Blick auf den in meinen Helm eingebauten Kompass. Danach beginne ich meinen Marsch in Richtung Whitehorse durch den Wald und hoffe, die Straße später wiederzufinden. Aber es wäre wohl besser, wenn ich noch einige Stunden warte, bevor ich mich wieder auf die Straße wage.

Ali erschien mir einige Minuten lang ungewöhnlich schweigsam, während ich durch den Wald schlich. Er schwebte nur neben mir her und summte nicht einmal eine nervtötende Melodie. „Ich bin größer. Ich sagte dir doch, dass ich gemeinsam mit dir stärker werde und schließlich einen echten Körper manifestiere."

„Du sagtest, bei Level 2 hättest du die Fähigkeit erhalten, die Monster des Systems in unserer Nähe zu spüren. Wie ist es den Drachling gelungen, so verdammt nahe heranzukommen?", herrsche ich ihn an.

„Schattendrachling. Tarnfähigkeiten beeinträchtigen meine Fähigkeit, ihn durch das System zu spüren, da das System diese Fertigkeiten bestimmt", erklärt Ali. Ich nehme mir vor, in Zukunft besser aufzupassen. Anscheinend kann ich mich nicht auf ihn verlassen.

„Was hast du für die anderen Level bekommen?"

„Einen besseren Systemzugriff. Daher werden die von mir angezeigten Informationen immer präziser. Zudem habe ich die Reichweite meiner Entdeckungsfunktion erweitert und kann mich länger manifestieren." Ali erklärt: „Wenn du Level 10 erreichst, kannst du meine Affinität erhalten, wenn du lange genug trainierst."

Ich nicke ihm zufrieden zu. Endlich mal echte Informationen.

***

Nach einigen Stunden, während derer ich neben der Straße hergelaufen bin, kehre ich darauf zurück und reise im Eiltempo weiter. Ein Großteil der restlichen Reise nach Whitehorse verläuft relativ friedlich und flott. Je näher ich der Stadt komme, umso niedrigstufiger werden die Monster. Das letzte Monster, dem ich begegne, ist ein riesiger Braunbär mit einem mickrigen Level von 35. Auf Alis Drängen hin töte ich den Bären und plündere seine Leiche. Das arme Ding hatte keine Chance, da ich es aus großer Entfernung abschoss. Ich steige nicht im Level auf und ärgere mich darüber, den Rest des Fleisches zurücklassen zu müssen, wo es verfaulen wird. Aber den vom System generierten Körper kann ich unmöglich transportieren. Darüber sollte ich in der Zukunft mal nachdenken – eine Art dimensionsübergreifender Lagerung zu ermöglichen.

Als ich bis auf einen Kilometer an die Takhini-Abkürzung herangekommen bin, mit dem Motorrad noch knapp 20 Minuten bis Whitehorse, beginnt Ali zu quasseln. „Jetzt aber mal Vollgas, Junge, sonst gibt es eine Wiederholung von Haines Junction."

Ich knurre und lasse den Motor aufheulen. Sabre dröhnt und die Mana-Batterie beginnt sich allmählich zu entladen, da ich mehr Energie verbrenne, als der Motor aufladen kann. Aber darüber kann ich mir jetzt keine Sorgen machen. Ich sehe das Problem erst, als ich die letzte Kurve umrunde und etwas Gas wegnehme, um die Lage abzuschätzen.

Troll (Level 32)
HP: 1673/1842

In diesem Fall ist der Troll der Angreifer. Das 4 Meter große Wesen mit der warzenbedeckten grünen Haut kämpft gegen eine zierliche japanische Frau, die eine Stangenwaffe einsetzt. Als ich hinter ihnen anhalte, setzt sie zum Hieb an und wendet die Klinge, um in den Arm des Trolls zu schneiden.

Danach kehrt sie die Schlagrichtung um und schlitzt seinen Hals auf. Beim letzten Angriff scheint ein weißes Licht die Klinge zu umhüllen, wodurch der zweite Schnitt den Trollkörper sichtlich müheloser durchdringt. In Sachen Geschwindigkeit und Fähigkeiten ist sie dem Troll überlegen, scheint aber trotzdem zu unterliegen, da der Troll seine Schäden bereits heilt und alte sowie neue Wunden sich schließen. Im Gegensatz zum Troll hat die Frau keine solche Heilfähigkeit, und aus einer Wunde in ihrer Kopfhaut tropft Blut.

Mikito Sato (Level 27)
HP: 282/420

So interessant der Kampf auch sein mag, bin ich noch faszinierter von den riesigen Huskys, die unablässig umherflitzen, um den Troll zu ärgern und abzulenken. Diese Kreaturen sind fast so groß wie ein kleines Pony und unterscheiden sich kaum in Farbe und Größe. Zwei rothaarige Menschen rufen ihnen Befehle zu – die Besitzer der Huskys, wie ich annehme.

Richard Pearson (Level 24)
HP: 210/210

Lana Pearson (Level 24)
HP: 230/230

Weiter hinten befindet sich eine Gruppe von Zivilisten, darunter auch Kinder. Ich achte nicht auf sie und bemühe mich darum, das Gewehr aus dem Holster zu ziehen. Ich ärgere mich darüber, das Ziehen der Waffe nicht geübt zu haben. Jetzt verliere ich mit meinen unbeholfenen Versuchen kostbare Sekunden. Mikito übersieht ein Täuschmanöver, das das Blut aus ihrer Wunde sie eine entscheidende Sekunde lang behindert. Das ist alles, was der Troll braucht, um loszuschlagen. Der tödliche Schlag wird auf Kosten eines Huskys verzögert, der sich auf den angehobenen Arm des Trolls stürzt. Dann habe ich endlich mein Gewehr herausgezogen.

Ich ziele hoch, um einen Fehlschuss auf andere Personen zu vermeiden und drücke den Abzug. Der erste Schuss trifft den Troll an der Schulter und verbrennt und kauterisiert das Fleisch, als die Strahlenwaffe ein Loch erzeugt. Der Troll duckt sich, um ein kleineres Ziel zu bilden. Dann rennt er auf allen Vieren auf mich zu.

Statt zu fliehen, gebe ich einen gezielten Schuss ab. Dieser trifft das linke Schlüsselbein, durchdringt den Körper und bohrt sich hinter diesem in die Erde. Der Troll stürzt zu Boden, aber sein Schwung führt dazu, dass er auf mich zurollt. Als er sich davon erholt hat, vollführt er einen Hechtsprung in meine Richtung, der ihm einen Stiefelkick ins Gesicht einbringt. Leider habe ich vergessen, dass die verdammte Physik unser Leben immer noch beeinflusst.

Statt den Troll wegzuschleudern, fliege ich rückwärts durch die Luft und lande auf dem Boden. Beim Aufprall rolle ich mich ab, wobei ein Teil von mir staunt, dass ich zu derart akrobatischen Kunststückchen fähig bin. Der andere, größere und klügere Teil von mir gibt eiligst einen weiteren Schuss auf das Monster ab.

Der verfehlt komplett, aber der Troll zögert lange genug, dass ich auf die Beine komme. Und schon wieder begehe ich einen Fehler. Ich vergesse, wie lang die Arme der Kreatur sind. Diese schlägt mein Gewehr zur Seite und hätte mir beinahe den Kopf abgerissen, wenn es mir nicht gelungen wäre, mich reflexartig zurückzuziehen. Meine Arme zittern, aber die Klauen des Trolls durchdringen meine Panzerung nicht. Als er mich entwaffnet sieht, stürzt er sich unbekümmert auf mich.

Jammerschade für ihn, dass ein Erethra-Ehrengardist (trotz der gestohlenen Klasse) nie wirklich unbewaffnet ist. Ich wirble herum und lasse mich fallen. Instinktiv erscheint mein Schwert in meiner Hand, um den Bauch des Trolls aufzuschlitzen. Ich trete bereits aus seinem Schatten und durchtrenne mit einem nach unten geführten Schlag die Sehnen seiner Kniekehle, bevor meine beiden Hände den Schwertgriff packen, um ihm mit einem harten Blockierschlag den Arm abzutrennen. Der arme Kerl.

Ich weiche dem Angriff des anderen Trollarms aus, und dann erscheint Hilfe in Form der Huskys, die sich auf die verwundete Kreatur stürzen. Ich nehme mir die Zeit, den anderen Arm abzuhacken, während die Huskys und Mikito den Troll beschäftigen. Dann hole ich mein Gewehr und feuere, um den Kampf zu beenden. Hinter meinem Helm zeichnet sich ein Grinsen ab, als der Troll brennt und stirbt.

Troll (Level 37) getötet
+3700 EP

„Mensch! Das war fantastisch", sagt Richard, der zu mir kommt und mir auf die Schulter klopft. Nachdem die Gefahr vorbei ist, nehme ich meinen Helm ab und nicke ihm zu. In Gedanken bin ich immer noch verblüfft, wie einfach der Kampf sich angefühlt hat. Klar habe ich Fehler gemacht, aber der Level des Dings war viel höher als meiner. Dennoch beschleicht mich das Gefühl, dass ich den Troll mit etwas mehr Erfahrung im Alleingang umgenietet hätte.

„Richard! Hilda braucht Hilfe", ruft Lana und beugt sich über den verwundeten Husky. Beim Blick in ihre Richtung sehe ich, wie eine üppige Rothaarige, deren grüne Bluse teilweise aufgeknöpft ist, sich über den Hund lehnt. Mir stockt fast der Atem. Mein Gott, ist sie attraktiv. Ich wende meinen Blick mit Mühe ab und starre den Hund am Boden an, dessen niedriger Gesundheitswert meine Aufmerksamkeit erweckt. Hmmm ...

„Ich möchte etwas probieren ..." Ich gehe auf den Hund zu, während ich versuche, mich an den zuvor erworbenen Zauberspruch zu erinnern. Ich lege meine Hand auf das Tier und blende seine angestrengten Atemzüge aus. Im Geiste spreche ich den schwachen Heilzauber und das Mana bringt meine

Hand zum Leuchten, bevor es in den Husky fließt und den Erholungsprozess aktiviert. Vor der erneuten Anwendung des Zaubers muss ich jeweils eine Minute warten, aber schließlich überschreitet seine Gesundheit die Zweidrittelmarke. Die Wartezeit verbringe ich damit, den Troll zu plündern. Meine Bemühungen bringen mir etwas Trollblut und Haut ein, da ich der Killer bin und als Einziger dazu befähigt wurde. Zudem mustere ich die anwesenden Zivilisten, sechs Erwachsene und zwei Kinder. Da ich nichts anderes zu tun habe, lese ich mir die Details meines Zaubers erneut durch.

Schwacher Heilzauber

Wirkung: Verleiht 20 Gesundheit pro Einsatz. Ziel muss während der Heilung in Kontakt bleiben. Abklingzeit 60 Sekunden.
Preis: 20 Mana

„Danke!" Lana umarmt den geheilten Hund und reibt ihr Gesicht gegen dessen Fell, während die Zunge des Hundes sie ableckt.

„Wie hast du das gelernt? Und wieso funktioniert dein Motorrad noch?" Nach der Heilung beäugt mich Richard voller Gier und Eifersucht. Ich richte den Blick wieder nach oben und bemerke die Familienähnlichkeit, das leichte Lächeln, das auf ihren Lippen spielt. Die attraktiven Gesichtszüge von beiden. Richard sieht ebenfalls verdammt gut aus, aber sein Charisma wirkt flüchtig und zieht aller Augen an, während er spricht. Er trägt ein kariertes Hemd und Jeans sowie eine leichte Sommerjacke. Über dem Arm hält er ganz locker eine Schrotflinte.

„Habe ich im Shop gekauft", erwähne ich beiläufig. Es ist wohl besser, nicht zu erwähnen, dass Sabre ein Mech ist – neuerdings gilt schon ein funktionierendes Motorrad als Sensation.

„Im Shop?", fragt Lana, während Mikito schweigt und auf die Gruppe aufpasst. Ich sehe sie an und nicke dem anderen Kämpfer in der Gruppe zu, sie hingegen starrt mich nur an. Momentan scheint sie mir nicht gerade freundlich gesinnt zu sein.

„Ein Ort, um seine Beute zu verkaufen. In Whitehorse gibt es einen davon", sage ich und hebe dann die Hand, um weitere Fragen abzuwehren. „Aber wir sollten los. Wir können uns später noch unterhalten, wenn wir in Sicherheit sind. Dann beantworte ich eure Fragen."

Das Trio nickt mir grimmig zu, da sie daran erinnert wurden, dass man in der Wildnis nicht einfach so herumstehen sollte. Ich signalisiere den Kindern und einer der Mütter, auf das Motorrad zu steigen. Danach starte ich dieses per Fernsteuerung und lasse es langsam neben uns herfahren.

Nachdem ich dafür gesorgt habe, dass sie sich in die richtige Richtung bewegen, setze ich den Helm wieder auf. Dann spreche ich leise hinein: „Ali, halte die Augen offen. Sag's mir, wenn irgendwo Gefahr lauert, in Ordnung?"

„Wie, du stellst mich nicht vor? Schämst du dich meinetwegen?", beschwert sich Ali und schwebt neben mir her.

„Reine Vorsichtsmaßnahme. Das scheinen nette Leute zu sein, aber die Hunde sind riesig." Ich werfe einen Blick auf die Hunde, die neben uns hertraben. Auch den einen, der vom Troll angegriffen wurde. Anscheinend heilen sie schneller als wir, was einiges aussagt. Offensichtlich habe ich einen Teil meines Manapools verschwendet.

„Tierbegleiter. Ich wette hundert Credits, die beiden gehören zur Tierbändiger-Klasse", sagt Ali und deutet auf die Pearsons. Ich öffne den Mund, um weitere Fragen zu stellen, aber dann kommt Richard für ein Gespräch zu mir. Aus Höflichkeit öffne ich die Sichtscheibe des Helms.

„Nochmals vielen Dank. Ich bin Richard, das ist meine Schwester Lana, und die Dame da drüben heißt Mikito." Richard deutet auf die Kämpfer, bevor er die Zivilisten benennt, die sich im Zentrum unserer kleinen Gruppe befinden. Ehrlich gesagt habe ich ihre Namen sofort wieder vergessen. Ich hatte schon immer ein schreckliches Namensgedächtnis, aber da Ali mir nun beisteht, muss ich mich nicht mehr damit abmühen.

„John", sagte ich und schüttle ihm kurz die Hand, bevor ich versuche, ihre Geschichte zu erfahren. Anscheinend hat er ein Bedürfnis, sich mitzuteilen. Denn bald darauf erfahre ich im Detail, was ihnen zugestoßen ist. Bei der Aktivierung des Systems erhielten sowohl Richard als auch Lana die Klasse der Tierbändiger als empfohlenen geringen Bonus. Zunächst ignorierten sie diese Option, aber nach ihrer ersten Auseinandersetzung mit einem Monster – offenbar einem Rieseneichhörnchen – akzeptierten sie die Tatsachen. Dadurch wurde ihr Team von Schlittenhunden zum uns jetzt umgebenden Rudel und sie erhielten eine Verbindung zu ihren Tieren.

Mikito hatte mit ihrem Mann die Takhini Hot Springs besucht und gehofft, unter dem Nordlicht schwanger zu werden, bevor die Tragödie eintraf. Die Pearsons hatten es noch nicht geschafft, mehr über ihre Naginata zu erfahren. Allerdings musste ihr etwas Schlimmes zugestossen sein, da die Frau sich bei der geringsten Provokation auf sämtliche Monster stürzte, die ihren Weg kreuzten. Die übrigen Zivilisten, Nachbarn und andere hatte sie nacheinander eingesammelt und nach Whitehorse gebracht, wo sie hoffentlich in Sicherheit wären.

„Wieso besitzen sie keine Klassen?" Ich deute auf die Gruppe in der Mitte und drehe dann dem Kopf, um nach neuen Bedrohungen Ausschau zu halten.

„Doch, die haben sie. Karl ist ein Bauer, Jorge ein Unternehmer und so weiter. Sie sind einfach keine Kämpfer", sagt Richard mit einem Schulterzucken und murmelt dann: „Ich eigentlich auch nicht, aber du weißt ja ..."

„Ja, ich weiß." Dann schweigen beide von uns und setzen gedankenverloren unseren Weg fort. Es war für keinen von uns leicht, in einen Kampf ums nackte Überleben gezwungen zu werden. Unterwegs starre ich nach vorn und meine Gedanken kreisen um Whitehorse. Dort angelangt werden wir uns ausruhen können, da wir in der sicheren Zone Frieden finden dürften. Vielleicht haben wir dort die Möglichkeit, die Waffen niederzulegen und mit dem Töten aufhören. In dieser verrückten neuen Welt etwas Vernunft zu finden.

***

Als Whitehorses Two Mile Hill schließlich in Sichtweite kommt, jubelt die gesamte Gruppe gedämpft. Es war deprimierend genug, durch das Industriegebiet und die Vorstadt zu marschieren. Mal abgesehen davon, dass wir wiederholt die Fernstraße verließen, um verlassene Gebäude zu durchsuchen. Als wir uns der Innenstadt nähern, sinkt der Zonen-Level in die Mittzwanziger, was für eine apokalyptische Landschaft relativ sicher ist. Zumindest gibt es hier keine fliegenden Drachlinge mehr. Allerdings sehen wir überall um uns Anzeichen für Kampf und Tod, als wir vorankommen. Was mich daran erinnert, dass nicht jeder eine Kampfklasse gewählt oder erhalten hat oder überhaupt die Chance dafür hatte.

Der Jubel verklingt, als wir eine weitere Gruppe bemerken, die auf Fahrrädern vom Stadtteilzentrum den Two Mile Hill herunterfahren. Rechts von uns liegt das massive blauweiße Gebäude des Stadtteilzentrums, dessen Schatten einen bedrückenden Eindruck auf uns macht. Wir werden das Canada Games Centre im Auge behalten müssen, denn laut Ali sammeln sich die Manaströme hier in tiefen Reservoirs, die zusätzliche Monster anlocken könnten. Werden diese nicht entfernt, könnte daraus ein Schlupfwinkel für Monster und später ein richtiger Dungeon entstehen. Zum Glück ist dies ein Problem für später, um das sich andere kümmern werden.

Ich senke die Sichtscheibe des Helms und erhöhe den Basis-Vergrößerungsgrad, um mehr über die andere Gruppe zu erfahren. Die Gruppe besteht aus zwei Typen, die Komparsen aus *Der Herr der Ringe* gleichen. Dazu Elfen, einem Möchtegern-Drachenmenschen, einem Mini-Riesen in voller Plattenrüstung und zwei Zauberern in langen, fließenden Roben. Stimmt, die gesamte Gruppe sieht aus wie ein aufgemotzter Live-Rollenspiel-

Verein, aber mit Levels zwischen Anfang und Mitte 30 stellt sie eine ernsthafte Bedrohung dar.

„Ali, warum sind ihre Level so hoch?", murmle ich in meinen Helm.

„Mmm ... in Whitehorse sind anfangs vermutlich viel mehr Monster erschienen. In der Anfangsphase erhalten alle Bonus-Erfahrungspunkte. Falls sie hier also bei der Monsterjagd zusammengearbeitet haben, war der Levelaufstieg relativ einfach. Trotzdem muss ich zugeben, dass ihre Levels tatsächlich relativ hoch sind", bemerkt Ali und mustert die Gruppe ebenfalls.

Einen Moment später seufze ich, als ich die Zauberer genauer betrachte. Die Gesichter der beiden haben sich seit der Zeit vor der Apokalypse am wenigsten verändert. Ohne Akne sehen die beiden Teenager deutlich besser aus, aber das war es dann schon. Ich nehme meinen Helm ganz ab, streiche mit einer Hand durch meine Haare und lasse die Schultern etwas hängen. Lana, die kurvenreiche Lana, an deren Gesellschaft ich mehr interessiert bin als derjenigen ihres Bruders, wirft mir von der Seite her einen besorgten Blick zu.

„Ich kenne sie flüchtig", sage ich und richte in Gedanken ein Gebet an alle Götter, die mir momentan zuhören.

Aber alles geht schief und die Radfahrergruppe fährt auf uns zu. Daher werden die Systemnamen aller lesbar, einschließlich der Elfin.

Luthien Celbrindal (Level 32)
HP: 420/420

„Leck mich doch kreuzweise am Arsch. Ich hätte doch mehr Punkte ins Glück investieren sollen", sage ich und bewege meinen Nacken, um die Verspannungen loszuwerden, die sich dort plötzlich ausgebreitet haben. Mikito hebt kampfbereit ihre Naginata. Mir fällt auf, dass sogar die Hunde knurren. „Die Typen werden uns keinen Ärger bereiten, jedenfalls nicht so. Glaube ich. Das ist etwas Persönliches."

Lana gestikuliert, und Richard und der Rest der Gruppe halten an. Offensichtlich erwarten sie meine Erklärung: „Da kommt meine Ex-Freundin. Die Trennung war ziemlich hässlich. Ich habe die Stadt verlassen, um ihrer Gegenwart zu entkommen …".

„Du hast Angst vor einem Mädchen?" kichert Ali, während Lana spricht. „Also bist du vor deinen Beziehungsproblemen in die Apokalypse geflüchtet?"

„Nein, ich möchte nur nichts mehr mit diesem Miststück zu tun haben", protestiere ich und winke ab. Lana wirkt kurz verwirrt und gibt dann Richard mit einer Geste zu verstehen, dass wir weitergehen sollten. Der nervige Rotschopf versucht, ein Grinsen zu unterdrücken. Ali macht sich nicht einmal die Mühe dazu, da er sich in der Luft überschlägt und sich kaputtlacht.

„Halt! Wer da?", ruft der Riese, als wir näherkommen.

„Ein schlechter Rollenspieler", murmle ich und überlasse Richard die Eröffnung der Diskussion, während ich mich in den Hintergrund verdrücke. Nach der gegenseitigen Vorstellung berichtet Richard kurz von ihrer Reise.

Während Richard redet, beäuge ich die Gruppe und deren Waffen. Die Schwerter, Bögen und Streitkolben wurden offensichtlich benutzt. Und obwohl die Gruppenmitglieder einen netten Eindruck machen, halten sie die Hände in der Nähe ihrer Waffen. Sie scheinen sich an das Fantasy-Motiv zu halten, was mich nicht überrascht – in der Rollenspielgruppe meiner Ex ging es immer um Dungeons & Dragons.

„Wie hast du das Motorrad zum Fahren gebracht?", sagt jemand, dessen Statusleiste ihn als Tim identifiziert. Ein Augenblick vergeht, bevor ich mich an ihn erinnere. Klar! Vor dem Beginn dieses Schlamassels war er ein Mechaniker. Jetzt ist er ein Mischwesen, halb Drache, halb Mensch. Zwei Meter zehn groß, trägt eine Kettenrüstung und ist ausgerüstet mit einer Streitaxt. Manche Interessen bleiben wohl auch jetzt noch bestehen.

„Na?", drängt er und ich realisiere, dass alle auf meine Antwort warten. Sogar die Pearsons und Mikito.

„Ich habe es im Shop gekauft", sage ich, lehne mich gegen das Fahrzeug und lasse meine Hand lässig neben dem Gewehrkolben baumeln. Zwar rechne ich nicht damit, auf jemanden das Feuer eröffnen zu müssen, aber der Anblick eines funktionstüchtigen Motorrads macht Tim etwas zu glücklich.

„Da draußen gibt es einen Shop?", mischt sich das Miststück Luthien ein. Ich muss zugeben, dass sie als Elfin gut aussieht – groß, schlank und blond war sie schon vorher. Aber die spitzen Ohren, die engen ledernen Hosen und die Rüstung betonen ihre Vorzüge noch. Mit ihrem Aussehen hatte sie nie ein Problem – aber ihre Lügen, Betrügereien und die Manipulationen waren eine andere Geschichte.

„Nein. Ich erhielt aufgrund ... besonderer Umstände Zugang zum Shop." Ich schweige und überlege mir, wie ich das Thema am besten umgehe. „Das war in Haines Junction ..."

„Also warst du dort? Hast du dort einen Mann namens Perry gesehen?", fragt der andere Elf und drängt sich in die Gruppe, die mich nun umgibt.

„Nein. Die Stadt, die ist weg." Ich senke den Blick, da ich wirklich nicht der Überbringer schlechter Nachrichten sein möchte. „Oger haben sie überrannt und alle getötet. Die Oger wurden von einem Salamander erledigt, und nach dem Plündern ihrer Leichen erhielt ich die Gelegenheit, den Shop zu besuchen. Dort habe ich mir das Motorrad und die Waffen gekauft", sage ich und hoffe, diese Antwort reicht ihnen aus. Sie enthält einen ausreichenden Kern der Wahrheit, ohne im Detail auf die Rolle einzugehen, die ich dabei gespielt habe.

Ich sehe, wie der Elf namens Jeff bei diesen Neuigkeiten in sich zusammenfällt. Dann entfernt er sich. Die anderen machen ihm Platz, aber Luthien und der letzte Magier, Kevin, starren mich nur an. Am Ende meldet sich Kevin zu Wort: „Bist du das, John?"

„Ja", antworte ich. Als er dann aber den Mund öffnet und zu einer Antwort ansetzt, winke ich ab. „Ich bin froh, dass ihr alle am Leben seid", murmle ich und mein Gehirn schaltet auf Automatikbetrieb, während eine

Welle der Wut und Abscheu in mir aufsteigt. Ich schüttle den Kopf, schwinge mich aufs Motorrad und bereite mich auf die Abfahrt vor.

„John ...", sagt Luthien.

Ich ignoriere sie, schalte den Gang hoch und lasse die Gruppe hinter mir, wobei einer der Teenager beiseite springen muss, um nicht überfahren zu werden. Ja, ich fliehe. Ich kann mich nicht am selben Ort aufhalten wie sie, nicht jetzt. Ich beiße die Zähne zusammen und unterdrücke meine Emotionen, während ich vom Two Mile Hill hinunter ins Zentrum von Whitehorse fahre. Das war's dann wohl mit meiner friedlichen Rückkehr in die Normalität.

„Also. John ... ich sollte dich jetzt in Kenntnis setzen", sagt Ali zu mir. Moment, in mir! *„Ja, wir haben eine psychische Verbindung, also kannst du aufhören, wie ein Bekloppter vor dich hin zu plappern."*

Wie denn ...?

„Dem verkniffenen Gesichtsausdruck nach zu schließen versuchst du es gerade, oder? Du musst erst an mich denken, bevor ich dich höre. Es unterscheidet sich vom Gedankenlesen", sagt Ali.

„Wie jetzt, du Arschloch?"

„Perfekt! Natürlich kann mich niemand hören, darum gucke ich dabei auch nicht so blöd aus der Wäsche wie du", fügt Ali hinzu.

„Arschloch", murmle ich in meinen Helm.

Sobald ich den Hügel hinter mir gelassen habe, fahre ich auf der 4th Street an der ausgebrannten Ruine des McDonald's und weiteren verlassenen Geschäften auf beiden Seiten vorbei. Nach einer Minute muss ich ins Schritttempo wechseln, da deutlich mehr Leute unterwegs sind und sich nun niemand mehr an die Verkehrsregeln hält. Keine Überraschung angesichts der Tatsache, dass man die Anzahl funktionierender Kraftfahrzeuge an einem Finger abzählen kann. Andererseits scheinen Fahrräder ein gewaltiges Comeback erlebt zu haben, und die Radfahrer kurven unbekümmert um die Fußgänger herum. Wenn die Gesundheit sich innerhalb von Minuten regeneriert, sind Prellungen und Knochenbrüche wohl nicht mehr ganz so tragisch. Die Menschen machen abrupte Bewegungen, und wenn sich etwas zu schnell bewegt oder sie überrascht, zeichnet sich auf ihren Gesichtern Wut oder Angst ab. Manche lassen die Schultern hängen, andere starren aus großen Augen in die Welt, und die sind die guten Leute – diejenigen, die es gewagt haben, ihre Verstecke zu verlassen.

Allerdings dauert es einige Zeit, bis mir klar wird, was mich an all dem verwundert – es ist keine einzige Brille zu sehen. Wie schon bei meinen eigenen körperlichen Leiden hat die verbesserte Heilungsrate des Systems derartige kleinere Beschwerden wohl verschwinden lassen. Interessanterweise sehe ich zwei Paare hochstufiger Individuen mit Gewehren, die auf der Straße patrouillieren. Bei ihnen handelt es sich um schwarzhäutige und silberhaarige Elfen in einer Uniform, die in noch mehr Schwarz und Silber gehalten ist. Dank meiner Beziehung mit Luthien weiß ich sofort, dass diese Typen keine normalen Elfen sind – sondern Dunkelelfen, die böse Version. Zumindest in schlechten Fantasygeschichten. Erstaunlicherweise scheint ihre Anwesenheit bei der lokalen Bevölkerung kein großes Aufsehen zu erregen, und die meisten Leute gehen hierhin und dorthin, um sich um ihre eigenen Angelegenheiten zu kümmern.

Als ich dann aber bei der École Elementary School ankomme, bin ich verblüfft. Auf der Straße steht ein funktionierender Truck mit laufendem Motor, und die Leute eilen von diesem zu den zahlreichen Zelten, die auf dem Schulgelände aufgestellt wurden. Unter dem Geräusch des laut tuckernden Dieselmotors entlädt eine Gruppe von Jägern der First Nations, der kanadischen Ureinwohner, einen Elch von der Ladefläche. Wie die meisten einheimischen Tiere scheint auch dieser mindestens dreimal so groß zu sein wie unter normalen Umständen, wenn man von der Fleischmenge ausgeht, die sie aus ihm herausschneiden und nach unten weiterreichen.

Ich schiebe mein Motorrad näher, und einer der Ältesten der First Nations, der das Entladen überwacht, blickt mich misstrauisch an, wobei seine Hand unwillkürlich den Gewehrkolben fester packt. Mit seinen permanent zusammengekniffenen Augen, die auf lange Aufenthalte im Freien hinweisen, und den Fältchen auf seiner sonnenverbrannten Haut gehört er ganz zur Alten Schule. Er trägt eine Rohlederweste, ein kariertes Hemd und Jeans und könnte auf einem Sonntagsspaziergang in Whitehorse unterwegs sein, wäre seine Kleidung nicht blutbespritzt. Ich bin mir sicher, ich habe ihn bei einer öffentlichen Veranstaltung in der Stadt gesehen. Allerdings fällt mir beim besten Willen nicht ein, wann und wo das war. Ich hebe meine Hand zum Gruß und sehe, dass er mein Motorrad prüfend mustert.

„Habt ihr den selbst erbeutet?", frage ich mit einer Stimme, die Überraschung und Bewunderung ausdrückt. Bereits ein kurzer Blick auf die Statusleisten der Jäger zeigt mir, dass ihre Levels mehrheitlich einstellig sind.

„Jawohl. Hat uns die Hälfte unserer Patronen gekostet, aber es sind noch welche übrig." Die Warnung ist eindeutig, aber ich lache nur und bewege beide meiner Hände vom Gewehr weg.

„Ich will keinen Ärger. Nur Informationen, da ich gerade erst angekommen bin. Versammeln die Leute sich in der Schule?" Ich deute auf die École und erhalte ein zustimmendes Kopfnicken.

„Und was ist das?" Ich deute auf die sichtbarste Veränderung in der Stadt – das 8 Stockwerke weit aufragende Gebäude aus glänzendem Metall, das alles dominiert und sich mitten auf der Main Street befindet. In früheren Zeiten war Whitehorse eine malerische Stadt mit niedrigen, rechteckigen Gebäuden, breiten Straßen und gelegentlichen Anklängen an die alte Pionierzeit gewesen. Es gab sogar eine Vorschrift, die Gebäude auf eine Höhe von 9 Meter beschränkte. Daher ist dieses anscheinend dem Film *Blade Runner* entstammende Bauwerk alles andere als normal.

Als erste Antwort spuckt der Älteste auf den Boden, dann aber sagt er: „Das Gebäude ist 3 Tage nach den Monstern erschienen. Jetzt wohnt dort ein Scheißkerl, der behauptet, Besitzer der Stadt zu sein."

„Dort ist der Shop, mein Junge. Jemand hat die Rechte an der Stadt gekauft. Gib mir eine Sekunde und ich sehe, was ich herausfinden kann", sagt Ali, der dann wieder vor sich hinstarrt.

Mir wird bewusst, dass ich immer noch den Helm trage. Daher nehme ich diesen ab und lege ihn auf den Lenker. „Dürfte ich noch ein paar Fragen stellen?"

Der Älteste seufzt. Nachdem ich mich aber in die Arbeitsgruppe eingereiht habe, liefert er mir die Antworten. Fleisch hochzuheben und weiterzureichen ist ein geringer Preis für die Informationen, die ich brauche. Sobald mein Fuß die Grenze zur Schule überschreitet, erscheint ein neues Fenster. Eines in dieser Art habe ich noch nie gesehen.

Du hast eine sichere Zone betreten (École Whitehorse Elementary School)

In diesem Bereich sind die Manaströme stabilisiert. Hier werden keine Monster spawnen.

Dieser Sicherheitsbereich umfasst:
Eine Schule (+10 % Skill-Fortschritt)

Bald erfahre ich, dass die Wachen die Besitzer der Stadt sind. Sie haben sich um die Mehrheit der erscheinenden Monster gekümmert und patrouillieren nun die Hauptstraßen. Sowohl École Whitehorse Elementary als auch die F. H. Collins Secondary School gelten als sichere Zonen. Mittlerweile geht fast die gesamte Bevölkerung zum Schlafen dort hin, weil es die einzige Möglichkeit ist, sicherzustellen, dass nicht mitten in der Nacht ein Monster unter deinem Bett erscheint. Allerdings herrscht Platzmangel und die hygienischen Zustände sind miserabel, da es weder Strom noch fließendes Wasser gibt. Das erklärt auch den Gestank ungewaschener Körper. Andererseits kann ich mich nicht beklagen, da ich mich ebenfalls seit Tagen nicht mehr gewaschen hatte.

Das Fleisch ist für den Eintopf bestimmt, den alle hier essen. Denn der reguläre, mit Lebensmitteln beladene LKW kam nie, und nach dem Ausfall des Stromnetzes verdarb ein Großteil der Lebensmittel. Daraufhin wurde rasch beschlossen, die Läden zu verbarrikadieren und die Mahlzeiten in der Kantine zu servieren. Die Jäger bemühen sich, mehr Fleisch zu besorgen. Aber da beinahe fünftausend Leute zu ernähren sind, fällt ihnen die Aufgabe schwer. Mittlerweile erhalten alle nur noch reduzierte Rationen.

Noch während unseres Gesprächs kehren die anderen in die Stadt zurück, und die Zivilisten und Kinder werden von einem Begrüßungskomitee freudiger Stadtbewohner begleitet. Im Hintergrund höre ich Fragen – woher sie kommen und ob sie Todesfälle bestätigen können. Vermutlich ist es besser, einen Tod bestätigt zu haben, als im Ungewissen zu bleiben. Richard und die anderen Kämpfer werden von meiner Ex und deren Gruppe weggeschleppt, nachdem ich ihnen einen Blick zuwarf, der sie zumindest momentan von mir fernhielt.

Nach dem Ausladen des Trucks klettern die Männer hinaus und blicken grimmig um sich. Der einzige andere funktionstüchtige Pickup, den sie gefunden hatten, war kürzlich nicht von einer Fahrt zurückgekehrt. Daher ist es wichtig, dass sie sofort wieder mit der Jagd beginnen. Allerdings würde es ihnen nicht leichtfallen, mit einfachen Jagdgewehren Monster zu jagen, die deutlich größer und stärker sind als sie.

„Jim", rufe ich dem Ältesten zu, der gerade mit seiner Gruppe über das nächste Jagdgebiet spricht. Er dreht sich um, offensichtlich verärgert durch diese Unterbrechung. Hoffentlich besänftigen ihn diese Worte: „Auf der Fahrt hierher bin ich einem Bären begegnet. Ich musste ihn töten und das Fleisch zurücklassen. Das war etwa 45 Minuten mit dem Auto von hier entfernt, auf dem Weg nach Haines Junction. Das Fleisch ist vielleicht etwas gammelig, weil es einige Stunden her ist, aber ..."

„Wo?" Er verengt die Augen und es ist offensichtlich, dass sich seine Gedanken bereits darum drehen. Kostenloses Fleisch, ohne einen Kampf erworben – das können sie sich unmöglich entgehen lassen.

„Ich zeige es euch." Ich kehre zum Motorrad zurück und bleibe dann stehen, als zwei Wächter vor mir erscheinen und mich ausdruckslos anstarren. „Hallo."

„Lord Roxley möchte mit Ihnen sprechen", sagt der größere der beiden Dunkelelfen, dessen Hand lässig auf dem Schwertgriff ruht.

„Ach, ist das so?" Ich spüre, wie ich den Mund verziehe und mein Gleichgewicht verlagere, bevor mir Ali praktisch ins Ohr schreit. „Benimm dich nicht wie ein Idiot! Wenn er will, kann er dich aus dem Shop verbannen!"

Das wäre schlecht. „Ja, dann werde ich wohl mitkommen."

Jim beäugt die Wächter schweigend. Aber er nickt mir zu, um zu zeigen, dass er meine Zwangslage versteht. Auf einen Impuls hin ziehe ich das Gewehr aus dem Holster und überreiche es dem Mann. „Feuert wie ein echtes, aber ohne Rückstoß. Da drin stecken 21 Schuss. Versuch, es nicht kaputt zu machen, okay? Ich will es wieder zurückhaben."

Jim grunzt und sieht sich das Gewehr an, während seine Freunde uns überrascht beobachten.

„Ali, du hast doch den Lokalisierungssender an dem Ding aktiviert, oder?"

„Na klar. Deine Entscheidung war zwar dumm, aber diese Hinterwäldler werden nicht darauf kommen, wie man den Sender deaktiviert", sagt Ali und grinst.

„Dann besuchen wir mal euren Boss." Ich zeige den beiden Wächtern ein Grinsen, das meine Augen nicht erreicht. Ich steige aufs Motorrad und gebe ihnen mit einer Geste zu verstehen, dass sie vorausgehen sollen. Diese Begegnung dürfte zumindest interessant werden.

Kapitel 7

Bei meiner Inspektion des Gebäudes mit dem Shop sehe ich, dass es mit einem spiegelnden silberfarbigen Material verkleidet ist. Es ragt als rechteckiger Quader über mir auf und dominiert die Stadt mit seiner erschreckenden Fremdartigkeit. Als wir uns nähern, gleitet die Tür auf und wir betreten eine in schwarzem Marmor und weiteren Silberakzenten gehaltene Eingangshalle. Nachdem ich eingetreten bin, erscheint eine Systemnachricht.

__Du hast eine sichere Zone betreten (Stadtzentrum)__
In diesem Bereich sind die Manaströme stabilisiert. Hier werden keine Monster spawnen.
Dieser Sicherheitsbereich umfasst:
Dorf Whitehorse – Stadtzentrum
Der Shop

„Dorf?" Ja, eigentlich handelt es sich um eine Kleinstadt, trotzdem ist dieser Begriff ziemlich abwertend. Anscheinend zählt das System nur diejenigen Gebäude, die es anerkennt.

„Ich besorge eine Karte und projiziere zudem die Menschenkarten in dein Overlay, so dass du die Umgebung richtig siehst, wenn du den Helm aufsetzt", sagt Ali mit Blick auf das Gebäude, in dem wir uns befinden. „Wenn du diese Cyber-Augen hättest, könnte ich die Informationen direkt an dich übertragen. Aber du musstest ja unbedingt deine Fleischaugen behalten."

Das ist jetzt echt nicht der richtige Zeitpunkt dafür. Ich seufze und reibe mir die Schläfen, wobei ich mich zum tausendsten Mal frage, ob es im Shop etwas gibt, um freche Begleitergeister zu neutralisieren. Oder ihnen zumindest das Maul zu stopfen.

Wir betreten den Aufzug und rasen zum obersten Stock, obwohl die Bewegung im Inneren nicht wahrnehmbar ist. Verdammt. Ich weiß nur, dass wir ganz oben angelangt sind, weil die durchsichtigen Wände eine perfekte Rundumsicht bieten.

„Lord Graxin Roxley, Baron der Sieben Meere, Jäger von Drakyl, Meister des Schwerts und der Schwarzen Flamme, Korinther der Zweiten Stufe und gefeierter Tanzmeister des 196. Balls", verkündet der Wächter, als wir den Lift verlassen. Neben mir übersetzt der gewohnt hilfreiche Ali: „Dunkelelf, Baron, hat über hundert Dämonen getötet, Klingenmeister und spezieller Feuermagier, schmust gern aggressiv mit Männern und ist ein hübscher, hübscher Tänzer."

Der Wächter, der die Anmerkungen nicht mitbekommt, fährt mit der Vorstellungsrunde fort. „Mylord, der Abenteurer John Lee, Monsterschreck und Erlöser der Toten."

Interessant. Anscheinend haben meine Titel doch eine Bedeutung. Während meiner Vorstellung sehe ich mir Lord Roxley genau an. Der Mann (Elf?) ist fast 2 Meter groß, schlank und graziös mit lila Haaren, die ihm bis auf den Rücken fallen. Spitze Ohren, schwarze Haut und lila Augen definieren ein kantiges Gesicht über einer militärisch geschnittenen Jacke in Schwarz mit lila Akzenten. Auf seiner rechten Hüfte ruht ein Schwert, und an der linken ist eine Pistole befestigt. Er strahlt eine gelassene Zuversicht und Charme aus. Ein Teil von mir möchte zu ihm gehen, ihm an den knackigen Arsch greifen und sehen, wie gerne er tatsächlich schmust.

Geistiger Einfluss abgewehrt

Die aufblinkende Nachricht setzt meinen lüsternen Gedanken ein Ende. Ali schwebt neben mir und nickt mir zu, als ich ihn ansehe: „Ja. Er hat eine niedrigstufige Charisma-Blase erzeugt. Sieht nach einer Mischung aus Pheromonen, guten Genen und subtiler Körperimitation aus." Er hält kurz inne und fährt dann fort: „Aber du darfst ihn gerne vernaschen. Ich werde zusehen und alles aufzeichnen."

„*Wieso erscheinen auf seiner Statusleiste nach dem Namen nur Fragezeichen?*" Ich ignoriere Alis Behauptungen, obwohl ein Teil von mir die Idee gar nicht so schlecht findet. Es wäre nicht das erste Mal, dass ich etwas derartiges versucht hätte, aber nicht heute.

„Ich kann nicht auf seine Informationen zugreifen. Etwas blockiert mich", meint Ali.

„Willkommen im Dorf Whitehorse, Abenteurer", sagt Lord Roxley.

„Danke", sage ich. Ich stehe herum und versuche herauszufinden, was zum Teufel hier abläuft. Warum ich? Die Art der Vorstellung verweist auf einen förmlichen Anlass, aber ich habe nicht die geringste Ahnung, was das sein könnte.

„Ich muss sagen, ich hatte nicht erwartet, dass eine so ... unerfahrene Person derartige Titel besitzt." Roxley lächelt, ohne einen freundlichen Eindruck zu hinterlassen.

„Ja. Ich hatte ... Glück." Okay, vielleicht wäre es in diesem Fall besser, die ganze Geschichte herunterzuspielen. Oder mir zumindest nicht in die Karten schauen zu lassen.

„Glück existiert im System nicht", bemerkt Roxley. Dem Tonfall zufolge handelt es sich um ein Zitat. Er deutet auf zwei Sessel und ich trete zu ihm hin und warte, bis er sich hinsetzt, bevor ich seinem Beispiel folge. Die geläufigen Höflichkeitsfloskeln sind mir zwar bekannt, aber wer weiß, ob diese Elfen ebenfalls Gebrauch davon machen.

„Ich werde Sie nicht lange aufhalten. Ich bin mir sicher, Sie möchten meinen Shop besuchen und herausfinden, was in Ihrer Stadt passiert ist. Dennoch wäre es nachlässig von mir, Sie nicht erst einmal zu einem Gespräch zu bitten, um bestimmte Punkte klarzustellen." Roxley lehnt sich vor, blickt mir in die Augen und wartet auf mein Nicken, bevor er fortfährt. „Ich bin der vom System registrierte Eigentümer dieses Dorfs. Ich beabsichtige, es vollständig auszubauen und diese Region den Ländern meines Clans hinzuzufügen.

Daher habe ich bereits viele Ihrer Landsleute im Dorf angeheuert. Soweit ich weiß, haben Sie einige von ihnen getroffen und eine wichtige Rolle dabei gespielt, mehrere Überlebende hierher zu bringen. Dafür spreche ich Ihnen meinen Dank aus."

Quest abgeschlossen: Die Sicherheit vieler
Belohnung: 2.000 Credits für jeden Überlebenden (22.000 Credits erhalten) 500 EP für jeden Überlebenden (5.500 EP erhalten)
Typ: Wiederholbar

Levelaufstieg!
Du hast Level 8 als Erethra-Ehrengarde erreicht. Wertepunkte werden automatisch verteilt. Du darfst 18 Gratis-Attribute verteilen.

„Ah, herzlichen Glückwunsch!" Roxley lächelt leicht, während er zusieht, wie ich die Fenster verschwinden lasse. Dann steht er auf, geht zu einer Anrichte und holt uns Drinks. „In meiner Kultur wird jeder Level gefeiert."

„Ali, wie zum Teufel kann er wissen, was vor sich geht?"

„Meine Vermutung, Junge? Er hat ebenfalls einen Systembegleiter. Sein Auge weist darauf hin, dass es sich um eine KI handelt. Oder er könnte dich lesen wie einen Kristall, weißt du", sagt Ali und zuckt mit den Schultern. „Im System habe ich bereits ein Dutzend Sonden davon abgehalten, unsere Informationen komplett auszulesen, aber ein paar Punkte werden sie wohl aufgeschnappt haben. Deine Grundwerte sind ihm garantiert bekannt. Aber hoppla, ich muss los. Pass auf, dass du nicht umkommst."

Nach diesen Worten verschwindet Ali. Was zum Teufel?

„Auf die Stärke!", verkündet Roxley als Trinkspruch und überreicht mir ein mit einer dunkelblauen Flüssigkeit gefülltes Glas. Ich wiederhole seinen Trinkspruch und nippe anfänglich zögernd an dem Getränk. Es schmeckt süß und mild, fast wie ein guter Met. Bei diesem Gedanken senke ich das Glas von den Lippen, da ich mich daran erinnere, ohne meine Hose an einem Strand aufgewacht zu sein. Das war eine tolle Zeit mit Luthien ... aber ich unterdrücke die Erinnerungen. Nicht jetzt.

„Für andere Überlebende, die Sie finden, werde ich Sie selbstverständlich ebenso gut belohnen. Auch für relevante Informationen", sagt Roxley.

„Äh ..." Ich zögere, überlege und biete ihm dann dieselbe Kurzversion der Ereignisse in Haines Junction, die ich bereits den anderen erzählt hatte. Seine Augen verengen sich etwas, aber er unterbricht mich nicht und bedankt sich für die Informationen.

„Also, Abenteurer Lee, das war ausgesprochen aufschlussreich. Ich erwarte, noch mehr von Ihnen zu sehen. Jemand, der in einer so kurzen Zeit bereits Titel erhalten hat, wird es weit bringen", sagt Roxley und reicht mir die Hand. Ich schüttle sie und spüre, wie mein Körper bei der Berührung erbebt. Ich unterdrücke diese Reaktion. Als er meine Hand loslässt, neigt er den Kopf in Richtung der Tür. Ich verstehe, dass ich gehen sollte und folge den Wächtern nach draußen. Sie bringen mich in den einige Stockwerke weiter unten gelegenen Shop.

***

Als ich dort ankomme und meine Hand auf den Kristall lege, der mich zum Shop transportieren wird, erscheint interessanterweise eine Systemnachricht, die mich bittet, den entsprechenden Shop auszuwählen. Zudem wird mir eine Standardoption angeboten, und nach kurzer Überlegung entscheide ich mich für diese. Ali scheint die Inhaber zu kennen, und in einem gewissen Maß tue ich es auch. Wer weiß – vielleicht sind die anderen Shops noch schlimmer.

Der Shop selbst hat sich seit meinem letzten Besuch nicht verändert, was keine Überraschung darstellt. Drinnen begrüßen mich die beiden mit kühler Professionalität, bis ihnen auffällt, dass Ali nicht bei mir ist. Dann lässt das professionelle Auftreten etwas nach. Wahrscheinlich, weil sie erwarten, mich zu schröpfen.

Leider habe ich nicht viel bei mir, was sie kaufen oder verkaufen könnten. Wegen der letzten Stücke der Oger-Beute, die beim ersten Mal nicht in mein Inventar passten, übe ich ein wenig Druck auf sie aus. Außerdem habe ich etwas mehr Dinge bei mir, mache mir aber nicht die Mühe, lange zu feilschen. Momentan ist es besser, ihnen die Sachen preiswert zu überlassen. Dann sind sie in Zukunft in guter Stimmung, wenn ich mit Ali zurückkehre und mehr Beute vorbeibringe.

Danach atme ich tief ein. Ich hatte diese Sache immer wieder herausgeschoben und Ausreden dafür gefunden, warum ich es nicht in Haines Junction tun konnte. Ich hatte mir geschworen, mich nach meiner Ankunft in Whitehorse darum zu kümmern. Jetzt aber zögere ich trotz der Möglichkeit, nachzusehen, wie es den Mitgliedern meiner Familie geht. Zu vermuten, dass sie tot sind, ist nicht dasselbe, wie es zu wissen. Ich beiße mir auf die Lippe und begleiche dann endlich die extrem niedrige Gebühr, die das System für Informationen über meine Familie verlangt.

Ich schließe die Augen und balle meine Hände zu Fäusten, während ich durch reine Willenskraft die Tränen unterdrücke. Ich zwinge mich dazu, aufzublicken und durchzuatmen. Dadurch kontrolliere ich meinen Körper und meine Emotionen. Die Antwort war mir bereits vor der Gebühr bekannt, da das Ergebnis absehbar war. Trotzdem werde ich einige Augenblicke lang vom Schmerz überwältigt. Ich habe den Eindruck, stundenlang ein- und aus zu atmen. Tatsächlich vergehen aber wohl nur einige Minuten, bevor ich meine Trauer wegstecke. Ein anderes Mal – ich werde mich ein anderes Mal damit beschäftigen.

Allerdings bin ich noch aus einem anderen Grund hier. Einem Grund, der mir beim Betreten des Schulgeländes einfiel. Ich rufe Informationen über sichere Zonen auf und sehe mir diese an. Nach kurzer Zeit und einigen Fragen habe ich die gewünschten Antworten. Jedes vom System gekaufte Gebäude wird als sichere Zone betrachtet, da das System den Manastrom an diesem Ort automatisch stabilisiert. Orte innerhalb einer Stadt sind meistens teurer, da der Stadteigentümer eine Steuer erhebt. Andererseits wird die gesamte Stadt zur sicheren Zone, sobald 80 % des Gebiets innerhalb der Stadtgrenzen zum System gehören.

Und wieder einmal überkommt mich das Gefühl, das komplette System wäre ein einziger Schwindel. Es scheint Menschen zur Benutzung zu zwingen – indem es empfindliche Elektronik durch Mana zerstört und sichere Zonen nur beim Gebäudekauf erzeugt. Zudem können nur vom System erzeugte Objekte im Inventar transportiert werden. Wäre Steve Jobs noch am Leben, hätte er seine helle Freude an der System-Hilfedatei.

Ich rufe die Liste der Schulen und der anderen gekauften Gebäude auf. Davon gibt es nicht sehr viele, und die Mehrheit ist in Roxleys Besitz. Ein Waffenarsenal, ein Alchemistenladen und ein weiteres Haus bilden die einzigen Ausnahmen. Als Besitzer des Hauses ist Nicodemus vom Rabenzirkel registriert. Der Name verwirrt mich, bevor mir der Riese einfällt. Stimmt – Nicodemus/Nick war der Buchhalter und Spielleiter, oder? Also musste es sich bei dem Gebäude ums Hauptquartier des ‚*Rabenzirkels*' handeln.

Aus reiner Neugier stelle ich dem System eine weitere Frage und verziehe dann das Gesicht. Natürlich würde das so funktionieren. Solange keine Gebühr für die Registration eines Erben entrichtet wird, gehen sämtliche Gebäude, die eine Person besitzt, nach deren Tod wieder ans System über. Ja, momentan war es in unserem Interesse, dass Roxley am Leben blieb – da seine Existenz im wahrsten Sinne des Wortes die Monster fernhielt.

Ich nehme mir vor, andere darüber aufzuklären, bevor ich mir schließlich mein eigenes Haus kaufe.

89 Alsek Road

Momentaner Eigentümer: Keiner

Jetziger Bewohner: John Lee, Abenteurer

Preis: 20.000 Credits (50 % Rabatt für frühere Bewohner)
Aktueller zugewiesener Zweck: Keiner

Eigentlich hatte ich eine Einzimmerwohnung im Keller eines Hauses gemietet. Aber anscheinend hat das System beschlossen, dass ich das gesamte Haus bewohne. Ich überprüfe meine verbleibenden Credits und beiße mir auf die Lippe. Wie gewonnen, so zerronnen.

Herzlichen Glückwunsch!
Du hast 89 Alsek Road gekauft. Du besitzt jetzt das Gebäude, kannst ihm einen Zweck zuweisen und Upgrades durchführen. Upgrades werden im Gebäude selbst oder im Shop erworben. Hinweis: Alle Gebäude kosten eine Wartungsgebühr. Wird diese nicht entrichtet, kehren die Gebäude ins Eigentum des Systems zurück.
22.000 Credits abgebucht.

Selbst nach der Apokalypse zahlt man immer noch Steuern.

Als ich das Stadtzentrum verlasse, ertappe ich mehrere Teenager beim Versuch, Sabre zu stehlen. Ein gemeiner Impuls lässt mich stehenbleiben und grinsend zusehen. Einer der Teenager sucht nach dem Zündschloss und einem Schlüssel. Ein anderer versucht, den Sitz mit einem Brecheisen aufzustemmen. Der Dritte fummelt am Motor herum, um herauszufinden, wie dieser angelassen wird. Das Brecheisen rutscht ab und prallt gegen die Schulter eines der Freunde, ohne auch nur einen Kratzer am Motorrad zu hinterlassen.

Neben mir machen die beiden Wächter, die mich hinausbegleitet hatten, Anstalten, einzugreifen. Ich winke ab. Erst starren sie mich verblüfft an, dann aber beobachten sie die vergeblichen Bemühungen der Jugendlichen ebenfalls mit hämischer Freude. Wir wetten sogar darauf, wie lange es dauern wird, bis die Teenager aufgeben. Die beiden wählen 5 beziehungsweise 8 Minuten, ich setze auf 10.

Dank der sturen Dummheit der Teenager gewinne ich innerhalb von zehn Minuten 50 Credits. Inzwischen schlägt der Junge mit dem Brecheisen gegen den Sitz, um das Motorrad zu einer Reaktion zu bewegen. Im System mag eine Panzerung der Stufe IV nicht viel gelten, aber nach den Maßstäben der alten Erde könnte ich genauso gut einen Kampfpanzer fahren.

Nachdem ich mir mühelos 100 Credits verdient habe, schicke ich Sabre den Startbefehl. Die Teenager springen zur Seite und nehmen uns endlich wahr. Ich nicke ihnen kurz zu, bevor ich das Band um meinen Hals berühre und den Helm aktiviere. Während der Helm mein Gesicht umhüllt, rennen alle drei davon.

Teenager.

Seltsam. Was als gemeiner Streich begann, hat meine Stimmung sogar minimal verbessert. Da ich mich glücklicher fühle als seit langem, winke ich den Wächtern zum Abschied zu und fahre nach Hause.

***

Bei der Fahrt über die Brücke, die das Zentrum von Whitehorse von der Siedlung Riverdale trennt, bemerke ich den scheinbar gestiegenen Wasserstand des Flusses. Ich frage mich, wie gut der Zustand des Damms wohl ist, aber momentan ist nicht der richtige Zeitpunkt, deswegen etwas zu unternehmen. Stattdessen gebe ich Gas und fahre an der F. H. Collins vorbei. Rechts von mir wurde eine weitere Zeltstadt aufgebaut, so dass jeder Quadratmeter des geschützten Bereichs von Zelten und Menschen bedeckt ist. Ich behalte die Vegetation auf der linken Seite im Auge, was anscheinend mehrere der Wächter bei der Schule ebenfalls tun. Als ich durch den Verkehrskreisel fahre, erspähe ich vor dem Super A weitere Wachen und verziehe das Gesicht.

In der Vorstadt fahre ich an leerstehenden Einfamilienhäusern vorbei. Das ganze Gebiet erweckt den Eindruck einer verlassenen Geisterstadt. Aufgebrochene Türen, zerschmetterte Fenster und Blutspuren erzählen eine verzweifelte, grausame Geschichte. Überall stehen zurückgelassene Autos herum, und die ehemals schneebedeckten Rasenflächen haben sich aufgrund mangelnder Pflege grau und braun verfärbt.

Ich stoppe Sabre vor meinem Haus an einer Einmündung am Ende der Straße. Dort betrachte ich das Haus mit dem doppelten Garagentor unter der Terrasse. Das weiße, zweistöckige Gebäude ist direkt mit der Garage verbunden. Der Wind weht durch meine Haare und ich rieche die Kiefern, die über der Erdklippe hinter dem Haus wachsen. Der Haupteingang wurde aufgebrochen und beide Türhälften aus den Angeln gerissen. An der Tür wird der übliche weiße Anstrich durch einen dunkelroten Streifen verunstaltet. Die Büsche, die als Zaun dienen, gedeihen allerdings prächtig, da sie an diesen nördlichen Frühling angepasst sind. Beim Blick nach rechts bemerke ich, dass das Tor der separaten Werkstatt aufgerollt wurde. Praktisch der gesamte Inhalt wurde ausgeräumt, so dass nun nur noch einige Gegenstände herumliegen. Daneben entdecke ich, dass zumindest der hintere Zaun am Hügel beim Ende des Gartens sich noch in einem guten Zustand befindet.

Als ich durch die Garageneinfahrt fahre und die Grundstücksgrenze überquere, erhalte ich eine Systemnachricht.

Willkommen bei 89 Alsek Road
Momentaner Eigentümer: John Lee, Abenteurer
Jetzige Bewohner: Keine
Jetziger zugewiesener Zweck: Keiner
Stabilität: 94% (Mehr ...)

Möchtest du diesem Gebäude einen Zweck zuweisen?

Interessant, Zweck? Im Geiste wähle ich Ja, um zu sehen, was damit gemeint ist. Eine Liste erscheint. Allerdings wird die Mehrheit der Optionen grau dargestellt, mit Ausnahme der beiden oberen – Wohnsitz und

Zufluchtsort. Ich werfe einen flüchtigen Blick auf beide. Die erste Option bietet einen Erholungsbonus und weitere Upgrades für zusätzliche Annehmlichkeiten. Die Zweite hat billigere Sicherheitsupgrades für das gesamte Grundstück. Meine Hand hält kurz inne, und ich versuche, mich zwischen den beiden zu entscheiden. Die Option Zufluchtsort würde es mir ermöglichen, Mauern zu bauen sowie im Eiltempo Kameras und weitere Sicherheitsmaßnahmen zu installieren. Der Wohnsitz mit seinen fortgeschrittenen Einrichtungen könnte die Werkstatt gut gebrauchen.

Allerdings sollte ich bei Randy nachfragen, bevor ich weitere Entscheidungen treffe. Ich schließe das Popup-Fenster und ziehe mein Schwert, bevor ich durch die zerstörte Tür gehe. Es wäre besser, erst einmal zu überprüfen, ob mich drinnen unangenehme Überraschungen erwarten.

Die gibt es, aber keine von der lebendigen Sorte. Die große Blutlache sowie die überall im Raum verteilten Blutspritzer liefern einen Hinweis auf Randys mutmaßliches Schicksal. Die Leiche ist verschwunden. Ich hoffe, dass einer seiner Mitbürger sich darum gekümmert hat. Darauf wetten würde ich allerdings nicht. Der säuerliche Geruch alten, verkrusteten Blutes füllt das Haus. Die offenstehende Tür dämpft den Geruch zwar etwas, trotzdem fasse ich den Vorsatz, das Haus demnächst reinigen zu lassen.

Ich betrete die Garage und öffne das Tor. Dann rolle ich das Motorrad nach unten, wo es sicher ist, bevor ich zu meiner Wohnung gehe. Auch hier wurde die Tür aufgebrochen, aber anscheinend nichts gestohlen. Andererseits besitze ich nicht viel, dessen Diebstahl sich lohnen würde. Das winzige Wohnzimmer wird von einer Couch und meinem Laptop beherrscht, und mein Doppelbett im Schlafzimmer ist nicht gemacht. Alles sieht so aus, wie ich es zurückgelassen habe. Einen Augenblick lang beschleicht mich das surreale Gefühl, alle meine Erlebnisse wären nur ein Alptraum gewesen.

Ich lehne mich verwirrt gegen den Türrahmen und spüre nun endlich, dass ich daheim bin. Hier bin ich in Sicherheit – größtenteils. Hier spawnen keine Monster, und Ali würde mich warnen, wenn irgendetwas in meiner Nähe erscheint. Der Druck auf meiner Brust, den ich seit Tagen spüre, verringert sich etwas, und ein Lächeln kehrt auf mein Gesicht zurück.

Ich fahre mir mit der Hand durch die Haare, die sich klebrig anfühlen, weil ich mich seit langem nicht mehr richtig gewaschen habe, und unterdrücke meine Gefühle. Zunächst muss ich mir neue Anziehsachen holen und die Regentonne hinter dem Haus für eine Katzenwäsche nutzen. Ich nehme mir ein Hemd und eine Jeans und bleibe dann stehen, um über mich selbst zu lachen.

„Ich lasse dich 5 Minuten alleine und schon drehst du völlig durch, was?", schnaubt Ali, der neben mir schwebt und meine alte Wohnung inspiziert.

„Ali! Du alter Gauner! Wo warst du?", schimpfe ich und werfe die nutzlosen Kleidungsstücke weg. Es war ja eine tolle Idee, mich um mehrere Zentimeter zu vergrößern. Allerdings passen mir meine alten Sachen nicht mehr. Ich gehe nach oben zu Randys Schrank. Schließlich braucht er das Zeug nicht mehr, und er war großgewachsen.

„Ich wurde von ein paar attraktiven Bits eingeladen. Rox-Boy hat einen KI-Begleiter, der sich mit mir unterhalten wollte", kichert Ali und schüttelt den Kopf. „Ich dachte mir, du könntest einige Minuten lang auf dich selbst aufpassen. Das Haus war ein ziemlich guter Kauf, aber im Shop hast du dich über den Tisch ziehen lassen."

Ich grunze, durchsuche den Schrank und identifiziere einige Sachen, die mir vermutlich passen. Ich gehe nach hinten und ziehe mich aus, bevor ich eine Augenbraue hebe und den Geist anblicke, der verneinend den Kopf schüttelt. Gut, keine Monster.

„Sag schon", sage ich und beginne mein Bad in der Gartentonne. Das ist nicht besonders angenehm, aber besser als nichts – und obwohl ich mich nicht selbst riechen konnte, nachdem ich tagelang in meinem eigenen Mief geschmort bin, haben andere Leute bestimmt nicht so viel Glück. Davon abgesehen fühlt es sich einfach gut an, sauber zu sein.

„Hm ... wo soll ich anfangen? Erstens solltest du dich nicht mit dem Elfen anlegen. Er könnte dich, mich, deine Freunde und die gesamte Stadt auffressen und dann fragen, was als Hauptgericht serviert wird. Er hat mindestens eine fortgeschrittene Klasse auf hoher Stufe, oder, wie ich wetten würde, eine Meisterklasse. Es ist unwahrscheinlich, dass er eine Heroischklasse besitzt. Sonst würde er nicht hier in diesem Kaff herumhängen. Zweitens hat er es eilig. Ich glaube nicht, dass X-124 sich meiner Schnüffelei bewusst ist, aber er ist uns weit voraus. Drittens ist er der Grund für die hohen Stufen des Rabenzirkels. Er hat mit Quests nur so um sich geworfen, um möglichst viele Überlebende in die Stadt zu locken", sagte Ali.

Ich bin endlich bereit, wieder aus dem Wasser zu steigen und frage: „Warum?"

„Mmm, Voraussetzungen für eine Stadt. Sobald wir die Gebäude gekauft haben, kann er ein Stadtupgrade durchführen, das uns eine Reihe neuer Bauoptionen bietet. Allerdings braucht es dafür eine Mindestzahl von Bürgern, und natürlich seid ihr seine Steuerzahler."

Ich grummle als Reaktion darauf und nicke dann. Alles davon macht Sinn. Ich rufe das Hausmenü auf und schiebe es zu Ali, während ich mich anziehe. Als erstes schlüpfe ich in den Hightech-Overall, bevor ich die normalen Kleidungsstücke anlege. Den Göttern sei Dank, dass der Overall eine automatische Reinigungsfunktion besitzt, sonst hätte ich ihn nie wieder angezogen. „Wie lautet deine Empfehlung?"

„Das fragst du mich? Ach du Scheiße, hat er dir Drogen eingeflößt?" Ali möchte mich nur aufziehen, während er sich umdreht und auf die Wohnsitz-Option deutet. „Die offensichtliche Wahl. Zumindest, wenn du vorhast, hier zu bleiben."

Ich nicke und bin dankbar, dass wir ausnahmsweise einer Meinung sind. Dann treffe ich meine Wahl. Tut mir leid, Randy. Aber wie es aussieht, werde ich wohl dein Haus in Beschlag nehmen. Wärst du noch am Leben, würde ich mich persönlich dafür entschuldigen. Danach führe ich noch eine schnelle

Zahlung durch, um die Stabilität des Gebäudes wieder auf 100 % zu bringen und sämtliche Türen zu reparieren. Es ist amüsant zu beobachten, wie das System sich darum kümmert. Die Türen schimmern und erscheinen dann wieder, makellos und brandneu. Viel praktischer, als es selbst zu tun.

„Wohin gehen wir jetzt, Junge?", fragt Ali.

„Ich muss mir mein Gewehr zurückholen." Ich stelle sicher, dass die Türen verschlossen sind, bevor ich das Motorrad ins Freie rolle. Die Sonne scheint immer noch hell und fröhlich. Ich schneide eine Grimasse, rufe eine Uhr auf und erkenne, dass es fast Zeit fürs Abendessen ist. Die verdammte Mitternachtssonne.

***

„Jim!" Nachdem ich das Motorrad gleich um die Ecke der Schule auf der 5th Street geparkt habe, winke ich dem Ältesten zu. Es sind nur noch ein paar wenige Menschen unterwegs. Obwohl ich sie nicht direkt sehe, spürt Ali ihre Anwesenheit, und ich teile seine Einschätzung durch die Neuralverbindung. Ich verstaue den Helm in Form des Bands, das um meinen Hals liegt. Nun habe ich keinen Grund mehr vorzugeben, es handle sich um einen gewöhnlichen Helm.

„Ach, John", sagt er, tritt zu mir und schüttelt mir die Hand, bevor er das Gewehr von der Schulter nimmt und es mir etwas widerwillig überreicht. „Das ist eine enorm kampfstarke Waffe."

„Ja und ...?" Ich halte den Mund, denn mein Gehirn wird aktiv, bevor mir *ich bin gerne bereit, sie gegen eine Packung Tabak und deine Tochter einzutauschen* sagen kann. Der Witz wäre wohl nicht so gut angekommen.

„Und ...?", fragt Jim.

„Äh ... im Shop gibt es eine einfachere Version für etwa 500 Credits. Das Ding ist auch ohne Upgrades ziemlich gut", sage ich aus Verlegenheit.

Bei der Erwähnung des Systems presst Jim die Lippen zusammen. „Das Gewehr war extrem hilfreich. Wir mussten eine dreibeinige Kreatur bekämpfen, die dabei war, den Bären zu fressen. Es ist uns nicht gelungen, das gesamte Bärenfleisch einzusammeln, aber das Vieh hat den Verlust mehr als wettgemacht."

„Super! Was habt ihr für die Beute bekommen?" Ich grinse ihn neugierig an.

„Häh?", sagt Jim langsam. „Beute?"

„Ach du Scheiße. Hat euch das niemand erklärt?" Ich zucke zusammen, als ich mir vorstelle, wie viel sie verpasst haben.

„Als Anfänger wusstest du ja auch nichts davon", erklärt Ali hilfreich.

„Du, oder wer auch immer das nächste Tier schießt, muss die Hand darauf legen und ‚Beute' denken. Dann erlaubt euch das System, einige Gegenstände zu nehmen, die im Shop für Credits verkauft werden können", erkläre ich und fahre dann fort. „Ihr könntet immer noch das übrige Fleisch mitnehmen, da das System euch nur einen kleinen Teil der Kreatur gibt. So habe ich den Bären gehäutet."

Bei jeder Erwähnung des Systems verzieht Jim das Gesicht. Ich kann nachvollziehen, dass er diese neue Welt nicht mehr mag, und die Betrügereien des Systems wohl auch nicht. Aber er scheint voller Verachtung zu sein. Schließlich ist es dem System egal, ob wir einer Leiche Beute entnehmen oder nicht. „Versucht es beim nächsten Mal. Ihr werdet bald neue Waffen brauchen. Sonst müsst ihr die Monster mit Speeren erlegen, wenn euch die Patronen ausgehen."

Jims Grinsen zeigt mir, dass er mich jetzt verstanden hat. Ich nicke ihm zum Abschied zu und sage: „Also, ich sollte mal das Essen hier versuchen …"

Er nickt ebenfalls und deutet auf das eigentliche Gebäude. Ich gehe dorthin und sehe mich nach bekannten Gesichtern um. Innerhalb der Schule ist nur ein schmaler Durchgang frei, da überall Stadtbewohner sitzen, hocken und liegen, um sich ihre Schlafplätze für später zu reservieren. Nach einigen

Fragen finde ich den Weg in die Kantine, wo die Mehrheit der Anwesenden mich misstrauisch oder neugierig anstarrt.

In der Kantine herrscht Selbstbedienung. Die Leute strömen herein, holen sich ihr Essen und ziehen sich dann in weniger überfüllte Bereiche zurück, überwältigt von den Massen ungewaschener Menschen. Alle sind schmutzig, zerzaust und demoralisiert. Viele sitzen nur träge herum. Da es keine Elektrizität gibt, fehlen Unterhaltungsmedien oder die Möglichkeit, auf die Milliarden elektronischer Ablenkungsformen zurückzugreifen, die uns in der vorherigen Welt vertraut waren. Und bis zum Kauf weiterer Gebäude bleibt die Anzahl sicherer Zonen begrenzt.

Ich stelle mich an und warte, wobei ich die Zuteilung der Portionen beobachte. Der Eintopf besteht mehrheitlich aus Wasser, in dem etwas Fleisch und Gemüse schwimmen. Da ich meinen Rucksack und sämtliche Rationen an einen Drachling verloren habe und mein Haus ausgeraubt wurde, stehen mir momentan nicht sehr viele Optionen zur Verfügung. Ich werde nächstes Mal im Shop Nahrungsmittel kaufen müssen. Für heute Abend reicht das hier.

Ein Teil von mir möchte zu dieser Menge gehören, auch wenn die Leute schmutzig und demoralisiert sind. Das Drängeln der Körper, die Nähe der Menschen – mir war nicht bewusst, dass ich menschliche Gesellschaft vermisse, bis ich Richard und seiner Crew begegnete. Den meisten Individuen wird es schwerfallen, den Übergang von einer friedlichen Existenz zum System und dessen Monstern zu vollziehen. Ich sehe mehrere Personen, die getröstet werden. Menschen, die plötzlich in Tränen ausbrechen oder stehenbleiben und ins Leere starren. Ich fühle mich noch relativ fremd hier, da ich erst seit einigen Monaten in der Gegend wohne. Im Gegensatz zu vielen, die in den letzten Tagen Freunde, Verwandte und Kollegen verloren haben, hatte ich keine wirkliche Beziehung zur Gemeinschaft aufgebaut. Whitehorse war schon immer eine Kleinstadt, daher hat jeder hier jemanden verloren.

Ich nehme mir ein Stück Fladenbrot und lächle die Frau an, die das Essen austeilt, worauf diese errötet. Anschließend suche ich vergeblich nach etwas

Butter. Dann werde ich mich eben mit Eintopf und Fladenbrot zufrieden geben. Ich gehe zum Ausgang und hoffe, etwas frische Luft zu schnappen. Mehrere Personen blicken mich an, manche voller Hoffnung, die jedoch rasch enttäuscht wird. Draußen finde ich einen freien Sitz und beobachte weiter die Leute, während ich über die Zukunft nachdenke.

Was wird jetzt mit uns geschehen? Die First Nations haben traditionell Fleisch durch die Jagd erbeutet, aber bei einer derart großen Menschenmenge werden ihre Bemühungen langfristig nicht ausreichen. Davon abgesehen liegen viele Jagdgebiete mindestens eine Stunde entfernt. Wir haben Glück, dass es Mitte April ist. Dadurch können wir mehr aussäen. Dennoch werden wir unmöglich so viel Nahrung produzieren, wie die Stadt braucht. Da die Lebensmittellieferungen aus dem Süden ausgefallen sind, wird der Winter brutal werden, es sei denn, wir finden andere Quellen. Wir sind angewiesen auf das System und die Fähigkeit, im Shop Dinge zu kaufen und zu verkaufen – was bedeutet, dass wir Lord Roxley nicht verärgern dürfen.

Keine sonderlich attraktive Schlussfolgerung. Schon gar nicht angesichts der Tatsache, dass er sich anscheinend wie ein Geier auf den noch zuckenden Körper der Erde stürzt, aber so ist das eben. Ich frage mich, wie viele andere bereits zu dieser Erkenntnis gelangt sind und so weit vorausdenken? Und warum mache ich mir überhaupt Gedanken darüber? Früher haben mich solche Dinge nie interessiert.

„Ali, die gesteigerte Intelligenz. Führt sie dazu, dass ich nun plane und weiter vorausdenke?"

„In gewisser Weise", sagt Ali und zuckt mit den Achseln, nachdem er sich umgedreht hat und den Versuch aufgibt, einer Frau in den Ausschnitt zu starren. „Es ist schwierig, die Änderungen genau zu definieren, aber generell sieht es so aus. Das Steigen deines Levels und deiner Grundwerte hat zwei Auswirkungen. Erstens erhöht sich natürlich dein Manapool, eine Veränderung, die durch das System vorgenommen wird. Zweitens entwickelt sich dein Gehirn weiter, so dass du besser in der Lage bist, Daten zu verarbeiten und zu verstehen. Aufgrund dieser Informationen kannst du später konkrete Ideen und Pläne entwickeln, vor allem auch spontan. Das ist der körperliche Aspekt, der dich zu dem macht, was du bist."

"Wie jetzt, bin ich jetzt schlauer als Einstein?"

„Ein ... wer? Hör mal, du warst auch vorher schon kein totaler Goblin. Aber du hast dich aufs Kämpfen und die Flucht konzentriert, daher hast du in diesen Bereichen am meisten dazugewonnen. Du bist im Kampf schneller und intelligenter geworden, nicht bei der Entwicklung von Konzepten für den Weltfrieden. Allerdings gibt es zusätzliche Vorteile. Etwa deine Fähigkeit, zu planen und über Dinge nachzudenken, und Informationen dadurch besser zu verstehen."

Ich grunze und verschlinge den Rest des Essens. Die Vorstellung, dass das System, das Mana mich so direkt verändert, ist beängstigend. Und genauso furchterregend ist es, mir auszumalen, was für eine Person jemand wäre, der sich spezialisiert und alle Punkte für Intelligenz ausgibt. Was sonst verändert das System, ohne dass ich mir dessen bewusst bin? Je mehr ich über das System erfahre, umso unbehaglicher fühle ich mich dabei.

Beim Aufstehen bemerkte ich, dass die Kinder in der Ecke mit Mini-Ponys spielen, die sich als Hunde verkleidet haben. Ich gehe spontan zu ihnen hinüber und stelle die Schüssel unterwegs auf ein Tablett. Lana umarmt mich, als sie mich sieht, und Mikito nickt mir kurz zu. Richard scheint nicht hier zu sein, aber egal. Ich sehe mir die beiden Damen nacheinander an, die offensichtlich ein Waschbecken gefunden haben, um den Schmutz und das Blut größtenteils abzuwaschen. Auf den ersten Blick scheint es Mikito gut zu gehen. Sie wirkt stoisch und ruhig, aber subtile Anzeichen weisen auf ihre Nervosität hin. Ihre Finger zittern kaum merklich, und wenn sie sich unbeobachtet fühlt, verzieht sich ihr Mund.

Lana scheint es besser zu gehen. Die generell bedrückende Atmosphäre scheint sie betroffen zu machen, aber sie wirkt nicht geknickt. Sie hat sich ebenfalls neue Sachen angezogen und die Bluse, die sie irgendwo aufgetrieben hat, ist eine Nummer zu klein. Mehr als einer der Männer starrt auf ihre üppige Oberweite. Auch ich muss diesen Reflex unterdrücken und sage mir, ich wäre ja kein Teenager mehr. Unabhängig davon, was meine verdammten Hormone mir mitteilen.

„Wie geht es euch?" Ich deute auf meine Umgebung, bevor wir wieder den beiden Hunden zusehen, die die Kinder auf sich reiten lassen. Eltern schauen ebenfalls zu, manche davon gelangweilt, andere besorgt. Aber niemand bereitet dem Treiben ein Ende. Ich beobachte es einige Zeit lang und hole mir dann etwas Schokolade aus meinem Vorrat, winke einige der kleineren Kinder herbei und verteile die Schokoriegel. Sie sehen aus, als ob sie die zusätzlichen Kalorien gebrauchen könnten. Nach dem ersten Ansturm spielen sie dann wieder mit den Hunden. Bei all dem sagen die jungen Frauen kein Wort.

„Wir haben eine Bleibe gefunden, aber die ist ... äh ... extrem überfüllt", antwortet Lana, sobald wir wieder unter uns sind. Mikito nickt eifrig. „Richard hat die Hunde zu Collin's gebracht, und wir hoffen, dass es dort mehr Platz gibt. „Wo bist du untergebracht?"

„In meinem Haus", sage ich.

„Das ist nicht sicher!", faucht Lana und dreht sich zu mir hin. „Ich weiß, dass du alleine im Wald warst, aber das ist wirklich gefährlich. Man weiß nie, wann plötzlich ein Monster auftaucht."

„Oh", sage ich und erkenne meinen Fehler. Ich kläre die Situation rasch auf. „Ich habe das Haus dem System abgekauft, daher stellt es eine sichere Zone dar. Das hält die Monster zwar nicht davon ab, einzubrechen. Da die Türen und Fenster aber repariert sind, hätte ich eine ausreichende Vorwarnzeit."

„Mmm ..."

„Hast du dort gebadet?", sagt die sitzende Mikito.

„In gewisser Weise. Randy, äh, der frühere Besitzer, hatte hinter dem Haus Regentonnen, die immer noch voll sind", erkläre ich.

Mikito lächelt und blickt Lana an, bevor beide je einen meiner Arme packen. „John ..."

Und so kam ich zu drei neuen Gästen und einem halben Dutzend Mini-Pony-Hunde. Zumindest sind die Hunde ein ausgezeichnetes Alarmsystem.

Kapitel 8

Ein.

Aus.

Ein.

Aus.

Die Welt zentriert sich auf meinen Atem und dann das Nichts, eine vollständige Abwesenheit der Gedanken, die kommt und geht. Auch mit der gekauften Fertigkeit habe ich noch einen weiten Weg vor mir. Als dann aber mein Wecker klingelt, merke ich, dass ich eine halbe Stunde lang damit beschäftigt war. Deutlich länger als vor dem Kauf.

Seltsam, dass eine so simple Sache mich dabei unterstützt, mich besser, ausgeglichener und ruhiger zu fühlen. Ein Teil von mir möchte immer noch im System herumstochern und die Gründe und Ursachen identifizieren. Aber nun ist es einfacher geworden, all das beiseite zu schieben und mich auf das Hier und Jetzt zu konzentrieren. Diese Fragen werde ich zum gegebenen Zeitpunkt beantworten, aber momentan habe ich anderes zu erledigen. Wie das Frühstück.

***

„Ich liebe dich." Ich komme nach einem Bad in der Regenwassertonne nach unten, das Gewehr in einer Hand, und schnappe mir den angebotenen Kaffee. „Wenn das Speck ist, heirate ich dich."

Lana lacht, schüttelt den Kopf und schubst mich mit dem Pfannenwender an, während sie in einem geborgten schwarzen Hemd in der Küche steht und auf meinem Campingkocher das Frühstück brät. Das Haus sieht sauberer und ordentlicher aus, nachdem die Blutflecken entfernt und die Möbel wieder richtig aufgestellt wurden. Das müssen meine Gäste getan haben. Nachdem sie mich zu dieser Einladung genötigt hatten, verbrachte ich den Rest der Nacht in meinem Zimmer und las mir die Upgradeoptionen für meinen neuen Wohnsitz durch. Da ich in letzter Zeit so oft alleine war und sowieso eher introvertiert bin, war all der menschliche Kontakt etwas nervig.

„Vielleicht ist es das Ende der Welt, aber nicht das Ende meines guten Geschmacks", erwidert Lana und deutet auf einen Stuhl. „Setz dich und iss was."

Ich folge ihrer Aufforderung gerne und schlage zu, bevor ich fragen muss: „Woher kommen die Zutaten?"

„Von Richard. Er hat heute früh den Shop besucht, während du noch geschlafen hast, und unsere Beute gegen Lebensmittel eingetauscht. Den Großteil davon haben wir den anderen gegeben, aber einige Grundnahrungsmittel behalten", antwortet Lana.

„Wo sind sie?" Als ich mich umsehe, fällt mir auf, dass weder Mikito noch Richard anwesend sind.

„Auf der Jagd. Richard erhielt eine Einladung, und Mikito bestand darauf, sich ihm anzuschließen. Sie haben die Hunde mitgenommen und arbeiten sich mit einigen anderen Leuten durchs Gebiet um Long Lake vor. Anscheinend ist es möglich, in der Stadt Gruppen zu bilden und die Erfahrungspunkte zu teilen", erklärt sie. „Ich werde mal sehen, wie ich mich bei den Schulen nützlich machen kann. Was hast du vor?"

„Nichts." Ich lächle sanft und zucke mit den Achseln. „Ich hatte mir gedacht, dass ich es heute locker angehe. Mir vielleicht den Rest des Hauses ansehe und mich dann ausruhe."

Lana schürzt die Lippen und mustert mich kurz, ohne etwas zu sagen. Bald darauf trinkt sie den Rest ihres Kaffees aus und geht ins Zimmer, das die Mädchen teilen, um sich anzuziehen. Und das muss sie, denn als sie die Küchentheke umrundet, wird mir klar, dass sie keine Hose trägt. Offenbar steht mir der Mund offen, denn sie grinst mich verschmitzt an und verkündet mit schnurrender Stimme, sie hätte nichts anzuziehen.

Ali pfeift ihr nach und erläutert mit seiner üblichen Hilfsbereitschaft, dass sie eindeutig mit mir flirtet. Dann erteilt er mir Ratschläge voller dramatischer

Details, was ich tun soll. Ich blende ihn einfach aus, und als Lana in den gleichen abgenutzten Jeans vom Vortag zurückkehrt, frage ich mich fast, ob sie mir die ganze Wahrheit gesagt hat. Auf jeden Fall ist dieses Problem aktuell nicht relevant. Sie winkt mir zum Abschied zu und geht, während ich mich hinsetze und meine Umgebung anstarre.

Während der nächsten Stunde werkle ich im Haus herum, spüle das Geschirr und reinige den Herd. Dann räume ich oben, in meiner Wohnung und in der Werkstatt auf. Beim Versuch, den Wasserhahn aufzudrehen, um die Pflanzen zu gießen, wird mir klar, dass ich nur die Zeit totschlage. Ich möchte einfach nicht an das nagende Gefühl der Trauer erinnert werden, das ich unterdrückt habe. Ich gehe zu meinem Bücherregal, starre meine alten Freunde an und schüttle den Kopf, da Lesen mir auch nicht helfen würde.

Verdammte Scheiße.

Ich schließe die Augen, lehne mich gegen das Bücherregal und erkenne, dass die sinnlose Arbeit mich nicht weiterbringt. Ich muss entweder meine Emotionen konfrontieren – all die Dinge, die ich bisher aufgeschoben habe – oder ich bin da draußen und kämpfe. Im Gefecht grüble ich nicht nach. Da draußen bei den Monstern kann ich mir das nicht leisten.

Ich grinse humorlos und starre meine Hand an. Dumm. Was für eine bescheuerte Idee. Aber es könnte weitere Überlebende geben, die Hilfe brauchen. Weitere Menschen, die in die Stadt wollen. Vielleicht gelingt es mir, etwas Gutes zu tun.

***

Der erste Schritt besteht darin, beim alten Krankenhaus in der Nähe der Schule vorbeizugehen. Dann fahre ich die Straße entlang, um mir vereinzelte Häuser an dieser Seite des Flusses anzusehen. Jenseits des Krankenhauses wohnt kaum jemand, aber da die Zahl der Monster hier zunimmt, könnte die Lokalbevölkerung in der Falle sitzen. Außerdem dürfte die ganze

Angelegenheit nicht mehr als eine halbe Stunde dauern. Zwar erledige ich ein unvorsichtiges Krabbenmonster, aber Ali und ich finden keinerlei Anzeichen für Überlebende und ich habe keine Lust, hier auf die Jagd zu gehen. Die Quest und die Leben, die es zu retten gilt, sind wichtiger. Zumindest momentan.

Danach verlasse ich das eigentliche Riverdale und mache mich auf den Weg nach Porter Creek und den anderen Vorstädten, um mich dort ein letztes Mal umzusehen. Tagsüber sind draußen mehr Menschen anzutreffen, denn selbst das Risiko eines plötzlichen Todes wiegt die totale Langeweile nicht auf. In Rotary und Shipyards Park am Fluss sehe ich Leute, die auf den Feldern arbeiten oder die Erde umpflügen, um die Aussaat vorzubereiten. Gestern Abend, auf dem Weg nach Riverdale, hatte ich mir Rotary Park kaum angesehen und vermutet, die umgepflügte Erde wäre nur eine weitere apokalyptische Veränderung.

Nachdem ich die Innenstadt hinter mir habe, beschleunigt sich die Fahrt in die Vorstadt. Ich verringere nicht einmal das Tempo, um unterwegs auf Monster zu schießen. Aus irgendeinem Grund weiß ich, dass meine Eile sinnlos ist. Falls es Überlebende gibt, hätten sie die Stadt von diesen Vorstädten aus mühelos zu Fuß erreicht – oder eine Gruppe wie der Zirkel hätte sie eskortiert. Trotzdem möchte ich auf Nummer sicher gehen.

Zu meiner Überraschung begegne ich einigen Nachzüglern – Familien und Einzelpersonen, die sich aus reinem Stolz oder aus Dummheit weigerten, ihr Haus zu verlassen. Anscheinend bin ich nicht der Erste, der sie zum Gehen aufgefordert hat, daher lasse ich sie in Ruhe und merke mir lediglich ihre Positionen. Sollen sich andere später noch um diese Idioten kümmern. Nachdem ich meine Runde gedreht und einige schwache Monster abgeschossen habe, kann ich leider keinen einzigen Überlebenden zurückbringen. Außerdem ist der halbe Tag vergangen.

Es ist seltsam, zwischen den verlassenen Häusern hindurchzufahren und gelegentlich verwesende Leichen zu sehen, deren Gestank in der Luft liegt. Ich weiß, dass ich etwas für diese Opfer empfinden sollte. Mitleid. Mitgefühl.

Trauer. Irgendwas. Aber dort, wo sich die Gefühle befinden sollten, spüre ich nur Leere. Da ich die Gefühle bezüglich meiner eigenen Verluste unterdrückt habe, ist nichts übrig geblieben als dieses Nichts, diese Kälte. Warum sollte ich Tränen für jemanden vergießen, den ich nicht kenne, wenn ich nicht einmal imstande bin, es für Angehörige zu tun? An ihrem Tod kann ich nichts ändern. Kann sie nicht wieder zum Leben erwecken. Tot ist tot, und man sollte keine weiteren Gedanken darauf verschwenden. Das mag kalt und herzlos sein, aber so sieht die Realität nun einmal aus. Was ist, das ist.

Die einzige gute Nachricht ist, dass das Monsterfleisch sich mit einem Schuss aus meinem Gewehr im Nu kochen lässt. Eine praktische Lösung angesichts der Tatsache, dass ich kein Mittagessen mitgebracht habe. Auch wenn es nicht besonders lecker schmeckt. Dennoch ist das Fleisch essbar und ich bin bereit, mit Phase 2 meines Plans zu beginnen.

Sobald alle Gebiete abgedeckt sind, die ich mühelos mit dem Motorrad erreiche, muss ich weiter hinausfahren. Bis ich aber eine allgemeine Lösung für das Transportproblem finde, ist es besser, in der Nähe zu bleiben – schließlich kann ich nur eine Person mitnehmen. Das bedeutet, dass ich zuerst zur Lorne Mountain Community und später nach Carcross muss. Nach dieser Entscheidung lenke ich das Motorrad auf den Klondike Highway zurück und gebe Gas.

Der Klondike Highway war noch nie in einem guten Zustand, und mittlerweile hat sich dieser noch verschlechtert. Ich sehe bereits Schlaglöcher und Vertiefungen und frage mich, wie viele Jahre es dauern wird, bis der komplette Highway nutzlos geworden ist. Dann werden Permafrost und der Mangel an Wartung das Yukon-Territorium wieder in den Naturzustand versetzen. Diesen müßigen Gedanken hänge ich nach, während ich mir den Wald auf beiden Seiten ansehe. Zum ersten Mal scheine ich meine Umgebung wieder richtig wahrzunehmen. Es ist wunderschön hier. Allerdings sind Menschen nur für eine begrenzte Zeit fähig, so ein Wunder zu genießen, bevor sie es als banal empfinden. Nachdem ich nun nach Monstern Ausschau halten muss, die Ali möglicherweise übersehen hat, nehme ich die Natur wieder wahr.

Wälder, so weit das Auge reicht. Seen in einem malerischen Gletschergrün und schneebedeckte Berge im Hintergrund. Kein Wunder, dass wir einen unablässigen Touristenstrom hatten, eine wahre Horde von Leuten aus dem Süden, die jeden Sommer diese unberührte Natur und den Charme der Pionierzeit suchten, der den Städten im Süden abhanden gekommen war.

Natürlich ist alles davon eine Lüge. Zwischen den Bäumen befinden sich gelegentlich Gebäude, Hütten und Pensionen für die Touristen. All diese waren im Wald versteckt, um sie den Touristen als Teil der Wildnis zu präsentieren – während sie gleichzeitig Annehmlichkeiten wie Strom, Internet und fließendes Wasser boten. Jetzt stehen die Hütten und Pensionen leer, ihre Bewohner entweder tot oder geflüchtet. Niemand möchte ernsthaft in die Pionierzeit zurückkehren. Selbst die Gemeinschaften der First Nations verlangen moderne Annehmlichkeiten wie fließendes Wasser, funktionierende Schulen und Strom. Kein Wunder – denn die Wildnis ist schmutzig, stinkend und tödlich.

Ali verscheucht diese morbiden Gedanken, als er mir befiehlt, am Straßenrand anzuhalten.

„Du hast doch erwähnt, du möchtest an einigen deiner Fertigkeiten arbeiten, oder?", fragt Ali in einem zuckersüßen Ton.

„Ja ...", antworte ich zögernd.

„Gut. Verwandle das Motorrad und zieh dein Schwert. In etwa 800 Metern Entfernung befindet sich ein Ameisennest. Immer feste druff", sagt Ali mit einem Grinsen.

Während ich seinen Anweisungen folge, fällt mir eine Frage ein: „Warum das Schwert?"

„Es ist deine persönliche Waffe. Du betonst doch immer, wie cool die Garde in deinen Videos aussieht", meint Ali.

„Okay", sage ich und nicke entschlossen. Ich versuche gar nicht erst, meinen Vormarsch durch den Wald zu verheimlichen. Wir haben die niedrigstufigen Zonen noch nicht verlassen, daher dürfte dies ein guter Test sein.

***

Die Erethra-Ehrengardisten werden aus unterschiedlichen Gründen wegen ihrer Kampffähigkeiten gefürchtet. Im Gegensatz zu anderen Gruppen spezialisieren sie sich nicht auf Technologie oder Magie, sondern vermischen diese Grundsätze entsprechend der Vorlieben des einzelnen Gardisten. Leider besitze ich momentan nur einen Zauberspruch, den ich wohl kaum einsetzen werde. Der andere Grund, sie zu fürchten, lag in ihrer Klassenfertigkeit begründet, persönliche Waffen zu verbessern und selbst die simpelsten Waffen in wahre Mordinstrumente zu verwandeln. Das schaffe nicht einmal ich. Ehrlich gesagt – und Ali darf darüber denken, was er will – würde ich mich nicht einmal für die Mitgliedschaft qualifizieren.

Wenn ich allerdings jemals den vollen Nutzen aus meiner Klasse ziehen möchte, muss ich mein Training demjenigen der Gardisten anpassen. Die heruntergeladenen Videos zeigen, dass sie ihre persönlichen Waffen auf ganz spezielle Weise einsetzen, da diese seelengebunden sind. Diese Methode unterscheidet sich grundlegend von sämtlichen bekannten Kampftaktiken der Menschheit, daher bleibt mir aktuell nichts anderes übrig, als zu experimentieren.

Natürlich muss ich zunächst die verdammten Ameisen finden. „Ali, bist du dir sicher, dass es 800 Meter sind?"

Die Antwort erübrigt sich, da die Ameisen mich aus dem Hinterhalt angreifen, sobald ich mich ihnen ahnungslos nähere. Die Erste huscht hinter einem Busch hervor, gefolgt von einer weiteren. Ich höre die Viecher überall um mich herum. Aus dem Boden strömen Ameisen von der Größe einer Bulldogge.

Ich vollführe einen Sprung nach hinten, so dass die sich Ameise an meiner Klinge aufspießt. Statt mir die Zeit zum Zurückziehen der Klinge zu nehmen, lasse ich sie los und verlagere das Gewicht auf mein nach hinten ausgestrecktes Standbein, wobei ich einen Ellbogen in die Ameise hinter mir ramme. Ich höre, wie ein Insektenpanzer zerbricht und sehe dann, wie eine andere Ameise auf mein Gesicht zuspringt und mich mit ihren Mandibeln fast schon erreicht hat. Ich hebe meine Hand in einer Schnittbewegung und rufe mein seelengebundenes Schwert in meinen Griff zurück. Meine Kontrolle ist stockend und meine Befehle verzögert. Daher erscheint das Schwert inmitten der Kreatur. Die seltsame Lichtexplosion vernichtet sowohl die Ameise als auch das Schwert, und heiße Metallstücke hageln auf mich herab. Noch schlimmer ist die von Sabre ausgesendete Warnmeldung, da die Explosion einen Teil meiner Panzerung vernichtet.

Hoppla! Als mich der Angriff auf den Rücken wirft, klammert sich eine Ameise an meinem Bein fest und eine weitere versucht, die Panzerung an meinem Oberkörper zu durchbeißen. Die Erste verursacht mir Schmerzen, da ihre Mandibeln so viel Druck ausüben, dass ich sie mit einer schnellen Beinbewegung abschüttle. Die zweite ignoriere ich, da sie es nicht schaffen wird, die dickere Panzerung an meinem Oberkörper zu durchdringen.

Zurück zur Übung. Ein einziger Rückschlag ist noch kein Grund, aufzugeben. Ich springe wieder auf die Beine, so dass die Ameise, die vergeblich auf meiner Körpermitte herumkaut, weggeschleudert wird. Dann rufe ich das Schwert zu mir und stecke die Klinge in ihren Rücken. Eine zunehmende Anzahl von Ameisen umschwärmt mich. Ich renne umher, schlage und trete in meinem Mech um mich und lasse das Schwert immer wieder verschwinden und erneut auftauchen. Eigentlich zerstampfe ich sie nur mit meinen Stiefeln. Einzelne Ameisen können mir nichts anhaben, und ich bleibe nie lange genug an einer Position, als dass sie einen gemeinsamen

Angriff durchführen könnten. Dank der zusätzlichen Geschwindigkeit und Stärke, die Sabre mir verleiht, kann ich sogar eine Gruppe von fünf Ameisen überwältigen, die mich vorübergehend zu Boden gezerrt hatten.

Allerdings dauert es eine ganze Weile, alle von ihnen zu erledigen. Als ich fertig bin, habe ich wahrscheinlich hundert Meter mit Schlagen, Stechen und Töten hinter mich gebracht. Ali schaut mir mit einer Tüte Popcorn in der Hand zu. Gelegentlich ruft er mir eine Warnung zu, in seltenen Fällen sogar einen nützlichen Ratschlag. Nachdem ich mich wieder erholt habe, beginne ich damit, ganz gemächlich die Leichen zu plündern.

„Fortschritte?", knurre ich, berühre einen weiteren Körper und werfe die Beute in mein Inventar. Dafür müsste es doch eine zeitsparende Methode geben.

„Natürlich nicht. Glaubst du, der Erwerb einer neuen Fertigkeit wäre ein Kinderspiel? Oder das Steigern deines aktuellen Levels?" Ali schnaubt und schüttelt den Kopf. „Es dauert Jahre, diesen Grad der Beherrschung zu erlernen, und du befindest dich auf dem steilsten Abschnitt der Lernkurve. Fortschritte werden ewig auf sich warten lassen. Das hier? Das hier war eine Aufwärmübung."

Ich grummle vor mich hin und fahre mit dem Plündern der Leichen fort, wobei mir jede Ameise ihren Chitin-Außenpanzer und ein Stück Fleisch überlässt. Gelegentlich finde ich sogar Mandibeln, aber Gott alleine weiß, wozu die gut sind. All das Plündern dauert länger als der Kampf und ich frage mich, ob das Sammeln der Körperteile sich überhaupt lohnt. An Ameisen hängt nicht viel Fleisch, nicht einmal bei der Riesenvariante.

Nein, ich mache mich mal besser auf den Weg, wenn ich es noch mindestens bis Mount Lorne schaffen will. Diese Siedlung ist derart isoliert, dass ich dort vielleicht noch ein oder zwei Überlebende finde.

***

Nicht einmal 5 Minuten später kündigt Ali an: „Demnächst betreten wir eine höherstufige Zone, deren durchschnittlicher Level bei Mitte 20 liegen dürfte."

Noch bevor ich antworten kann, sagt Ali: „Es gibt Probleme. In einem Gebäude links von der Einmündung befinden sich 8 Hakarta-Krieger."

„Hakarta?"

„Riesige, aggressive, grünhäutige Wesen mit Hauern, die einer Kriegerkultur entstammen. Oft kämpfen sie als Söldner in Stoßtrupps. Am ehesten mit Orcs vergleichbar", erklärt mir Ali hektisch.

„Wird auch Zeit", sage ich und grinse unter meinem Helm. Was wäre schon eine Fantasy-Welt ohne Orcs? Als ich das zweistöckige Blockhaus sehe, das die Einmündung bei Carcross überschattet, bemerke ich im unteren Fenster ein schwaches Glitzern. Ich lehne mich instinktiv zur Seite und spüre, wie der Strahl meine Schulter durchbohrt. Ich zucke zusammen und rutsche in einem kontrollierten Sturz vom Motorrad, da der Schmerz zu abrupt einsetzt, als dass mein Körper ihn vollständig registriert hätte.

Während der Impuls mich auf dem Boden weiterrollen lässt, explodiert der Asphalt nach einem weiteren Treffer. Nun durchdringt der Schmerz meinen gesamten Körper und meine Schulter, in die ein Loch gebrannt wurde, sieht furchtbar aus. Ich schaffe es, den Quanten-Status-Manipulator (QSM) auszulösen, bevor ein dritter Schuss die Stelle trifft, an der ich mich befunden hätte. Trotzdem verursacht die dimensionsübergreifende Energie mir weitere Schmerzen. Schließlich komme ich drei Meter und eine Dimension von meinem Motorrad entfernt zum liegen. Ich bin unsichtbar und befinde mich nicht mehr auf derselben Realitätsebene, daher stellen die Hakarta das Feuer ein, während ich auf der Straße liege und mich um meine Wunden kümmere.

Nach einer Weile bin ich endlich in der Lage, meinen einzigen Zauberspruch zu wirken, der meine Wunde schließt, damit ich wieder auf die Füße komme. Als ich mich umdrehe und das Gebäude betrachte, sehe ich, wie eine Fünfergruppe von Hakarta dieses verlässt. Ihre Bewegungen sind so perfekt koordiniert wie in einer Filmszene. Ali hatte recht – sie sind extrem muskulös, haben grüne Haut und Hauer. Auf den ersten Blick sehen sie genau wie Orcs aus – falls Orcs Körperpanzerung und Strahlengewehre besäßen.

„Was zum Teufel, Ali! Sie haben Gewehre. Warum hast du mich nicht gewarnt?", fauche ich, während ich zu der Stelle stolpere, wo mein Motorrad liegt. Der Schmerz der Schulterwunde lässt langsam nach.

„Das habe ich doch! Das sind Hakarta, daher ist es selbstverständlich, dass sie Gewehre einsetzen", raunzt Ali beleidigt.

„Orcs haben keine Gewehre. Das dort sind Orcs!", knurre ich und wirke den letzten Heilzauber auf meine Schulter. Zwar ist sie dadurch nicht völlig geheilt, aber momentan funktionsfähig.

„Ich sagte, sie seien mit Orcs vergleichbar. Ich habe nicht behauptet, sie wären Orcs – sondern habe sie als Hakarta bezeichnet!", meint Ali.

„Scheiß drauf. Später. Du musst sie ablenken, damit ich in die Dimension zurückkehren und die Verwandlung auslösen kann", sage ich und deute nach unten auf das Motorrad. Ich werde diesen Typen keinesfalls Sabre überlassen.

„Jetzt will er, dass ich erschossen werde", sagt Ali und fliegt schlecht gelaunt davon. „Juhu! Ihr großen, grünen, dummen Kerle! Schafft ihr es, mich zu treffen?"

Die Hakarta reagieren sofort auf ihn, indem sie mit einer einzigen, fließenden Bewegung zielen und feuern. Ich schalte den QSM aus und aktiviere augenblicklich die Modifikation, wodurch ich mir hastig die Panzerung anlege. Leider reicht eine einfache Ablenkung nicht aus. Der Hakarta bei meinem Motorrad eröffnet das Feuer. Glücklicherweise wehrt die Panzerung, die nun über meinen Körper gleitet, dieses größtenteils ab. Dennoch zucke ich zusammen und stürze. Daher bin ich gezwungen, den QSM erneut zu aktivieren, während ich mich wegrolle. Die Panzerung umhüllt mich nun weit genug, um mit mir mitzukommen.

„Weiter! Sie haben eine Quantengranate", ruft Ali eindringlich, und ich renne davon. Die Granate trifft an der Stelle auf den Boden, an der ich mich eben noch befand. Sie detoniert, hebt mich hoch und schleudert mich vorwärts. Es fühlt sich an, als würden hundert brennende Nadeln in meinen Körper geschoben, und ich erhalte Schadensmeldungen des Mechanzugs. Ich krieche zur Baumlinie und schiebe mich vorwärts, bis ich einen ausreichenden Abstand habe und wieder zu atmen wage.

Zu meiner Erleichterung nehmen die Hakarta nicht sofort die Verfolgung auf, so dass ich Luft schnappen kann. Ali passt auf mich auf, während ich mich erhole, und sieht sich die Schadensmeldungen an. Zum Glück gab es keinen Totalschaden, aber eine Reihe von Systemen musste auf Sekundärschaltkreise ausweichen, um mit dem Schaden fertigzuwerden.

„Sie suchen immer noch mit einem Scanner nach dir. Anscheinend haben sie nur einen Mark V, daher werden sie in etwa 5 Minuten in Reichweite kommen. Deine Optionen sind fliehen oder kämpfen, mein Junge", ruft Ali.

Fliehen oder kämpfen. Ich bin verwundet, mein Körper schmerzt und ich habe es mit zahlenmäßig überlegenen Feinden zu tun. Auch in Sachen Training, Erfahrung und Level kann ich nicht mithalten. Die Flucht wäre die vernünftige Option.

„Die machen wir fertig", knurre ich, hebe mein Gewehr hoch und überprüfe es auf Beschädigungen. Das ist dumm. Wenn ich mich intelligent verhalten wollte, wäre ich zu Hause geblieben. Wie du mir, so ich dir.

∗∗∗

Schlechte Nachrichten für die Hakarta. Ihr Scanner funktioniert ganz ausgezeichnet, aber da ich den QSM nun nicht mehr benutze, ist das Gerät blind. Ich rolle mich zusammen und liege im Hinterhalt, während Ali mir in Echtzeit Informationen über ihre Positionen liefert. Meine Rache rückt näher.

„Sie treten um den Baum in 5, 4, 3 ...", sagte Ali.

Die Hakarta kommen in Sicht und ich eröffne das Feuer. Der erste Schuss gilt dem Scanner selbst und verschrottet das wertvolle Gerät. Natürlich hält der Hakarta es vor seiner Brust fest, so dass er ebenfalls getroffen wird, auch wenn die Wunde nicht tödlich aussieht.

Ich rolle mich wieder unter den Baum in Deckung. Dann setze ich meine Seitwärtsrolle fort, so dass der Hang mich automatisch aus dem Bereich des feindlichen Feuers bringt. Bald darauf fliegt eine Quantengranate auf mich zu. Allerdings richtet diese keinen Schaden an, da ich mich noch in dieser Realitätsphase befinde, und die Nebenwirkung der lokalen Explosion ist aus dieser Entfernung nicht stark genug, um Sabres Panzerung zu durchbrechen.

Sobald sich eine sichere Gelegenheit bietet, schalte ich den QSM ein und renne zu einem Baum in der Nähe, wo ich mich herumdrehe und abwarte. Die Hakarta verhalten sich aggressiv und nähern sich meiner ursprünglichen Hinterhaltsposition, um mich zu erledigen. Dabei gehen sie diszipliniert, intelligent und schnell vor, so dass jeder von ihnen einen eigenen Schussbereich abdeckt. Ich hingegen schieße lediglich dem grünen Bastard vor mir direkt ins Gesicht. Sobald die anderen den Kurs wechseln, um mich anzugreifen, feuere ich erneut, rolle mich in Deckung und aktiviere den QSM.

Dann noch zwei Mal. So oft kann ich den QSM benutzen, wenn ich meine Zeit in der anderen Dimension kurz halte. Diese Wiederverwendbarkeit stelle ich sicher, indem ich direkt auf sie zu renne statt von ihnen weg. Sobald ich nahe genug bin, falle ich wieder in diese Realität zurück, wobei mein Gewehr direkt auf den dritten Hakarta gerichtet ist. Ich warte kurz, bevor ich den Abzug drücke. Der Blitz trifft ihn seitlich am Hals und sprengt seinen Kopf weg, aber mir bleibt keine Zeit, dabei zuzusehen. Zwei Mitglieder der ursprünglichen Gruppe leben noch. Einer davon ist verwundet, und beide müssen eliminiert werden. Ich lasse das Gewehr fallen und schlage mit der rechten Hand direkt gegen die Arme eines anderen Hakarta, der sich umdreht und Anstalten macht, die Waffe auf mich zu richten. Für den Nahkampf ist er zu groß und erreicht mich nicht, bevor ich ihn entwaffne und dann mithilfe des Schwertes, das ich erscheinen lasse, enthaupte.

Der letzte Hakarta setzt sein Gewehr nicht einmal ein, sondern springt mich stattdessen an. Bei meinem Sturz verliere ich das Schwert. Zum Glück absorbieren Sabres integrierte Stoßdämpfer einen Großteil des Schadens, und dann kommt mein Arm dem herabstoßenden Messer in die Quere. Dadurch wird dessen Wucht so abgelenkt, dass es mich nicht aufspießt, sondern lediglich einen tiefen Kratzer in meiner Schulterpanzerung hinterlässt. Danach packe ich ihn mit meinem Arm, rufe das Schwert wieder in meine freie Hand zurück und hämmere mit dem Schwertknauf auf ihn ein. Sein Helm widersteht den ersten Schlägen, zerbricht aber dann. Nach einigen weiteren Hieben liegt der Hakarta leblos über mir und ich schiebe ihn von mir weg.

Fünf erledigt. Ich wirke einen weiteren schwachen Heilzauber, um die Blutung meiner verletzten Schulter zu stillen, deren Wunde nun wieder aufgebrochen ist. Danach plündere ich die Leichen. Überraschenderweise erhalte ich bereits durch die erste Leiche Zugriff auf alle Waffen und Rüstungen der Gruppe. Anscheinend ist der Kampf gegen Humanoide, die ihre Ausrüstung vom System kaufen, extrem profitabel. Ich grinse unwillkürlich, schnappe mir alles davon und werfe es in mein Inventar. Nachdem ich damit fertig bin, besitze ich 5 Strahlengewehre (Typ IV), 5 Körperpanzerungen der Stufe V (3 davon schwer beschädigt), persönliche Waffen für jeden Hakarta und 3 Plasmagranaten, sowie 432 Credits.

„Ali, sieh dir bitte das Gebäude an, in Ordnung?" Ich gehe langsam zurück und frage mich, ob es irgendwie möglich wäre, mehr von ihnen herauszulocken.

„Sir, jawohl, Sir!", sagt Ali lautlos, aber ich schalte auf Taub. Hin und wieder muss der Geist Dampf ablassen, sonst wird er unerträglich. Zum Glück erledigt er immer noch seine Aufgaben.

„Noch drei übrig. Sie halten sich im mittleren Raum des Erdgeschosses auf. Sieht aus wie ein Anführer und zwei Soldaten, die die Eingänge des Raums bewachen", meldet Ali einige Minuten später. Ich befinde mich in der Nähe und beobachte das Gebäude von der Baumlinie auf der anderen Seite der

Straße aus. Ich nicke zu seinen Worten und erhalte weitere Details über das Haus, bevor ich den neuen Plan entwickle.

Während Ali die Feinde im Auge behält, marschiere ich unverfroren zur Tür und öffne diese. Ich drehe mich vorsichtshalber zur Seite, aber es kommen weder Bomben noch Schüsse. Ein schneller Blick zeigt mir, dass der Raum leer ist, also gehe ich zur nächsten Tür, nehme eine Handgranate heraus und ziehe den Stift. An der Tür angekommen drücke ich hastig den Türgriff nach unten und schleudere die Granate hinein. Ich ducke mich in die Ecke, während die Hakarta das Feuer eröffnen, die Tür durchlöchern und es sogar fertigbringen, mich mit einem Streifschuss zu treffen.

Die Explosion ist deutlich stärker als erwartet. Sie zerreißt die Gipskartonplatten so mühelos, als wären diese Papiertaschentücher und wirft mich auf den Hintern, während unten links in meinem Sichtfeld weitere Schadensmeldungen erscheinen. Ich rolle mich zur Seite und versuche, mein Gewehr in Anschlag zu bringen. Dann aber sehe ich, dass meine Vorsicht überflüssig ist. Die leblosen und zerfetzten Körper der drei erzählen eine eindeutige Geschichte. Da das Gefecht vorbei ist, lässt Ali die wichtigen Benachrichtigungen vor mir erscheinen.

Levelaufstieg* 2

Du hast Level 10 als Erethra-Ehrengarde erreicht. Wertepunkte werden automatisch verteilt. Du darfst 21 Gratis-Attribute verteilen.

Zweimal in einem einzigen Gefecht? Ich war mir bewusst, dass ich mich selbst benachteiligte, indem ich floh, statt zu kämpfen. Zudem sind die ersten zehn Levelaufstiege immer die einfachsten, aber trotzdem – zweimal? Kein Wunder, dass die anderen so schnell im Level aufgestiegen waren. Diese Gratis-Attributpunkte sammelten sich allmählich wirklich an. Was die betrifft, werde ich demnächst eine Entscheidung treffen müssen. Immerhin ziehe ich keinen Nutzen daraus, solange ich sie nicht zuweise.

***

Ich verbringe einige Minuten damit, die Flammen zu löschen, damit das Gebäude nicht abbrennt. Langsam wird mir klar, wie viel Glück ich hatte. Nach dem Plündern der Leichen schleppe ich sie aus dem Haus und bilde seitlich davon einen Stapel. Ich möchte auf keinen Fall, dass sie im Gebäude verwesen. Diesmal erhalte ich als Beute etwas Schrott, einige persönliche Waffen und ihre System-Credits. In Zukunft sollte ich die Plasmagranaten nur dann einsetzen, wenn es auch wirklich notwendig ist. Während der Hausdurchsuchung entdecke einige nützliche Gegenstände, darunter etwas, das wie ein mit Mana betriebener Kocher aussieht. Außerdem finde ich Nahrungsvorräte und Hightech-Schlafsäcke. Als ich ihn in mein Inventar stecke, muss ich daran denken, wie begeistert Lana davon sein wird.

Abgesehen von den Leichen befindet sich in den Überresten des Raums nur ein einzelner leuchtender Kristall, den ich misstrauisch beäuge.

„Ali ...?"

„Kontrollkristall für das Fort", erklärt Ali.

„Was für ein Fort?"

„Natürlich das Fort, in dem du gerade stehst", sagt Ali.

„Das hier ist ein Restaurant mit einem Ladengeschäft, kein Fort!", sage ich, obwohl die Hakarta fast alle Verkaufsartikel aus dem Laden entfernt und mit dem Bau eines richtigen Stützpunkts begonnen hatten.

„Vom System als Fort markiert. Diese werden an wichtigen Stellen außerhalb einer Stadt angelegt, meist in einem Gebäude mit guter Aussicht oder einer strategisch wichtigen Position. Da wir etwa 45 Minuten von Whitehorse entfernt und neben dem einzigen bedeutenden Highway sind ... würde ich beide Aspekte bejahen. Jetzt berühr mal den Kristall", antwortet Ali müde.

Möchtest du die Kontrolle über das Fort bei der Carcross-Einmündung übernehmen? (J/N)

Herzlichen Glückwunsch! Du bist jetzt der Kommandeur des Forts bei der Carcross-Einmündung.

Bevölkerung: 1/1
Zugewiesene Wächter: 0/20
Stabilität: 68/100
Upgrades: Keine

Erstes Fort gewonnen!
Bonus +3000 Erfahrung erhalten

„Und was jetzt?" Ich runzle die Stirn und sehe mir die Upgrade-Option an.

„Nichts, jetzt verschwinden wir wieder. Das nächste intelligente Wesen, das hereinkommt, wird das Gebäude für sich beanspruchen. Aber wenigstens bekommst du dann eine Benachrichtigung", sagt Ali gelangweilt.

„Aber ..." Es frustriert mich, dieses Gebäude zurückzulassen, nachdem ich es gewonnen habe. Trotzdem hat er nicht ganz Unrecht. Schließlich kann ich es nicht bewachen, da ich noch nach Mount Lorne und Carcross weiterfahren möchte. Ich beiße die Zähne zusammen und stampfe hinaus, wobei ich meinen Ärger durch das Aufrufen meines neuen Statusbildschirms besänftige.

Statusmonitor			
Name	John Lee	Klasse	Erethra-Ehrengarde
Volk	Mensch (M)	Level	10
Titel			
Monsterschreck, Erlöser der Toten			
Gesundheit	510	Ausdauer	510
Mana	450		
Status			
Normal			
Attribute			
Stärke	33 (50)	Beweglichkeit	50 (70)
Konstitution	51 (75)	Wahrnehmung	14
Intelligenz	45 (60)	Willenskraft	45 (60)
Charisma	14	Glück	10
Fertigkeiten			
Verstohlenheit	6	Überleben in der Wildnis	3
Unbewaffneter Kampf	6	Messerfähigkeit	5
Athletik	5	Beobachten	5
Kochen	1	Gefahr spüren	4
Improvisation	2	Sprengstoffe	1
Klingenbeherrschung	6	PKF-Kampf	4
Energiegewehre	3	Meditation	5
Mana-Manipulation	1		

Klassen-Fertigkeiten			
Keine (5 gesperrt)			
Zaubersprüche			
Schwacher Heilzauber			
Boni			
Begleitergeist	Level 3	Wunderkind (Täuschung)	--

Mann, das sieht ja schon ganz anders aus als am Anfang. Ich befinde mich nicht einmal mehr annähernd im menschlichen Normalbereich, und meine Reaktionszeit und Stärke sind extrem hoch. Ich spüre das Gewicht meiner Rüstung kaum, und bei normalen Aktivitäten geht mir anscheinend nie die Puste aus. Wie es aussieht, werde ich in einigen Levels endlich meine Klassen-Fertigkeiten freischalten. Und nachdem ich gesehen habe, wie Mikito ihre einsetzt, kann ich es kaum erwarten. Andererseits fühlt es sich so an, als würde ich die Veränderungen meines Körpers nicht optimal einsetzen. Meine Handlungen machen einen extrem nervösen Eindruck. Ich frage mich, ob das an meinem niedrigen Wahrnehmungswert liegt. Ich sehe und verstehe nicht so richtig, was ich tun muss und was ich aktuell tue. In erster Linie wegen der Art und Weise, wie mein Körper sich nun bewegt.

„Ali? Wie lautet deine Empfehlung?", frage ich und deute auf den Statusmonitor, während ich mich vorbereite. Ich verziehe das Gesicht, als ich nach einer kurzen Verzögerung ein leises Knirschen höre, als Sabre die Form wechselt. Verdammt, das muss ich reparieren lassen.

„Wahrnehmung. Vielleicht würdest du das nächste Mal ein oder zwei Hinweise erhalten, bevor man auf dich schießt", sagte Ali sofort.

Ich schneide eine Grimasse, bin aber mit ihm einer Meinung. Ich gebe die Hälfte meiner Punkte dafür aus, dann auf einen Impuls hin 3 weitere für Glück. Ein mysteriöser und kaum greifbarer Wert, der aber meines Wissens die subtileren Systemaspekte zu meinen Gunsten beeinflusst. Ein Schuss, der mehr Schaden anrichtet. Vielleicht mehr oder bessere Beute mithilfe des Systems. Was auch die Wahrscheinlichkeit verringern dürfte, dass eine Person mit einem hohen Glückswert das System manipuliert. Auf jeden Fall wird mehr Glück nicht schaden.

Sobald ich meine Wahl bestätige, verschiebt sich die Welt. Dieser Wechsel tritt derart überraschend ein, dass ich beinahe die Kontrolle über Sabre verliere. Aber noch während ich auf diesen Fehler aufmerksam werde, habe ich ihn schon korrigiert. Die Veränderung tritt augenblicklich ein – Wahrnehmung, Verständnis und Reaktion. Oh, das wird Spaß machen.

Kapitel 9

„Ali, Zeit für neue Informationen. Wieso hat das System das Gebäude an der Einmündung als Fort markiert, wenn es noch keinen Käufer gab?" Diese Frage stelle ich laut, während ich über die kurvenreiche Bergstraße brause. Auf beiden Seiten erstreckt sich unberührte, nicht beanspruchte Wildnis, soweit das Auge reicht. Nur gelegentlich führt eine Nebenstraße zu einer einsamen Farm oder Vorstadt, aber jedes Mal schüttelt Ali leicht den Kopf und gibt mir zu verstehen, dass dort keine Menschen mehr leben.

„Das Gebäude befand sich an einer strategisch wichtigen Stelle. Anscheinend hat das System entschieden, es wäre dafür wichtig genug", sagt Ali mit einem Schulterzucken, da er nicht weiter darüber reden möchte.

So leicht lasse ich mich nicht abwimmeln. "Aber warum? Ich dachte, wir müssten Orte kaufen."

„Siedlungen auf jeden Fall. Die Forts sind etwas anders – freistehende Festungen. Die meisten Upgrades können nur für Wachen, Sicherheit und Aussicht durchgeführt werden, was die Möglichkeiten des Besitzers meist stark einschränkt. Selbstverständlich kannst du auch andere Upgrades kaufen, wie ein Waffenarsenal oder so, aber das ist immer extrem teuer", sagt Ali.

„Nach einem Fort sah das aber nicht aus, eher nach einem normalen Gebäude", bemerke ich.

„Klar, weil noch niemand Upgrades durchgeführt hat. Baut man Mauern oder kauft die Upgrades, sieht es bald aus wie ein echtes Fort", erwidert Ali.

„Moment, wir haben die Option, Mauern zu bauen? Würde das System sie nicht ignorieren?" Schließlich hat es die meisten unserer anderen Gebäude ignoriert.

„Nein. Alle von euch werden vom System beansprucht, daher hält es eure künftigen Aktionen für relevant", sagt Ali.

Es ist sinnlos, sich darüber aufzuregen, aber es gelingt mir nicht, meine Gefühle im Zaum zu halten. Das System dies, das System jenes. Es trifft eigene

Entscheidungen und wirft alles weg, was wir vor seiner Ankunft erreicht hatten, um dann ohne einen Funken von Mitgefühl die Welt um uns herum neu zu formen. Ich merke, dass ich mit den Zähnen knirsche und zwinge mich dazu, langsam auszuatmen und meine Wut zu unterdrücken. Nachdem ich mich wieder unter Kontrolle habe, spreche ich mit ruhiger Stimme. Oder zumindest halte ich sie für ruhig: „Bedeutet das, dass die nicht kämpfenden Klassen, die wir entdeckt haben, die Autos reparieren könnten?"

Ali nickt: „Klar, wenn sie vom System registrierte Materialien verwenden, sollte das hinhauen. Sie können Dinge entweder wiederverwerten oder die Werkstoffe selbst erzeugen. Oder sie im Shop kaufen. Und wenn sie Zugang zu Mana-Motoren und Batterien haben wollen, müssten sie erst ihre Skills verbessern."

Eine gute Nachricht. Ich lehne mich in die nächste Kurve und verfalle vorübergehend ins Schweigen, während ich mich nach Ärger umsehe. Selbst bei hoher Geschwindigkeit sehe ich viel mehr als früher – meine verbesserte Wahrnehmung erfasst unzählige Details. Ich sehe die örtlichen, nicht verwandelten Tiere – Eichhörnchen, Erdhörnchen, einen Fuchs, gelegentlich auch Vögel. Darunter sind auch einige verwandelte und sogar völlig fremde. Da aber keines davon eine Gefahr darstellt, halte ich nicht an. Schließlich möchte ich hier nach Überlebenden suchen, statt Monster zu töten.

Mount Lorne ist eine Enttäuschung. Die niedrigen Häuser und Gebäude, die die Gemeindehalle umrunden, sind leer. Hier präsentiert sich ein weiteres Rätsel – im Gegensatz zu vielen Häusern in Riverdale zeigen einige Anzeichen einer geplanten Abreise. Die Türen und Fenster sind geschlossen, es gibt keine beschädigten oder zerstörten Gebäude und keine Blutflecken. Es scheint fast, als hätten sie eine Evakuierung durchgeführt. Zumindest jene, die nicht sofort angegriffen wurden. Haben sie bereits Whitehorse erreicht? Das ist die Frage, und momentan finde ich keine Antwort darauf.

Ich bemerke, dass es bereits 19 Uhr ist – glücklicherweise verfügen mein Helm und Sabre über eine eingebaute Uhr. Die längeren Frühlingsabende des

Nordens verwirren mich, da es nun bis 22 Uhr noch Reste von Tageslicht gibt. Meiner Einschätzung zufolge sollte es spätestens 16 Uhr sein. Das ist ein kleiner, gemeiner Trick des Nordens. Wanderer, die sich dessen nicht bewusst sind, marschieren bis spät in die Nacht weiter und bemerken nicht, wie sehr sie sich verausgabt haben.

Bei vollem Tempo wären es noch zwanzig Minuten bis Carcross, aber ich fahre etwas langsamer und treffe eine halbe Stunde später dort ein. Während die kleinste Wüste der Welt links an mir vorbeizieht, erscheint Ali erneut und beendet sein Kartenspiel, um mich in ein Gespräch zu verwickeln. „Menschen. Viele Menschen. Mindestens mehrere Hundert."

Ich grinse, während er spricht und entspanne mich. Den Göttern sei Dank, dass nicht jede Kleinstadt ausgelöscht wurde. Ich nehme Tempo weg, da die Lokalbevölkerung wohl nervös auf mich reagieren wird und ich bin froh darüber, es getan zu sehen. Denn darauf, was ich nun sehe, bin ich in keinster Weise vorbereitet.

***

Kurz vor der Stadt treffe ich auf eine Barriere aus Autos, Trucks und Möbelstücken, die sich über die Straße und dann so weit das Auge reicht nach rechts erstreckt. Wahrscheinlich bis zum Fluss. Die Stadt selbst befindet sich am Flussufer und breitet sich von der Brücke ausgehend entlang der Westseite des Highways aus. Soweit ich sehe, haben die Bewohner dort, wo ihnen die Autos und Möbel ausgingen, einen Graben ausgehoben und die Erde einfach an der anderen Seite aufgehäuft, wobei die gesamte Konstruktion gelegentlich noch mit gefällten Baumstämmen verstärkt wurde. Eine beachtliche Leistung, falls die Barriere sich bis zum Fluss erstreckt, der mindestens einen Kilometer entfernt ist.

Ich bremse ab und fahre im Schritttempo zur Barriere und warte darauf, dass mich jemand ruft. Die Wartezeit ist kurz.

„Wer da?", ruft eine Stimme mit dem etwas undeutlichen Akzent eines Mitglieds der First Nations. Wahrscheinlich jemand vom Tagish-Stamm, da wir uns hier in Carcross befinden.

„John Lee. Ich komme aus Whitehorse", rufe ich zurück und berühre meinen Helm, so dass sich dieser in meinen Halsring zurückzieht. Selbst aus dieser Entfernung höre ich ein überraschtes Einatmen. Der Trick mit dem verschwindenden Helm ist wohl noch ziemlich neu.

„Bist du ein Mensch?", fragt die Stimme nun.

„Ja!", sage ich mit einem Grinsen. Die Frage verleitet mich dazu, den Kopf zu schütteln. Hinter der Barriere bricht ein Streit aus, nachdem eine andere Person erwähnt, wie dumm die Frage ist. Noch während dieser Diskussion wird jemand ausgesendet, um den Anführer zu holen.

„Wer ist der beste Eishockeyspieler aller Zeiten?" Zumindest wählt er diesmal eine sinnvolle Frage.

„Natürlich Gretzky." Dabei schnaube ich und schüttle den Kopf. „Hört mal, ich will euch nichts tun. Ich wollte nur sehen, ob ich helfen kann."

„Okay, tut mir leid. Komm ganz langsam näher. Wir haben Gewehre", sagt mein unsichtbarer Gesprächspartner. Ich befolge die Anweisung, rolle das Motorrad näher und warte, bis sie das provisorische Tor öffnen, um mich durchfahren zu lassen.

Innerhalb der Barriere hat Carcross sich nicht merklich verändert. Nicht weit entfernt befindet sich zu meiner Linken eine einsame Tankstelle, direkt neben dem Motel und dem Andenkenladen. Rechts sehe ich das Bürogebäude des Tagish-Stamms, eine Kirche und eine Reihe von Wohnhäusern, die bis zum Fluss reichen, an den sich die ganze Gemeinde anschmiegt. Zu meiner Überraschung wirkt alles relativ normal. Allerdings stehen sowohl in meiner Nähe als auch etwas weiter entfernt Wachen herum. Alle von ihnen blicken mit dem misstrauischen Ausdruck einer belagerten Bevölkerung um sich. Bei einer näheren Inspektion der Wächter sehe ich, dass alle von ihnen Level unter zehn haben und neue Bezeichnungen tragen – Krieger, Schütze, Wächter und so weiter.

„Ali, woher stammen diese Informationen?"

„Ich habe die Option, die neuen Bezeichnungen anzeigen zu lassen. Sie sind nicht immer besonders nützlich, und ich übersetze sie so gut wie möglich aus gelieferten Systemdaten, aber hier sind sie", antwortet Ali und deutet auf die Statusleisten.

„Guten Abend. Ich muss mich wegen des Empfangs entschuldigen, aber die Vorsicht hält uns am Leben", sagt eine ältere Brünette mit Kurzhaarschnitt, die sich mir nähert und jede weitere Unterhaltung mit Ali unterbricht. Sie trägt Jeans und ein Karohemd und könnte als mollig bezeichnet werden, wenn man sich nett ausdrücken möchte. Allerdings bewegt sie ihr Gewicht mit sichtlicher Anmut und trägt mühelos einen riesigen Hammer über der Schulter. Die Statusleiste über ihrem Kopf identifiziert sie als Melissa O'Keefe, Beschützerin mit Level 38. „Ich bin Melissa."

„John", sage ich und schüttle ihre ausgestreckte Hand, während eine mehrheitlich aus Kindern und Jugendlichen bestehende Gruppe aus der Tankstelle und dem Bürogebäude heraus zu uns stößt. „Dieser Ort ist ... beeindruckend."

„Danke. Es gibt da einige Leute, die mit dir reden möchten, wenn es dir nichts ausmacht", sagt Melissa und deutet auf die Büros der Tagish First Nation. Dort parke ich Sabre, nachdem ich die Gelegenheit dazu erhalte. Nach einem kurzen Zögern ziehe ich das Gewehr aus dem am Motorrad befestigten Holster. Anscheinend ist jeder in dieser Stadt bewaffnet.

In der Versammlungshalle geht es hektisch zu, und unterschiedliche Menschen eilen entschlossen hin und her. Aufgeschnappte Gesprächsfetzen vermitteln mir den Eindruck von Organisation, von Menschen, die auf ein gemeinsames Ziel hinarbeiten. Das hatte in Whitehorse gefehlt. Überraschenderweise besaß die Mehrheit der Lokalbevölkerung zumindest einige Levels, ganz im Gegensatz zu den meisten Leuten in Whitehorse. Aber ich kann nicht herumstehen, da man mich zu einem Konferenzraum schickt. Dort warten drei Personen auf mich – ein hagerer, großer Teenager-Zauberer, eine matronenhafte Schamanin-Älteste der First Nations und ein örtliches Mitglied der Royal Canadian Mounted Police (RCMP), immer noch in Uniform.

Angesichts des Mounties frage ich mich, warum es in Whitehorse keine RCMP-Mitglieder gibt. Ich hätte erwartet, sie an vorderster Front zu finden. Ich verziehe das Gesicht und unterdrücke den Gedanken. Wenn mich wirklich die Neugier gepackt hat, sollte ich mich nach meiner Rückkehr darum kümmern. Während ich grüble, wurden mir offenbar die Leute vorgestellt, aber ich habe nicht aufgepasst. Na ja. Da Ali mir die Statusleisten anzeigt, ist es nicht notwendig, dass ich mir die Namen merke. Interessanterweise hat der junge Mann mit 36 den höchsten Level. Der Constable ist ein Wächter vom Level 34, während die Älteste nur 8 Levels als Schamanin vorzuweisen hat.

„Also, Mr. Lee, Sie stammen aus Whitehorse", sagt Constable Mike Gadsby in seinem starken frankophonen Akzent, den ich erst nach einer kurzen Eingewöhnungszeit verstehe. „Was können Sie uns über den Zustand der Stadt sagen? Wir haben keinerlei Nachrichten erhalten."

Ich nicke und setze mich hin, da sich diese Unterhaltung wohl hinziehen wird. Zunächst reden wir über Whitehorse und dann erfahre ich mehr über Carcross, bevor wir uns dem System zuwenden. Nachdem sie mich als gute Informationsquelle identifiziert haben, übernimmt der Junge das Gespräch und stellt mir bohrende, intelligente Fragen. Ali muss mir mehrmals die Antworten dazu liefern.

Beim Eintreffen der ersten Nachricht hatten sich zahlreiche Einwohner von Carcross im RCMP-Büro versammelt. Als dann die Monster erschienen, mussten die Leute eine kürzere Strecke zurücklegen, so dass der RCMP gelang, sie zu organisieren und beschützen. In der Zwischenzeit hatte der Teenager – Jason Cope – anscheinend seine Mutter, Mrs. O'Keefe, davon überzeugt, dass er wusste, wovon er sprach. Danach schleppte er sie zwecks eines ‚Power-

Levelings' auf eine Monsterjagd mit und sie griffen all die niedrigstufigeren Monster an, die ihren Weg kreuzten. Gemeinsam mit ihren Nachbarn gelang es ihnen nicht nur, im Level aufzusteigen. Sie erkannten auch die Funktionsweise des Gruppensystems und säuberten wiederholt die Umgebung, so dass die Einwohner sicher blieben und sie andauernd Erfahrung dazugewannen. Als kurz darauf eine Monsterhorde die Menge angriff, konnten die Verluste nur durch das rechtzeitige Eingreifen der O'Keefes gering gehalten werden.

Dann erfahre ich weitere Details über das Gruppensystem. Wie ein Großteil des Systems macht auch dieser Aspekt einen logischen, aber nervigen Eindruck. Ich könnte jederzeit mit beliebigen Personen eine Gruppe bilden, darf aber jeweils nur zu einer Gruppe gehören. Eine Gruppe teilt sich im begrenzten Umfang die Erfahrung, aber nur, wenn die Gruppenmitglieder aktiv am Kampf teilnehmen. Die Aufteilung der Erfahrungspunkte hängt vom individuellen Beitrag ab. Hierzu zählen der ausgeteilte Schaden, bereitgestellte Heilung oder Stärkungszauber oder generelle Unterstützung. Besteht eine Gruppe aus Mitgliedern unterschiedlicher Levels, erhalten diese ihre Erfahrung auf verschiedene Weise. Außerdem registriert das System Menschen in unmittelbarer Nähe voneinander als inoffizielle Gruppen, unabhängig davon, was wir davon halten.

Zudem erfahre ich auch, dass man seinen Level auch außerhalb des Gefechts steigern kann, wenn man zu einer nichtkämpfenden Klasse gehört. In diesen Fällen müssen Leute ihre Klassen-Fertigkeiten erhöhen, was die Erfahrung und somit auch den Level steigert. Außerdem scheinen nichtkämpferische Charaktere deutlich schneller Quests zu erhalten, die sich hauptsächlich um die Entwicklung dieser Fertigkeiten drehen. Das ist einer der Gründe für die von mir beobachteten Levels, da alle an ihren Skills arbeiten und Quests in Carcross abschließen, um stärker zu werden. Momentan arbeiten Leute an der Beute und fertigen aus den Materialien provisorische Rüstungen, Waffen und sogar Nahrungsmittel. Erstaunlicherweise liefern

Leichen, die von der richtigen Klasse geplündert wurden, möglicherweise zusätzliches Material – mehr, als das System üblicherweise verteilt. Auch wenn es ihnen nicht gelingt, die Stadt vor dem zufälligen Erscheinen von Monstern zu bewahren, sind alle von ihnen hochstufig genug, dass eine durchschnittliche Monstermutation kaum noch eine Gefahr darstellt.

Wir reden stundenlang, wobei einmal der übliche Eintopf mit Fladenbrot aufgetischt wird, während wir unsere Unterhaltung fortsetzen. Sie verlangen andauernd neue Informationen von mir und legen nur eine Pause ein, als ich ihnen von meinen Erlebnissen in Haines Junction erzähle, damit sie die Nachricht über die Tragödie weiterleiten können. Als sie damit fertig sind, mich auszuquetschen, ist es nach Mitternacht und endlich dunkel. Man bietet mir einen Platz zum Schlafen an. Ich nehme das Angebot dankbar an und bin froh darüber, dass andere nach potenziellen Gefahren Ausschau halten, während ich mich ausruhe.

Kapitel 10

„Interessant." Ich sehe mich in der Autowerkstatt um, die in eine gemeinschaftliche Manufaktur umfunktioniert wurde. Bereits jetzt, so früh am Morgen, sind zahlreiche Einwohner eifrig an ihren Arbeitsplätzen beschäftigt. Ich nippe am Kaffee, den man mir gegeben hat und beobachte die Arbeit der Handwerker. An vier der Werkbänke scheinen Rüstungen hergestellt zu werden, zwei arbeiten an diversen Insektenpanzern und zwei weitere mit Leder. An zwei anderen Stationen werden anscheinend provisorische Nahkampfwaffen produziert, während die letzte das interessanteste Bild liefert – eine zerlegte Strahlenwaffe neben einem normalen Gewehr. Daneben befinden sich Lötkolben und elektronische Geräte.

„Das gehört mir", sagt Perry, der mir die Führung gibt und deutet auf die Werkbank, die meine Aufmerksamkeit erregt hat. „Ich habe versucht, die Lasergewehre nachzubauen. Bisher hatte ich damit noch kein Glück. Aber wenigstens habe ich nach dem Zerlegen einen Level in Strahlenwaffen bekommen."

Ali schnaubt, als er über der zerlegten Waffe schwebt. „Als ob man einen Affen beobachtet, der versucht, mit einem Stock ein Raumschiff zu bauen."

„Du brauchst wahrscheinlich noch einige Level", sagte ich diplomatisch. Dennoch beeindruckt mich der Gesamteindruck, und ich schüttle Perry vor dem Gehen die Hand.

„Gut. Also bist du immer noch hier." Als Jason zu mir kommt, sind die Bewegungen seines schlaksigen Körpers so seltsam verrenkt, wie ich es noch nie gesehen habe. Er muss seine gesamten Punkte für Willenskraft und Intelligenz ausgegeben haben, da er offensichtlich nichts für seine Beweglichkeit getan hat. Hinter ihm bewegt sich Gadsby deutlich langsamer und erweckt den Eindruck, er könne ein paar Tassen Kaffee gebrauchen.

„Lange Nacht?", frage ich.

„Anstrengend. Wir hatten einen weiteren Durchbruch, bei dem wir mehrere Leute verloren, weil eine Stachelkreatur einfach über unsere Gräben hingweggerollt ist", antwortet Gadsby und verzieht das Gesicht. „Deshalb müssen wir uns unterhalten. Wir sollten diesen Shop besuchen, den du erwähnt hast. Es ist wichtig, dass wie die Stadt in eine sichere Zone verwandeln und uns bessere Waffen und Nachschub besorgen."

Beim Gedanken an die Waffen und Rüstungen, die ich den Orcs abgenommen habe, verspüre ich plötzlich Schuldgefühle. Ich zögere kurz, und ein selbstsüchtiger, kleiner, gemeiner Teil von mir möchte ihnen die Gewehre nicht überlassen. Ich brauche Geld für bessere Waffen, bessere Verteidigungssysteme. Um Sabre zu optimieren, wenn ich weiterhin so ein Idiot bleibe und außerhalb der Stadt herumfahre. Leider brauchen sie all das auch.

„Nein. Unmöglich, kommt nicht in Frage", sagt Ali, der vor mir schwebt und mich anstarrt. „Erste Regel des Systems – niemand kriegt etwas umsonst."

„*Menschen werden sterben, wenn wir ihnen nicht helfen*", antworte ich in Gedanken.

„Ich kümmere mich darum, du sentimentaler Qwixly", sagt Ali, dreht sich um und winkt den anderen zu. „Na gut, ihr verrückten Menschen. Mein Freund hier hat einige Gewehre, Rüstungen und ein paar Ameisenpanzer erbeutet, die ihr modebewussten Typen wohl ganz gut gebrauchen könntet."

„Was zum Teufel?", sagt Gadsby, zieht eine Waffe und richtet sie auf Ali. Jason steht einfach da und glotzt, bevor er verblüfft die Stimme erhebt. „Das ist eine Fee!"

„Arschloch. Jetzt hat sich der Preis erhöht. Ich bin keine Fee." Ali fixiert Jason wütend und ignoriert die Waffe komplett.

Danach beginnen Gadsby und Ali mit dem Feilschen. Jason hingegen zieht mich zur Seite, um mehr über Ali zu erfahren. Ich weigere mich, mehr als die Grundlagen seiner Systemfunktion zu enthüllen. Nach einer Weile wird mir klar, dass die beiden Feilscher ihr Gefeilsche nicht so bald beenden werden.

„Du hast doch erwähnt, ihr würdet Jagdeinheiten rausschicken, um die Monster dort zu erledigen, oder?" Während ich Jason diese Frage stelle, ziehe ich gedankenverloren einen Schokoriegel aus meinem Inventar und breche ein Stück ab. Ich seufze und werfe die andere Hälfte einem Kind zu, das wie durch Zauberhand neben mir erschienen ist und mich mit großen Augen anblickt.

„Ja, warum?" Jason runzelt die Stirn und versucht, die Brille zurechtzurücken, die er nicht mehr trägt. Er bewegt seine Hand kurz über sein Gesicht hinweg, bevor er damit aufhört.

„Ich habe keine Lust, den beiden zuzuhören. Ich möchte lieber etwas umlegen", antworte ich und trete in eine Ecke, wo ich die Waffen und Rüstungen aus meinem Inventar ausschütte. Danach sage ich: „Gehen wir."

Jason blinzelt und sieht die beiden an. „Eigentlich darf ich ohne meine Mutter oder Gadsby nicht jenseits der Barriere sein."

Ich richte lediglich den Blick auf ihn und warte ab, bis dem Teenager klar wird, was er soeben gesagt hat. Dann erscheint ein breites Grinsen auf seinem Gesicht. „Ja, machen wir das."

***

Vier Stunden später kehren wir zum Mittagessen zurück und führen eine angeregte Unterhaltung. Ein Jagdausflug ohne Sabre und Ali ist eine interessante Erfahrung, die in mir eine Dankbarkeit für meine Vorteile erweckt. Sobald wir außerhalb der Barriere sind, schleicht Jason los, und ich folge seinem Beispiel. Den Großteil der Zeit verbringen wir mit der Suche nach Gefahren, aber zweimal geht Jason einem Kampf aus dem Weg. Rückblickend glaube ich, dass wir diese Gegner besiegt hätten. Aber ohne Rüstung oder Reserven ist unser Fehlerspielraum deutlich größer. Wenn wir angreifen, tun wir es aus der Deckung heraus und mit überwältigender Stärke, um die Kreaturen so schnell und effizient wie möglich zu erledigen. Das ist auch mein erstes Erlebnis mit dem Gruppensystem, und es ist interessant zu sehen, wie Jasons Manapool sinkt, während er Zauber wirkt. Ich muss mir meinen eigenen Neid eingestehen, als ich sehe, wie mühelos er seine Magie einsetzt. Er wechselt von zielsuchenden Pfeilen aus blauer Energie zu Eisschlägen und Efeuranken, ohne auch nur einen Gedanken daran zu verschwenden. Ja, das Herumschwenken der Hände und das Fingerwackeln sagen mir zwar nicht wirklich zu, aber jeder von uns hat seine eigene Methode. Ehrlich gesagt verursacht er da draußen den meisten Schaden und ich erledige nur den Rest.

Als wir dann aber auf dem Rückweg die Barriere überqueren, stoßen wir auf den heftigsten Widerstand bisher – Mrs. O'Keefe. Nebenbei fällt mir auf, dass mindestens einige der Wachen neue Waffen besitzen, die mir bekannt vorkommen.

„Junger Mann, wo warst du?" Sie steht da, wippt mit dem Fuß und lässt eine Hand auf dem Hammer ruhen. Ich leite einen taktischen Rückzug ein und winke den beiden zum Abschied zu. Während ich es vermeide, Mrs. O'Keefe in die Augen zu blicken, gehe ich zu dem Restaurant, in dem das Mittagessen serviert wird und ignoriere Jasons flehenden Blick.

Bald darauf schwebt Ali wieder vor mir. Er scheint regelrecht von innen heraus zu leuchten. Anscheinend lief das Feilschen gut: „Na schön, wir haben die Waffen und Rüstungen für 10.000 Credits auf Schuldscheinbasis verkauft. Momentan müssen sie ihre Credits zusammenhalten, also habe ich einen besseren Preis ausgehandelt. Wahrscheinlich kriegen wir die Bezahlung in einem Monat, falls sie überleben."

Dann fährt er fort: „Außerdem wirst du die alte Dame nach Whitehorse mitnehmen und möglichst viel von ihrer Beute in deinem Inventar transportieren. Wir helfen ihr beim Kaufen und Verkaufen und bringen sie dann hierher zurück."

Quest erhalten – Unterstützung für Carcross
Hilf Carcross, den ersten erfolgreichen Besuch des Shops in Whitehorse durchzuführen. Du musst Älteste Andrea Badger nach Whitehorse und wieder zurück begleiten.
Belohnung: 2.000 EP

Nett. Vielleicht sollte ich ihn öfter quasseln lassen. „Wann?"
„Sofort, nachdem du dir den Bauch vollgeschlagen hast", meint Ali.

***

Die Hinfahrt verläuft überraschend bequem und ruhig. Ich bremse für nichts ab, und Ali informiert mich über potenzielle Probleme, so dass ich weiß, wann ich wirklich Gas geben muss. Älteste Badger lacht nur, wenn wir beschleunigen. Offenbar genießt die alte Frau das Tempo. Ich sage ihr nichts von den Gefahren, die Ali mir einflüstert. aber ich spüre, wie sich meine Schultern entspannen. Mein Griff lockert sich etwas, als wir schließlich wieder in die niedrigstufige Zone bei Whitehorse eintreten. Der Kampf gegen einige der Monster aus den Gebirgen und Wäldern würde mir keinen Spaß machen.

In Whitehorse fahre ich langsamer, sowohl aus Sicherheitsgründen als auch, damit die Älteste die Möglichkeit erhält, sich alles anzusehen. Während der letzten Tage scheint sich hier kaum etwas verändert zu haben. Außerhalb der sicheren Zonen sind nur Wächter und gelegentlich Jäger zu sehen. Mir fällt der deutliche Unterschied zu Carcross auf und frage mich erneut, woran das liegt. Wie es scheint, hat das Fehlen einer sicheren Zone die Einwohner von Carcross zu Höchstleistungen angestachelt, da sie gezwungen waren, sich der Herausforderung entweder zu stellen oder zu sterben.

Ich setze Ali und die Älteste beim Stadtzentrum ab, bleibe aber nicht bei ihnen. Ali hat im Shop vollen Zugriff auf mein Inventar, also bringt meine Anwesenheit keine Vorteile. Stattdessen fahre ich mit dem Aufzug zu Roxley selbst, um meine Quest abzugeben. Interessanterweise kann mir Ali immer noch keine weiteren Informationen über Roxley liefern, obwohl er mittlerweile im Level aufgestiegen ist. Vermutlich sind wir einfach nicht auf Roxleys Niveau.

„Also gibt es in diesem Carcross eine Menschensiedlung mit Hunderten von Einwohnern. Aber Sie haben nur eine Person hergebracht – eine, die nicht einmal hierbleiben wird. Liege ich richtig?" Lord Roxley starrt mich mit diesen gefühlvollen schwarzen Augen unter den langen, feinen Wimpern an.

„Ja."

„Und dafür möchten Sie eine Belohnung erhalten?", fährt Roxley fort. Ich bewundere seine Art, dabei die Lippen zu verziehen und kaum merklich ein Lächeln anzudeuten. „Selbst wenn Ihre Quest erfordert, dass Sie Überlebende in meine Stadt bringen?"

„Mmmm ... ja?" Nach kurzer Überlegung verstehe ich, was er meint.

„Das kann ich leider nicht tun", sagt Roxley und zuckt mit den Schultern, die angesichts seiner gertenschlanken Figur erstaunlich breit sind. Unter seiner silberschwarzen Uniform zeichnet sich das Spiel seiner Muskeln ab.

Ich werfe ihm einen ziemlich erbärmlichen Blick zu, der keine echte Wut ausdrückt. Schließlich hat er recht – die Bürger von Carcross leisten keinen Beitrag zu seiner Stadt. Eigentlich tun die Bürger von Whitehorse es ebenfalls nicht, aber das ist eine andere Geschichte. Trotzdem ... „Ich bin mir sicher, diese Informationen sind etwas wert. Und es ist möglich, dass später Leute aus Carcross herziehen."

„Später ist nicht jetzt." Roxley hebt ein Glas, nippt daran und fragt: „Sind Sie während der Reise im Level aufgestiegen? Sie wirken ... etwas breiter."

„Ja, danke", antworte ich und frage mich, ob er mir diesmal wieder einen Drink anbieten wird.

„Nun, für nicht mitgebrachte Bürger kann ich Sie nicht belohnen. Die Informationen hingegen sind wertvoll ..." Roxley streicht mit dem Finger über den Rand des Glases und lächelt dann. „Ja, das würde passen."

Quest abgeschlossen!

Nachrichten über Überlebende liefern

Belohnung: 2.000 EP und 1.000 Credits

Roxley beobachtet mich für einen Augenblick, bevor er erkennt, dass ich keinen neuen Level erreicht habe. Dann werde ich mit einer Handbewegung entlassen. Ich zucke mit den Achseln und gehe. Die Credits sind besser als nichts.

Und jetzt? Bei einem kurzen Shopbesuch sehe ich, dass Ali und die Älteste voll beschäftigt sind, daher trete ich nach draußen. Als ich das Gebäude verlasse, werfe ich einen Blick auf Sabre und erkenne, dass hier jemand etwas liebevolle Pflege braucht. Stimmt, Ali erwähnte, dass es in der Stadt einen Waffenmeister gibt. Mal sehen, was der für die arme alte Sabre tun kann. Ich folge der in meinen Helm integrierten Karte zum Gebäude und verziehe das Gesicht, als ich es sehe. Wie auch alle anderen Gebäude in diesem Industriegebiet sieht es nach einem typischen Lagerhaus aus Beton und Metall aus. Der einzige Unterschied ist ein Schild vor dem Eingang – *Bitte nicht auf den Besitzer schießen.*

Ich trete näher und frage mich, was das zu bedeuten hat. Ich tippe die Taste an, die den Helm einfährt und betrete das Gebäude. Ich blicke mich kurz um, während sich meine Augen an die Dunkelheit gewöhnen. Dann ziehe ich mein Schwert, springe einen halben Meter zurück und unterdrücke einen Aufschrei.

Ich habe keine Angst vor Riesenspinnen. Ich habe keine Angst vor Riesenspinnen. Ich habe keine Angst vor Riesenspinnen. In einem Netz über einer Arbeitstheke vor mir hockt eine enorme schwarzgoldene Spinne, die zwitschernd an einer zerlegten Strahlenpistole arbeitet. Die Spinne blickt hoch, als ich mein Schwert hin und her schwinge. Sie scheint zu seufzen, bevor sie sagt: „Bitte Schwert wegstecken."

Ich muss tief ein- und ausatmen, dann lasse ich die Klinge wieder verschwinden. Klar. Deshalb das Schild. „Entschuldigung! Tut mir leid."

„Nicht geschossen. Gut. Alles perfekt. Du haben Arbeit?" zwitschert die Kreatur und legt die Werkstücke hin.

„Ja. Ich habe ein beschädigtes Omnitron III, Persönliches Kampffahrzeug der Klasse II, das repariert werden muss", murmle ich und starre das Wesen an. Langsam beruhigen sich meine Emotionen, der Adrenalinschub legt sich und meine Instinktreaktion lässt nach. Klar, die Riesenspinne kann sprechen, ist intelligent und zudem der Waffenmeister.

„Ich offen. Bring rein. Ich anschauen", zwitschert die Spinne.

Verdammt. Da Ali nicht hier ist, kann ich den Namen der Spinne nicht lesen. „Selbstverständlich."

Nachdem ich Sabre hereingerollt habe, lässt sich die Spinne aus dem Netz fallen, kriecht herum, macht Klicklaute und stochert an beschädigten Teilen herum. Sie dreht sich halbwegs zu mir hin, und auf ihre Aufforderung hin aktiviere ich die Verwandlungssequenz. Zehn Minuten später kommt die Spinne zu mir.

„Beschädigt. Nicht schlimm. Meist oberflächlich. Auch elektrisch. 5 Stunden. 2.700 Credits", zwitschert die Kreatur und ich erschaudere.

„Äh ..." Ich starre sie an und realisiere, dass ich nicht weiter weiß. Ich habe keine Ahnung, ob er (sie? es?) einen hohen oder niedrigen Preis verlangt, obwohl Mechaniker in der Regel viel verrechnen. Also sage ich: „Der Preis erscheint mir sehr hoch."

Die Kreatur zwitschert, und ich könnte schwören, dass sie mich auslacht. „2.700 Credits – ich reparieren. System repariert, kostet mehr."

„Gut. Reparier das Ding", knurre ich.

Die Kreatur wirft etwas in die Luft und einen Augenblick später erscheint ein Textfenster, das unsere Vereinbarung bestätigt. Wie gewonnen, so zerronnen.

In der Zwischenzeit sollte ich mich anderweitig beschäftigen. Noch über vier Stunden ... da gab es doch noch ein anderes Gebäude, oder? Einen Alchemisten? Ich hoffe nur, der Laden wird nicht von einem weiteren Rieseninsekt geführt.

***

Es vergeht fast eine halbe Stunde, bis ich zu Fuß wieder die Main Street erreiche. Ich sollte meine Ausflüge ohne Motorrad wirklich besser planen. Dennoch entspricht der Alchemistenladen eher meinen Erwartungen, obwohl er sich inmitten in der aus den 1960ern stammenden, altmodischen Ladenzeile von Whitehorse befindet.

„Willkommen!"

Ich lächle, als ich die muntere Begrüßung höre und suche nach der Person, die mich angesprochen hat. Allerdings dauert es einen Moment, diese aufzuspüren. „Hallo."

„Oh, darf ich einen neuen Versuch starten? Willkommen in Sallys Kaufhaus für Alchemie und Magie", sagt die Gnomfrau, denn genau so sieht sie aus. Sally ist einszwanzig groß, hat lila leuchtendes Haar, das bis zu ihrem kleinen, knackigen Po reicht und trägt einen Kittel. Vor lauter Energie scheint sie fast zu vibrieren. „War das besser?"

„Ja, besser." Ich muss das Lächeln einfach erwidern und sehe mich um. Der Laden ist voller Regale mit Tränken und Zutaten in Flaschen. Er wirkt wie eine seltsame Mischung aus Gewürzbasar und Spirituosenhandlung. „Was wird hier verkauft?"

„Jede Menge Ingredienzen für Alchemie und Magie. Was auch immer du willst. Na ja, momentan mit Ausnahme von Ingredienzen der Stufe I, II und III, zudem fehlen mir auch noch ein paar Ingredienzen der Stufe III für Stärketränke. Aber ansonsten habe ich alles!" Sally nickt nachdrücklich und wedelt mit den Händen herum.

Ich versuche, mich an die möglichen Effekte von Zaubertränken zu erinnern und stellte die Frage: „Hast du auch Heiltränke?"

Sie nickt zustimmend, geht zu einer Ecke und deutet auf eine Gruppe von Flaschen. Auf dem ersten Regal stehen Flaschen in verschiedenen Schattierungen von Orange, auf dem zweiten in Lila, und auf dem dritten in Blau. „Alle von denen sind Stufe III bis V. Zudem habe ich einige Tränke der Stufe II, aber die sind nicht ausgestellt."

Als sie sieht, dass ich zögere, lächelt Sally und fährt fort: „Ich wette, die da hast du noch nicht gesehen. Das sind Trank-Regeneration, Körper-Regeneration und direkte Heiltränke, in dieser Reihenfolge. Der Erste heilt unter Verwendung der Ingredienzen im Trank selbst, der Zweite steigert die Erholungsrate deines Körpers und setzt dessen eigene Ressourcen ein. Der letzte und teuerste Trank nutzt das umgebende Mana, und das System erzeugt eine direkte Heilung deines Körpers, wie bei einem Heilzauber."

Unter jedem Trank wird der Preis in Credits angezeigt. Der niedrigste Preis beginnt bei den Körper-Regenerierungstränken mit 50, und steigert sich von diesem Punkt bis hin zu unglaublichen 2000 Credits. Da es sich um Verbrauchsgüter handelt, sehe ich jetzt schon, dass meine Credits rasend schnell verschwinden werden. Und das ist nicht einmal das gute Zeug. „Wie viel heilen sie?"

Sally überlegt kurz und gibt dann zu: „Was die Regenerationstränke betrifft, bin ich mir nicht ganz sicher. Keine meiner bisherigen Kunden waren Menschen, daher könnten die Auswirkungen unterschiedlich ausfallen. Die Regenerator-Tränke dürften mindestens 20 bis 50 Gesundheit bringen. Die Körper-Regeneratoren hängen stets vom Individuum ab, dürften aber mindestens 2-4 % bieten. Was die System-Heiltränke betrifft, sind diese reguliert. Sie heilen dich um mindestens 25, und dieser Wert steigt pro Größenkategorie und Stufe nochmals um 25."

Ich mag vielleicht nicht Ali sein, aber sogar ich erkenne ein Schnäppchen, wenn ich es vor mir sehe. „Also brauchst du ein Versuchskaninchen, oder?"

Sally reißt die Augen weit auf, um dann verschmitzt zu grinsen: „Kommt drauf an. Ich bin mir sicher, die Menschen vom Rabenzirkel würden ebenfalls ganz gerne mit mir arbeiten."

Im Gegensatz zu Ali genieße ich das Feilschen nicht, trotzdem bringe ich es fertig, pro Trankflasche nur 50 Credits hinzulegen. Natürlich muss ich versprechen, die Tränke während der nächsten Tage zu benutzen und ihre Auswirkungen dann zu melden, was aber kein Problem darstellen dürfte.

Bald darauf verlassen Ali und die Älteste den Shop, woraufhin die Frau die Schule aufsucht, um dort mit einigen Leuten zu sprechen. Ich begleite sie ein gutes Stück des Wegs und sie ringt mir das Versprechen ab, sie am nächsten Morgen abzuholen. Anscheinend hat sie eine Menge zu besprechen. Danach holen Ali und ich Sabre ab, wobei wir zuvor noch einen kurzen Zwischenstopp zum Übungsschießen am Fluss einlegen. Dabei erfahre ich auch den Namen des Waffenmeisters, obwohl ich ihn immer noch nicht aussprechen kann. Wir einigen uns auf Xev.

Während der Heimfahrt muss sich daran denken, wie seltsam die letzten Tage doch waren. Alles ging komplett anders aus, als ich erwartet oder geplant hatte. Allerdings wurde ich dadurch zumindest abgelenkt.

***

Mein Kopf verdreht sich leicht, als er vom Schlag getroffen wird, und scheint sich in Zeitlupe zu bewegen. Ich drehe mich zur Seite und lasse den Hieb an meinem Gesicht abgleiten. Meine Wange spürt nur eine leichte Streifbewegung, und Lana hält sich die Hand. „Was zur Hölle! Denkst du eigentlich nie an andere?"

„Tut mir leid. Ich hatte nicht gedacht, dass es ein Problem wäre, wenn ich eine Weile nicht erscheine", sage ich und zeige der üppigen Rothaarigen den Ansatz eines Lächelns. Mein Gott, wo hat sie das Parfüm her? Ich reibe mir verstohlen die Nase, um es nicht mehr wahrzunehmen. Sie duftet wunderbar. Aber daran sollte ich nicht denken, während sie mich mit Blicken erdolcht.

Sie schüttelt den Kopf. „Wage es bloß nicht, wieder zu verschwinden."

Ich hebe eine Augenbraue. Ein Teil von mir fragt sich, wieso ich auf einmal verheiratet bin. Dann sage ich: „Ja, tut mir leid. Bevor ich das nächste Mal losziehe, hinterlasse ich eine Nachricht. Ich dachte nur, dass ich nach Überlebenden suchen sollte, da ich das einzige funktionstüchtige Motorrad besitze."

Als ich das sage, kneift sie ihre wunderschönen blauen Augen zusammen, Dann atmet sie tief durch, offensichtlich, um ihre Emotionen zu beruhigen. Sie reibt ihre Augen und senkt den Kopf, bevor sie antwortet: „Es war eine gute Idee, John, aber ..."

„Ja." Ich greife zögernd nach ihr und umarme sie, bevor ich mich im leeren Haus umsehe. „Es ist schon spät, oder? Wo sind Mikito und dein Bruder?"

„Draußen", antwortet Lana und deutet in Richtung der Schule. „Anscheinend werden die Jäger beste Freunde."

Ich nicke ihr zu und grinse dann. „Ich habe ein Geschenk für dich. Komm schon."

In der Küche öffne ich mein Inventar und ich erkenne, dass Ali die Nahrungsvorräte der Hakarta gegen für Menschen geeignete Fertiggerichte eingetauscht hat. Gut – ich war mir wirklich nicht sicher, ob ich das Zeug, das die Hakarta verzehren, ausprobieren möchte. Ich ziehe den Kocher heraus und lege ihn schwungvoll auf die Küchentheke. Allerdings verdirbt die Verwirrung auf Lanas Gesicht die Szene etwas.

„Es ist ein Kocher, der Mana verwendet", sage ich.

Während meiner Erklärung grinst sie und untersucht das Ding eingehend. Ich verabschiede mich, da ich mich noch waschen muss. In meiner Wohnung stehe ich aus reiner Gewohnheit halbnackt vor der Badezimmertür. Nee! Der heutige Tag ist kalt, kaum mehr als 5 Grad Celsius. Ich habe keine Lust, nach draußen zu gehen und im Regenwasserfass zu baden. Andererseits steigt mir schon mein eigener Gestank in die Nase.

Und ich habe etwas Geld ...

89 Alsek Road (Wohnort)
Momentaner Eigentümer: John Lee, Abenteurer
Jetzige Bewohner: 4
Upgrades: Keine

Ich konzentriere mich auf die Upgrades, um zu sehen, was verfügbar ist:

Verfügbare Upgrades
Grundstück
Gebäude
Nebengebäude

Ich gehe rasch die Liste durch und stelle fest, dass Nebengebäude und selbst die bereits existierende Werkstatt meine finanziellen Möglichkeiten deutlich übersteigen. Der Grundstücksbereich ist interessant, vor allem die Möglichkeit, dringend notwendige Sicherheitsoptionen wie eine Mauer hinzuzufügen. Falls wir andererseits die ganze Stadt in eine sichere Zone verwandeln, müsste ich mir über gelegentlich auftauchende Monster oder Mutationen keine Sorgen machen. Wenn ich das Grundstück verbessere, müsste ich mich auch weniger um die Sauerei kümmern, die die Wachhunde auf dem Rasen vor dem Haus hinterlassen. Zudem wünsche ich mir wirklich etwas Interessanteres als eine Steinmauer – die hier erwähnten Kraftfelder wären ideal.

Nachdem ich mit den anderen Optionen herumgespielt habe, rufe ich diejenigen Punkte auf, die mich am ehesten interessieren.

Für 89 Alsek Road verfügbare Gebäude-Upgrades

Sicherheit

Strukturell

Haustechnik

Einrichtung

Sonstiges

Den Bereich Sicherheit würde ich mir gerne näher ansehen. Dort gibt es garantiert interessante Dinge, aber meine Geldmittel sind begrenzt und etwas Haustechnik wäre sinnvoller. Ich rufe das entsprechende Untermenü auf. Nachdem ich die verfügbaren Informationen durchgesehen habe, finde ich das Gewünschte – einen atmosphärischen Hydrogenerator, der direkt an die existierenden Sanitärinstallationen angeschlossen wird und sowohl Trink- als auch Duschwasser liefert. Mit weniger als 2.000 Credits ist er zudem nicht teuer, nicht einmal nach den Upgrades für die Erzeugung von Warmwasser.

Nachdem ich die Bildschirmaufforderung bestätige, scheint nichts zu passieren. Einen Moment lang frage ich mich, ob meine Auswahl überhaupt einen Effekt hatte. Ich sehe, dass das Upgrade existiert. Dann aber entdecke ich die ärgerliche Meldung, der Generator würde für die Befüllung der Tanks einige Stunden brauchen.

Was ziemlich beschissen ist.

Ich seufze und gehe mit dem Handtuch und dem Gewehr in einer Hand nach oben zurück. Dann also ein Bad in kaltem Wasser. In der Küche ist Lana mit der Vorbereitung einer Mahlzeit beschäftigt. Ich bleibe kurz dort und erzähle ihr von den soeben durchgeführten Upgrades, sie hält beim Gemüsehacken inne und starrt mich schweigend an. Ich muss das Gesagte wiederholen, bevor sie bestätigt, sie hätte verstanden. Anscheinend war sie komplett auf die Zubereitung des Abendessens fokussiert.

Kalt. Das Wasser im Regenfass ist kalt. Ich schlottere, trockne mich hastig ab und bin erleichtert darüber, dass dies mein letztes kaltes Bad war. Als ich nur mit einem Handtuch bekleidet das Haus betrete, ruft mich Lana, noch bevor ich die Gelegenheit erhalte, mich anzuziehen.

„Moment, ich muss mich erst noch anziehen", antworte ich, aber sie schnaubt leise und winkt mich her.

„Das Essen ist fertig, setz dich einfach. Außerdem muss ich etwas mit dir besprechen." Lana deutet auf den Tisch, und nach kurzem Zögern folge ich ihrer Aufforderung. Die Frau kann echt gut kochen. Was auch immer sie zu sagen hat, es kann warten. Zunächst besprechen wir meine Erlebnisse im Detail, wobei Lana mir einige bohrende Fragen zu Carcross und dem Fort stellt.

„Das ist sehr interessant." Sie lächelt sanft und lässt ihr Wasserglas langsam in der Hand rotieren, während sie mich über den Rand hinweg anblickt. „Anscheinend haben sie ein gemeinschaftlicheres Entwicklungsmodell gewählt, bei dem alle an einem Strang ziehen." Als ich nicke, fährt sie fort: „Aber hier würde das nicht klappen. Hier sind zu viele Leute."

Ich hebe eine Augenbraue und sie wedelt mit der Hand. „Solche Systeme, die auf Tausch und Gemeinschaft beruhen, brechen früher oder später zusammen, da keine echten persönlichen Bindungen zwischen allen Teilnehmern bestehen. In einer kleinen Gemeinschaft klappt das eher, aber bei zu vielen Leuten können Schmarotzer ungestört das System aushebeln."

Als sie sieht, dass ich die Augenbraue hebe, erklärt Lana: „Ich habe Betriebswirtschaft studiert, mit Volkswirtschaft als Nebenfach. Richard hat die Kunden bedient, ich war für die Buchführung verantwortlich. Um die Hunde haben wir uns natürlich beide gekümmert."

„Aber das erklärt nicht, warum die Leute überhaupt nichts tun", knurre ich, als ich mich an die großen Menschengruppen erinnere, die nur in den Schulen herumhocken.

„Sie tun etwas, du siehst es nur nicht", erklärt Lana und zuckt mit den Achseln. „Wir haben hier eine Menge Arbeitskräfte, aber keine Ressourcen.

Ein Großteil unserer Dinge von früher funktioniert nicht mehr. Und obwohl manche Menschen Fertigkeiten besitzen, mangelt es ihnen an Werkzeugen oder Rohstoffen, die sie brauchen würden, um aktiv zu werden. Die einzigen Leute mit Credits sind die Jäger, und deren Geld geht hauptsächlich für Upgrades an sich selbst und ihren Waffen drauf."

Ich grunze zustimmend. „Das müssen sie wohl. Für Jäger wäre die Alternative der Tod."

„Oh, das ist nachvollziehbar, trifft aber nicht auf alle zu", sagt sie, deutet auf das Spülbecken und fährt fort. „Wie viel hast du gerade ausgegeben? Ein paar tausend Credits für Warmwasser? Was wäre, wenn du mit dem Geld einfache Werkzeuge gekauft und einige der Materialien weitergegeben hättest, etwa diese Ameisenpanzer? Dann hätten die Leute eine Möglichkeit, ihre Fertigkeiten zu verbessern. Genau wie die Bevölkerung in Carcross."

Ich verziehe das Gesicht und frage mich, warum andere mir manchmal das Gefühl vermitteln, ich wäre ein egoistischer Idiot. Schließlich habe ich für die Gewehre und die Credits mein Leben riskiert. Habe ich dafür keine Belohnung verdient? Andererseits hatte ich das Problem noch nie aus ihrer Perspektive betrachtet.

„Nein. Kommt nicht in Frage, Schätzchen." Ali konzentriert sich darauf, sichtbar zu werden, und schwebt neben mir. Damit kommt Lana nicht besonders gut klar. Sie schreit auf und kippt mitsamt ihrem Stuhl um, was Ali ein anhaltendes Kichern entlockt. Einige Minuten verstreichen, bevor es mir gelingt, sie zu beruhigen und ich ihr erkläre, wer Ali ist. Dann setzen wir die Unterhaltung fort.

„Wir sind hier nicht in Utopia und geben nichts umsonst her. Die erste Regel des Lebens im System lautet, dass jeder für sich selbst sorgt", sagte Ali und schüttelt den Finger.

„Sagte ich etwas von Almosen? Langfristig funktionieren die nicht", faucht Lana und starrt den 45 Zentimeter kleinen, dunkelhäutigen Mann wütend an.

„Was hast du dann vor?", meint Ali.

„Mikrokredite", antwortet Lana sofort.

„Oooh ... du gefällst mir. John, die da solltest du behalten. Sie hat nicht nur tolle Titten, sondern auch ein Gehirn!"

Seine Worte veranlassen mich dazu, mit den Augen zu rollen. Nachdem Lana feststellt, dass sie dem Geist keinen Schlag versetzen kann, erklärt sie ihren Plan. Zu diesem Zeitpunkt verabschiede ich mich, um mich endlich anzuziehen. Ich habe nicht die Apokalypse überlebt, um mir Wirtschaftstheorien anzuhören oder was auch immer die beiden momentan diskutieren. Das Thema ist todlangweilig.

Als ich mich dann aber in meiner Wohnung umsehe, erkenne ich das Problem – ich befinde mich wieder am selben Punkt wie vor meiner Abfahrt. Momentan gibt es nicht viel zu tun, eine Tatsache, die mich sowohl belastet als auch nervt. Ich sollte wirklich eine Weile lang nachdenken und meine Gefühle erforschen. Ich atme tief ein, schließe die Augen und versuche, die verschlossenen Schubladen meiner Seele zu öffnen, weiß aber nicht, wo ich anfangen soll. Ich schließe die Schubladen wieder, besitze aber keinen Schlüssel dafür. Wenn ich diese Gedanken nicht mehr blockiere, werden sie zu mir zurückkehren. Ich stupse sie vorsichtig an und mir wird klar, dass ich damit nicht umzugehen weiß. Nicht, ohne das ganze Kartenhaus meines Innenlebens einzureißen, was ich nicht darf und will. Es wäre zu viel, zu schnell.

Ich spanne meine Hände an, starre vor mich hin und atme dann aus und wieder ein. Na gut, dann muss ich mir eben eine Beschäftigung suchen.

***

Im Garten hinter dem Haus verscheuche ich die Hunde und fange an. Es fühlt sich seltsam an, Kampftaktiken zu üben, bei denen man nicht wirklich ein Schwert halten muss. Ganz anders als die Erinnerungen und Fertigkeiten, die ich im Shop gekauft habe und die Bewegungen, die ich übe, erscheinen mir nicht wirklich gefechtsrelevant. Da mir der Sparringpartner fehlt, wirkt es seltsam, das Schwert zu schwingen und es im Kampf mit unsichtbaren Feinden verschwinden und wieder erscheinen zu lassen. Schließlich teile ich meine Übungen in zwei Schritte auf. Zunächst ahme ich einen der Kämpfe eines echten Erethra-Ehrengardisten nach. Danach übe ich, die Waffe rasch erscheinen und wieder verschwinden zu lassen, wobei ich sie von einer Hand zur anderen wechsle.

Nachdem Ali und Lana ihr Gespräch beendet haben, stoßen sie im Garten zu mir. Ali lacht lauthals, während Lana etwas mehr Anstand hat und zumindest versucht, ihr Kichern zu unterdrücken. Ich bin mir bewusst, dass ich wie ein Irrer aussehe, der herumwirbelt und die Hände durch die Luft schwingt, wobei er gelegentlich die aus dem Nichts erscheinende Waffe fängt und festhält. Es ist einfach, eine seelengebundene Waffe in die Realität zu rufen, wenn man stillsteht. Aber beim Aufrufen der Waffe muss ich deren genaue Position bestimmen. Und diese darf nicht zu weit von meinem Körper entfernt sein. Daher muss ich nicht nur wissen, wohin sich meine Hand bewegt sondern auch, wie lange es dauern wird, bis das Schwert erscheint. Zieht man dann noch in Betracht, dass ich mich in drei Richtungen bewegen kann, wird das alles sehr kompliziert.

Insgesamt waren die letzten paar Stunden ziemlich frustrierend. Als Ali daher unter vier Augen mit mir reden möchte, stimme ich nur zu gerne zu. Statt zu erklären, was er und Lana getan haben oder zu erwähnen, dass er einige meiner Credits ausgegeben hat, möchte er über Magie reden.

***

„Wir sind jetzt im Level 10. Das bedeutet, dass ich meine Elementar-Affinität mit dir teilen kann, falls du sie erlernen möchtest", sagt Ali, der zum ersten Mal zögernd klingt.

„Mehr Magie? Natürlich!" Ich grinse, lasse das Schwert verschwinden und beobachte Ali voller Tatendrang. Nett. Eigentlich wollte ich mir im Shop einen neuen Zauberspruch kaufen, aber das hier ist noch besser.

„Eine Elementar-Affinität", korrigiert mich Ali.

„Wo liegt der Unterschied?", frage ich ihn, da ich mehr erfahren möchte und mich über seine pedantische Art ärgere.

„Mit deinen aktuellen Kenntnissen der Magie setzt du das Mana nur ein, damit das System den Effekt für dich erzeugt. Deshalb hast du die Mana-Manipulation gebraucht, bevor du deinen ersten Heilzauber erlernen konntest. Jeder Zauber ist wie ein Fertiggericht und das Mana die Energie, die du zum Kochen benötigst", sagte Ali.

„Ja, aber den Unterschied verstehe ich immer noch nicht."

„Wenn du mal kurz die Klappe halten könntest", sagt Ali und fährt dann fort. „Die Verwendung von Mana ist nicht die einzige Option, um Zauber zu wirken. Geister wie ich bestehen aus den Elementen, den Kräften, die die Welt beherrschen. Es ist wie bei der Schwerkraft – nur weil es einen Zauberspruch gibt, der die Schwerkraft beeinflusst, bedeutet das nicht, dass die Schwerkraft nicht schon vor dem System existierte. Eine Elementar-Affinität bedeutet, dass du eine Verbindung hast. Einen Zugangspunkt, um dieses Element direkt und ohne das Erlernen von Zaubersprüchen zu manipulieren. Dafür musst du kein Mana verwenden, obwohl die meisten es immer noch tun."

Schließlich hebe ich eine Augenbraue, und Ali sagt achselzuckend: „Dadurch wird es leichter. Den Elementen deinen Willen direkt aufzuzwingen ist in etwa so, als würdest du versuchen, ein Auto mit bloßen Händen zu bewegen. Machbar, wenn du stark genug bist, aber wäre es nicht einfacher, einen Hebel zu benutzen? In diesem Fall dient das Mana als Hebel."

„Okay. Hört sich toll an. Tun wir's", sage ich und frage mich, was mit ihm los ist.

„Immer mit der Ruhe, John. Nicht alle Elemente arbeiten problemlos mit anderen zusammen, und die Erzeugung einer Affinität könnte bedeuten, dass du den Zugriff auf andere verlierst. Möglicherweise auf alle anderen, falls der Konflikt sich zu heftig auswirkt. Und es ist unmöglich, die Antwort im Voraus abzuschätzen", erklärt Ali. „Es hängt wirklich von der jeweiligen Person ab."

„Welches ist deine Affinität?"

„Elektromagnetische Kraft."

„Hmm ...", sage ich und mustere Ali. Also Elektrizität – was Alis Vorliebe für Energiewaffen und seinen Overall erklären würde. Trotzdem. „Blitze?"

Ali rollt mit den Augen, gibt auf und schlägt die Hände über dem Kopf zusammen. „Gottverdammte Körperwesen. Ich sage elektromagnetische Kraft, und ... absolut .... jedes ... Mal ... denken sie an Blitze oder Elektroschocks. Verdammt, mach dich mal zu dem Thema schlau."

Ich blinzle und sehe zu, wie der Geist davonschwebt und dann einfach verschwindet. Ich kratze mich am Kopf und frage mich, was in ihn gefahren ist. Verdammte Scheiße. Das ist ja echt gut gelaufen. Ich seufze, betrachte den Himmel, strecke mich und kehre dann in den Garten zurück.

Na schön. Vergiss den Kerl. Ich setze einfach mein Training fort.

Kapitel 11

Am folgenden Morgen stehe ich lange vor Lana auf. Da Ali darauf besteht, planen wir, in der niedrigstufigen Umgebung etwas Material für Lana zu besorgen. In Sabre gerüstet und auf Alis Anweisung hin durch den Wald zu rennen und zu springen, während ich niedrigstufige Tiere bekämpfe, ist eigentlich ganz entspannend. Dank meiner Rüstung kann mir keine dieser Kreaturen ernsthaft etwas anhaben. Deshalb kann ich nach Herzenslust meinen Kampfstil üben und entwickeln.

Die Wachen an der F. H. Collins-Schule reagieren überrascht, als ich die zur Strecke gebrachten mutierten Kreaturen zurückbringe und in der Küche abliefere. Erdhörnchen, einige Bärenmarder, Hasen, zwei Füchse, Murmeltiere und Spitzmäuse sind allesamt als solche erkennbar, auch wenn sie mindestens so massiv wie ein großer Hund sind. Und dann gibt es noch die Wesen, die ich nie zuvor gesehen habe. Kreaturen mit drei Beinen oder auch sieben, mit einem Dutzend Augen oder keinen. Mit Fell, mit Schuppen oder beidem, oder einem Rückenschild. Zu meiner Überraschung stelle ich fest, dass die Pflanzen sich ebenfalls allmählich verändern. Sie verdicken und verbreitern sich und entwickeln Schutzmaßnahmen. Selbst die hier üblichen Kiefern mutieren. Das Harz wird dicker und klebriger – ich fand einen Hasen, der unglücklicherweise an einem Baum kleben geblieben war. Er war bewegungsunfähig geworden und das Harz, das sich langsam um ihn verhärtete, löste sein Fleisch auf. Anscheinend sind die friedlichen, entspannten Wanderungen aus den Tagen vor dem System nun endgültig Geschichte.

Bei meiner letzten Anlieferung kommt eine Wächterin zu mir. Sie ist groß, breitschultrig und ihre Haare dunkelblond. In einem Pionierkleid hätte man sie für eine Frau aus einem vergangenen Zeitalter gehalten. Sie stapft auf mich zu, um ihre Entschlossenheit zu beweisen und möchte anscheinend einen zähen, kompetenten Eindruck erwecken. Teile einer RCMP-Uniform verweisen auf ihren früheren Beruf. Das, und ihr Level 14.

„Danke. Das hilft uns sehr. Allerdings bin ich mir nicht sicher, ob das da genießbar ist", sagt Amelia Olmstead und deutet auf den letzten Tierkörper, den ich angeliefert habe. Das Ding ist stachelig, knallblau und hat durch die Mutation seine Klauen verloren. Die Augen wurden durch seltsame, gummiartige Auswüchse im Gesicht ersetzt.

„Es sollte essbar sein", sage ich und werfe einen Blick auf Ali, der mir zunickt. „Anscheinend stellt das System sicher, dass die Mehrheit der Tiere von anderen verzehrt werden kann. Zumindest, wenn man die Giftbeutel entfernt – was ich bereits getan habe."

Amelia schweigt, während sie diese Informationen verarbeitet. Ich riskiere es, ihr eine Frage zu stellen, die mich seit einer Weile beschäftigt: „Was ist eigentlich mit den ganzen Notfalleinsatzkräften passiert? Du bist das erste Mitglied des RCMP, das ich in Whitehorse gesehen habe."

Ihre Augen scheinen sich zu verdunkeln, ihr Blick senkt sich und sie flüstert: „Die meisten anderen sind tot. Einige Tage, nachdem all das angefangen hat, gab es ein Monster, dieses Steinwesen. Wir versuchten, es zu töten. Aber unsere Gewehre hatten keine Wirkung, direkte Hiebe auch nicht. Wir ... ich ...", sagt sie und verstummt dann, um ein Schluchzen zu unterdrücken.

Ich beiße mir auf die Lippe und lege kurz eine Hand auf ihre Schulter. Sie schiebt diese nicht weg und zittert, bevor sie aus tränenerfüllten Augen zu mir hochblickt. „Ich hasse diese Welt."

„Das tun wir alle", sage ich zustimmend, obwohl ein Teil von mir sich fragt, ob das stimmt. Irgendwie hat es Spaß gemacht, vor allem das Kämpfen. Wenn ich kämpfe, muss ich nicht nachdenken und spüre einen Nervenkitzel, einen Adrenalinrausch. Dann fühle ich mich voll und ganz lebendig.

Amelia lächelt mich nochmals an und entzieht mir ihren Arm. Dann beugt sie sich nach vorn, packt die blaue Kreatur am Schwanz und hebt sie hoch. „Nochmals vielen Dank."

Ich nicke und sehe ihr kurz beim Weggehen zu, bevor ich nach Hause fahre, um den Luxus einer heißen Dusche zu genießen. Ali schlüpft in Lanas Zimmer, angeblich um ihr von unserem Ausflug zu berichten. Aber das Glitzern in seinem Auge beweist mir, dass er andere Absichten verfolgt. Ich denke darüber nach, ihm zu folgen – natürlich nur, um ihn zur Rede zu stellen – entscheide mich aber rasch dagegen. Schließlich kann er ihr auch nachspionieren, wenn ich schlafe. Aber mal im Ernst, wie kommt es, dass ein geschlechtsloser Geist ein derartiger Lustmolch ist?

Nach der Dusche ist es für mich wieder an der Zeit zum Meditieren. Ich darf meine Übungen nicht mehr als einen Tag lang auslassen, ansonsten stellen sich garantiert Probleme ein. Seltsam, dass eine derart einfache Sache eine solche Bedeutung für meine geistige Stabilität hat. Ich verbringe über eine Stunde damit, auf dem Boden zu sitzen und zu atmen. Als ich damit fertig bin, entdecke ich, dass Lana mit meinen Materialien und fast all meinen Credits verschwunden ist.

„Du weißt schon, dass ich es nicht mag, wenn du meine Sachen nimmst, ohne mich um Erlaubnis zu bitten." Ich fixiere Ali mit meinem Blick, aber er schnaubt nur und wedelt mit dem Finger.

„Begleitergeist. Ich bin nicht zu Handlungen fähig, die dir schaden würden", erinnert er mich.

„Ja, aber dabei muss ich an eine Ameise denken. Und eine Biene. Und dieses seltsame Pflanzenwesen", erwidere ich.

„Die ersten beiden waren zu deinem eigenen Besten. Du musstest einen höheren Level erreichen", meint Ali.

„Und der letzte Fall?"

„Der war urkomisch, oder?" Ali grinst, hält die Hand horizontal in der Luft und bewegt sie von einer Seite zur anderen. „Was nicht tödliche Belustigungen betrifft, sind die Regeln etwas vage."

Ich starre ihn an, da ich mir nicht sicher bin, ob er Witze macht oder die reine Wahrheit erzählt. Kurz darauf seufze ich, rolle mit den Augen und verlasse das Haus, nachdem ich das Essen verzehrt habe, das Lana für mich beiseite gestellt hat. Es ist an der Zeit, meine Eskortenquest zu beenden und mehr Geld zu verdienen. Manche Dinge ändern sich nie – sowohl Geld als auch Credits zerrinnen einem regelrecht zwischen den Fingern.

***

Leider wird mein Plan einer netten, entspannten Rückfahrt mit einer anschließenden Jagd von diesen lästigen Wesen unterbrochen, die als Menschen bezeichnet werden. In diesem Fall Jim, der neben der zu eskortierenden Person wartet. Auf ihre Anweisung hin werde ich in einen weiteren Konferenzraum gebracht, wo man sich mit mir unterhalten möchte. Wirklich. Konferenzräume? Schon wieder?

Beim Betreten des Raums sehe ich ziemlich viele Leute. Nebst Jim und Badger auf der linken Seite stehen im Zentrum sechs ältere Personen, vier Männer und zwei Frauen, die zur Tür und zu mir blicken. Außerdem sind sowohl Richard als auch Mikito anwesend. Auch Nicodemus und *diese Frau*, die rechts bei einigen der anderen Jäger sitzen. Interessanterweise besitzen all die älteren Leute eine nichtkämpfende Klasse, von einem Lakaien im Level 8 bis hin zu einem Level-12-Verhandlungsführer.

***

„Vielen Dank für Ihr Kommen, Mr. Lee. Wir wissen, dass Sie viel zu tun haben. Trotzdem möchten wir gerne besprechen, was Sie in letzter Zeit getan haben", sagt der Mann in der Mitte, ein schleimiger, übergewichtiger Kerl. Mr. Schleimig-und-Übergewichtig kommt mir ziemlich bekannt vor …

„Sie sind der frühere Bürgermeister, oder?"

„Ich bin der legitim gewählte Bürgermeister von Whitehorse, ja", sagt Fred Curteneau und verlagert sein Gewicht mit einem Grinsen, das mir das

Gefühl vermittelt, sofort wieder duschen zu müssen. „Der Stadtrat und ich wären für jegliche Hilfe dankbar, die Sie anzubieten haben."

„Junge, Junge, das sieht doch toll aus, oder?", fragt Ali sarkastisch, während er gähnt und auf einem Sitzsack neben mir schwebt.

Aus dem Augenwinkel heraus sehe ich, dass Luthien Freds Worte belächelt und sich unwillkürlich mit einem Finger über die Wange streicht. Neben ihr sitzt der schweigende Nic, während Mikito ihre Finger vor etwas bewegt, das vermutlich ihr Statusmonitor ist. Wenigstens nutzt sie die Zeit sinnvoll.

„Selbstverständlich", antworte ich und beschließe, mich zu nichts zu verpflichten. So oder so wird das hier kein gutes Ende nehmen, aber mal sehen, was jetzt noch kommt.

„Also, beginnen wir mal mit Ihrem Bericht über Haines Junction. Meines Wissens haben Sie ein Mitglied des Rabenzirkels darüber informiert, dass der Ort vollständig zerstört wurde?"

„Ja. Eine Gruppe von Ogern kam in die Stadt und hat alle Einwohner aufgefressen." Nach einer kurzen Pause fahre ich fort, da ich niemanden verärgern möchte. „Die Oger wurden anschließend getötet, und es gelang mir, alle von mir gefundenen Leichen zu begraben."

„Und irgendwie erhielten Sie Zugang zum Shop in Haines Junction und es gelang ihnen, ein funktionsfähiges Motorrad zu erstehen?", fragt der untersetzte Mann mit dem rötlichen Gesicht, der neben dem Bürgermeister steht, mit einer weinerlichen Stimme.

„Ja", sage ich. Angesichts dieser nicht gerade subtilen Anklage verengen sich meine Augen zu Schlitzen.

„Wie ... praktisch", quengelt der gedrungene Mann. Seinen Namen blende ich momentan aus, obwohl es mich überrascht, dass jemand ‚Lakai' als Klasse wählen würde. Und wenn diese Leute sich nicht vorstellen wollen, ist es mir auch recht. Ich werde ihnen meine eigenen Bezeichnungen zuweisen.

„Ja, nicht wahr?" Ich spüre das Pulsieren eines Funkens von Wut in mir und versuche, den Beschränkungen zu entkommen, die ich ihr und meinen anderen Emotionen auferlegt habe. Wut – die Emotion, deren Kontrolle mir stets Schwierigkeiten bereitet hat. Liebe, Mitgefühl, Trauer – alles davon unterdrücke ich mühelos. Irgendwie kocht die Wut immer wieder an die Oberfläche, schäumt über und ertränkt mich. Laut der Erklärung einer anderen Ex-Freundin trage ich vielleicht einfach zu viel Wut in mir, um diese unter Verschluss zu halten.

„Älteste Badger sagt, Sie wissen eine Menge über das System, dass uns aufgezwungen wurde. Und dass Sie einen kleinen Feenfreund haben, der Sie unterstützt?", fährt der Bürgermeister fort. Ich nickte kurz und beschwere mich in Gedanken bei Ali, weil er sich gezeigt hat. Es war klar, dass es ihm nicht gelingen würde, sich ewig zu verstecken. Trotzdem hätte ich es vorgezogen, wenn er sich nicht sofort der Allgemeinheit präsentiert hätte. „Könnten Sie das näher erklären?"

Ich denke kurz über meine Optionen nach und zucke dann mit den Achseln. „Kurz nach dem Beginn von all dem gelang es mir, einen System-Begleitergeist des ersten Levels zu erhalten. Eine Art enormen, mit einer Persönlichkeit ausgestatteten Helpdesks. Natürlich steht ein Großteil dessen, was er mir gesagt hat, auch in Thrashers Leitfaden, der im Shop erhältlich ist."

Neben mir schnaubt Ali und bewegt die Hand.

Fertigkeit erhalten
Halbwahrheit (Level 1)
In deinen Händen wird die Wahrheit zu einem elastischen Ding.

Der Bürgermeister nickt zu meinen Worten. Dann folgt eine kurze Diskussion über den Leitfaden und nach einer direkten Frage wissen sie, wieviel dieser kostet. Ich würde ihnen den Leitfaden ja persönlich zusenden, aber das geht nicht. Anderseits ist es nicht so schwierig, 50 Credits zusammenzukratzen. Schon gar nicht, wenn die Jäger ihre Ressourcen teilen würden. Heiliger Strohsack, was haben die Leute hier eigentlich die ganze Zeit über gemacht?

Mr. Lakai verzieht das Gesicht, als hätte er in eine Zitrone gebissen und sagt: „Zeigen Sie uns diese Fee."

„Hmm ... mein Begleitergeist ist ein unabhängiges Wesen. Ich kann ihn zu nichts zwingen." Ich zucke mit den Achseln und richte den Blick auf Ali, der über meine Beschreibung lacht.

„Also haben Sie Ihren Begleiter kaum unter Kontrolle?", sagt Mr. Lakai höhnisch.

„Mehr oder weniger." Ich spüre, wie meine Lippen sich zu einem humorlosen Lächeln verziehen. Aus dem Augenwinkel heraus sehe ich, dass Luthien nun Nic etwas zuflüstert. Sie kennt die Bedeutung dieses Lächelns.

„Mr. Lee, könnten Sie uns etwas über Ihre Gespräche mit Lord Roxley erzählen?" Fred übernimmt nun wieder die Kontrolle über die Diskussion und setzt einen Schlusspunkt hinter das andere Thema.

„Ich habe ihn zweimal gesehen. Beim ersten Besuch gab er mir eine Quest, um weitere Überlebende zu finden. Und beim zweiten Mal schloss ich einen Teil einer Quest ab, indem ich ihm Informationen über Carcross übermittelte", antworte ich und beobachte ihre Reaktion.

„Haben Sie diesem Eindringling von Carcross erzählt?", zischt mich eine ältere Frau an, in deren grauen Haaren eine Blume steckt. „Warum würden Sie so etwas tun?"

„Quest."

„Also haben Sie uns wegen einer Quest verraten?" Sie lehnt sich nach vorn und erdolcht mich mit ihren Blicken. Ich beschließe, sie von nun an Schreckschraube zu nennen. Mr. Lakai nickt zustimmend und beäugt mich ebenfalls mit einer finsteren Miene, während der Rest der Gruppe schweigt. Interessanterweise scheint Mrs. Badger sich nicht sonderlich daran zu stören.

„Verraten? Ich war mir nicht bewusst, dass es hier zwei gegnerische Seiten gibt", raunze ich sie an. Dann atme ich tief durch, um meine Wut im Zaum zu halten.

„Er hat uns überfallen, unsere Stadt gestohlen und behauptet, sie gehöre ihm!", faucht sie, schlägt mit der Hand gegen den Tisch und erhebt sich halb aus ihrem Sitz. „Er ist ein Eindringling. Er hat uns unser Land weggenommen! Natürlich gibt es zwei Seiten!"

„Er ist auch die Person, die die Schulen gekauft und die eigenen Wächter entsendet hat, um die bösartigsten Monster zu eliminieren. Sieht aus, als täte er genauso viel Gutes wie Böses", erkläre ich.

Ms. Schreckschraube macht Anstalten, mich anzuschreien, aber Fred unterbricht sie. „Miranda, nicht jetzt. Das besprechen wir später. Mr. Lee, wir würden uns über eine Zusammenarbeit freuen. Vielleicht könnten Sie uns regelmäßig über Ihre Aktivitäten berichten? Beispielsweise wussten wir vor dem Auftauchen der Ältesten Badger nichts über Carcross."

Plötzlich habe ich eine Idee und blicke meinen Begleiter an. *„Ali, warum erhalte ich keine Quest wie bei der Ältesten?"*

„Es ist eine Frage der Bedeutung, Hierarchie und Stufe. Ist dein Level oder Status nicht hoch genug, erkennt das System nur wichtige Quests an. Die Älteste hierher und wieder zurück zu begleiten? Wichtig. Tägliche Berichte abliefern? Absolut irrelevant für das System", antwortet Ali.

Während ich ihm zuhöre, ignoriere ich die Gruppe und die Leute werfen mir verärgerte Blicke zu, während ich vor mich hinstarre. Ich höre, wie Fred sich räuspert, blende seine Anwesenheit jedoch ebenfalls aus und denke nach. Wichtig ... okay, mal sehen, ob wir aus dieser Situation Profit schlagen können. „Warum sollte ich das tun?"

„Wir sind der Stadtrat von Whitehorse, Ihre Regierung!", raunzt Mr. Lakai.

„Ja, und Sie sind für die Stadtplanung und, äh ... was auch immer sonst verantwortlich." Na ja, mit den Aufgaben der Kommunalverwaltung kenne ich mich nun einmal nicht besonders gut aus. „Der Grund gibt mir immer noch Rätsel auf."

„Junger Mann, Sie sollten doch erkennen, dass eine Zusammenarbeit in einer Zeit wie dieser Vorteile bringt. Wir Menschen müssen an einem Strang ziehen", sagt nun die andere ältere Dame, die mit dem britischen Akzent. Abgesehen von der Tatsache, dass sie um die 60 ist, wirkt sie extrem durchschnittlich. Bei einem zweiten Treffen würde ich sie wohl kaum wiedererkennen. In Gedanken gebe ich ihr den Namen DA für Downton Abbey.

„Das erklärt aber immer noch nicht, warum Sie von mir Berichte verlangen", sage ich.

„Sie gehen ganz schön auf Konfrontationskurs. Es ist doch nur eine winzige Bitte ...", sagt DA, die für den Augenblick die Gesprächsführung übernimmt.

„Er hat angefangen", sage ich und deute auf Mr. Lakai, der nun eine drohende Haltung annimmt.

„Das ist eine absolute Zeitverschwendung", faucht Lakai, und mein Grinsen verbreitert sich. Na ja, falls ich keine Quest erhalte, sind wir in dieser Hinsicht einer Meinung.

„Weigern Sie sich, uns zu helfen, Mr. Lee?", sagt Fred nun mit strenger Stimme.

„Ich weigere mich zu tanzen, ohne das Lied zu kennen", sage ich.

„Wir können nichts planen, ohne den Zustand der Welt um uns herum zu kennen. Anscheinend besitzen Sie ein Transportmittel, erkunden aktiv die Umgebung und haben einen sachkundigen Begleiter dabei. Wir bitten Sie nur darum, uns gemeinnützige Informationen zu liefern, auf die Sie unterwegs stoßen", knurrt der Bürgermeister.

Quest erhalten

Überbringe dem Stadtrat von Whitehorse wichtige Informationen.

Belohnung: Unterschiedliche EP-Belohnungen

Akzeptieren: J/N

Um mich herum sehe ich alle zusammenzucken, als ich die Quest im Geiste annehme, woraufhin sie ihre eigenen Benachrichtigungen erhalten. Ich hole mir rasch eine Bestätigung von Ali. Dann ergreife ich das Wort, so dass alle mir zuhören: „Okay, das wäre die erste Lektion. Einfach ausgedrückt ist es nicht möglich, irrelevante Quests zu erstellen. Wenn ihr allerdings eine Aktivität wählt, die dem System wichtig genug ist, erzeugt es für euch eine Quest. Die bleibt bestehen, bis ihr im Level aufsteigt. Und zwar mehrere Levels."

Ich unterlasse es, die Hierarchiefrage zu erwähnen. Ich möchte sie ja nicht demütigen und klarstellen, dass sie offiziell zu gar nichts gehören. Zumindest nicht, was das System betrifft.

„Zweitens, wollt ihr Informationen haben? Neben der Einmündung bei Carcross befindet sich ein Fort. Dort habe ich eine Gruppe von Weltraum-Orcs mit Strahlengewehren entdeckt. Momentan steht es unter meiner Kontrolle, aber anscheinend können Forts in der ganzen Stadt als Gebäude von strategischer Bedeutung erstellt oder markiert werden. Es befindet sich auch in einer Zone, die deutlich herausfordernder ist als ihre Umgebung. Daher würde ich vorschlagen, die Mehrheit von euch bleibt ihr vorerst fern." Aus dem Augenwinkel heraus sehe ich, wie Ali winzige Popup-Fenster für EP-Belohnungen erzeugt und wieder verschwinden lässt.

„Drittens? Ihr müsst anfangen, Gebäude in Whitehorse aufzukaufen. Ich bin mir nicht sicher, warum Roxley es nicht mehr tut, aber als Einwohner erhalten wir einen Rabatt. Beim Kauf eines Gebäudes wird dieses zu einer sicheren Zone, wie ihr vermutlich schon wisst. Aber vielleicht ist euch nicht klar, dass die gesamte Stadt sich in eine sichere Zone verwandelt, nachdem 80 % der Gebäude in Whitehorse in Privatbesitz übergegangen sind."

„Meint ihr solche Informationen?" Nun strahle ich im Wissen, dass ich recht habe, über das ganze Gesicht.

„Das ... das genügt", sagt der Bürgermeister und blinzelt die Benachrichtigungsfenster an, die vor ihm erscheinen, während ich meine Questbelohnungen erhalte. Ich grinse in Gedanken und stelle fest, dass meine Bemerkungen den Rest ihres Fragekatalogs abgewürgt haben. Also verdrücke ich mich besser, bevor sie sich wieder daran erinnern. „Gut. Mrs. Badger, gehen wir."

Ich drehe mich um und mache mich auf den Weg, bevor Luthien sich zu Wort meldet. „Was hast du vor, John?"

„Was ich schon immer getan habe, was denn sonst? Was auch immer ich tun will, verdammt noch mal", schieße ich zurück und marschiere aus dem Raum.

***

„John ..." Ali schwebt neben mir her, während ich zu Sabre laufe, wobei Mrs. Badger gezwungen ist, uns zu folgen. Ah, die gute alte chinesische Kultur – in Gedanken identifiziere ich sie nicht einmal als Andrea, da sie fortgeschrittenen Alters ist. „Ich mag ja nicht der größte Menschenkenner sein, aber was zum Teufel sollte das eigentlich?"

„Ich kann diese Typen nicht ausstehen", sage ich.

„Im Ernst?"

„Sie sind Idioten. Sie möchten einen Konflikt mit Roxley vom Zaun brechen, den sie unmöglich gewinnen werden. Zum Teufel, sie hatten den Shop vom ersten Tag an. Es wäre ihnen ein Leichtes gewesen, sich über das System zu informieren. Stattdessen ärgern sie sich so sehr über Roxley, dass sie weder mit ihm reden noch den Shop benutzen und dessen Ressourcen richtig einsetzen würden. Luthien und ihre Freunde wissen offensichtlich Bescheid,

haben aber kein Sterbenswörtchen erwähnt. Oder vielleicht hat man ihnen nicht zugehört. Sie haben Jim und seine Leute über eine Woche lang herumlaufen lassen, ohne dass diese über die Beute Bescheid wussten!"

„Sie sind so verdammt unfähig, und dann wagen sie es auch noch, mir vorzuwerfen, ich würde ... was zum Teufel sie auch immer sagen wollten. Die können mich doch am Arsch lecken." Ich spüre die Frustration, die sich in mir aufgestaut hat und fauche Ali in Gedanken an: *„Ich verstehe ja die Notwendigkeit der Zusammenarbeit. Ihnen fehlt das Geld, um mich zu bezahlen. Sie haben keine Ressourcen und sind verzweifelt. Sie hätten mich höflich darum bitten können, aber das wollten sie ja nicht. Scheiß drauf, ich lasse mich nicht in ihre albernen Spielchen verwickeln. Es ist mein Leben, nach meinen Regeln. Ich unterstütze sie, soweit es für mich passt, ansonsten können sie mich mal."*

Ali weicht ein paar Schritte zurück, als ich ihn anmotze und streckt dann beschwichtigend eine Hand nach mir aus. Ich atme tief ein und zwinge mich dazu, ein paar Gänge runterzuschalten. Als die Älteste eintrifft, drücke ich den Knopf an meinem Helm, um mein Gesicht zu verbergen, während ich auf Sabre sitze. Zeit, diesen ganzen Scheiß zu Ende zu bringen.

***

Die Fahrt zurück verläuft in einer fast absoluten Stille. Diesmal ist mein Inventar nicht mit minderwertigen Materialien vollgestopft, also hat die Älteste wohl nicht ganz so viel eingekauft wie erwartet. Andererseits weiß ich nicht, wie viele Credits sie für ihre Sachen erhalten hat. Wir legen nur einen Zwischenstopp ein, wobei ich lange genug beim Fort anhalte, um es ihr zu zeigen. Wir wechseln kurz den Besitzer, so dass sie die Erfahrungspunkte erhält, bevor ich es wieder unter meine eigene Kontrolle bringe. Dagegen bringt sie keine Einwände vor, was gut ist. Obwohl ich mir nicht ganz schlüssig bin, wozu ich das Fort überhaupt gebrauchen könnte, habe ich mein Blut dafür vergossen.

Sofort nach meiner Rückkehr nach Carcross ist die Quest abgeschlossen.

Levelaufstieg!

Du hast Level 11 als Erethra-Ehrengarde erreicht. Wertepunkte werden automatisch verteilt. Du darfst 11 Gratis-Attribute verteilen.

Endlich. Leider werden meine Levelaufstiege von nun an langsamer vorankommen, da die für den nächsten Level benötigten Erfahrungspunkte doppelt so hoch sind wie zuvor. Die Mehrheit von Whitehorses Kämpfern ist mir weit voraus, zumindest was absolute Levels betrifft, was nicht wirklich überrascht. Unserer Berechnung zufolge benötige ich ungefähr doppelt so viele Erfahrungspunkte zum Levelaufstieg wie jemand, der mit einer einfachen Klasse begonnen hat.

Die Älteste betritt sofort das Tagish-Gebäude, so dass ich mitten auf der Straße auf meinem Motorrad sitze und mir überlege, was ich nun zu tun gedenke. Mit Ausnahme eines kurzen Zunickens schenkt mir niemand Aufmerksamkeit. Offensichtlich sind alle in ihre eigene Arbeit vertieft, und mir wird klar, dass ich nicht wirklich hierher gehöre. Obwohl ich viel für die Stadt getan habe.

Ich spüre, wie sich auf meinem Gesicht ein Ausdruck der Ironie abzeichnet, als ich mich an einen alten Ratschlag erinnere – tue Gutes, aber erwarte keine Dankbarkeit dafür. In Gedanken zucke ich mit den Achseln, als ich das Motorrad umdrehe und den Wächtern bedeute, das Tor zu öffnen. Stimmt, es gibt eine andere Stadt, die ich mir ansehen kann, nur etwa 20 Minuten entfernt – Tagish. Ali sagt mir, dass niemand aus Carcross versucht hat, zu einer derart weit entfernten Siedlung Kontakt aufzunehmen. Immerhin werden die Kämpfer in der Umgebung benötigt. Das würde nicht lang dauern, und wenn ich selbst nur einige Überlebende finde, die nach Whitehorse wollen, würde ich mehr Credits verdienen als mit der Jagd.

Ich folge dem Highway, obwohl es sich dabei eigentlich eher um eine zweispurige Landstraße voller Schlaglöcher handelt. Wie in dieser Gegend üblich ist die Landschaft von einer wilden Schönheit. Neben der Straße gibt es hohe Klippen und steile Abhänge, und im Hintergrund sind unberührte Wälder und Gebirgszüge sichtbar. Zwischen all dem fließt der gletschergespeiste Tagish River, der sich dem Reisenden hin und wieder präsentiert. Gelegentlich flattern in der Ferne Vögel, von denen einige größer aussehen als normal. Außerdem sehe ich etwas, das ich nur als kurznasige Flugechse beschreiben kann.

Bei Crag Lake weist Ali mich an, langsamer zu fahren. Kurz darauf entdecke ich die Gruppe. Etwa zwanzig Menschen bewegen sich in meine Richtung und sehen sich nach möglichen Gefahren um. Bei ihnen handelt es sich meistens um Erwachsene, aber es sind auch einige Kinder dabei. Sie wirken mitgenommen, niedergeschlagen und verängstigt, und ich sehe mehrere Verwundete. Als ich näherkomme, richten die Anführer an der Spitze der Gruppe die Gewehre auf mich und ich halte in beträchtlicher Entfernung an. Erst, als ich meinen Helm deaktiviere und ihnen mein menschliches Gesicht zeige, entspannen sie sich wieder.

Es sind die Überlebenden aus Tagish. Alle, die noch übrig sind. Sie hatten eine Spur von Leichen hinterlassen – jene, die sich nicht rechtzeitig angeschlossen hatten. Diejenigen, die bei der Verteidigung der Gruppe umkamen und die Opfer der ursprünglichen Monsterangriffe. Die gesamte Gruppe erweckt den Eindruck, eine steife Brise würde sie umwehen. Sie scheinen sich nur noch zu bewegen, weil ihre Anführer sie weiter antreiben.

Ich kanalisiere meinen Heilzauber und tue für die Verwundeten, was ich kann. Außerdem lasse ich die Kinder auf dem Motorrad sitzen und gehe neben ihnen her. Was die Verteidigung betrifft, ist diese Option nicht ganz optimal, aber da Sabre sich selbst im Gleichgewicht hält, kommen wir so am schnellsten voran. Ich halte mein Gewehr im Anschlag, während wir nach Carcross marschieren. Mein Kopf dreht sich hin und her, um potenzielle Gefahren zu entdecken, wobei ich hinter mir gelegentlich ein unterdrücktes Schluchzen vernehme.

Es ist seltsam, eine derart große Gruppe zu Fuß zu begleiten. Der erste Angriff erfolgt durch ein Stachelmonster, das sich an einer Felswand gut getarnt verborgen hatte. Es beginnt damit, von seinem Rücken aus Stacheln in die Gruppe zu schießen, jeder davon über 30 Zentimeter lang und schmutzig braun. Dabei verlieren wir eine Frau, deren Brustkorb und Herz von einem dieser Stachelgeschosse durchbohrt werden. Die erste Salve verletzt mich ebenfalls an der Schulter, da ich mich vor die Kinder auf meinem Motorrad stelle. Es ist nicht leicht, das Monster zu töten, weil ich mein Gewehr nur mit einer Hand bewegen kann. Zum Glück ziehe ich seine Aufmerksamkeit auf mich, da ich am meisten Schaden anrichte. So verbringen wir einige Minuten damit, von der Hauptgruppe entfernt hinter Felsen hervor aufeinander zu feuern. Verdammt. Diese Angriffe aus dem Hinterhalt sind echt nervtötend.

Das zweite und dritte Mal warnt Ali uns bereits lange im Voraus und es gelingt mir, das Monster abzufangen. Zunächst kommt ein wahnsinniger Bärenmarder daher, derart schnell und brutal, dass ich ihn aus nächster Nähe bekämpfen muss, da ich keinen Todesschuss aus der Entfernung schaffe. Trotz seiner Geschwindigkeit ist er unbewaffnet, und nachdem ich ihm die Pfoten abhacke, ist der Kampf vorbei. Beim dritten Mal bekämpfe ich mein erstes Schleim-Monster. Diese gallertartige, lila-grüne Kreatur mit Level 42 rollt über den Waldboden und hinterlässt eine Spur schleimiger Zerstörung. Ich besiege das Monster nur, weil Ali mir zeigt, wohin ich schießen soll. Anscheinend besitzt die Kreatur ein diffuses Nervensystem mit einer geringen Anzahl von Knoten, die man zerstören muss, da sie ansonsten eine recht hohe Schadensimmunität besitzt. Zu meinem Glück ist der Schleim gegen Strahlenwaffen relativ machtlos. Da ich aus der Ferne angreifen kann, zwinge ich die Kreatur, mich zu jagen, um mich eventuell zu verletzen. Dann erbeute ich den Kern eines Schleim-Nervensystems, eine schwammige Masse, aus der das Gehirn dieses Wesens besteht. Laut Ali hat es einen enormen Wert als Material für Bioware-Implantate.

Mit Ausnahme gelegentlicher Kämpfe entwickelt sich der Rest der halbtägigen Reise zu einem langen, zähen und geistig erschöpfenden Marsch. Kommt ein Monster nahe genug heran, um eine Gefahr darzustellen, mache ich mich mit Ali auf den Weg und eliminiere es. Möglicherweise bin ich zu paranoid und viele der Monster hätten die Gruppe völlig ignoriert. Trotzdem ist es besser, auf Nummer sicher zu gehen. Dabei sammle ich jeweils die Beute ein, lasse die reglosen Körper jedoch zurück. Ich nehme mir vor, im Shop nach einer Transportlösung zu suchen, falls ich nach meiner Rückkehr genügend Credits besitze.

„Ali, was ist eigentlich mit den Monstern los? Wir sind in einer Zone mit einer Stufe von mehr als 40, haben aber nur ein einziges gefährliches Monster gesehen", frage ich in Gedanken den Begleitergeist, während ich neben den Kindern hergehe.

„Das hat mehrere Ursachen. Wir haben gerade erst mit der Umwandlung begonnen, daher kommen höherstufige Monster noch nicht sehr häufig vor. Normalerweise nimmt der Galaktische Rat jeweils ein paar Monster mit hohem Level und platziert sie in einer Dungeonwelt wie der hier. Dort besteht ihre Aufgabe dann darin, sich zu vermehren. In einem Jahr wird es hier von Monstern wimmeln", sagt Ali. „Und denk daran – Monster müssen fressen. Eine hochstufige Zone bedeutet auch, dass mehr niedrigstufige Monster vorhanden sind, meistens Mutationen örtlicher Tiere. Klar, die Mutationen ermöglichen potenziell die Entwicklung interessanterer Wesen. Was aber meistens erst während der zweiten Phase der Umwandlung geschieht."

Ich nicke langsam und gehe seine Antwort in Gedanken nochmals durch. „Können wir dann den Level des Gebiets senken, indem wir eine Menge hochstufige Monster töten?"

„Ja, nein, vielleicht?" Ali zuckt mit den Schultern. „Das hängt davon ab, wie spürbar die Veränderung ist und was der Galaktische Rat beschließt. Es könnte den örtlichen Level senken, oder der Rat transportiert einfach weitere Monster direkt in die Zone, falls er es für nötig hält."

„Warum wird überhaupt eine Dungeonwelt erschaffen?", frage ich.

„Ressourcen und Macht. Beides ist am besten über das System erhältlich. Das erfordert Kämpfe, genau das, was wir hier tun. Die Dungeonwelten ermöglichen es dem Galaktischen Rat, die gefährliche Aktivität des Ressourcensammelns und des Levelaufstiegs aus seiner Nähe zu verlagern und eine Art landwirtschaftlicher Nutzfläche zu erzeugen. Natürlich gibt es auch in anderen Welten Dungeons, aber Dungeonwelten sind komplett auf diesen Prozess spezialisiert."

***

Als wir das eigentliche Carcross erreichen, sind die meisten Überlebenden dankbar für die relative Sicherheit, in der sie sich befinden. Nur zwei möchten nach Whitehorse weiterreisen. Aber zwei Personen übersteigen meine Transportkapazitäten. Noch ein Problem, das ich irgendwann anpacken muss, obwohl ich Sabre nur ungern eintauschen würde. Vielleicht ein Beiwagen? Die Älteste Badger hat Ersatzteile für den Umbau mehrerer Trucks gekauft, wie Ali erwähnt, aber das hilft mir momentan nicht weiter. Na ja, das lässt sich jetzt nicht ändern. Daher plane ich nun zwei rasante Fahrten, bei denen ich so durch die Kurven rase, dass aggressive Monster im Nachteil sind.

Bis ich dann nach der ersten Fahrt auf dem Rückweg bin. Die verbesserte Wahrnehmung ermöglicht es mir, das Problem einige Sekunden im Voraus zu erkennen – ein Faden aus Spinnenseide, so dünn, dass ich ihn erst jetzt entdecke. Ich versuche gar nicht erst, einen Stopp hinzulegen. Das würde ich niemals schaffen. Stattdessen aktiviere ich die Verwandlung, so dass ich Sabre während der Kollision mit dem Faden bei mir behalte.

Dann wirble ich durch die Luft, rutsche über den Asphalt und komme erst zum Stehen, nachdem ich mit mehreren Bäumen am Straßenrand zusammengestoßen bin. Ich stöhne kläglich, und eine blinkende Nachricht teilt mir mit, ich wäre betäubt.

In der Ferne hüpft Ali auf und ab und informiert mich über die herannahenden Monster, die sich nun zeigen. Allerdings kann ich ihnen nur wenig Aufmerksamkeit widmen, da ich mich noch bemühe, meine Gedanken zu klären. Ich schlucke das sich in meinem Mund ansammelnde Blut herunter. Offenbar habe ich mir unterwegs auf die Zunge gebissen, außerdem kann ich der Liste meiner Verletzungen noch eine Gehirnerschütterung hinzufügen. Ich richte mich langsam auf, greife nach meinem Gewehr und stelle fest, dass es nicht mehr dort ist.

Scheiße.

Ich suche herum, aber dadurch dreht sich mir der Kopf und ich bin gezwungen, stattdessen einen schwachen Heilzauber auf mich zu wirken. In diesem Zustand erfordert der Zauber kostbare Sekunden. Als er mir endlich gelingt, erreichen die Spinnen mich bereits.

Allerdings handelt es sich hierbei nicht um echte Spinnen wie Xev, sondern seltsame Spinnen-Wolf-Hybridwesen. Spinnenbeine und ein wulstiger Körper bewegen die Kreatur nach vorn, und sie ist von einem schwarzen Fell bedeckt. Ein fauchender Wolfskopf mit grausamen, extrem scharfen Zähnen stößt auf mich hinab. Ich lasse die einzige Waffe in meinem Arsenal erscheinen, mache einen Satz nach vorn und spieße das erste Monster auf. Leider tötet dieser Angriff das Monster nicht, und es schüttelt mich mühelos ab, so dass ich wieder über den Boden rutsche. Ich rapple mich hoch und rufe mein Schwert sofort zurück, schwinge es nach links und treffe eine weitere Kreatur an den Vorderbeinen.

Danach wird es wahrhaftig hektisch. Selbst nach dieser begrenzten Heilung bringt mich die leichte Gehirnerschütterung noch aus dem Gleichgewicht. Aber nicht so sehr wie die Kreaturen, die mich umkreisen und nacheinander angreifen. Nach einigen Minuten des hektischen Fechtens wird mir klar, dass ich diesen Kampf nicht für mich entscheiden werde, da ich verwundet und zahlenmäßig unterlegen bin. Ihre Bisse zerkratzen und beschädigen die Rüstung allmählich, und die Wesen arbeiten wie ein

Wolfsrudel zusammen und ermüden mich vor dem letzten Angriff. Ohne Aussicht auf einen Sieg aktiviere ich den QSM und fliehe. Ich stolpere und schwanke so heftig, dass ich froh bin, von niemandem gesehen zu werden.

Als ich weit genug entfernt bin und Ali mir mitteilt, sie würden nicht mehr nach mir suchen, fange ich an, einen schwachen Heilzauber auf mich zu wirken um den Großteil der Schäden zu beheben. Ich schlucke mein komplettes Sortiment an Tränken herunter. Leider muss ich dafür fast meinen gesamten Manapool aufbrauchen, und Sabre ist ebenfalls ziemlich ramponiert. Die strukturelle Integrität ist auf 48 % gesunken, und Ali zufolge ist mein Gewehr defekt.

Kein guter Tag. Kein Mana, kein Gewehr und Kreaturen, die Ali nicht automatisch entdecken kann, machen den Weg nach Carcross gefährlich. Ich stöhne, blicke in die Ferne und erinnere mich an mein Versprechen, die andere Frau zu transportieren. Verdammte Scheiße. Aber diesmal muss ich dem Risiko der Spinnen-Wolf-Hybridwesen aus dem Weg gehen. Ich hoffe nur, dass Ali richtig liegt und für das Schleim-Nervensystem eine Nachfrage besteht, denn ich muss Xev für die Reparatur von Sabre bezahlen.

Und das Schlimmste daran? Bei all dem habe ich nicht einmal einen verdammten Level dazugewonnen.

Kapitel 12

„Wexlix-Spinnen", spricht Mikito Ali nach und wedelt mit ihren Essstäbchen vor meinem Gesicht herum, als wir zum ersten Mal gemeinsam zu Abend essen. Anscheinend haben sowohl Richard als auch Mikito beschlossen, bei Lana und mir zu bleiben, statt heute Abend wieder rauszugehen. Zum Abendessen gibt es gebratene Nudeln, und alle von uns verwenden die Essstäbchen aus meiner Schublade, während wir die Ereignisse des Tages besprechen. Sowohl Richard als auch Mikito waren überrascht von Alis Begrüßung. Aber nach dem anfänglichen Schock haben sie es gut verkraftet. Ich nehme an, ein winziger, schwebender dunkelhäutiger Mann in einem Overall, der sie nicht umzubringen versucht, stellt kein Problem dar. „Eine Mischung aus Wolf und Spinne?"

Ich nicke hastig und bewege meine Schulter erneut. Ich bin mir bewusst, dass sie meiner Gesundheitsleiste zufolge komplett verheilt ist, aber dem Gefühl nach schmerzt sie immer noch. „Verdammt harte Gegner. Außerdem haben sie während des Kampfs mein Gewehr zerstört und Sabre ist schwer beschädigt. Xev sagt, sie würde mindestens einige Tage brauchen, und manche der Ersatzteile sind erst morgen verfügbar."

Ich vermisse Sabre bereits, da es nicht besonders angenehm war, den ganzen Rückweg zu Fuß zu gehen. Ich blieb gerade lang genug, um Sally die Wirkung der Tränke mitzuteilen und Jim (und dadurch dem Stadtrat) das Schicksal von Tagish zu beschreiben. Leider musste ich fast jeden Credit ausgeben, den ich noch hatte, damit Xev die schwerwiegendsten mechanischen Defekte behebt. Ich muss mich nur damit abfinden, dass die Rüstung eine Weile lang nicht in perfektem Zustand sein wird.

„Ekelhaft", sagt Richard, schüttelt den Kopf und wickelt sich mehr Nudeln um die Gabel. „Hier wird es langsam ruhig, da die Wächter inzwischen die gefährlichsten Monster eliminiert haben. Mikito und ich haben heute vor allem für die Kantine gejagt. Offenbar haben die Mana-Mutationen auch das

Wachstum und die Fortpflanzungsrate dieser Tiere beschleunigt. Sonst würde es schwierig werden, Nahrung für alle aufzutreiben."

Ich nicke zu seinen Worten und bin dankbar, den anderen begegnet zu sein. Da die Jäger jetzt wissen, wie die Beute korrekt eingesammelt wird, können sie das System zur Erzeugung von Credits nutzen. Momentan zahlen alle einen kleinen Teil der erworbenen Credits in eine gemeinsame Kasse ein. Damit erwirbt der Stadtrat das Kleingartenareal vom System, um die Nahrungsversorgung der Stadt zu begründen und zu stabilisieren. Außerdem erzählt mir Lana, der erste Stapel der von mir gespendeten Materialien wäre fast komplett aufgebraucht worden. Alles davon wurde entweder wieder System verkauft oder als Körperpanzerung an die Jäger geliefert. Die Levels der Handwerker sind gestiegen, und manche sprechen bereits davon, dass die Jäger das Material direkt an sie verkaufen sollten. Damit hätten sie die Möglichkeit, es nach der Verarbeitung zu einem höheren Preis ans System zu verkaufen. Wie es aussieht, entwickeln wir allmählich ein Wirtschaftssystem. Aber wir sind noch meilenweit davon entfernt, die ganze Stadt in eine sichere Zone zu verwandeln.

„Hast du es noch nicht satt, da draußen alleine rumzurennen?", fragt Lana, die bereits mit dem Essen fertig ist. Mir ist nicht ganz klar, wie sie es fertigbringt, all das in Rekordzeit zu verputzen – erst sehe ich eine volle Schüssel, im nächsten Moment hat sie sie leergegessen und beäugt sehnsüchtig die ihres Bruders. Er zieht seine eigene Schüssel unauffällig zu sich hin, weg von ihr.

„Ich war der Einzige, der ein Fahrzeug besitzt", sage ich abwehrend, und Lana wirft Mikito und Richard einen Blick zu. Die beiden sehen sich gegenseitig an und seufzen dann.

„Du hast uns nicht gefragt, was wir mit unseren Credits angestellt haben", sagt Richard.

„Ich hatte nicht gedacht, dass es mich etwas angeht", erwidere ich und nicke dann einer Familie zu, die im Gehen begriffen ist. Anscheinend hat Lana während unserer Abwesenheit verkündet, wir hätten eine funktionstüchtige Warmwasserdusche. Daher wurde unser Haus zur Hygienezentrale – für eine bescheidene Gebühr. Angesichts der Leute, die eine heiße Dusche der Katzenwäsche im eisigen Fluss vorziehen und den Arbeitern an der Betonmauer, die Ali und Lana vor dem Haus werkeln lassen, ist mein einst friedliches Heim nun zu einer extrem geschäftigen Zuflucht geworden. Dennoch steigert es die Skills der Bauarbeiter und verschaffte mir ein vom System anerkanntes Verteidigungssystem, so dass ich es insgesamt als einen Gewinn bezeichnen würde.

„Wir haben im Shop einen Mana-Motor und eine Mana-Batterie gekauft. Die installieren wir nun in einem Truck. Sie dürften in ein oder zwei Tagen fertig sein", erzählt Richard und deutet mit dem Finger auf mich. „Der Rabenzirkel hat schon einen eigenen Pickup Truck, und zwar ab heute."

„Was hat der gekostet?", frage ich neugierig.

„6.000", antwortet Mikito, isst den Rest ihrer Nudeln auf und hält Lana die Schüssel hin, um Nachschlag zu bekommen. Lana füllt diese, während ich blinzle. Nicht ganz so teuer wie gedacht, aber dennoch, Mannomann.

„Also musst du nicht mehr alleine herumziehen", sagt Lana, deren blaue Augen sich in mich bohren. „Zumindest nicht, wenn du noch einen Tag warten kannst."

Ich nicke kurz und erinnere mich an den heutigen Kampf. Sie hat recht – hätte ich es nicht geschafft, in die nächste Dimension zu schlüpfen, wäre ich jetzt tot. Andererseits wäre ich ohne den QSM schon mehrmals umgekommen. „Es wäre nett, etwas Gesellschaft zu haben. Und meistens habe ich sowieso Gruppen von Leuten gefunden, daher wäre das ganz nützlich."

Richard nickt und auch Mikito neigt den Kopf, bevor sie sich wieder auf ihr Essen konzentriert. „Planst du denn, morgen auf die Jagd zu gehen?"

„Ein bisschen. Vorher muss ich noch ein Gespräch zu Ende führen", sage ich und fixiere Ali demonstrativ, „und dann noch vielleicht etwas trainieren. Danach, ja, die Jagd. Ich muss mir meinen Lebensunterhalt verdienen."

„Es gibt Berichte über Mutationen bei den Adlern, denen bei den Klippen, weißt du? Ich möchte sehen, ob ich es schaffe, einen von ihnen zu zähmen. Dabei könnte ich Hilfe gebrauchen", sagte Richard.

„Selbstverständlich." Ich blicke an ihnen vorbei in den hinteren Garten, wo die Hunde-Ponys sitzen. Die meisten sehen ziemlich mitgenommen aus, und Narben weisen auf Ansammlungen früherer Verletzungen hin. Interessanterweise hat Lana einen mutierten Rotfuchs in die Gruppe aufgenommen. Er liegt alleine in der Sonne und beobachtet die herumspringenden Huskys schläfrig. Sie scheinen sich aber alle gut zu vertragen. Wohl eine Nebenwirkung der Tatsache, dass sie nun Begleitertiere sind.

Ich lächle schweigend, während die anderen mir zunicken, dann richte ich den Blick nach unten und starre meine rechte Hand mit den Essstäbchen an. Ich lege sie rasch beiseite und schiebe meine Hände unter den Tisch, damit die anderen das Zittern nicht bemerken. Ja, okay, es wäre nicht schlecht, etwas Gesellschaft zu haben.

***

Am nächsten Morgen dusche ich mich und frage dann Ali: „Na schön, möchtest du mir das vielleicht erklären?"

„Also, wenn ein Mann und eine Frau sich sehr, sehr lieb haben ..."

„Ali!"

„Die elektromagnetische Kraft ist eine der grundlegenden Naturkräfte", sagt Ali seufzend und wedelt mit der Hand. „Dazu gehört die Elektrizität. Aber auch Dinge wie Licht, Magnetismus und sogar Reibung, Verdammt noch mal. Du wirst eine Affinität dafür entwickeln, so dass du in mancher Hinsicht fähig bist, sie für dich arbeiten zu lassen."

„Ah ... dann sollten wir das tun", sage ich achselzuckend. Ich bin mir nicht sicher, dass ich die Situation perfekt verstehe, sollte mir deswegen aber nicht den Kopf zerbrechen, bis ich es wirklich beherrsche.

Ali starrt mich einen Moment lang schweigend an, bevor er brummt, nach oben schwebt und eine Hand auf meine Stirn legt. Plötzlich liege ich im Bett und leide an den schlimmsten Kopfschmerzen, die ich je erlebt habe.

„Was zum Teufel! Du hättest mich warnen können!", brülle ich Ali an und bereue es sofort.

„Ich hatte erwartet, dass du sowieso in Ohnmacht fällst", sagt Ali grinsend, mustert mich von oben bis unten und seufzt dann. „Willst du die gute oder die schlechte Nachricht?"

„Sag schon. Aber nicht zu laut." Ich halte meinen Kopf zwischen den Händen und wirke bereits einen schwachen Heilzauber. Statt etwas zu sagen, lässt Ali einfach die Benachrichtigung erscheinen.

Elementar-Affinität erhalten (Elektromagnetische Kraft)
Affinität: Sehr gering

Herzlichen Glückwunsch!
Für deine erste Elementar-Affinität erhältst du eine Belohnung von 2.000 Erfahrungspunkten.

„Du bist hundsmiserabel. Im Ernst. Du liegst nur knapp über der vom System anerkannten Schwelle, und das auch nur, weil ich reinging und geschoben habe", sagt Ali und schüttelt den Kopf. „Du wirst wohl nie in der Lage sein, die Fähigkeit vollständig einzusetzen. Immerhin werden die anderen Affinitäten dadurch nicht blockiert."

Ich stöhne und halte mir den Kopf. Der schwache Heilzauber scheint mir nicht zu helfen, daher schließe ich die Augen und konzentriere mich auf den relevantesten Aspekt dessen, was Ali gesagt hat. Die Kopfschmerzen – alles seine Schuld.

Eine Stunde später schaffe ich es, die Augen zu öffnen, ohne dass es sich anfühlt, als würden Eispickel hineingebohrt. Und dann zwingt mich Ali zum Üben. Und zwar, indem er herumnörgelt, bis ich zustimme, Zeit in die Erkundung dieser neuen Fähigkeit zu investieren. Das Erkunden selbst ist relativ einfach, eine Form der geleiteten Meditation. Überraschenderweise verhält sich mein Begleitergeist ungewohnt seriös und reißt nicht einen einzigen Witz über meine ach so empfindlichen Gefühle oder etwas in der Art.

Es vergehen einige frustrierende Stunden. Anfang kann ich das von ihm erwähnte Gefühl überhaupt nicht wahrnehmen. Als ich es dann endlich zum ersten Mal spüre, hält es nur kurz an. Erst gegen Ende der Sitzung spüre ich es allmählich richtig, vertiefe mich in diesem Moment und fühle die Kräfte, die um mich herum und durch mich strömen. Als ich die Sinne dann endlich verstehe, hält dieses Verständnis ebenfalls nur eine Sekunde an. Mir wird klar, dass diese sich wandelnden Kräfte überall in meiner Nähe sind. Einen Moment lang scheine ich in der Matrix zu leben, aber statt Einsen und Nullen besteht sie aus einem summenden Energiestrom, der alles umgibt.

Ich muss auf jeden Fall weiter daran arbeiten.

***

So gerne ich auch mit meinem neuen Spielzeug spielen würde, habe ich doch Pläne für den Rest des Tages. Ich gehe nach draußen zu Mikito und Richard, dann traben wir in Richtung Brücke und Millennium Trail. Als wir die Nachbarschaft durchqueren, sehe ich die ersten Anzeichen des Verfalls. Zerbrochene Fensterscheiben, nicht weggefegte Herbstblätter, trockene und braune Rasenflächen und Müll, der nicht abgeholt wurde. Niemand hat sich um das vom Schnee zurückgelassene Schmelzwasser gekümmert, und ich sehe sogar einige nicht weggewaschene Blutspritzer. Man sieht, dass hier niemand lebt, der aufräumen oder sich um die Häuser kümmern würde. Der gelegentliche Geruch verfaulten Fleisches erinnert mich an die Kompost-Tonnen, die nicht abgeholt wurden.

Als wir Riverdale verlassen und die Brücke überqueren, fällt mir auf, dass sich trotz der Anwesenheit der Angler noch Eis auf dem Fluss befindet. Neben den Anglern stehen nun interessanterweise auch Jäger mit Gewehren im Anschlag, die auf sie aufpassen. Ich vermute, die Fische sind ebenfalls gefährlicher geworden. Wir gehen an der *S.S. Klondike* vorbei, als wir die Brücke verlassen. Als ich das Schiff kurz beobachte, geht mir eine Idee durch den Kopf, die ich aber sofort wieder verwerfe. Der weiße Heckraddampfer wird seit Jahren repariert.

Beim Weitergehen winkt Richard den Hunden zu, so dass sie zu ihm zurückkehren. Unterwegs streichelt er gedankenverloren ihr Fell.

„Hast du je versucht, auf einem zu reiten?", frage ich, aber Richard lacht und schüttelt den Kopf.

„Nein, ich gehe lieber zu Fuß. Ich bin sowieso kein besonders guter Reiter", antwortet Richard, während ich mir die Erdklippen ansehe, die die Stadt umgeben, um die dort brütenden Adler aufzuspüren. Wenige Minuten später wird uns klar, dass wir nicht als Einzige von den mutierenden Adlern gehört haben – der Rabenzirkel ist ebenfalls hier.

„Ach du Scheiße ...", murmle ich und Mikito wirft mir einen mitfühlenden Blick zu. Richard schnaubt nur und macht einige schnelle Schritte, um ganz vorne zu sein.

„Schönen Tag auch", sagt Richard mit einem breiten, charmanten Grinsen und wirkt völlig entspannt, während er zwischen vier Hunden von der Größe eines Ponys steht.

„Guten Tag, Richard", antwortet Nicodemus, tritt vor und lässt Richards Hand in seiner enormen Pranke verschwinden. Der rothaarige Riese ist offenbar noch mehr gewachsen. Mittlerweile ist er schätzungsweise über zwei Meter siebzig groß, mit Muskeln, die kein Ende zu nehmen scheinen. Ich spüre einen Anflug von Neid – zwar habe ich ebenfalls mehr Muskeln, aber nicht annähernd in seinem Umfang. Ich sehe eher aus wie ein Turner, der Kerl ist ein Hüne. „Seid ihr auch hier, um die Adler zu eliminieren?"

„Eigentlich wollte ich ein oder zwei von ihnen zähmen", erklärt Richard, worauf Nicodemus nickt.

Während die beiden in eine Unterhaltung vertieft sind, gehen Luthien und Kevin um die Gruppe herum auf mich zu. Ich bereite mich geistig auf die Konfrontation vor und frage mich, was die beiden von mir wollen.

„John ...", sagt Luthien, bleibt aber nicht in einem normalen Abstand stehen, sondern kommt nahe genug heran, um eine Hand auf meinen Brustkorb zu legen. Ich weiche mit einer flüssigen Bewegung zurück, wobei ich ihren neuen Level und ihre Klasse als Zauberin bemerke.

„Ja?" Ich setze einen neutralen Ton ein, auch wenn meine Worte barsch klingen.

„Ich wollte nur sicherstellen, dass bei dir alles in Ordnung ist. Du bist mir aus dem Weg gegangen", fährt Luthien fort.

„Ich war beschäftigt, Anne", sage ich und zucke dann mit den Achseln. „Und es geht mir gut."

Sie blickt mich voller Mitgefühl an, aber auch mit einem kurzen Anflug von Ärger über die Verwendung ihres echten Namens. Dann sagt sie: „Was ist mit deinem Motorrad passiert?"

„Es wird repariert." Ich sage ihr die Wahrheit, da mir egal ist, ob sie davon weiß.

„Oh, John! Brauchst du ein paar Credits? Wir können dir bestimmt was geben", sagt sie und blickt Kevin an, der zustimmend nickt.

So langsam habe ich die Geschichte satt und winke ab. „Anne, verzieh dich einfach."

„Warum bist du so unhöflich?", fragt sie und schmollt – offenbar ein Wechsel der Taktik.

„Weil ich dich kenne. Vielleicht mit etwas Verspätung, aber jetzt tue ich es." Ich drehe mich um und gehe auf Richard und Nic zu, als Kevin mich am Arm packt und mich anstarrt.

„Wag es bloß nicht, so mit ihr zu reden. Wegen unserer Vergangenheit bin ich bereit, so manchen Scheiß zu ignorieren, aber ..."

Ich bringe ihn zum Schweigen, indem ich ihm die Nase breche, und als er meinen Arm loslässt, kicke ich ihn von mir weg. Dann höre ich auf, obwohl seine Freunde bereits Schwerter ziehen und einen Bogen auf mich richten. Beeindruckend. Luthien tut allerdings nichts davon, sondern läuft auf ihren Freund zu.

„Rührt mich nicht an. Das gilt für euch beide. Kommt nicht in meine Nähe, redet nicht mit mir – überhaupt nichts. Ich will mit euch nichts zu tun haben", sage ich im Flüsterton. Dabei gelingt es mir kaum, die Wut zu zügeln, die bei seiner Berührung in mir hochgekocht ist.

Richard sieht uns alle abwechselnd an und streckt eine Hand seitlich zu den jungen Hunden aus, während Nicodemus seinen Leuten signalisiert, die Waffen zu senken. Ich stapfe von ihnen weg und richte ihnen den Rücken zu, während ich versuche, mich zu beruhigen. Verdammt. Schon wieder habe ich ihr in die Hände gespielt. Jetzt können sie vorgeben, sie wären angegriffen worden.

Kurz darauf kommt Richard zu mir und deutet in eine Richtung. Ich folge ihm dem Weg entlang, mit Mikito hinter mir. Eine Minute lang setzen wir schweigend unseren Weg fort, bis Richard schließlich sagt: „Möchtest du mir vielleicht erklären, warum Mikito und ich eben beinahe das Leben verloren hätten?"

Ich schüttle den Kopf, da ich weiß, dass der Zirkel sie wahrscheinlich nicht umgebracht hätte. Nicht einmal mich. Aber es ist schön, dass sie mich unterstützen wollten, obwohl wir uns kaum kennen. Meine Hand, die ich an meiner Seite halte, zittert noch vom Adrenalinschub. Ich kann meine Stimme nur mit Mühe kontrollieren, als ich ihm antworte: „Anne – Luthien – meine

Ex-Freundin. Davon weißt du doch. Allerdings weißt du nicht, dass wir jahrelang liiert waren, obwohl sie jeden Sommer hierher kam, um zu arbeiten. Ich habe mir keine großen Gedanken darüber gemacht. Als ich dann aber meine Stelle in Vancouver verlor und meine Wohnung abgebrannt ist, schlug sie vor, dass wir gemeinsam hierher ziehen. Ein neuer Anfang. Das habe ich getan. Ich habe mein Leben auf den Kopf gestellt und meine Freunde und Verwandten hinter mir gelassen, um bei ihr zu sein. Aber sie und Kevin führten die ganze Zeit über eine Affäre, was mir schließlich klar wurde."

„Weißt du, was dabei wirklich komisch war? Mir wurde klar, dass sie mir seit Langem nichts mehr bedeutet hat. Ich liebe sie nicht mehr. Aber jedes Mal, wenn es um etwas Ernstes ging, versuchte sie, das Thema zu wechseln. Ich bin mir nicht einmal sicher, ob sie mich je geliebt hat oder ich nur eine weitere Trophäe, ein zusätzlicher Bewunderer war. Aber vor allem", sage ich und atme tief ein, „vor allem will ich einfach, dass das alles vorbei ist. Ich habe es satt, von ihr manipuliert zu werden. Und wenn mir das nur gelingt, indem ich ihr aus dem Weg gehe, dann ist das eben so. Ich will mich nicht wieder in ihr Netz ziehen lassen. Nicht, wenn ich etwas dagegen tun kann."

Nachdem ich ihnen davon erzählt habe, sind wir fast auf der Kuppe des niedrigen Hügels angelangt und richten die Augen auf die Bäume, in denen die Adler üblicherweise ihre Nester bauen. Es ist keine Überraschung, dass die Adler sich verzogen haben, während wir auf ihre Nester zumarschiert sind. Allerdings führt diese Einsicht zu einer interessanten Frage. „Richard, was genau hast du hier vor?"

„Na ja, wenn wir einen von ihnen einfangen, könnte ich ihn beherrschen und zu meinem Begleitertier machen, falls ich ihm meinen Willen aufzwingen kann. Ihn gewissermaßen zähmen", erklärt Richard.

„Fantastisch. Aber die werden erst zurückkehren, nachdem wir weg sind. Was machen wir nun?"

Richard schweigt und starrt den unbewohnten Baum an, dann Mikito und mich. „Stimmt. Daran hatte ich nicht gedacht."

***

Ich atme langsam und vorsichtig aus und drücke den Abzug. Als der Schuss dann ertönt, entsteht ein Überraschungsmoment, der mich kostbare Sekunden kostet. Die schrotflintenähnliche Waffe mit dem massiven runden Lauf, die Richard mir geliehen hat, erzeugt anstelle eines Knalls ein Zischen. Der andere Adler, auf den ich nicht gezielt hatte, fliegt nach oben, während ich mich wieder beruhige. Noch vor einem Gedanken an einen zweiten Schuss ist er bereits außer Reichweite. Ich stehe hastig auf und gehe zu meinem eingewickelten Opfer, das versucht, das sich langsam um seinen Körper zusammenziehende Metallnetz loszuwerden.

Dieser Weißkopfseeadler stellt eindeutig eine Mutation dar. Zum einem ist er etwa zwei Meter groß, zum anderen bin ich mir ziemlich sicher, dass mit seinen Flügeln etwas nicht stimmt. Das Kräuseln der Luft um die Tiere – sowohl jetzt als auch während der Landung – weist darauf hin, dass da etwas vor sich geht. Zum Glück sind die Netzpatrone und die Schrotflinte aus dem Shop speziell für Tierbändiger gedacht, die neue Begleitertiere fangen möchten. Daher wird es dem Adler nicht gelingen, dem Netz zu entkommen.

Ich sehe, wie Richard und Mikito jetzt nach meinem Schuss eilig die Klippe erklimmen. Der andere Weißkopfseeadler kreist nach der Flucht hoch über mir und seine nicht mutierte Gestalt beobachtet, was mit seinen Artgenossen geschieht. Eigentlich hätte ich ja Mitleid mit ihm. Allerdings bin ich während der letzten drei Stunden in einem primitiven, getarnten Unterstand gehockt, um mich vor ihm und seinem Bruder zu verbergen, bis sie wieder zu den Nestern zurückkehrten. Anscheinend haben sich bisher weder Mikito noch Richard um das Erlernen von Verstohlenheit bemüht. Das wird sich ändern müssen, wenn wir weiterhin zusammenarbeiten möchten.

Als Richard oben ankommt, tut er etwas wahrhaft Mystisches. Er geht neben dem Adler in die Hocke und blickt ihm tief in die Augen. Dann starren sie sich gegenseitig an. Das dauert fast zehn Minuten, bevor er schließlich seinen Blick anwendet und damit beginnt, sein neues Begleitertier loszubinden. Ja, echt mystisch.

Da wir den Großteil des Tages damit verbracht haben, Richard ein neues Tier zu beschaffen, das er nun Orel nennt, bleibt uns nicht viel Zeit für die Jagd. Daher beschließen wir, direkt am Fluss entlang zu gehen. Wir kreuzen die Wege am Rand von Miles Canyon und suchen nach Beute. Richard entsendet Orel in die Luft und lässt die Huskys vor uns herlaufen. Anfangs ist Ali aufgrund von Richards Begleitertieren fast überflüssig. Orel zeigt uns die Richtung möglicher Jagdbeute, und die Huskys hetzen dann darauf zu. Die Hunde sind gut trainiert und umzingeln die Monster nur, bis wir eintreffen und sie erledigen, so dass wir als Gruppe Erfahrung erhalten. Andernfalls würde nur Richard Erfahrungspunkte bekommen.

Wir kommen nicht sehr weit, obwohl alle drei von uns eine derart hohe Konstitution besitzen, dass wir uns die ganze Zeit über im Eilschritt bewegen. Wir müssen die Monster immer noch bekämpfen und töten und halten jedes Mal an, um sie zu plündern und zu zerlegen, so dass ein Husky den Tierkörper zurückbringen kann. Eine effiziente Transportmethode, die aber auch bedeutet, dass wir bald keine Hunde mehr haben. Ali übernimmt die Aufgabe, uns zu der Jagdbeute zu führen, die Orel aus der Luft entdeckt. Außerdem schleppt er uns sogar zu einigen Monstern, die Orel übersehen hat. Ohne seine Tiere ist Richard nicht ganz so nützlich. Daher erhalten Mikito und ich die Gelegenheit, uns hervorzutun, indem wir Monster im Nahkampf angehen. Zu meiner Enttäuschung sehe ich bald, wer das besser kann – und das bin nicht ich. Sofort nach dem Erlegen einiger Monster wird uns klar, dass wir einen zurückkehrenden Hund benötigen. Also müssen wir ohnehin warten. Auch wenn die Wartezeit frustriert, sind wir uns bewusst, wie es in Whitehorse mit der Nahrungsversorgung aussieht. Daher schlägt auch niemand vor, die Tierkörper zurückzulassen.

Die Kämpfe selbst sind interessant, da Mikito und Richard offensichtlich ein System für die Bekämpfung der Monster entwickelt haben. Richard bleibt zurück und eröffnet sofort mit seiner schrotflintenähnlichen Waffe das Feuer, wobei er eine traditionellere Patrone verwendet, die mit kleinen Stahlkugeln gefüllt ist. Er sagt, er hätte nicht nur Netzpatronen, sondern auch welche mit Sekundenkleber, Sprengstoff, Elektroschockwirkung und sogar einen Enterhaken. Anscheinend gibt es für diese Flinte im Shop eine Patrone für jede nur denkbare Situation.

Mikito hingegen verwendet im Nahkampf immer noch ihre Naginata und geht die Monster direkt an. Seit unserem letzten gemeinsamen Kampf hat sie eine neue Fertigkeit erworben. Nun leuchtet die Spitze ihrer Waffe bei jedem Treffer rotglühend auf und schneidet sich zischend durch Fleisch und Knochen. Ich frage mich, ob es möglich wäre, auf der Klinge Fleisch zu kochen. Allerdings bin ich zu ängstlich und nicht dumm genug, ihr diese Frage zu stellen. Im Gefecht wird die schüchterne Japanerin zu einem konzentrierten Wirbelwind des Todes. Sie weicht Angriffen mühelos aus und lähmt Kreaturen mit schnellen, präzisen Schlägen. Dann nimmt sie sich das nächste Monster vor, während Richard dem verwundeten Wesen den Rest gibt.

Während der ersten Kämpfe sehe ich ihnen nur zu und greife nicht ein. Ich beobachte, wie Richard sich darauf konzentriert, den Hunden Befehle zu erteilen, wenn diese in der Nähe sind und wie die Hunde gemeinsam mit Mikito die Monster erledigen. Sobald ich die Abläufe grundlegend verstanden habe, mache ich mit und versuche, ihnen zu helfen. Aber ehrlich gesagt stelle ich für sie eher ein Hindernis dar. Ich behindere Mikitos Angriffe und unterbreche Attacken der Hunde, indem ich die Monster in die falsche Richtung locke. Einmal stoße ich sogar beim Versuch, einem Gegner auszuweichen, mit einem der Tiere zusammen. Ich passe einfach nicht in einen derartigen Gruppenkampf.

Die Tatsache, dass ich meine Freunde verletzen kann, macht im Gefecht einen großen Unterschied aus – wer hätte das gedacht? Die Mischung von

Nah- und Fernkämpfern innerhalb einer wirbelnden Arena aus Klingen und Zähnen scheint deutlich mehr Koordination zu erfordern, als ich erwartet hätte. In den verdammten Filmen sieht das immer so kinderleicht aus.

Als wir wieder mein Haus erreichen, einigen wir uns darauf, den Kampf mit den Spinnen mindestens um einen Tag zu verschieben. Wir sollten in der Nähe der Stadt bleiben und unser Teamwork verbessern. Es wäre tragisch, wenn einem mitten im Kampf gegen die Spinnen ein Freund in den Rücken schießen würde. Oder wenn man einem Gruppenmitglied versehentlich den Ellbogen ins Gesicht rammt. Oder einen der Hunde verletzt. Nur so als Beispiel.

***

Nachdem die anderen am Abend aus dem Haus sind, helfe ich Lana beim Abwasch. Sie hat ihre Haare hochgesteckt und trägt eine enge Bluse und Jeans. Das helle Abendlicht hebt ihr Haar und ihre süße Stupsnase hervor. Einen Moment lang bewundere ich sie von der Seite her, bevor ich mich energisch an ein früheres Versprechen erinnere.

„Lana, was kannst du mir über die Stadt sagen?", fange ich an.

„Häh?" Lana blickt mich an, verwirrt von dieser nebelhaften Frage. Ich erkläre das schnell: „Wie geht es den Leuten? Das Mikrokredit-Programm? Was schafft der Stadtrat, und wo versagt er?"

„Oh ... du möchtest ja nicht zu viel darüber wissen", sagt sie lächelnd und reicht mir dann einen weiteren Teller zum Abtrocknen. „Weißt du, ich vermisse Spülmaschinen wirklich. Wo fangen wir an? Die Lage wird ... besser. Die Leute kommen mehr herum und konzentrieren sich darauf, was machbar ist. Selbst wenn es nur darum geht, eine Tür aus- und wieder einzuhängen. Es hilft ihnen zu wissen, wie man im Level aufsteigt und sich verbessert. Einige arbeiten als Holzfäller, Fischer und Zimmerleute. All das. Wir haben immer noch nicht genug Wächter und die Lage ist noch gefährlich, aber anscheinend gewöhnen die Menschen sich allmählich an die Welt."

„Die Kredite funktionieren gut, und wir bringen immer mehr Jäger dazu, das Material an uns zu verkaufen. Die Profite sind minimal, aber eigentlich geht es eher ums Training. Sobald sie höherstufige Skills besitzen und Waren in besserer Qualität produzieren, werden wir auch mehr verdienen. Einige der Arbeiter haben sogar berichtet, sie hätten spezifische Quests erhalten, um vordefinierte Stücke zu produzieren.

„Der Stadtrat ... na ja, er kümmert sich um die Wächter und die Lebensmittel. Bis zu deiner Ankündigung hatten sich die Mitglieder voll auf die Nahrungssituation konzentriert und Bauern in die Parks und Gärten geschickt. Jetzt kümmern sie sich mehr um den Wohnraum und versuchen festzustellen, wer noch am Leben ist und welche Gebäude sie als Nächstes kaufen sollten.

„Aber letztlich ist das größte Problem das Geld, John. Credits. Niemand hat genug davon. Und auch wenn manche Leute helfen wollen, sind sie nur bereit, eine gewisse Summe zu spenden."

Sie schweigt, nachdem sie ihre Rede beendet hat. Die freundliche, überschwängliche Persönlichkeit hat sich zurückgezogen, und die besorgte Schwester und Bürgerin tritt in den Vordergrund. „Wir haben einfach nicht genug, nicht für alle. Alle außer den Jägern müssen mit knappen Rationen auskommen. Die Jäger erhalten doppelte Portionen, die sie oft mit durch die Beute gewonnenen Credits ergänzen. Alle anderen regen sich darüber auf. Vor allem die Bürger, die keine Klasse besitzen, die es ihnen automatisch das Verdienen von Credits ermöglicht. Lehrer, Ärzte, Wissenschaftler – auch diese Klassen können durch ihre Skills aufsteigen, sind aber von einer Wirtschaft abhängig, die es einfach noch nicht gibt. Noch schlimmer ist, dass manche Leute sich immer noch in einem Schockzustand befinden und andere Menschen verschwinden. Die Jäger melden, sie würden jeden Tag einige Leichen im Fluss finden ..."

Lana hat mit dem Abwaschen aufgehört, und ihre Hände umklammern einen Teller. Ich zögere, bevor ich ihre Hand ergreife und drücke. Sie blickt mit Tränen in den Augen zu mir auf: „Ich weiß nicht, wie du das schaffst. Die Jäger, nicht einmal Mikito und Richard, sind nicht bereit, so weit hinauszugehen wie du. Du bist den ganzen Weg nach Carcross gefahren, als wäre es ein ganz normaler Tag, bevor all die Scheiße begann, und die Monster irrelevant. Und der Rest von uns möchte einfach nur einen weiteren Tag hinter sich bringen."

Ich blinzle kurz und starre dann durch das Fenster auf die herumliegenden Hunde und den Fuchs. Dann versuche ich, ihr zu antworten: „Ich ... ich bin wohl zu doof, um die Antwort darauf zu kennen."

„Empfindest du denn überhaupt nichts? Hast du niemanden verloren?" Sie entzieht mir ihre Hand und starrt mich fragend an.

„Ich ..." Einen Moment lang versuche ich verzweifelt, ihr mein kompliziertes Leben zu erklären. „Ich habe Menschen verloren. Glaube ich. Aber ..." Wie erkläre ich ihr die Beziehung zu meiner Familie, den Mangel an Liebe und die Parade von Kindermädchen, gefolgt vom Internat? Dass ich meinen Vater in meiner Jugend kaum zu Gesicht bekam und als Erwachsener noch weniger, während meine Mutter mich nach meiner Geburt verließ. Ich habe sie nie getroffen. Von allen stand ich nur meiner Schwester nahe, und selbst wir entfremdeten uns mit zunehmenden Alter voneinander. Wie erkläre ich die irrationale Trauer für etwas, das ich nie wirklich hatte? Die Art und Weise, wie ich alles davon unterdrückte, um einen weiteren Tag zu überstehen. Es wäre besser, zu schweigen. „Es ist vorbei. Ich kann nichts für sie tun, selbst wenn sie noch am Leben wären. Nicht von hier aus."

Sie schüttelt den Kopf und setzt sich wieder an den Esstisch. Ich sehe ihr zu, während sie versucht, sich zu beruhigen. Da die Stille mir auf die Nerven geht, setze ich den Abwasch fort. Ich bin fast damit fertig, als sie mit leiser Stimme spricht. „Wir haben Tausende von Leuten und fast die Hälfte davon gehört Kampfklassen an, aber nur wenige wagen sich hinaus. Es ist einfach zu viel und zu gefährlich, und gelegentlich verlieren wir Menschen. Die Jagdgruppen schrumpfen, wir erhalten weniger zu essen und die Leute fürchten sich immer mehr."

Ich runzle die Stirn, schüttle den Kopf und starre vor mich hin. Scheiße, das hört sich nicht sehr gut an. In einem MMO, einem Spiel, würde es Trainingsgebiete für Anfänger geben. Für die Monsterjagd geeignete und auf den eigenen Level zugeschnittene Bereiche, die für Neulinge passend sind. Beispielsweise würde man als Teil einer Quest 10 Ratten töten oder etwas in dieser Art.

Hier allerdings befinden wir uns in der echten Welt, und selbst die Zone um Whitehorse herum entspricht Levelstufen von 10 bis mehr als 20. Natürlich gibt es niedrigstufigere Monster. Eigentlich handelt es sich bei einem Großteil um niedrigstufige Mutationen, aber da das System nun über eineinhalb Wochen lang aktiv war, haben selbst die Mutationen mehr als einstellige Level.

Ich kann den Bürgern keinen Vorwurf machen, dass sie die Stadt nicht verlassen möchten. Wir sind nicht an all das Töten und die Kämpfe gewöhnt. Ich bin es auch nicht – bin aber unfähig, einfach herumsitzen. Beide von uns sitzen schweigend da, versunken in unseren düsteren Gedanken, während der Abend zu Ende geht und wir etwas Schokolade naschen.

Kapitel 13

Als wir am Morgen an der Schule vorbeikommen, sehe ich Constable Olmstead.

Amelia Olmstead (Level 14 Wächter)
HP: 410/410

„Immer noch Level 14, was?", murmle ich und winke ihr zu. Meine Begleiter sehen mich an und fragen sich, was ich vorhabe. Dann stapft die erschöpft wirkende Amelia herbei.

„Amelia, ist das deine Waffe?" Ich deute auf ihr Strahlengewehr, während Ali schnaubt und etwas davon murmelt, das könne man wohl kaum als Waffe bezeichnen. Ich ignoriere ihn, während sie nickt. Momentan bin ich dankbar dafür, dass der kleine Bastard weder zu sehen noch zu hören ist.

„Gut. Komm schon, wir gehen auf die Jagd." Ich deute mit dem Daumen auf den Weg Richtung Long Lake, unserem jetzigen Jagdgebiet.

„Was? Nein! Ich habe gerade erst meine Schicht beendet", protestiert sie.

„Ja, aber du bist doch hart im Nehmen. Nur ein paar Stunden, na komm schon." Ich packe ihren Arm und schleppe sie den Weg entlang. Sie versucht, sich loszureißen, was ihr aber nicht gelingt. Ich rede weiter auf sie ein. „Hör mal, Amelia. Du möchtest doch stärker werden, stimmt's? Menschen beschützen und der ganze Kram?"

„Der ganze Kram? Was soll das heißen? Wer sagt denn so was?" Ali lacht neben mir.

„Ich ... na ja ... okay", antwortet Amelia und hört auf, mit mir zu streiten.

„Gut, dann komm mit. Um in dieser total verrückten Welt im Level aufzusteigen, braucht man nun mal etwas Mordlust." Ich beginne abrupt zu kichern und die drei anderen starren mich an, während ich mich lachend zu erklären versuche. „Constable. Mordlüstern."

„*Baka!*", murmelt Mikito und stapft an mir vorbei, während ich weiterkichere und Amelia mit mir schleppe, deren besorgte Miene mich prüfend mustert. Sie kann meinem festen Griff nicht entkommen, und nach einer Weile gibt sie den Versuch auf. Was gut ist, denn ich habe nicht vor, sie den ganzen Weg entlangzuzerren. Ich möchte sie ja nur zum Erreichen eines bestimmten Punktes zwingen.

Amelia bewährt sich bei der Jagd ausgesprochen gut, aber nach der dritten Stunde kippt sie vor lauter Erschöpfung beinahe um. Ich lasse sie gehen, und ihr leuchtender Status bringt mich zum Lächeln. Ja, ein Levelaufstieg, genau wie versprochen. Selbstverständlich begleiten wir sie auf dem Rückweg und helfen ihr dabei, das Fleisch zu transportieren. Als einige der Wächter hören, was wir getan haben, bitten sie kurz darauf darum, ebenfalls mitkommen zu dürfen. Während der nächsten Stunden gehen wir hin und zurück und nehmen neue, niedrigstufige Mitglieder in unsere Gruppe auf. Gelegentlich leihen wir ihnen sogar Waffen. Vor allem aber stellen wir sicher, dass ihnen nichts geschieht, obwohl ich meinen schwachen Heilzauber mehrmals einsetzen muss. Nach einer kurzen Diskussion einigen wir uns darauf, dass wir den Großteil der Beutepakete behalten – bis auf drei, die den eskortierten Personen zustehen. Wir geben ihnen ein bisschen etwas ab, um sie mit dem Shop handeln zu lassen und damit wir zumindest teilweise für unseren Zeitaufwand entschädigt werden.

Im Verlauf der folgenden Tage verbringen wir viel Zeit damit, die neuen Wächter und Jäger zu eskortieren, damit sie langsam im Level aufsteigen und die Bekämpfung der Monster erlernen. Sogar die Leute im ersten Level profitieren von der Anwesenheit von uns dreien, da wir diese Freiwilligen so oft wie möglich mitnehmen, damit sie rasch im Level aufsteigen. Allerdings ist es ein langwieriger Prozess – die meisten von ihnen verfügen über weniger Ausdauer als wir. Zumindest, bis sie einige Levels dazugewonnen haben. Abends jagen Mikito, Richard und ich alleine und üben den Kampf in der

Gruppe. Dann fahren wir auch die höchsten Gewinne ein, indem wir größere und gefährlichere Monster angreifen.

Als ich wieder im Shop stehe, kommt es mir vor, als wäre ich schon ewig nicht mehr hier gewesen. Diesmal weiß ich genau, was ich kaufen möchte. Das ist auch gut so, denn mein Budget ist begrenzt. Der Kampf gegen schwächere Monster mag uns etwas für unsere Teamarbeit und den Kochtopf einbringen, ist aber nicht sonderlich profitabel.

Zunächst rufe ich Informationen über die elektromagnetische Kraft auf. Der Preis für einen einfachen Kurs auf Universitätsniveau, der mich diese Kraft erlernen lässt, ist auf einige hundert Credits beschränkt. Allerdings steigt der Preis dann sprunghaft an und es gibt sogar einen Hinweis zu Informationen über die Elementar-Affinität selbst. Als ich den Preis dafür sehe, klappt mir die Kinnlade runter – eine Million Credits! Die grundlegenden physikalischen Informationen über die elektromagnetische Kraft werde ich mir garantiert kaufen, aber die Daten zur Affinität kann ich erst erwerben, wenn ich steinreich geworden bin. Mit enormer Anstrengung gelingt es mir momentan, die Kraft etwa 10 Sekunden lang in mir zu spüren.

Da ich an Zaubersprüche denke, lese ich mir die entsprechende Liste einige Minuten lang durch. Ohne eine offensive Fernkampfoption fühle ich mich irgendwie nackt, aber der einzige Zauber, den ich mir leisten kann, ist etwas, das als „Manapfeil" bezeichnet wird. Nicht gerade berauschend, und die Details des Zaubers selbst sind alles andere als beeindruckend.

Manapfeil

Wirkung: Erzeugt einen Pfeil aus reinem Mana, der auf ein Ziel gerichtet werden kann und dieses beschädigt. Bewirkt 10 Schaden. Abklingzeit 10 Sekunden.

Preis: 25 Mana

Wenn ich ein Monster mit dem Finger anstoße, würde ich potenziell mehr Schaden anrichten! Okay, das ist vermutlich übertrieben. Offenbar handelt es sich um einen offensiven Zauberspruch der Anfängerstufe. Das wäre ein Offensivzauber mehr, als ich momentan beherrsche. Zudem wirkt er auf Distanz. Nicht gerade fantastisch, aber besser als gar nichts.

Aus Alis Stimme höre ich heraus, dass sein Feilschen demnächst beendet sein wird und begebe mich daher zu dem Bereich, von dem ich etwas zu kaufen gedenke – eine Pistole. Ich sehe mir die verschiedenen Optionen an und wähle schließlich eine, die meinen Kriterien vollständig entspricht.

Silversmith Mark II Strahlenpistole (upgradefähig)
Grundschaden: 18
Akkukapazität: 24/24
Nachladerate: 2 pro Stunde pro GME
Preis: 1.400 Credits

Die Silversmith erzeugt nicht sonderlich viel Schaden, ist aber upgradefähig, so dass ich sie in Zukunft besser nutzen kann. Zumindest ist sie eine gute Ersatzwaffe mit kurzer Reichweite. Während Ali das Feilschen beendet, schiebt er die Gesamtsumme zu mir hinüber und mir entweicht ein leises Pfeifen. Auch wenn er oft kreischt, herumschreit und Wutanfälle hat, sind seine Ergebnisse beeindruckend. Für den Kauf einer Klassen-Fertigkeit fehlen mir immer noch die Mittel, da mir die Credits zwischen den Fingern zerrinnen. Aber zumindest besitze ich nun mehr Offensivwaffen.

***

Am Morgen ist die Atmosphäre beim Frühstück ziemlich gedämpft. Das ist unsere erste echte Herausforderung als Gruppe. Die Wexlix-Spinnen sind deutlich gefährlicher als alles, was wir bisher bekämpft haben. Andererseits sollte es nicht unmöglich sein, das von mir entdeckte halbe Dutzend oder so zu schlagen. Ich habe mir die neue Pistole an den Oberschenkel geschnallt und kenne mich einigermaßen damit aus, nachdem ich abends mit der Waffe geübt hatte. Zwar bin ich kein Scharfschütze, schaffe es aber, aus zwanzig Schritt Entfernung ein Scheunentor zu treffen.

Als wir im Gehen begriffen sind, umarmt Lana Richard auffallend heftig und flüstert ihm etwas ins Ohr. Richard nickt entschlossen, während Mikito mithilfe ihrer Naginata der in ihrer Kultur unpassenden Berührung entkommt. Nachdem die beiden nach draußen gegangen sind, treibt mich Lana in die Enge und stupst mich mit dem Zeigefinger an: „Pass bloß auf, dass mein Bruder nicht verletzt wird, kapiert?"

Ich nicke, und auf meinen Lippen zeichnet sich der Schatten eines Lächelns ab. „Hast du ihm gesagt, dass er uns verlassen soll, wenn es zu gefährlich wird?"

Sie schnaubt. Anscheinend findet sie mich momentan nicht sonderlich amüsant. „Nein. Ich habe ihm gesagt, er soll nicht umkommen."

Aus einem Impuls heraus umarme ich sie und flüstere: „Ich verspreche, ihn wegzuschicken, falls die Situation zu riskant wird."

Lana zuckt erst zusammen, entspannt sich aber dann. Ihr angenehm weicher Körper erinnert mich daran, dass es eine Weile her ist, seit ich eine Person in dieser Weise berührt habe. Ich lasse sie hastig los, lächle sie kurz an und suche dann das Weite. Damit kann ich mich später noch befassen – momentan muss ich einige Monster erledigen. In mir erglüht ein Funken der Wut, eine Boshaftigkeit, die nach Rache verlangt.

***

Die Huskys sitzen auf der Ladefläche des neuen, dunkelblauen Pickups, den Mikito und Richard gekauft haben. Er ist riesig und monströs, aber auch seltsam leise, da der Mana-Motor und die Batterie beim Betrieb keine

Geräusche erzeugen. Diese Tatsache widerspricht meinem Verständnis der Dinge – ein Problem, das sich mir auch beim Umgang mit Sabre aufdrängt. Trotzdem bin ich dankbar dafür, dass Sabre problemlos läuft, auch wenn es aussieht, als hätte das Motorrad bessere Tage erlebt.

Die Spinne Xev war verständlicherweise nicht gerade beeindruckt gewesen, da sie es eben erst repariert und mich angewiesen hatte, vorsichtig zu sein. Man sollte meinen, die zusätzlichen Einnahmen hätten sie gefreut. Allerdings es ist wohl etwas frustrierend, die eigene Arbeit nach nur einem Tag ruiniert zu sehen. Demnächst werde ich mich wieder mit ihr gutstellen müssen, da sie der einzige Waffenmeister in der Stadt ist. Es wird Monate oder Jahre dauern, bis die Menschen ihre Fähigkeiten erreichen. Und bis dahin bleiben mir nur die Optionen, mich an sie oder das System zu wenden.

All das geht mir durch den Kopf, während wir über die Highways dem Kampf gegen die Spinnen entgegenfahren. Wir halten gerade lange genug an, um den Besitz des Forts zwischen uns zu tauschen. Dadurch erhalten Mikito und Richard den Erfahrungsbonus, bevor ich das Fort erneut übernehme. Ich sollte auch Lana hierher bringen, solange das Fort noch unter unserer Kontrolle steht. Warum auch nicht – für sie wäre dies ein müheloser EP-Gewinn. Ich wette, wir könnten eine Menge Leute hier durchschleusen, damit sie an Erfahrung gewinnen und sich dem ersten Level deutlich annähern.

Als wir uns der ursprünglichen Hinterhaltsposition nähern, parken wir den Truck am Straßenrand und steigen aus. Ich aktiviere die Verwandlung und spüre, wie Sabre über mich gleitet, sich zusammenfügt und mir ein Gefühl der Unverwundbarkeit und Sicherheit verleiht. Auf meinem Gesicht erscheint ein Lächeln, und erst das Bellen der Hunde lenkt meine Aufmerksamkeit auf unsere Aufgabe zurück. Dieses Gefühl hatte ich echt vermisst.

„Mech!" Mikito deutet mit weit geöffnetem Mund auf meine neue Gestalt in der Aktivpanzerung. Ach du Scheiße, ich hatte vergessen, ihnen davon zu erzählen.

„Ja …"

„Verdammt noch mal! Warum hast du uns nichts davon gesagt?", flucht Richard mit Blick auf meine gepanzerte Form.

„Äh ... weil ich es vergessen hatte? Ich habe mich um Geheimhaltung bemüht. Will ja nicht, dass es gestohlen wird oder so." Ich zucke verlegen mit den Achseln und fühle mich irgendwie wie ein Trottel. Schließlich gehören sie zu meinem Team und hätten es verdient, über Manches informiert zu werden.

Ali, der wie üblich unsichtbar ist, krümmt sich vor Lachen. „Oh, das war erste Sahne, Junge."

Richard starrt mich weiter an, schüttelt sich dann aber, um Dampf abzulassen, bevor er zu mir kommt und Sabre inspiziert. „Mann, das ist echt cool. Wirklich, supercool. Wie viel hast du dafür ausgegeben?"

Als ich den Preis nenne, stehen wiederum alle mit offenem Mund da. Sie starren mich und Sabre an, und Richard lacht lauthals. „Welche Klasse hast du eigentlich? Geldsack?"

„Nein", protestiere ich, bevor mir klar wird, dass er mich nur aufziehen möchte.

„Du musst es mich mal ausprobieren lassen", sagt Richard und deutet auf mich, woraufhin Mikito heftig nickt. Zum ersten Mal überhaupt entdecke ich auf ihrem Gesicht einen Ausdruck des Staunens und der Freude. Die meiste Zeit über ist sie dieses stille, zurückhaltende, perfekte japanische Mädchen, bis sie in einen Kampf verwickelt wird – dann wird sie zum Tod auf zwei Beinen. Momentan aber macht sie einen fast schon glücklichen Eindruck. Dieser Ausdruck verflüchtigt sich schnell, und ihr Gesicht wirkt wieder verschlossen. Zum Glück kann die Größe des PKF in gewissem Maß angepasst werden, obwohl ich mir nicht sicher bin, dass Sabre Mikito passen würde. Aber das lässt sich ja testen.

„Selbstverständlich. Aber erzählt bitte niemandem davon, okay?" Nachdem beide zustimmend nicken, atme ich erleichtert auf. Ich bin mir nicht sicher, ob die Geheimhaltung wirklich notwendig ist. Trotzdem behalte ich gerne einige Trümpfe in der Hinterhand. „Also, folgen wir dem Plan?"

Nach ihrer Bestätigung atme ich tief durch und betrete den Wald als Erster, wobei mir Mikito und Richard in deutlichem Abstand folgen. Kleine Funkgeräte an ihrer Kleidung und integriert in meinen Helm ermöglichen uns die Kommunikation über größere Entfernungen, während ich nach den Spinnen Ausschau halte. Fürs Erlernen der Verstohlenheit hat Richard fast einen ganzen Tag gebraucht, Mikito hingegen nur einen halben. Aber in dieser Hinsicht sind sie beide noch niedrigstufig, daher gehe ich voraus.

Es vergeht fast eine Stunde langsamer, vorsichtiger Schritte, bis ich die Hinterhaltsposition erreiche. Da auf Alis Fähigkeiten kein Verlass ist, muss ich selbst nach den Spinnen suchen. Als ich die erste Spinne entdecke, sitzt diese zwischen ihren Spinnweben auf einem Baumwipfel und lauert auf Beute. Dabei bewegt sie gelegentlich den Kopf, nimmt Witterung auf und zuckt mit den pelzigen Ohren. Die Kreatur macht immer noch einen bizarren Eindruck, die seltsame Mischung eines Wolfskopfs mit dem pelzigen Körper einer Spinne.

Erwachsene Wexlix-Spinne (Level 34)
HP: 780/780

Sofort nach meiner Entdeckung untersuche ich den Boden und erspähe allmählich die dünnen Fäden aus Spinnenseide am Fuß der Bäume vor mir. Diese würden ahnungslose Opfer einfangen und festhalten. Es gibt keinen Weg vorwärts, ohne eine Falle auszulösen oder die wartende Spinne zu warnen. Daher befehle ich Richard und Mikito über Funk, anzuhalten und in Deckung zu gehen.

„Ali, du kannst sie doch noch mit deinen Augen entdecken, oder? Und die Spinnen sehen dich nicht, richtig?" Ich übertrage diese Gedanken an meinen Begleiter und er nickt, während er weiterfliegt. Gut zu wissen, dass er im Ernstfall auch seriös vorgehen kann.

Es dauert fast eine Stunde, bis der Geist zu mir zurückkehrt. Dann schwebt er über mir und wischt nicht vorhandene Spinnweben beiseite. „Tja, du bist im Arsch."

Okay, er benimmt sich meistens seriös.

***

„Details, Ali", murmle ich ärgerlich. Wir sind weit genug entfernt, dass die Wache stehende Wexlix-Spinne mich nicht hören wird, schon gar nicht, wenn ich meinen Helm trage. Trotzdem ärgere ich mich darüber. Eigentlich ist das Gespräch sinnlos, wenn mein Begleiter in Orange per Gedankenübertragung erreichbar ist.

„Du weißt doch noch, dass du fünf Spinnen bekämpft hast und sie dich fertiggemacht haben? Also, jetzt sind da etwa ein Dutzend erwachsene und ein halbes Dutzend junge Spinnen. Und eine mit der eineinhalbfachen Größe der anderen. Das Alphatier, wie ich vermute", sagt Ali. „Oh, und ich habe dein Gewehr gefunden. Es liegt mitten auf der Straße. In so vielen Stücken, das es wahrscheinlich nicht einmal Xev reparieren könnte."

Ich krieche vorsichtig zu den anderen Mitgliedern meiner Gruppe und überbringe ihnen die schlechte Nachricht. Sie schweigen nun, da diese Zahl die erwartete Anzahl der Gegner bei weitem übersteigt. Auch wenn ich mich rächen und die junge Dame auf die Quest mitnehmen möchte, ist dieses Unterfangen momentan viel zu schwierig für uns. Immerhin tue ich dies wegen des Geldes und der Ablenkung. Dabei umzukommen ist nicht Teil meines Plans.

„Zeit für den Rückzug?", schlage ich vor.

Mikito schüttelt den Kopf, und als ich die Idee einer Flucht auch nur erwähne, funkeln ihre Augen vor Wut. Was eigentlich zu erwarten war, da ich nie erlebt habe, dass sie einem Kampf ausgewichen ist.

„Mikito ...", sagt Richard.

„Nein. Die Spinnen werden andere Menschen töten. Wir sind hier. Wir töten *Yokai*", sagt sie entschlossen und hält ihre Naginata in einem festen Griff.

Richard verzieht das Gesicht und blickt von der entschlossenen Witwe zu mir. Ich stöhne leise und schüttle den Kopf. „Mikito, das ist blanker Wahnsinn. Sie sind uns zahlenmäßig überlegen."

„Wir kämpfen. Ich kämpfe", sagt sie mit einem Fingerzeig auf sich selbst. Dann steht sie auf, aber ich knurre, packe ihren Arm und ziehe sie nach unten. Meiner Stärke hat sie nichts entgegenzusetzen und ist gezwungen, sich wieder hinzusetzen. Allerdings starrt sie mich wütend an, bis ich sie loslasse.

„Das ist eine schlechte Idee", sage ich. Mikito sieht erst mich und dann Richard an, der uns ebenfalls beobachtet.

„Junge, noch ein Hinweis. Je länger wir warten, desto schwieriger wird es", sagt Ali neben mir und deutet nach hinten. „Diese Spinnen haben ein Alphatier, was bedeutet, dass sie sich vermehren. Wenn ihr länger wartet, bekommt ihr es mit noch mehr von ihnen zu tun."

Ich grummle, schüttle den Kopf und leite die Informationen dann weiter. Richard atmet tief ein, während Mikito triumphierend strahlt. Scheiße. Eigentlich könnten wir ja weitere Leute herholen – aber mal im Ernst, wen genau bitten wir um Unterstützung? Die meisten der anderen sind zu niedrigstufig oder zu schlecht ausgerüstet, daher wäre der Rabenzirkel die einzige Option. Ach was, scheiß drauf. „Na schön."

„Wie gehen wir dann vor?", fragt Richard. Ich runzle die Stirn, werfe einen Blick nach hinten und gehe unsere Optionen durch, bevor ich antworte.

***

Was tut man, wenn man es mit zahlenmäßig überlegenen Gegnern zu tun hat? Man bekämpft jeweils eine Teilgruppe. Meiner Erfahrung zufolge würden nicht alle Spinnen sofort zum Angriff übergehen. Falls ich mit meinen begrenzten Kenntnissen richtig liege, müssen wir sie nur angreifen und uns dann zurückziehen. Danach würden sie uns folgen, wodurch wir jeweils kleine Gruppen rasch vernichten könnten. Daher befinde ich mich an meiner ursprünglichen Späherposition, während Mikito und Richard den Truck weiter hinten an der Straße geparkt haben, lediglich einen kurzen Sprint von mir entfernt.

Aus dieser Entfernung erziele ich weder mit der Pistole noch mit dem Manapfeil einen Treffer. Daher bereite ich mich auf die Aktivierung des Quanten-Status-Manipulators vor. Bei der Auslösung spüre ich, wie der QSM sein Feld erweitert, meinen Körper umhüllt und mich scheinbar in eine andere Dimension verschiebt. Ich fühle die Auswirkungen, das mich umgebende Feld und die Energie, die durch mich und um mich herum strömt. Einen Moment lang stehe ich einfach überrascht da und nehme all das in mir auf.

„Jetzt spürst du es, nicht wahr? Das ist unsere Affinität", sagt Ali grinsend.

„Ja ..." Das erkaufte Wissen strömt in mein Bewusstsein, da ich meine Gedanken nun darauf ausrichte. Ich stehe eine Sekunde lang da und versuche zu begreifen, was ich bereits weiß – was so seltsam und verwirrend ist, wie es sich anhört. Dann schüttle ich den Kopf. Damit kann ich mich später noch befassen. Momentan gibt es Gegner umzulegen. Später. Immer später.

Ich versuche gar nicht erst, verdeckt vorzugehen, sondern stelle nur sicher, dass mein Rückzugsweg frei von Spinnweben ist. Dann grinse ich, konzentriere mich auf die Kreatur vor mir und schalte den QSM aus. Zeit, meinen neuen Zauberspruch auszuprobieren. Als ich in diese Realität zurückkehre, wirke ich den Zauber und opfere Mana, damit sich der schwebende blaue Energieblitz in der Luft bilden kann. Ich bewege meine Hand und der Pfeil fliegt nach vorn und trifft das Auge der Kreatur, was diese blendet und in Rage versetzt. Die Wexlix-Spinne heult vor Wut auf. Einen Augenblick später erklingt die Antwort von den Mitgliedern ihres Rudels.

Ali bleibt zurück, schwebt in der Luft und zählt: „1, 2, 3 ... es sind 5 Erwachsene und 3 der Jungtiere. Mach dich auf die Socken, Jungchen!"

Das muss er mir nicht zweimal sagen. Ich renne los. Zum Glück gelingt es mir, meinen Abstand zu halten, obwohl ich mich einmal ducken und abrollen muss, als eine Spinne ein Netz auf mich schleudert. Ansonsten erreiche ich die Straße ohne große Mühe, die Spinnen 5 oder 6 Meter hinter mir. Ich renne direkt auf den Truck und mein Team zu. Dann wirble ich mit der Pistole in der Hand herum und gebe einen Schuss ab. Während ich mich umdrehe, brechen die Kreaturen aus dem Unterholz hervor, ein Haufen rasender Spinnenbeine und heulender Wolfsköpfe.

Richard steht auf dem Truck bereit und eröffnet das Feuer mit einer Sprenggranate, dann noch einer. Diese treffen die Gruppe und schleudern Spinnenkörper wie Konfetti umher. Während sie sich noch davon erholen, erhöht meine Pistole den Blutzoll bereits. Ich ziele auf die verwundeten Spinnen, um ihre Leben schnellstmöglich zu beenden. Auch wenn die Granaten den Spinnen bei einem Treffer schwere Schäden zufügen, gibt es zu viele von ihnen, als dass Richard sie aufhalten könnte. Die übrigen Spinnen schwärmen um die im Asphalt klaffenden Löcher und ihre toten oder sterbenden Artgenossen herum.

Mikito und die vier Huskys erwarten sie. Beide Seiten prallen in einem wilden Wirbel aus Zähnen, Pelz, Klauen und Metall aufeinander. Mikito weicht dem Sprung und dem Biss des ersten Gegners aus. Die Klinge ihrer Naginata hinterlässt eine Brandwunde auf seinem Körper, während sie zur Seite springt und fast sofort danach den zweiten Feind angreift. Ihre Klinge blitzt auf, blockt Angriffe ab und schlägt auf Beine ein, während sie zwischen den beiden erwachsenen Spinnen tanzt.

Die einzelnen Huskys nehmen sich die übrigen Spinnen vor, schnappen nach Beinen und eilen dann zurück. Die jungen Spinnen sind leichter als ihre Gegner und scheinen den Kürzeren zu ziehen. Dann aber prallt eine erwachsene Spinne mit dem angreifenden schwarzweißen Hund zusammen, hebt ein Bein und drückt den Hund zu Boden. Bevor die Spinne erneut angreifen kann, richte ich meine Pistole auf sie und brenne ein Loch in ihren

Hals. Das lenkt die Kreatur kurz ab, was Orel Zeit gibt, sich auf die Spinne zu stürzen und seine Klauen in ihren Körper zu schlagen. Das ist aber nicht alles. Orel schlägt mit den Flügeln, und die sie umhüllenden Elementarklingen des Windes bewegen die Luft und unterstützen ihn dabei, die Kreatur vom Boden zu heben.

Dann konzentriere ich mich darauf, Mikito zu helfen und schlage mein Schwert gegen ein Hinterbein in Reichweite. Dadurch taumelt die Spinne, wodurch Mikito die Gelegenheit erhält, ihr den Brustkorb aufzuschlitzen. Der Rest des Kampfes zieht sich nicht mehr lange hin. Richard und die Hunde halten ihre Gegner auf, bis Mikito und ich unsere eigenen erledigt haben. Danach nutzen wir unsere zahlenmäßige Überlegenheit, um die übrigen Spinnen zu töten, die wir mühelos abschlachten.

Ich atme auf. Beim Betrachten der Spinnenleichen löst sich ein Teil der Spannung, die sich in mir aufgebaut hatte, seit Mikito auf einem Kampf bestand. Ja, das ist machbar.

Gerade, als ich den schwachen Heilzauber auf den verwundeten Hund wirken will, ruft Ali: „Angriff!" Der Hund, den ich zu berühren versuchte, macht einen Satz nach vorn und positioniert sich zwischen mir und der fliegenden Spinnenseide. Das verwundete Tier gerät ins Taumeln und der Strom aus Spinnweben schwebt weiter, klebt ihn am Asphalt fest. Ein weiterer Hund wird im klebrigen Netz gefangen und festgehalten, aber allen anderen gelingt es, dem Angriff auszuweichen. Hinter den fliegenden Netzen wuseln die übrigen Spinnen aus dem Unterholz, die Wolfsköpfe bellen vor lauter Rachsucht. Hinter der Gruppe ragt eine wirklich riesige Wexlix-Spinne auf, ein Exemplar mit dunkelgrauem Fell und leuchtend roten Augen.

Alpha-Wexlix-Spinne (Level 42 - Boss)
HP: 3280/3280

„HAUT AB!", brülle ich meinen Freunden zu, ziehe eine Plasmagranate aus meinem Inventar und werfe sie in die anstürmende Horde. Jetzt ist eindeutig der Zeitpunkt für ihren Einsatz gekommen. Ich bereue nur, dass mir die Zeit fehlt, eine zweite herauszuholen. Mikito ignoriert meinen Befehl und stürmt nach vorn, während sie ihre Angriffsfertigkeit aktiviert. Dann gleitet sie unter eine der Kreaturen und hält ihre Naginata in die Höhe, um deren Bauch aufzuschlitzen.

Auf der Ladefläche des Trucks schimpft Richard über die Frau und feuert mehrere normale Schüsse ab, bevor er es den Monstern heimzahlt, indem er eine Sekundenkleber-Patrone gegen eine Spinne in seiner Nähe einsetzt. Dann richtet er den Blick dorthin, wo die Spinne ihre Spinnenseide hingeschleudert hat. „Sie haben die Reifen eingewickelt!"

Im Freien ist die Detonation der Plasmagranate etwas weniger intensiv. Aber die Hitze und die Flammen breiten sich in einer Kugel extrem erhitzter Luft aus, die sowohl die Spinnen als auch meine Gefährten umwirft. Sabres zusätzliches Gewicht und die mir verliehene Stärke sorgen dafür, dass ich auf den Beinen bleibe. Ich sehe, wie Mikito sich langsam aufrappelt und auf ihre Stangenwaffe stützt. Der Körper der Spinne, unter dem sie sich befand, hat sie teilweise abgeschirmt. Ich nutze die gewonnene Zeit, sprinte nach vorn und enthaupte eine junge Spinne, während sich unsere Feinde wieder fangen. Orel kreischt vor Wut, stürzt sich vom Himmel herab und hebt eine weitere Spinne hoch. Dann kreist der Adler nach oben, um an Höhe zu gewinnen und den Gegner fallen zu lassen. Die übrigen erwachsenen Spinnen, darunter der Boss, erholen sich rasch. Daher bleibt mir nichts anderes übrig, als mich ins Getümmel zu stürzen, um die Kreaturen von meinen Kameraden abzulenken.

Aber es sind viel zu viele, als dass ich eine Chance hätte, alle von ihnen abzulenken. Dem verwundeten schwarzweißen Husky reißen die Spinnen die Kehle heraus, da er im Spinnennetz feststeckt und nicht ausweichen kann. Ein weiterer Hund wird von einem Spinnenbein an der Seite getroffen. Dann richtet sich die Kreatur auf, um ihn zu erledigen. Richard brüllt vor Wut und gibt einen Schuss nach dem anderen auf die Spinne ab. Schließlich durchbohrt er die Brust der Kreatur, die auf seinen Hund fällt.

All das nehme ich nur bruchstückhaft wahr, da ich inmitten der Spinnenhorde herumwirble und angreife. Ein Bein prallt gegen meine Schulter und stößt mich weg. Ich nutze den Schwung, um einen weiteren Fuß abzuhacken, der sich mir nähert. Ich habe keine Zeit zum Nachdenken und reagiere rein instinktiv, als Zähne und Klauen aus allen Richtungen auf mich zukommen. Gelegentlich taucht Ali während des Kampfes auf und sorgt für zusätzliche Verwirrung. Die Angriffe durchdringen seine körperlose Gestalt, wodurch ich jeweils ein wenig Zeit gewinne.

Während des Kampfes erblicke ich Mikito. Ihr Gesichtsausdruck spiegelt intensive Konzentration und Wut wieder. Sie zieht ihre Lippen zurück und Blut tropft aus einer Wunde an der Seite ihres Gesichts. Ihre Haut ist gerötet, als hätte sie sich zu lange in der Sonne aufgehalten, und einige Strähnen ihrer langen, schwarzen Haare sind verbrannt. Die Naginata wirbelt in einem Tanz aus Licht und Feuer durch die Luft. Sie trennt erst ein Bein ab, dann ein zweites und drittes. Anschließend bohrt sich die Waffe in die Kehle ihres Gegners. All dies spielt sich in der kurzen Zeitspanne ab, während ich ausatme. Noch während sie den Feind erledigt, weicht sie instinktiv einem seitlich geführten Sprung und Biss aus und rammt das Ende ihrer Stangenwaffe in die Kehle dieses Gegners.

Eine zeitlich falsch abgestimmte Blockierbewegung führt dazu, dass das Maul einer Wexlix-Spinne meinen rechten Arm packt und versucht, diesen zu zerquetschen und zu zerreißen. Mehrere hundert Pfund Druck werden ausgeübt, und ich spüre, wie meine Knochen selbst unterhalb der Rüstung zu brechen beginnen. Ich lasse die Klinge aus dieser Hand verschwinden und übertrage sie in die Linke. Ich winkle meinen Schnitt so ab, dass ich die Kehle durchschneiden kann, die sich so einladend präsentiert.

Selbst, als das Blut spritzt und die nach vorne kippende Kreatur mich aus dem Gleichgewicht bringt, trifft mich ein weiterer Schlag von hinten und ich rutsche über den Asphalt. Bevor ich mich aufrappeln kann, durchbohrt ein Spinnenbein meine Rüstung am Unterleib und drückt mich mit dem Gesicht nach unten gegen den Boden. Ich schreie in meinen Helm, aktiviere den QSM und verschwinde unter dem mich zerquetschenden Bein, so dass ich weiterkriechen und meinen Angreifer erkennen kann.

Alpha-Wexlix-Spinne (Level 42 - Boss)
HP: 2430/3280

Ich weiß, dass die Kreatur sich nicht direkt im Detonationsbereich der Plasmagranate aufhielt, aber relativ nahe dran war. In Gedanken stöhne ich und ziehe mich zurück. Ich brauche Freiraum, während mir all das durch den Kopf geht. Blut tropft aus meiner Wunde, aber Sabre reagiert auf den Schaden und übt durch eine elektronische Umhüllung Druck auf meine Magengegend aus, so dass die Blutung verlangsamt wird. Momentan unterdrückt der Adrenalinschub einen Großteil der Schmerzen, aber ich bin mir bewusst, dass sie noch stärker zurückkehren werden, falls ich nun stehenbleibe.

Mir fehlt die Zeit, um die Wunde richtig zu versorgen. Nach der vorübergehenden Verwirrung über das Verschwinden ihrer Beute eilt die Alpha-Spinne nun zum Truck, auf dem Richard steht. Dazu lasse ich es aber nicht kommen, nehme Anlauf und springe hoch. Dabei rufe ich das Schwert herbei, halte es mit beiden Händen fest und versuche, auf dem Rücken der Kreatur zu landen. Kurz zuvor deaktiviere ich das Feld und kehre in diese Realität zurück, so dass mein Schwert die Spinne von hinten durchbohrt.

Die Klinge sinkt tief ein und durchschneidet raues Fell und Muskeln, bevor sie weiter unten auf verwundbare Organe trifft. Ich lande auf einem gebeugten Knie und einem hinter mir abgespreizten Bein und versuche, das Gleichgewicht zu halten. Dabei hoffe ich darauf, verwundbare Organe getroffen zu haben. Ich drehe die Klinge mit beiden Händen und als die Kreatur sich aufbäumt, lasse ich mich flach nach unten fallen und halte mich an der offenen Wunde fest. Ich grabe meine Hände in den Rücken der Spinne und zerquetsche das Fleisch, während ich versuche, auf dem Monster zu bleiben.

Während ich den Spinnen-Boss ablenke, greifen meine Gefährten die restlichen Spinnen an. Orel kehrt zurück, nachdem der Adler ein Opfer fallengelassen hat. Diesmal landet er auf einem anderen Wolf und tötet diesen, indem sein Schnabel den Nacken und das Rückgrat der Kreatur zerfleischt. Richard setzt nun Kugeln ein. Jeder Schuss reißt ein Loch in die Spinnen, auf die er zielt. Dadurch entsteht eine schmerzhafte Ablenkung, die es den Huskys erlaubt, die Monster zu erledigen. Mikito scheint ihre Naginata im Körper einer Spinne verloren zu haben. Daher kämpft sie nun mit zwei leuchtenden Krummschwertern, die sie mit Finesse und hohem Tempo einsetzt.

Da die Alpha-Spinne mich nicht abwerfen kann, wirbelt sie wieder in Richtung des Trucks und stürzt sich ohne Vorwarnung auf Richard. Richards kampferprobte Instinkte warnen ihn rechtzeitig, so dass er in letzter Sekunde von der Ladefläche springt. Aber er entkommt nicht ganz, und als er ausweicht, beißen die Fangzähne der Kreatur zu und reißen ihm den Fuß ab. Einen Augenblick lang sehe ich Lanas Gesicht vor mir, denn ich erkenne, dass Richard an der Schwelle des Todes steht. Das Zentrum der Stille, in dem ich kämpfe, verflüchtigt sich. Stattdessen wallt Zorn in mir auf, dieselbe kalte, wütende Fokussiertheit, die ich in Haines Junction gespürt habe. Meine Welt reduziert sich auf ein einziges Ziel – dieses Ding zu eliminieren, bevor es noch jemanden verletzt. Als die Alpha-Spinne versucht, sich auf dem Truck im Gleichgewicht zu halten, schiebe ich meinem linken Arm bis zur Schulter in die Wunde und greife nach jedem Organ in meiner Reichweite.

Die Spinne bäumt sich auf und heult vor Überraschung und Wut auf, während ich in ihrem Unterleib herumsuche und ein schleimiges, zähes Etwas packe. Sobald meine Position gefestigt ist, lasse ich das Schwert in meiner rechten Hand erscheinen und stoße es in den Spinnenleib. Ich drehe das Schwert herum und greife immer wieder aufs Neue an. Als die Kreatur sich gegen den Truck wirft, um mich loszuwerden, schicke ich das Schwert nicht weg, sondern lege mein Gewicht darauf, so dass die Bewegung der Spinne die Wunde verbreitert.

Ich bin mir nicht sicher, wie lange dieser Zustand anhält. Meine gesamte Welt wird vom Bedürfnis durchflutet, diese Kreatur und all ihre Artgenossen zu töten. Ich nehme verschwommen wahr, dass während des schier endlosen Springens und Zustechens ein Baum zerschmettert wurde. Als die Alpha-Spinne schließlich bewegungslos am Boden liegt, befinde ich mich alleine im Wald, hundert Meter vom ursprünglichen Schlachtfeld entfernt. Ali schwebt über mir, schweigend und mit besorgter Miene. Es ist widerlich und ekelhaft, meinen Arm aus den Innereien der Spinnen zu ziehen. Wieder einmal wünsche ich mir, die Leichen würden sich wie durch Magie von selbst auflösen.

Nachdem ich mich endlich aus der Kreatur befreit habe, sinke ich auf die Knie und versuche, meine Selbstbeherrschung wiederzugewinnen. Kurz darauf spüre ich die Nachwirkungen. Mein gesamter Körper zittert und ich muss den Helm abnehmen, um mich dann zu übergeben. Aber der Schmerz zwingt mich wieder auf die Beine, da meine Bauchwunde sich bemerkbar macht. Als der Geruch mich schließlich erreicht, würge ich erneut und mein Magen verkrampft sich um die offene Wunde. Dann sacke ich mit schmerzverzerrtem Gesicht zur Seite.

„Junge?", flüstert Ali besorgt, nachdem ich schließlich lange genug mit dem Zitterten und Wimmern aufhöre und einen schwachen Heilzauber auf mich wirke. Die vom System unterstützten Regenerationsfähigkeiten wirken sich ebenfalls hilfreich aus und reparieren meinen Körper, obwohl ich ihn durch mein Kotzen beschädige.

„Mir geht's gut. Mir geht's gut." Ich schließe die Augen. Der Schmerz vertreibt meine Wut. Ich arbeite an meiner Selbstbeherrschung und baue meine Mauern wieder auf, während ich den Zorn wegstecke. „Die anderen?"

„In Sicherheit. Verwundet, aber in Sicherheit", antwortet Ali und ich nicke. Ich richte mich langsam auf und eile zu meinen Gefährten, um eine leichte Heilung auf sie zu wirken. Mikito hat bereits Richards Bein bandagiert. Der Verlust seines Fußes scheint den Mann weniger zu kümmern als der Tod seines Hundes. Ich bereue es, mir nicht die Mühe gemacht zu haben, die Namen der Hunde in Erfahrung zu bringen. Beim Anblick von Richards Trauer nehme ich mir vor, es in Zukunft anders zu machen. Richard hält schluchzend die Hundeleiche fest, während die anderen Tiere darum herumschnüffeln und gelegentlich aufheulen. Ich kann lediglich meinen schwachen Heilzauber auf beide wirken, um den Heilungsprozess zu beschleunigen.

Ali schwebt zu mir hin. Auf seinem Gesicht erkenne ich wieder das übliche hämische Grinsen, während er die Finger bewegt und zwei Benachrichtigungen erscheinen lässt. „Herzlichen Glückwunsch, mein Junge. Dein erster Boss-Kill."

Herzlichen Glückwunsch! Alpha-Wexlix-Spinne – Boss getötet
+11.700 EP

Levelaufstieg!
Du hast Level 12 als Erethra-Ehrengarde erreicht. Wertepunkte werden automatisch verteilt. Du darfst 14 Gratis-Attribute verteilen.

Nach dem Lesen dieser Zeilen wirke ich einen weiteren Heilzauber auf Mikito, bevor ich mich wieder Ali zuwende, der seinen Vortrag fortsetzt. „Es hätte schlimmer sein können. Anscheinend ist es aber mit dem Anfängermodus vorbei, wenn jetzt Bossmonster erscheinen."

„Das hast du vorher erwähnt. Könntest du uns eine genauere Erklärung liefern?", bitte ich ihn. Was das angeht, ist es deutlich besser, echte Fakten zu hören.

„Ein Bossmonster ist Anführer einer Gruppe von Monstern und immer das stärkste Biest. In den meisten Fällen steigert seine Anwesenheit die

Fortpflanzungs- und Mutationsraten der Gruppe." Ali schüttelt den Kopf. „Gut, dass du es getötet hast. Wexlix-Spinnen sind brutale Raubtiere und hätten mühelos den Schwierigkeitsgrad der gesamten Gegend hier in die Höhe getrieben. Natürlich gibt es dort draußen noch Schlimmeres."

Ich betrachte das Blutbad, die Leiche von Richards Hund und unsere eigenen Verwundungen. Seine Worte lassen mich frösteln und ich starre in die Wildnis hinaus. Falls Ali recht hatte, können sich dort draußen weitere Monsterhorden vermehren. Uns völlig unbekannte Kreaturen könnten sich ungezügelt fortpflanzen, bis die Horde uns in einer unaufhaltsamen Welle überschwemmt. Ali beobachtet meine Reaktion und nickt ernsthaft. Für uns wird die Zeit knapp.

Kapitel 14

Ich schweige, während wir die Spinnenleichen plündern und Richard mitsamt den Hunden in den Truck bringen. Ich schweige, während Mikito und ich auf Alis Drängen hin den Wald voller Spinnweben betreten und dort die Spinneneier aufsammeln, um sie später zu verkaufen. Ich schweige, während wir zurückfahren und Richard mit Ali beim Shop absetzen.

Nachdem Richard weg ist, fauche ich Mikito an: „Was zum Teufel hast du dir dabei gedacht?" Sie betrachtet mich mit einer stoischen Miene. Ich hebe den Finger und fahre fort. „Ich habe gesagt, ihr sollt abhauen. Das war eine Plasmagranate, verdammt noch mal! Wärst du etwas näher dran gewesen, wärst du gestorben. Es war reines Glück, dass du überlebt hast. Richard ist dort geblieben, weil du dich geweigert hast, zu fliehen. Genau aus dem Grund ist er beinahe umgekommen, verdammt noch mal. Und mich hätte es auch fast erwischt."

Sie schielt zur Seite und weicht meinem Blick aus, während ich knurre und den Finger hebe. „Wage es bloß nicht, das je wieder zu tun. Wenn ich sage, du sollst fliehen, haust du ab. Wenn Richard dir dasselbe sagt, haust du ab. Wenn du im Kampf nicht auf uns hörst, geht einer von uns dabei drauf."

Mikito erwidert kurz meinen Blick, bevor sie den Kopf erneut senkt und ihre Hand die Naginata umklammert. Während ich spreche, zuckt sie leicht mit dem Kopf. Dann steht sie wortlos auf, geht zum Kristall, berührt diesen und verschwindet im Shop. Ich verziehe das Gesicht, da ich vor lauter Wut auf diese verrückte Frau bebe. Verdammte Scheiße!

Trotzdem bin ich mir in gewisser Weise bewusst, dass sie nicht die einzige ist, auf die ich wütend bin. Ich bin sauer auf mich selbst, weil ich es zugelassen habe, und auf das System ebenfalls. Ich dachte, ich würde es allmählich beherrschen. Glaubte zu wissen, was ich zu erwarten hatte. Aber jedes Mal wird alles noch viel schlimmer – mehr Monster, höherstufige Monster, Bossmonster. Danach kommen wohl die Monsterhorden.

„Abenteurer Lee, wenn ich mich nicht irre?", sagt eine weltmännische und kultivierte Stimme, bei der es mir kalt den Rücken herunterläuft. Beim Umdrehen entdecke ich Roxley und bin wieder einmal überrascht von seinem attraktiven Äußeren. Zierliche Gesichtszüge, die dennoch auf die Stärke seines Körpers verweisen. Eine dominante Aura, die Aufmerksamkeit auf sich zieht. Ich blinzle, als mir klar wird, dass ich ihn vermutlich länger angestarrt habe, als angebracht ist.

„Ja, Sir", antworte ich sofort und überlege mir dann, wie ich ihn eigentlich nennen sollte. *Lord* hört sich so hochtrabend an, aber das ist er nun einmal.

„Und wo ist Ihr Begleiter?" Roxley blickt mit der Andeutung eines Lächelns um sich.

„Bei einem Freund. Sie verkaufen unsere Beute", sage ich, als mir etwas einfällt. „Oh, und davon abgesehen gibt es ein paar Dinge, die Sie vielleicht erfahren möchten."

„Dann erzählen Sie mal", sagt Roxley.

„Ja, also", sage ich und halte dann inne, da ich erwäge, ihn um eine Belohnung zu bitten. Dann aber entscheide ich mich gegen diese Idee. Bisher war er ziemlich großzügig, und sein Wohlwollen könnte mehr wert sein als Bargeld. Es ist wichtig, alte Freunde zu haben. „Erstens, haben Sie gewusst, dass neben der Kreuzung bei Carcross ein Fort existiert? Das gehört jetzt mir, gewissermaßen, aber ja, da ist ein Fort. Außerdem gibt es jetzt Bossmonster."

„Wirklich. Ein Fort?" Roxley lächelt flüchtig und mustert mich, während ich seinen Blick erwidere. „Sie hatten es ja extrem eilig, Grundeigentum zu erwerben, oder?"

„Ja, das würde ich sagen", antworte ich schulterzuckend, wobei auf meinen Lippen ein sanftes Lächeln erscheint.

„Ich bin mir sicher, diese Geschichte wäre extrem interessant. Allerdings war ich gerade zum Mittagessen unterwegs", sagt Roxley mit einem Nicken. „Abenteurer Lee."

„Lord Roxley", antworte ich automatisch und versuche, mein Gehirn wieder in Gang zu bringen. Der Wechsel meiner Emotionen von Wut zu Angst zu Lust, und alles davon innerhalb kürzester Zeit, scheint dort einen Kurzschluss verursacht zu haben. Oder vielleicht bilde ich mir das nur ein.

Während Roxley zur Tür schreitet, bleibt er stehen und lächelt. „Möchten Sie mir Gesellschaft leisten, während Sie auf Ihre Freunde warten? Dann können Sie mir mehr über das Fort und diese Bossmonster erzählen."

„Äh ...", antworte ich und stelle dann fest, dass mein Magen knurrt. Anscheinend verbrennt all das Herumgerenne, das Kämpfen, Töten und Heilen eine Menge Kalorien. „Selbstverständlich."

***

Das Mittagessen selbst ist fantastisch. Ich starre auf das Geschirr und kratze den Rest der Nachspeise mit dem Göffel, der hier das bevorzugte Essbesteck zu sein scheint, vom Teller. Dann lehne ich mich zurück und seufze zufrieden. Roxley beobachtet mich mit einem Lächeln. „Schön zu sehen, dass unsere Zivilisationen einen ähnlichen Geschmack haben."

Ich blinzle, nicke und richte mich auf. „Ja."

„Es überrascht mich, dass die Urike-Tentakel Ihnen keine Schwierigkeiten bereitet haben. Meines Wissens sind Nordamerikaner recht wählerisch", sagt Roxley. Ich weiß genau, welches Gericht er meint. Es glich einem lila Kuddelmuddel von Saugnäpfen und zuckendem Fleisch.

„Na ja, meine Familie ist chinesischer Abstammung. Und ich wurde in Kanada geboren. Mein Vater war sehr traditionell eingestellt, daher habe ich als Kind alles Mögliche gegessen", erkläre ich mit einem Lächeln, wobei ich mich an eine Suppe mit Schweinshirn und Schlangenblut-Shakes erinnere. Ja, die Reisen in die Heimatstadt meines Vaters waren stets interessant. Bald schon hatte ich mich daran gewöhnt, alles zu essen.

„Ich verstehe", sagt Roxley und starrt gedankenabwesend vor sich hin, bevor seine dunklen Augen sich erneut auf mich richten. „Ein Schmelztiegel der Kulturen also. Interessant."

Ich nicke zu seinen Worten und nippe am Wasser, das auf meine Bitte hin serviert wurde. Während des Essens hat Roxley die Geschichte des Forts und der Wexlix-Spinnen aus mir herausgequetscht. Allerdings schienen ihm die Hakarta deutlich mehr Sorgen zu bereiten als die Spinnen. Andererseits hatte er wohl mit dem Erscheinen der Bossmonster gerechnet.

Verdammt noch mal, ich kann es nicht ausstehen, dass ich im Dunklen umhertappe und so viel weniger weiß als alle anderen. Das erinnert mich daran, als Kind mehrmals an eine neue Schule gekommen zu sein. Ich wusste nie, wo alles war, kollidierte stets mit existierenden Freundschaften und übersah die subtilen Hinweise, die alle die verstanden, die schon länger dort waren. Flirte nicht mit dieser Person. Rede nicht mit jener. Dieser Lehrer ist besonders streng.

„Abenteurer Lee?", sagt Roxley erneut und ich blinzle, als ich in die Gegenwart zurückkehre.

„Tut mir leid!"

„Auch wenn all das ausgesprochen anregend war, sollten wir es vielleicht ein anderes Mal fortsetzen, nicht wahr? Ich muss mich um andere Dinge kümmern", sagt Roxley, während er vom Tisch aufsteht. Ich folge hastig seinem Beispiel.

„Danke", sage ich und strecke meine Hand aus. Er wirft einen verwirrten Blick darauf und schüttelt sie dann einmal, bevor er loslässt und sich zum Gehen wendet.

Bei der Tür angekommen dreht er sich um und sagt: „Mein Begleiter wird den Ihrigen kontaktieren, um an das Gespräch anzuknüpfen." Nach diesen Worten rauscht er davon. Ich starre ihm kurz hinterher, blinzle und gehe dann zum Shop hinunter. Das war ja interessant.

***

„Bossmonster?", quietscht Mr. Lakai mit weit aufgerissenen, glotzenden Augen.

„Wie gesagt handelt es sich dabei um stärkere Anführer normaler Monster. Sie erhöhen die Geschwindigkeit der Fortpflanzung und Mutation ihrer Artgenossen", wiederholt Richard, der nun wieder auf zwei Beinen steht. Ich blicke um mich und staune über den Shop. Die Regeneration seines Fußes war nicht so teuer wie erwartet, und wir haben genug verdient, um Xev für Sabres vollständige Reparatur zu bezahlen.

„Ja, herzlichen Dank für die Informationen, Mr. Pearson", sagt Fred und befiehlt Mr. Lakai mit einer Geste, sich hinzusetzen. Dieser folgt der Aufforderung wie der brave kleine Lakai, der er ist. Als er uns mit Blicken erdolcht, kann ich ein Grinsen nicht unterdrücken. „Das sind schockierende Nachrichten. Der Stadtrat wird diskutieren, was zu tun ist."

Ich blinzle und starre ihn an. Was zu tun ist? Tun? Mir fällt nicht viel mehr ein als unsere momentanen Bemühungen. Vielleicht strengen wir uns mit den Levelaufstiegen etwas mehr an, werden härter, bauen eine Miliz auf und errichten Abwehrstellungen? Na gut, irgendetwas könnte man mit Sicherheit tun.

„In der Zwischenzeit ... könnte Ihre Gruppe weiterhin diese Kreaturen im Auftrag des Stadtrats aufspüren und angreifen?", fragt Fred und beugt sich nach vorn. „Ihre Aktionen werden die Situation dieser Stadt mit sofortiger Wirkung verbessern, während wir an anderen Optionen arbeiten."

Quest erhalten (Wiederholbar) – *Töte die Bossmonster in der Nähe von Whitehorse*

In der Umgebung von Whitehorse erscheinen Bossmonster. Um die Gefahr einer Monsterhorde zu verringern, musst du die Bossmonster töten, bevor sie zu stark werden. Eliminiere 4 Bossmonster, um die Quest abzuschließen.
Belohnung: 20.000 EP

Ich blinzle die Quest an. Richard tut dasselbe und bewegt dann die Hand zur Seite, vermutlich mit der Absicht, den Bildschirm verschwinden zu lassen. Arschloch. Wenn wir uns auf die unmittelbare Umgebung von Whitehorse beschränken, dürften die Bosse leichter zu besiegen sein. Das wäre sogar eine einfache Möglichkeit, das System auszunutzen. Ich spüre, wie meine Schultern sich etwas entspannen, als ich die Angelegenheit rational betrachte. Denn die Erinnerung an die Kreatur, die mich zu Boden gedrückt hat, spukt mir immer noch im Kopf herum.

Dann redet Richard weiter, und ich seufze und höre ihm wieder zu. Zwar rechne ich nicht damit, etwas Nützliches zu erfahren, aber man weiß ja nie.

***

Es ist nicht gerade überraschend, dass Lana nicht sonderlich erfreut ist, unsere Geschichte zu hören. Sie wirft allen von uns finstere Blicke zu und stapft dann davon. Wir betrachten die Zutaten und fragen uns, ob es ein Abendessen geben wird. Dann sitzen wir verlegen 15 Minuten lang herum und rätseln, ob sie zurückkehren wird. Schließlich geben wir es auf und Mikito übernimmt das Kochen.

„John", sagt Richard, als ich in die Richtung starre, in die seine Schwester entschwunden ist.

„Ja?" Ich blicke ihn schuldbewusst an und hoffe, dass ihm meine Gedanken verborgen geblieben sind.

„Wir haben uns darüber unterhalten, ob es möglich wäre, das Licht einzuschalten, wenn du genug Credits hättest."

„Na klar. Das hängt von der Methode ab, kostet aber gar nicht so viel. Wir brauchen nur einen Mana-Motor und eine Batterie für den Generator, was relativ preiswert ist. Ungefähr fünfhundert Credits", antworte ich und zucke dann mit den Schultern. „Aber momentan habe ich nicht genug."

„Ja, was das betrifft ..." Richard macht eine Handbewegung und ich sehe eine Überweisungsbenachrichtigung. „Betrachte es als Miete."

„Äh ... klar", sage ich und akzeptiere das Geld, mit dem ich sofort einen Generator kaufe. Ich lächle, als ich die Veränderung um uns herum spüre. Ich gehe zum Lichtschalter und teste diesen, bevor ich ihn wieder nach unten drücke. „Das ist garantiert nützlich."

Richard nickt und lächelt. Momentan ist es noch hell genug und eine Beleuchtung überflüssig, aber immerhin haben wir wieder Strom, obwohl unsere elektronischen Geräte defekt sind. Oh, vielleicht könnten wir jemanden anheuern, der einen Fernseher repariert.

Mikito winkt uns zu und bringt uns in die Realität zurück, als sie die Teller vor uns hinstellt. Ich nicke dankbar, und Richard ebenfalls. Dann konzentrieren wir uns ganz aufs Essen.

„Werden wir es tun? Die Bosse jagen?", fragt Richard und ich blinzle, während ich mir die mit Fleisch beladene Gabel vor die Lippen halte. Ich runzle die Stirn, schiebe mir das Fleisch in den Mund und kaue darauf herum. Dann richte ich den Blick auf Ali, der nur mit den Schultern zuckt. Rausgehen, jagen, Carcross besuchen, kämpfen. Irgendwie hat es schon Spaß gemacht, mal abgesehen von der Notwendigkeit. Aber nach den heutigen Ereignissen ist die Bedrohung zu real geworden. Wenn es da sonst noch jemanden gäbe ...

„Es ist nicht gerade eine tolle Quest", kommentiere ich, und Richard nickt zustimmend. Mikito schweigt. Wahrscheinlich, weil wir bereits wissen, wie ihre Empfehlung lautet. „Aber wenn wir ohnehin in der Gegend auf die Jagd gehen, wird die Quest nicht schaden."

Richard nickt erneut und ich konzentriere mich auf meine Mahlzeit. Dann ist es also abgemacht.

Kapitel 15

Statt uns sofort auf den Weg zu machen, jagen wir am folgenden Tag in Stadtnähe. Dabei nehmen wir neue Leute mit, um etwas Erfahrung und Fleisch einzuheimsen. Die Arbeit mit niedrigstufigen Personen ist interessant, und nach kurzer Besprechung teilt sich unser Trio in zwei Gruppen auf. Richard und seine Hunde führen eine Anfängergruppe an, Mikito und ich die andere. Dadurch decken wir im selben Zeitraum ein größeres Gebiet ab, bringen mehr Fleisch in die Stadt zurück und trainieren ein paar zusätzliche Neulinge. Natürlich bringt uns dieses Vorgehen praktisch keine Erfahrungspunkte ein, aber im Vergleich zum Vortag ist der Tempowechsel recht angenehm. Zwar kann ich nicht in Sabre herumwandern, aber im Team werden Mikito und ich recht mühelos mit den Monstern fertig, denen wir begegnen.

Wir behalten die Gruppen jeweils einen halben Tag lang bei uns. Wenn wir sie dann zurückbringen, sind die meisten Mitglieder um mindestens zwei Levels aufgestiegen. Es wird eine Weile dauern, bis wir die Mehrheit von ihnen auf ordentliche Level bringen. Aber meines Wissens nehmen sogar die normalen Jägergruppen mittlerweile ein oder zwei der talentiertesten Anfänger mit.

Das Problem liegt vor allem bei der Ausrüstung. Wenn wir einige dieser Gruppen richtig ausstatten könnten, wären sie in der Lage, selbstständig auf die Jagd zu gehen. Leider müssen sie sich auf uns verlassen, bis sie sich selbst eine bessere Ausrüstung leisten können. Allerdings gestaltet sich die Finanzierung für sie schwierig, da wir einen Großteil der Beute als Lohn für unseren Zeitaufwand beanspruchen. Es ist deutlich weniger, als wir bei der eigenständigen Jagd verdienen würden, aber besser als gar nichts.

Am Abend betrete ich den Shop. Unglücklicherweise ist mein erstes Gewehr zu stark beschädigt, daher bin ich gezwungen, ein neues zu erwerben. Mein Anteil der Beute und des Bosskampfes sollte dafür hoffentlich ausreichen.

Ferlix-Doppelstrahlengewehr Typ II (modifiziert)
Grundschaden: 57
Akkukapazität: 17/17
Nachladerate: 1 pro Stunde pro GME (momentan 12)

Ja, die Akkukapazität ist etwas niedriger, der Grundschaden hingegen deutlich höher. Außerdem ist es mir gelungen, die Manabatterie des anderen Gewehrs auszubauen. Nun habe ich im Notfall die Möglichkeit, sie in der neuen Waffe zu verwenden. Hoffentlich kommt es nicht so weit. Ich gehe nach draußen, setze mich auf Sabre und seufze, als ich meinen Kontostand sehe. Scheißwelt. Die Credits verschwinden genauso schnell, wie ich sie mir verdiene – Sabres Reparatur, neue Waffen, meine eigene Heilung, das Erlernen neuer Fertigkeiten. Die Liste ist endlos und die einzige Möglichkeit, Geld zu verdienen – zumindest für mich – besteht darin, da rauszugehen und mein Leben zu riskieren. Immer wieder. Ich atme tief ein, dann langsam wieder aus. Na gut. Was ist, das ist.

***

„Wo ist Richard?", frage ich und setze mich neben Lana und Mikito.

„Mmm ... bei einer seiner ‚Bekannten', glaube ich." Lana verzieht leicht die Lippen und wedelt mit der Hand in Richtung der Haustür. „Soweit ich weiß, ist er inzwischen extrem beliebt."

Ich deute ein Nicken an, da ich mich daran erinnere, dass seine Gruppe größtenteils aus Frauen bestand. Sein höherer Charisma-Wert bringt wohl gewisse Vorteile mit sich. Nach kurzem Zögern konzentriere ich mich ganz aufs Abendessen und murmle Lana zu, wie gut es schmeckt. Die Unterhaltung gleitet bald in Banalitäten ab. Meistens spricht Lana, da Mikito und ich wissen, was wir geleistet haben.

„Der Stadtrat hat Jim und seine Gruppe heute zum Damm geschickt, und sie haben das Gebiet nach Monstern abgesucht. Die Stadtratsmitglieder können sich den Kauf momentan nicht leisten. Allerdings denken sie, dass es mit etwas Anstrengung zumindest möglich wäre, die Notablassventile vollständig zu öffnen. Somit wäre der Damm keine Bedrohung mehr", erklärt Lana, und ich nicke. Na so was. Diese Problematik ging komplett an mir vorbei, aber es ist gut, dass sich jemand darum kümmert. Als ein Mädchen auf mich zurennt, schnaufe ich kurz, ziehe einen kleinen Schokoriegel aus meinem Inventar und überreiche ihn. Das Mädchen grinst, umarmt mich und hüpft davon. Mir fällt auf, dass sowohl Lana als auch Mikito mich ansehen.

„Schlimm", sagt Mikito und deutet mit dem Finger auf mich, aber ich zucke lediglich mit den Achseln. Ich habe nun einmal eine Schwäche für Schokolade – und die Kinder hier kriegen heutzutage nur selten Süßigkeiten.

Als wir mit dem Essen fertig sind, übernimmt Mikito den Abwasch, während Lana mich am Arm packt und in den Garten zieht. Sie wirft die übriggebliebenen Knochen nach draußen, woraufhin sich die Hunde darum streiten. Dann wendet sie sich mir zu, wobei ihre bis zur Taille reichenden roten Haare über ihrem Po hin und her schwingen.

„John, du gehst doch morgen wieder mit meinem Bruder raus, oder?", fragt Lana und ich nicke zustimmend. Sie schürzt die Lippen und weiß offensichtlich nicht so recht, was sie als Nächstes sagen soll. Sie verschränkt ihre Arme unter dem Busen. Schließlich schnaubt sie sanft und sagt: „Ich kann dich nicht davon abhalten. Oder ihn. Verbiete ich es ihm, würde er trotzdem gehen. Pass einfach auf ihn auf, ja? Er ist mein kleiner Bruder und, na ja, recht dumm."

Ich ächze und kratze mich am Kopf, während sie das sagt. Dann schaue ich wieder ins Haus, wo Mikito schweigend die Teller wäscht. „Ich werde es versuchen, aber ..."

„Ich weiß. Ich weiß, dass es dort nicht sicher ist. Sei einfach vorsichtig, bitte. Er ist mit einem Fuß weniger zurückgekehrt. Und Jim verliert alle paar

Tage mal jemanden. Erst gestern ist eine halbe Jagdgruppe draufgegangen", sagt Lana und schlingt die Arme fester um sich. „Ich kann einfach nicht ... falls ich ihn verliere ..."

Ich nicke und nach kurzem Zögern trete ich zu ihr, um sie zu umarmen. Zunächst wirkt sie steif, entspannt sich dann aber und zittert in meiner Umarmung. Einen Moment lang ignoriere ich den Druck auf meiner Brust, meine eigenen Ängste und Verluste. Ich werde später noch die Gelegenheit haben, mich damit zu befassen.

***

Am nächsten Morgen sehe ich Richard mit dem Truck heranrollen. Auf sein Pfeifen hin rennen die Hunde aus dem Garten, um auf die Ladefläche zu springen. Zeit für die Jagd.

***

„Warum bin ich schon wieder hier?", flüstere ich Richard zu, als ich mich einige Tage später im Konferenzraum umsehe. Er schneidet eine Grimasse und tritt unter dem Tisch mit einem Fuß nach mir. Ich atme scharf aus und lehne mich zurück. Na schön, er hat ja recht.

„Wir können unserer Bevölkerung keine neuen Bürger hinzufügen. Momentan erhalten Nicht-Kämpfer eine tägliche Ration von 1400 Kalorien, was die empfohlenen Werte deutlich unterschreitet. Diese Rationen müssen wir ab nächster Woche auf 1000 Kalorien reduzieren, sobald die letzten leichtverderblichen Lebensmittel aufgebraucht worden sind. Noch schlimmer ist, dass ein Großteil davon Eiweiß darstellt, unsere zuverlässigste Nahrungsquelle", sagt Miranda, verlagert das Gewicht nach vorn und fixiert sowohl mich als auch Richard. Mikito hat sich mit der Ausrede verdrückt, sie müsse neue Leute für Kampfklassen trainieren. Diesmal ist es ihr sogar gelungen, Lana mitzuschleppen. Was bedeutet, dass wir beide uns mit dieser Sitzung herumschlagen dürfen. „Es wird uns an Obst und Gemüse mangeln, bis wir unsere erste Ernte einfahren."

„Soll das heißen, dass wir diese Menschen da draußen in der Wildnis sich selbst überlassen?" Norman, der in der Ecke sitzt, führt die Fingerspitzen zusammen und richtet den Blick auf Miranda.

„Wir können sie hier nicht aufnehmen", wiederholt Miranda und fügt hinzu: „Dafür haben wir einfach nicht genügend Ressourcen, es sei denn, die Jäger geben einen größeren Prozentsatz ihrer Einkünfte ab."

Jim schüttelt den Kopf. Als die anderen Jäger hinter ihm grummeln, unterbricht er sie: „Wir verzichten bereits auf mehr als 30 % unserer Credits. Credits, die wir für bessere Ausrüstung und Fertigkeiten brauchen."

„Was ist mit dem Rabenzirkel und Richards Gruppe?", fügt der Lakai hinzu und starrt Nic und Richard an. „Soweit ich weiß, leisten sie überhaupt keine Beiträge an die Stadt."

„Das stimmt nicht", knurrt Nicodemus. Selbst mit gesenkter Stimme scheint er die Versammlung beinahe anzubrüllen, und der Halbriese fährt fort: „Wir spenden 10 % unserer Gesamteinkünfte. Dieser Prozentwert ist etwas niedriger, aber da wir stärkere Feinde bekämpfen, bezahlt der Zirkel insgesamt höhere Steuern als jede andere Gruppe."

„Und wir verbringen jeden zweiten Tag damit, eure Kampfklassen-Mitglieder zu trainieren, damit sie im Level aufsteigen und nützlich werden", sagt Richard und klopft mit den Fingern gegen den Tisch. „Wir haben bereits eine komplette Jagdgruppe ausgebildet, die euch jetzt zusätzliche Lebensmittel und Credits einbringt."

„Aber der Stadt gebt ihr überhaupt keine Credits ab", bohrt der Lakai nach.

„Dieses Geld geht für unsere eigenen Upgrades drauf! Ihr möchtet, dass der Zirkel und wir die Bosse erledigen. Wie zum Teufel sollen wir das ohne bessere Ausrüstung schaffen?", sagt Richard mit zorniger Miene. „Unsere letzte Begegnung mit einem Bossmonster hätten wir beinahe nicht überlebt. Ihr könnt nicht von uns erwarten, dass wir kämpfen, eure Leute ausbilden und nach anderen suchen, während wir auf eigene Credits verzichten. Der Zirkel bildet überhaupt niemanden aus!"

„Weil wir mit der Jagd auf Bossmonster beschäftigt sind", raunzt Nicodemus. „Anders als ihr lassen wir uns mit unseren Levelanstiegen nicht viel Zeit."

Fred meldet sich zu Wort und blickt von einer Gruppe zur anderen: „Bitte keine persönlichen Angriffe. Alle von uns arbeiten für die Stadt." Nachdem sich die Gemüter etwas abgekühlt haben, sagt er: „Ich bin mir bewusst, dass wir von unseren wichtigsten Gruppen viel verlangen. Aber wie Miranda sagte, brauchen wir dringend mehr Nahrung. 1000 Kalorien reichen einfach nicht aus. Dieses Problem sollten wir gemeinsam angehen."

„Warum sprechen wir nicht mit Roxley?", frage ich. Beim Gedanken daran, die Rationen der Bevölkerung weiter zu reduzieren, verkrampft sich mein Magen. Bereits jetzt sehen die aktiven Mitglieder der Kampfklassen deutlich gesünder aus als der Rest der Stadtbewohner. Ich kann mir vorstellen, wie es wäre, Hungerrationen einzuführen. Was für einen Aufruhr diese Maßnahme hervorrufen würde.

„Na ja ...", sagt Fred und blickt um sich.

„Warum würde er uns überhaupt helfen?", sagt der Lakai. Ich sehe, wie einige der anderen nicken.

„Zum einen erhebt er schon jetzt Steuern auf alles, was wir im Shop kaufen. Wenn es Steuern gibt, sollte es auch Dienstleistungen geben", sage ich achselzuckend. „Außerdem möchte er nicht, dass wir verhungern."

„Ich fühle mich nicht gut dabei", sagt einer der Stadträte, ein korpulenter Herr mit einem verkniffenen Gesicht. „Er ist ein Eindringling."

„Er erhebt bereits Steuern, ob es euch gefällt oder nicht. Also sollten wir ihn mit einbeziehen, statt ihn von diesen Sitzungen auszuschließen", erwidere ich wütend.

„Das würde seine Herrschaft legitimieren", faucht der Lakai und schüttelt den Kopf. „Ausgeschlossen."

„Dann werden Menschen verhungern", sage ich, verschränke die Arme und starre ihn an.

Die Stimmen werden lauter. Manche verlangen einen Dialog mit Roxley, während andere, etwa der Lakai, dagegen sind. Am Ende muss Fred wiederholt mit der Hand auf den Tisch klopfen, damit endlich Ruhe einkehrt. „Genug. Mr. Lee hat vorgeschlagen, dass wir die Nahrungsversorgung mit Lord Roxley besprechen. Ist jemand dafür?"

Richard unterstützt mich sofort, trotzdem verlieren wir die Abstimmung und ich schüttle knurrend den Kopf. Idioten. Dann bricht ein neuer Streit darüber aus, wie der Kauf zusätzlicher Nahrung aus dem Shop finanziert werden soll. Alle weigern sich, dafür etwas abzugeben.

Ich schweige und sehe zu, wie Fred alle anbettelt, beschwatzt und anfleht. Am Ende erklärt sich der Zirkel bereit, eine unterstützende Rolle beim Training einzunehmen, so dass wir es nur zweimal wöchentlich tun müssen. Dadurch bleibt uns mehr Zeit für die Jagd und wir verdienen Geld, von dem wir allerdings 10 % abgeben werden. Ich bin auch nicht gerade glücklich darüber, aber was kann man dagegen schon tun? Bis die lokale Wirtschaft sich wieder erholt hat, sind wir darauf angewiesen, dass das System uns die überlebensnotwendigen Kohlehydrate und das Gemüse liefert.

Nach dem Ende dieser Diskussion beginnt eine neue darüber, welche Gebäude wir als nächstes kaufen sollten. Ich grummle in mich hinein, schüttle den Kopf und lehne mich weiter zurück. Dieses ganze Gezanke geht mir derart auf die Nerven, dass ich kaum noch darauf achte und die Streitereien an mir vorbeifließen lasse.

***

„John?", wiederholt Richard. Ich muss blinzeln, als mir klar wird, dass ich eine Weile in Gedanken woanders war. Er seufzt, schüttelt den Kopf und steht auf. Alle anderen sind bereits gegangen und ich ächze, als ich gemeinsam mit ihm auf die Füße komme. „Weißt du, du solltest wirklich besser zuhören."

„Ja, ja", sage ich und winke ab. „Das ist doch alles kompletter Blödsinn. Roxley ist derjenige, mit dem sie sich unterhalten müssten."

„Ich weiß, John. Trotzdem musst du einsehen, dass es ihnen sauer aufstößt, dass er nun der Herrscher der Stadt ist. Und das nur aus dem Grund, weil er sie dem System abgekauft hat", erklärt Richard, während wir den Konferenzraum der Schule verlassen.

Ich höre ihm nickend zu, sehe mir die Bewohner der Schule an und versuche, nicht allzu sehr die Nase zu rümpfen. Sich im Fluss zu waschen ist sowohl gefährlich als auch kalt, daher tun es die Wenigsten oft genug. Und da sich in den Korridoren so viele Menschen zusammendrängen, ist der Geruch allgegenwärtig. Auf unserem Weg durch die Schule erregen wir viel geflüsterte Aufmerksamkeit. Mehr als eine Frau wirft Richard einen bewundernden Blick oder ein Lächeln zu, die er nur zu gerne erwidert.

„Richard", sagt eine junge, höchstens 18 Jahre alte Frau in einer engen Hose. Sie tritt näher und legt ihm eine Hand auf den Brustkorb. „Kommst du heute Abend vorbei? Ich könnte dich auch besuchen …"

„Heute Abend? Ich bin, äh … beschäftigt", sagt Richard und bleibt stehen.

„Das macht nichts, ich bin bereit, zu teilen", sagt sie lächelnd und fährt sich mit der Hand durch die Haare. „Wir könnten uns bei deinem Haus treffen …"

Richard bewundert ihren Körper von oben bis unten und nickt dann abrupt. „Klar …" Sie grinst, stellt sich auf die Zehenspitzen und küsst ihn vor dem Gehen auf die Lippen. Richard starrt ihren tänzelnden Bewegungen hinterher, bevor er mich und meine angehobene Augenbraue sieht. „Hey, es ist das Ende der Welt. Und sie ist ... nett."

„Ach ja", murmle ich und winke ab.

Er lacht und schüttelt den Kopf. „Wenn du nicht immer so eine finstere Miene aufsetzen würdest, hättest du auch mehr Glück."

„Keine Zeit, Richard", murmle ich und deute nach draußen. „Wir müssen Monster töten, Fertigkeiten trainieren und den Leuten helfen."

„Aber dabei kann man trotzdem Spaß haben", meint Richard.

Anstelle einer Antwort knurre ich nur. Er liegt nicht komplett falsch. Aber die Vorstellung, so zu reden, eine derartige Beziehung herzustellen und diese Art von Interaktion zu haben, ist mir unbehaglich. Dafür habe ich weder die Energie noch das Verlangen, nicht jetzt. Sex wäre ganz nett, aber davor gibt es so viel zu tun. Vielleicht später, wenn ich Zeit habe.

Beim Verlassen der Schule sehen wir uns um. Keine Spur von Mikito, also sind wir auf uns selbst gestellt. Daher setzt Richard ein leichtes Grinsen auf, verabschiedet sich von mir und marschiert davon, um sich auszuleben. Kurz, nachdem er mich verlassen hat, wird er bereits von anderen Leuten umringt und ich schüttle den Kopf. Na schön, er ist nun einmal ein vielbeschäftigter Mann.

Ich hingegen muss Monster jagen. Ich habe genug Zeit damit verschwendet, mir dieses Geschwafel anzuhören. Es ist an der Zeit, etwas Nützliches zu tun und einen Teil meiner Wut und Energie abzureagieren. Außerdem brauche ich zusätzliche Credits. Vor allem, wenn ich einige der Dinge kaufen möchte, die ich mir angesehen habe. In Gedanken rufe ich Ali herbei und ziehe ihn von dem Ort zurück, an dem er sich gerade befindet. Dann steige ich auf Sabre. Vielleicht sehe ich mir heute das Gebiet bei Fox Lake an.

***

„Runter!", rufe ich und richte mein Gewehr aus. Mikito duckt sich, um mir ein freies Schussfeld zu verschaffen. Ich feuere und schieße ein Loch in das Eidechsenwesen, gegen das sie kämpft. Mikito steht auf und wirbelt die Naginata durch die Luft, um in Schwung zu kommen. Dann schlägt sie die Klinge in die Flanke der Kreatur und erzeugt eine neue Wunde, bevor sie nach vorne stürmt und sich den Anführer vornimmt. Ich bewege mich nach links und verlasse den Kreis, um eine bessere Schussgelegenheit zu erhalten. Neben mir schnappen drei der Hunde nach der Kreatur, die Richard am Boden festgeklebt hat. Sie beißen sich in den Beinen des Monsters fest, während Richard einen Schuss nach dem anderen auf den Eidechsenmenschen abgibt.

„Rechts, Junge", ruft Ali. Ich ducke mich und richte mein Gewehr aus der Drehung heraus auf den dritten Eidechsenmenschen, der sich fauchend vor mir aufbaut. Ich schieße der Kreatur ins Gesicht und sehe sie nach hinten stolpern, bevor ich einen weiteren Schuss abgebe. Beim Anblick der Benachrichtigung, ich hätte nur noch zwei Patronen übrig, zucke ich zusammen.

„Links!", schreit Ali. Ich wirble herum und rufe mein Schwert herbei, so dass die Kreatur auf der Klinge aufgespießt wird. Der Aufprall ist derart heftig, dass das Schwert das Wesen halb durchbohrt, bevor ich ihm den Rest gebe. Dann trete ich den sterbenden Eidechsenmenschen beiseite, lasse mein Schwert verschwinden und packe mein Gewehr, um weitere Gegner aufzuspüren.

Noch bevor ich mein Gewehr ausrichten kann, stürzen sich zwei Hunde auf den letzten verbleibenden Eidechsenmenschen, der soeben erschienen ist. Dafür bin ich dankbar. Dann sehe ich mich um. Ich atme stoßweise und bin wie immer erleichtert, dass die Helmfilter den Gestank des Gefechts fernhalten. In meiner Umgebung entdecke ich nichts.

„Wir haben es geschafft!", ruft Richard, und ich atme tief aus. Mikito entspannt sich ebenfalls und beugt sich nach vorn, um die Beute aufzuheben. Als offizielle Gruppe ist es nicht notwendig, dass wir spezifische, uns zugewiesene Leichen plündern. Daher holen Mikito und ich uns die Beute von allen Monsterkörpern, während Richard und die Hunde Wache stehen.

„Verdammte Eindringlinge", murmelt Richard mit Blick auf die Eidechsen. Ich frage mich unwillkürlich, ob sie – wie die Oger – intelligent waren. Sind sie bewusst hierher gekommen, oder hielten sie sich nur als Nebenwirkung ihrer Verwandlung an diesem Ort auf? Vielleicht waren sie hier, weil sie sich genau wie Ali an das System verkauft hatten. In solchen Fällen ist das System unnachgiebig, weist aber jedem Wesen eine Rolle zu.

Mit der eingesammelten Beute machen wir uns wieder auf den Weg. Richard steuert den Truck mit Mikito auf der Ladefläche, während ich vorausspähe. Heute sind wir zu einer der kleineren Siedlungen unterwegs, um dort hoffentlich Überlebende zu finden. In dieser Hinsicht bin ich eher pessimistisch, trotzdem müssen wir es versuchen.

Eine Stunde später erreichen wir die verwahrlosten Häuser dieser Siedlung. Ich sehe mir die zerbrochenen Türen und Fenster an, sogar eine niedergerissene Hauswand, und ich muss kaum merklich den Kopf schütteln. Kleinere Gemeinden wurden am schwersten getroffen. Sie waren zu weit entfernt, um Whitehorse zu Fuß zu erreichen und hatten zu wenige Einwohner, um sich gegen große Monster zu verteidigen. Zudem hatten sie keinen Zugang zum Shop. In dieser Woche ist dies die dritte von uns besuchte Siedlung. Sie wirkt genauso verlassen wie die anderen.

Richard pfeift und die Hunde eilen voraus und beschnüffeln den Boden, während Ali seine Kreise zieht und die Umgebung absucht. Falls hier noch Menschen leben, haben sie vermutlich eine Art der Verstohlenheit erlernt, was bedeutet, dass Alis Systemsuche sie möglicherweise nicht entdeckt. Aus diesem Grund setzen wir auch die Hunde ein.

Sie schwärmen aus, und einige Minuten später bellt der schwarze Husky namens Shadow. Ich blinzle und drehe meinen Kopf in die Richtung des Geräuschs. Richard durchschaut die Lage sofort, daher betreten wir mit gezückten Waffen den Wald, um zum Hund aufzuschließen. Anscheinend haben wir doch noch jemanden gefunden.

Nach zwei Stunden Marsch durch den Wald und einem kurzen Gefecht sind wir halbwegs den Berghang hochgeklettert und nähern uns einem Bach. Ich runzle die Stirn und neige den Kopf zur Seite, als ich etwas rieche, das auch einer der Hunde anbellt. Eine kurze Überprüfung zeigt, dass hier Menschen wohnen, in deren Speiseplan eindeutig die Ballaststoffe fehlen.

Das erste Anzeichen darauf, dass hier draußen etwas lauert, ist eine Stimme: „Halt, oder ich schieße!"

Wir bleiben stehen und sehen uns um. Mikito duckt sich, und die Hunde knurren. Auf Richards Befehl hin bleiben sie hier, und kurz darauf entdecke ich einen auf uns gerichteten Gewehrlauf sowie den Männerkopf, der sich dahinter abzeichnet. Ein weißer Mann mit schütterem Haar starrt uns aus zusammengekniffenen Augen entgegen. Bei seiner Waffe handelt es sich wahrscheinlich um ein Kleinkalibergewehr.

„Immer mit der Ruhe, mein Freund", ruft Richard hinter mir, und an seinem Tonfall erkenne ich, dass er lächelt. „Wir wollen dir nichts tun. Wir möchten dich nach Whitehorse bringen, wo sich die Überlebenden versammeln und wo es sicherer ist."

„Ich glaub' euch kein Wort", sagt der Mann und schwenkt den Gewehrlauf. Noch während er spricht, flitzt Ali für ihn unsichtbar an ihm vorbei und betritt die Höhle. „Verpisst euch. Mir geht's hier gut."

„Na schön, wir zwingen dich nicht dazu. Aber würdest du die Frage mal an deine Freunde weiterreichen?", sagt Richard, und ich seufze in Gedanken. Ja, er ist nicht der einzige Nachzügler, dem wir begegnet sind – Leute, die zu misstrauisch oder zu ängstlich sind, um mit uns zu kommen. Wir können sie nicht dazu zwingen, obwohl ich gelegentlich glaube, es wäre besser so.

„Hier ist niemand sonst. Zieht Leine, ihr lockt die Monster an", antwortet der Mann mürrisch.

„John, er ist nicht alleine. Hier leben zwei Frauen und ein paar Kinder. Komm mal besser rein", lautet Alis Nachricht, und ich verziehe mein Gesicht unter dem Helm.

Ich mache einen Schritt nach vorn, die Hände an meiner Seite. „Hör mal, wir haben Verständnis. Aber wir haben etwas Essen übrig, das wir abgeben möchten. Danach gehen wir. Fertiggerichte, die du gebrauchen könntest, sogar Schokolade."

Ich sehe, wie Mikito zusammenzuckt, sich tiefer duckt und das Gewehr im Auge behält. Hinter mir verstummt Richard. Er sieht, wie ich vorwärts gehe, obwohl das Gewehr knallt und neben mir Steinsplitter hochspritzen.

„Ich habe Halt gesagt." Nun ist die Stimme höher geworden, klingt etwas nervöser.

„Ja, sorry, sorry. Ich wollte es dir nur leichter machen. Eine Sekunde." Ich beuge mich nach unten, ziehe einige meiner Fertiggerichte aus dem Inventar und lege sie auf den Boden. „Hier, ich hol noch die Schokolade ...", murmle ich. Als ich dann sehe, dass er sich etwas entspannt, geht es los.

Vor der Ankunft des Systems war ich kein Fan des Sprints. Ich war nie besonders gut darin, und das Rennen auf dem Asphalt machte meinen Knien zu schaffen. Ich war zu klein, zu langsam und zu schlecht trainiert, um ein wirklich guter Läufer zu werden. Jetzt allerdings bewege ich mich rasant. Die zwölf Meter, die uns trennen, bringe ich im Nu hinter mich, und sein reflexartig abgegebener Schuss verfehlt mich. Er erhält keine zweite Chance, da ich das Gewehr packe und zur Seite schiebe. Dann ergreife ich sein Hemd und zerre ihn mit einer Hand aus dem verborgenen Eingang. Er röchelt, als ich ihn in die Höhe halte und versucht, nach mir zu treten. Statt den Angriff abzublocken, werfe ich ihn gegen die Klippe und lasse in der anderen Hand mein Schwert erscheinen, um es ihm gegen den Hals zu drücken.

„Mikito, Richard. Er ist nicht allein. Untersucht die Höhle", rufe ich, ohne den Mann aus den Augen zu lassen. Als er versucht, nach dem Messer an seiner Seite zu greifen, schlage ich seine Hand mühelos beiseite. „Aufhören."

Ich beobachte sowohl den Mann als auch meine Umgebung, während ich meine beiden Kameraden die Höhle betreten sehe. Bald darauf höre ich Richard kurz fluchen. Ich blinzle und runzle die Stirn, dann schwebt Ali in mein Sichtfeld.

„Was ist los, Ali?", frage ich den Geist.

„Dieser Haufen Goblinscheiße hier wollte den Bergkönig spielen. Leider waren seine Untertanen nicht einverstanden und wurden von ihm misshandelt", sagt Ali und spuckt zur Seite, während er den Mann anstarrt. Als der Mann sieht, wie ich scheinbar mit der Luft rede, reißt er die Augen weit auf.

„Will ich die Details wissen?", sage ich leise, während sich mein Magen verkrampft.

„Nein", meint Ali, und ich nicke. Ich betrachte den Mann und überlege mir, ihn jetzt sofort umzubringen oder seinen Untertanen zu überlassen ...

Mikito verlässt die Höhle, kommt zu mir und schlägt dann wortlos mit der Naginata auf den Mann ein. Die Klinge erwischt ihn knapp über meinem Arm und durchschneidet seinen Unterkiefer. Ich zucke reflexartig zusammen und stoße den Mann vor mir. Ich starre Mikito an, während ich das Blut von mir schüttle. Was sie nicht einmal bemerkt, da sie schon wieder zur Höhle unterwegs ist.

„Ach du Scheiße", knurre ich und denke darüber nach, die Höhle zu betreten. Aber als Richard herauskommt, schüttelt er den Kopf. Stimmt, dieser Ort gehört nicht uns. Ich verziehe das Gesicht, als ich den zuckenden Körper betrachte und wünsche mir, er wäre nicht tödlich verwundet. Nein, es ist besser so. Dann atme ich tief durch und entferne mich vom Höhleneingang, um Wache zu halten. Verdammte Scheiße. Die Welt endet und die Menschen führen sich auf wie in *Herr der Fliegen*.

***

Stunden später kommt Mikito mit den anderen Überlebenden heraus, und dann dauert es noch einmal mehrere Stunden, bis wir die Fahrzeuge erreichen. In der Zeit dazwischen müssen wir ein Monster erledigen, das vom Geruch des Bluts angelockt wurde, und auf dem Rückweg schickt Richard mich und die Hunde vor, um Bedrohungen zu eliminieren. Mikito bleibt als Unterstützung bei den Frauen, während Richard den Nahbereich abdeckt.

Nach mehreren Stunden erreichen wir Whitehorse. Die Kinder haben während der gesamten Reise kein Wort von sich gegeben. Als ich versuche, ihnen Schokolade anzubieten, weichen sie ängstlich zurück. Ihre Augen drücken ein Wissen aus, mit dem sie noch nicht vertraut sein sollten. Ich zucke zusammen und in mir kocht die Wut.

Als wir Whitehorse erreichen, liefern wir die Überlebenden beim Stadtrat ab. Richard erklärt alles, während Mikito in der Nähe bleibt, da die Frauen sie noch nicht gehen lassen möchten. Ich beobachte die Szene vom Motorrad aus und komme mir nutzlos vor, da ich nichts dagegen tun kann.

Das Aufspüren von Überlebenden sollte etwas Gutes sein, ein Sieg. Momentan fühle ich mich nicht mehr wirklich wie ein Sieger.

***

„Ihr seid also meine Gruppe?" Ich starre den kleinen Trupp von Möchtegern-Kämpfern an, die heute meinem Team angehören. Ich mustere alle von ihnen von oben bis unten. Der untersetzte Filipino-Vater und die beiden Fitness-Junkies, die zwar kräftig aussehen, aber noch nicht im Level aufgestiegen sind. Dazu die einzige Frau der Gruppe, ausgestattet mit einem Katzen-T-Shirt und kurzen blonden Haaren. Alle nicken. Ich sehe mir ihre Waffen an, eine Mischung geborgter Gewehre und gefundener Schläger und Äxte.

„Also, ihr mit den Gewehren. Ihr könnt doch schießen, oder?" Was das angeht, möchte ich mir sicher sein. Die beiden Fitness-Freaks und die Frau nicken zustimmend. Der Filipino schüttelt lediglich den Kopf. Ich verziehe das Gesicht und deute auf ihn. „Finger weg vom Abzug. Heb das Gewehr erst, wenn du ein freies Schussfeld hast. Was bedeutet, dass dir niemand im Weg steht." Dann wende ich mich der jungen Frau zu, nehme mein Gewehr von der Schulter und überreiche es ihr. „Hat keinen Rückstoß. Ich will es aber wiederhaben."

Sie nickt dankbar, und ich bemerke, dass einer der Kerle unruhig mit den Füßen auf dem Boden scharrt und den Mund öffnet, um etwas zu sagen. Schließlich überlegt er es sich aber doch anders. Gut so.

„Die Regeln sind einfach. Ich bin vorn, ihr seid hinten. Wir durchqueren das Long-Lakes-Gebiet und suchen nach niedrigstufigen Monstern, die ihr bekämpfen könnt. Ich erwarte von euch, dass ihr unterwegs versucht, euch ganz leise zu bewegen – und diese Übung werdet ihr fortsetzen, nachdem wir für heute fertig sind. Die Verstohlenheit wird euch das Leben retten, falls ihr je auf die Jagd gehen müsst. Bleibt hinter mir, hört auf mich oder Ali und wartet auf meinen Angriffsbefehl. Wenn ich die Flucht anordne, rennt ihr bis zum letzten definierten Wartepunkt oder zur Schule. Kapiert?" Ich warte, bis sie alle nicken. Dann drehe ich mich um und marschiere los, wobei ich mit den Schultern rolle, um meine angespannten Muskeln zu lockern. Eigentlich hatte ich diesen Auftrag nicht übernehmen wollen, nicht heute. Trotzdem haben wir unser Wort gegeben.

Wie üblich vergehen die ersten Stunden für mich schleppend und langweilig, für die Anfänger hingegen nicht. Sie schreien, übergeben sich, ergreifen die Flucht und erschießen beinahe ein Gruppenmitglied, während wir die sich hier tummelnden niedrigstufigen Monster jagen. Sie übergeben sich meist dann, wenn ich sie dazu zwinge, die Leichen zu zerlegen und in ihre Taschen zu stopfen. Dabei fange ich mir mehrmals böse Blicke ein, weil ich ihnen nicht dabei helfe.

Als wir etwa drei Viertel der Trainingseinheit hinter uns gebracht haben, spreche ich sie an. „Okay, Zeit zum Bezahlen. Wenn ihr nicht wisst, wie das geht, stellt euch vor, euer Inventar mit mir zu teilen." Nach einigen Sekunden erscheinen die ersten Handelsangebote, aber einer der Fitness-Freaks verschränkt die Arme und schüttelt den Kopf. „Was ist los?"

„Nein, du hast absolut gar nichts getan. Du bist mit uns herumgelaufen, wir mussten die Monster töten, und dann willst du auch noch unser Zeug haben. Kommt nicht in Frage", sagt er, während ich mir seine Statusleiste ansehe.

„Okay, Peter. Du kannst gehen", sage ich und schicke ihn mit einer Handbewegung weg, während ich die anderen Transaktionen bestätige. Sein Freund zögert, und sein Blick springt zwischen uns hin und her. „Du auch, wenn du nicht bezahlen willst."

„Was soll das heißen, ich soll gehen?", faucht Peter.

„Geh. Verschwinde. Geh nach Hause." Ich wedle erneut mit der Hand und zeige ihm ein irres Grinsen. „Mach einen Spaziergang im Wald."

„Na gut, das werde ich." Peter dreht sich um und geht einige Schritte in die Richtung, aus der wir gekommen sind. Er runzelt die Stirn, bleibt stehen und sieht sich dann um. Wir befinden uns einige Hügel jenseits von Whitehorse, und da wir Alis Anweisungen gefolgt sind, ging es von Anfang an querfeldein. Er dreht sich verunsichert im Kreis, starrt in den Wald und versucht, den Weg zu finden.

Ich ignoriere ihn und spreche mit den beiden, die mich bezahlt haben: „Gut. Wir machen dann noch eine Stunde weiter ..."

„He, Mann, du kannst Peter doch nicht einfach hier draußen zurücklassen", sagt sein Freund, der soeben die Bezahlung an mich überträgt. Ich akzeptiere den Transfer und zucke mit den Schultern.

„Ihr habt die Regeln gekannt, bevor wir hierher kamen. Wenn er dagegen verstoßen möchte, kann er den Heimweg selber finden", sage ich und nicke. „Okay, hier entlang."

Als wir losgehen, folgt Peter uns. Ich drehe mich um und deute in die andere Richtung. „Hör auf, uns zu folgen. Geh."

„Du kannst mich nicht daran hindern!", sagt Peter grinsend. Nun reicht es mir. Ich renne zu ihm und schubse ihn ganz sachte an. Er wird ein paar Meter weit nach hinten geschleudert und rollt sich über die Schulter ab, bevor er zum Stillstand kommt. Er hustet leicht und während er sich aufrappelt, stelle ich beiläufig fest, dass er ein wenig Gesundheit verloren hat.

„Du hast Lust auf Spielchen? Gerne. Wenn du mir weiter folgst, breche ich dir beide Beine und lasse dich zurück", raunze ich und deute auf ihn.

„Du kannst doch nicht ...", sagt der Filipino kopfschüttelnd. „Das ist ungerecht."

„Es ist auch ungerecht, dass er mich betrügen möchte. Wenn er sich wie ein Arsch benehmen möchte, kann ich es auch", fauche ich. „Aber da ich hier draußen kämpfe, während ihr nur herumhockt, bin ich als Arschloch sehr viel besser als ihr."

Peters Freund eilt zu dem Mann und flüstert ihm etwas zu. Peter zittert vor Wut und richtet sich auf, aber sein Freund schiebt ihn zurück und flüstert weiter. Neben mir hat sich die Frau zurückgezogen und sieht zu, den Gewehrlauf auf den Boden gerichtet. Schließlich sendet mir Peter eine Benachrichtigung. Ich sehe sie mir an und akzeptiere die Beute.

„Dann also hier entlang." Ich deute erneut in die entsprechende Richtung und marschiere los. Ali behält für mich die Gruppe im Auge. Diese kleinen Scheißkerle.

Kapitel 16

Das Leben versinkt immer tiefer in der Routine. Ein Tag Training, ein Tag Jagd und dann noch einer für die Suche nach Überlebenden. Die Stadt erholt sich allmählich, obwohl man sie kaum noch als solche bezeichnen kann – eher als Kleinstadt. Auf jeden Fall hören bald schon alle vom Kampf mit dem Bossmonster und packen die Arbeit noch energischer an. Seltsamerweise hatten die ständigen Angriffe der erscheinenden Monster keinerlei Auswirkung, aber die Möglichkeit, wir könnten es mit einer Monsterhorde zu tun bekommen, rüttelt die Bevölkerung wach. Nun engagieren sich die Leute wieder, möchten im Level aufsteigen und die eigenen Fertigkeiten verbessern. Roxley heuert örtliche Bauarbeiter an, die Steinmauern an den drei natürlichen Engpässen errichten, welche die Stadt umgeben.

Bei der Durchsuchung weiterer Menschensiedlungen haben wir kaum Fortschritte erzielt. Die wenigen Siedlungen nördlich von uns enthielten vereinzelte Überlebende, von denen sich die Mehrheit verborgen hielt und den Monstern so gut wie möglich aus dem Weg ging. Keiner lehnte das Angebot ab, nach Whitehorse umzuziehen, was zumindest Roxley glücklich macht.

Roxley folgte der zweiten Einladung und entpuppte sich als angenehmer Gesprächspartner. Er stellte keinerlei Erwartungen und war kein Geheimniskrämer. Er lieferte mir Informationen über das System und darüber, wie dieses die Welt um uns herum beeinflusst. Danach gingen wir in seinen privaten Trainingsraum, wo er sich dazu herabließ, mir einige Hinweise bezüglich meiner Schwerttaktik zu geben. Danach wurde es irgendwie zur Routine, nach jeder erfolgreichen Rettung ein Festmahl gefolgt von einer Trainingseinheit mit dem Schwert abzuhalten.

Eine der Überlebenden stößt sogar als viertes Mitglied zu unserer kleinen Gruppe, eine Magierin namens Rachel Martin. Hätte die Narbe an ihrer linken Gesichtsseite sie nicht verunstaltet, würden ihre dunkle Mähne, die hohen Wangenknochen und die dunkelbraunen Augen die Jungs in Scharen anlocken.

Leider verscheucht die Narbe (die sich auch nicht im Shop entfernen lassen möchte) sowie ein starrer, in die Ferne gerichteter Blick alle jungen Männer mit Ausnahme der Mutigsten. Mikito besteht darauf, dass Rachel sich uns anschließt. Denn dadurch wäre sie sicherer, als wenn sie – wie angedroht – im Alleingang auf die Jagd ginge. Ehrlich gesagt bin ich nach unserem ersten Tag draußen extrem dankbar, sie bei uns zu haben. Ihre Spezialität ist die Erdmagie. Hierbei verknüpft sie Erdwellen mit der Beeinflussung der Pflanzen in unserer Umgebung, wodurch sie effektive Barrieren sowie Waffen erzeugt.

Was mich betrifft, bin ich frustriert von der Tatsache, nach fast einem Monat konstanten Trainings nur geringe Fortschritte gemacht zu haben. Ich habe mein Verständnis meiner Elementaraffinität kaum verbessert und nur hier und da einige Minuten an meiner Verbindung gearbeitet. Inzwischen finde ich diese nach fünf Minuten intensiver Konzentration, was bereits eine deutliche Verbesserung darstellt. Bis ich sie aber wirklich instinktiv begriffen habe, werde ich mich nicht an zusätzliche Zauber heranwagen können.

Allerdings habe ich meine Mana-Manipulation insgesamt verbessert, selbst wenn es meinem Stolz und Selbstbewusstsein geschadet hat. Vermutlich hätte ich raschere Fortschritte erzielt, wenn ich den Lehrer, den Lana für mich aufgespürt hat, länger als jeweils 20 Minuten ertragen würde. Unglücklicherweise haben selbst nach dem Untergang der Zivilisation noch einige Hipster überlebt. Das einzig Gute am Magier mit dem Haarknoten, Aiden, ist, dass er nicht zum Rabenzirkel gehört. Dennoch ist er meine beste Lernoption, da er die Manipulation von Mana besser versteht als alle anderen hier.

Dank meiner Arbeit mit Mr. Haarknoten konnte ich sogar meine Zaubersprüche Manapfeil und schwache Heilung verbessern, so dass ich jetzt einen zweiten Pfeil abfeuere und mehr Gesundheit heile. Allerdings würde ich diese Zauber kaum im Gefecht einsetzen. Als Reserve habe ich auch einen Flächenzauber erworben, auch wenn der eine Menge Mana braucht. Bisher musste ich ihn noch nicht für den absoluten Ernstfall einsetzen, allerdings war mein Test mit einer Gruppe gelber, gremlinartiger Kreaturen überaus zufriedenstellend. Zumindest nach meinen Maßstäben. Dann aber zeigte mir Rachel, wozu ein echter Magier fähig ist, indem sie mithilfe eines Erdstachelzaubers einen präzisen Angriff auf die übrigen Kreaturen durchführte.

Vieles hat sich verändert, aber ich stecke immer noch fest, obwohl ich kurz vor der Freischaltung meiner Klassen-Fertigkeiten stehe. Wir wissen immer noch nicht, wie ich den Erwerb eines neuen Titels beschleunigen könnte. Aber immerhin dürfte ich demnächst den Mindestlevel eines Gildenanführers erreichen.

	Statusmonitor		
Name	John Lee	Klasse	Erethra-Ehrengarde
Volk	Mensch (M)	Level	14
	Titel		
	Monsterschreck, Erlöser der Toten		
Gesundheit	710	Ausdauer	710
Mana	570		
	Status		
	Normal		
	Attribute		
Stärke	48 (50)	Beweglichkeit	66 (70)
Konstitution	71 (75)	Wahrnehmung	24
Intelligenz	57 (60)	Willenskraft	57 (60)
Charisma	14	Glück	13

Fertigkeiten			
Verstohlenheit	6	Überleben in der Wildnis	4
Unbewaffneter Kampf	6	Messerfähigkeit	5
Athletik	5	Beobachten	5
Kochen	1	Gefahr spüren	5
Improvisation	2	Sprengstoffe	1
Klingen-Beherrschung	7	PKF-Kampf	5
Energiegewehre	4	Meditation	5
Mana-Manipulation	2	Energiepistolen	3
Halbwahrheit	2	Erethra-Klingen-Beherrschung	1
Lippenablesen	1		
Klassen-Fertigkeiten			
Keine (7 gesperrt)			
Zaubersprüche			
Verbesserter schwacher Heilzauber (I)			
Verbesserter Manapfeil (I)			
Blitzschlag			
Boni			
Begleitergeist	Level 14	Wunderkind (Täuschung)	--

Angesichts des letzten Skills muss ich lächeln. Den hatte ich eines Morgens zufällig entdeckt, als ich auf Richard wartete. Die verbesserte Wahrnehmung führte dazu, dass Lanas Lippen für mich gut sichtbar waren, wenn sie sich mit Mikito unterhielt. Möglicherweise habe ich sie etwas zu intensiv angestarrt. Es fühlt sich seltsam an, eine derartige Fertigkeit zu besitzen. Sie hat sich aber mehrfach als nützlich erwiesen, wenn ich wieder einmal in eine Sitzung des Stadtrats gezerrt wurde.

Es gelingt uns, mehr als ein halbes Dutzend Bossmonster zu erlegen, aber diese Aufgabe wird nie einfacher. Unabhängig davon, wie weit wir im Level aufsteigen, reicht es nie aus. Jenseits der unmittelbaren Umgebung steigen die Monsterlevel allmählich, so dass unsere Suche nach Bossmonstern uns immer weiter nach draußen führt. Dadurch werden wir verwundbar gegenüber Angriffen von allen Seiten. Mehrtägige Ausflüge sind keine Seltenheit mehr, was alle von uns belastet.

Wie Lana vor Langem sagte, geht es um nichts anderes als die Credits. Wir haben einfach nicht genug davon, vor allem jetzt, da das Monstertöten die einzige gute Einkommensquelle darstellt. Auch wenn es mir lieber wäre, heute auf die Jagd zu gehen, muss ich erst noch zu einer verfluchten Stadtratssitzung. Zum Glück ist der Stadtrat in letzter Zeit effizienter geworden, obwohl seine Interaktionen mit Roxley – beziehungsweise deren Abwesenheit – mir immer noch Sorgen bereiten. Durch Kooperation würden wir mehr erreichen, als wenn wir ständig versuchen, ihn auszugrenzen. Leider hat die Tatsache, dass die Lebensmittelproblematik gelöst wurde, den Stadtrat in seinem Glauben bestärkt, er könne auch ohne Roxley auskommen. Es ist frustrierend, dass dieser das Thema auch nicht forciert und sich damit zufrieden gibt, die Steuern auf den Shop zu kassieren und unsere Selbstverwaltung nicht zu stören.

Falls die Sitzung rechtzeitig zu Ende geht, schaffen wir noch eine Nachschubfahrt nach Carcross. Die Einwohner haben endlich genug Credits angesammelt, um die Gemeinde dem System vor einigen Tagen abzukaufen. Allerdings werden die Vorräte aus dem Shop immer noch über Whitehorse geliefert. Zumindest, bis sie genügend Credits angespart haben, um sich einen permanenten Zugang zum Shop zu erkaufen.

Beim Verlassen des Zimmers nicke ich der Gruppe zu, die sich wie üblich um den Küchentisch versammelt hat. Auf dem Tisch sind große Portionen Speck, Rührei und Pfannkuchen zu sehen – eine Nebenwirkung unserer verbesserten Konstitution ist der erhöhte Kalorienverbrauch. Selbst jetzt, nach der Stabilisierung der Nahrungsvorräte, essen nur die wenigsten Mitglieder der

Kampfklassen in der Kantine. Die anderen würden unsere übliche Portionsgröße mit bösen Blicken quittieren. Ich lächle dem Team zu und werfe einen Blick auf die Statusleisten.

Mikito Sato (Level 30 Samurai)

HP: 470/470

Richard Pearson (Level 27 Tierbändiger)

HP: 210/210

Lana Pearson (Level 25 Tierbändigerin)

HP: 230/230

Rachel Martin (Level 26 Magierin)

HP: 220/220

Unsere Levelaufstiege haben sich deutlich verlangsamt. Unsere anderen Pflichten und die Notwendigkeit, an unseren Skills zu arbeiten, reduzieren die verfügbare Zeit fürs Kämpfen. Zudem erhalten wir kaum noch Erfahrung für den Kampf gegen Monster nahe Whitehorse. Nur noch die Kreaturen in den höheren Zonen sind etwas wert. Andererseits haben wir Lana dazu überredet, uns mehrfach auf die Jagd zu begleiten, wodurch ihr Level leicht anstieg. Hierbei setzte Richard einen kleinen Trick ein, indem er ihr sagte, ihre Begleitertiere würden durch den Mangel an körperlicher Ertüchtigung zu dick.

Die höherstufigen Kämpfe hingegen erfordern andere Taktiken und Ausrüstung. Alle Mitglieder meiner Gruppe tragen nun echte Rüstungen, leichte Bodysuits wie meiner, aber stärker gepanzert. Dadurch sind sie besser geschützt und ihre Bewegungsfähigkeit wird nicht eingeschränkt. Später werden wir versuchen, ihnen bessere Rüstungen zu beschaffen. Bisher hat sich

Mikito geweigert, sich wie die anderen beiden einen Helm zu kaufen. Laut eigener Aussage würde ihre Sicht dadurch zu sehr behindert.

Das Frühstück ist eine hastige, aber freundliche Angelegenheit. Wir beschränken die Unterhaltungen auf ein Minimum, um uns den Vorbereitungen für den Tag zu widmen. Lana spielt in der Stadt eine zunehmend bedeutendere Rolle, wurde aber bisher noch nicht in den Stadtrat eingeladen. Ich weiß nicht, ob sie sich darüber freut oder sich gekränkt fühlt. Da sie aber sowohl mein Haus als auch ihre Mikrokredit-Initiative und die gesammelten Ressourcen der Gruppe verwaltet, hat sie hier ohnehin eine Menge Einfluss.

Mit unseren Trucks und Sabre fahren wir über Alsek und Lewes Street in die Stadt, so dass wir unterwegs die Vorstadt und die Schule gut sehen. Während des vergangenen Monats sind in die Häuser in unserer Nähe neue Nachbarn eingezogen, obwohl wir nicht an der günstigsten Stelle liegen. Ich nehme an, Lanas frei herumlaufende Begleitertiere begrenzen die Anzahl zufällig erscheinender Monster. Jedes einstöckige Haus ist voll besetzt, mit zwölf bis fünfzehn Bewohnern in jedem, aber diese Leute hatten Glück. Da die städtische Wasserversorgung nun wieder funktioniert, besitzen die Häuser grundlegende Sanitäreinrichtungen und sind deutlich weniger überfüllt als die Schulen. Nachts suchen Freiwillige in wechselnden Schichten nach Monstern, eine Art postapokalyptischer Nachbarschaftswache.

Die übrigen Pechvögel oder Faulpelze leben immer noch auf dem Schulgelände. Sie werden von freiwilligen Kriegern und Roxleys Männern bewacht und in Klassenzimmer, Korridore, Turnhallen und Büros gepfercht. Die wichtigsten Küchenbereiche wurden mit Mana-Kochern ausgestattet, aber vereinzelt kommen immer noch Campingkocher zum Einsatz.

Beim Überqueren der Brücke geht die Arbeit in dem in eine Farm umgewandelten Park weiter. Die erste durch Mana angereicherte Ernte wurde bereits eingebracht, und die Aussaat hat begonnen. Heute jäten die Bauern Unkraut und bewässern. Als wir vorbeifahren, sehe ich, dass einige der

Arbeiter fröhlich lächeln. Im Rahmen des Systems wächst alles schneller und üppiger, und die letzte Ernte war fantastisch. Meines Wissens wird nächstes Mal sogar eine noch bessere Ernte erwartet.

Wir stoppen neben dem Gebäude, das der Stadtrat für sich beansprucht hat, direkt gegenüber von Roxleys Bau. Ich sehe Mikito und Richard aus dem Truck steigen. Rachel schüttelt den Kopf und möchte sich im Shop umsehen, da sie nicht zur Sitzung eingeladen wurde. Sie hat bereits eine Zigarette aus der Tasche gezogen. Der Anzahl der geparkten Fahrzeuge nach zu schließen sind wir als Letzte angekommen. Glücklicherweise stört sich kaum noch jemand daran – schließlich ist die Mehrheit der Zeitmessgeräte nun defekt. Drinnen gehen wir zu unseren üblichen Sitzen und ich lege meine Füße auf den Tisch und schließe halb die Augen, während Richard und Mikito sich unter die Leute mischen. Trotz der Einschränkung durch ihre mangelhaften Englischkenntnisse ist Mikito immer noch deutlich geselliger als ich.

Durch meine halb geschlossenen Augen lese ich Lippen und wechsle von einer Unterhaltung zur anderen, wobei ich irrelevantes Geschwätz und Plaudereien mit dem Hauch eines Lächelns ignoriere. Nein, ich möchte nicht hier sein. Trotzdem kann ich hier immerhin etwas Nützliches erfahren. Aber diesmal finde ich nichts Relevantes heraus, bevor Fred und sein Gefolge den Raum betreten und die Sitzung eröffnen.

***

„Und schließlich haben wir Nahrungsvorräte für ungefähr zwei Tage. Obwohl die Jäger aufgrund ihrer Levelaufstiege mehr Tiere anliefern, sind viele davon nicht für die Verarbeitung in Großküchen geeignet. Auf Beschluss des Stadtrats haben wir ein Fünftel der letzten Ernte eingemacht und gelagert, was uns einen begrenzten Gemüsevorrat während der Wintermonate sichern wird. Aber unseren Prognosen zufolge werden wir dennoch Nahrung für mindestens 8.000 Credits im Shop kaufen müssen. Ich muss erneut darauf bestehen, dass der Stadtrat diese Mittel zur Verfügung stellt", sagt Mrs. Schreckschraube alias Miranda Lafollet.

Fred bedankt sich für ihren Vortrag und verweist ihre Forderung an ein Treffen des Haushaltskomitees, während wir weitere Updates erhalten. Mr. Lakais Vortrag fällt kürzer aus. Er hat die Fähigkeit, die Systembildschirme so zu manipulieren, dass wir unsere Informationen direkt über diese erhalten, erworben und eingeübt. Daher markiert er nur die benötigten Informationen über die Gebäude. Ich ignoriere ihn, nicht nur wegen seiner näselnden Stimme sondern auch aus dem Grund, weil ich all das bereits im Detail während meiner Unterhaltungen mit Roxley erfahren habe. Wir haben als Gruppe etwas mehr als 30 % des Grund und Bodens in Whitehorse erworben. Die Parks und Kleingärten machen den größten Anteil aus.

„Ich muss erneut darauf bestehen, dass wir den Damm kaufen und verstärken. Wir haben ihn auf potenzielle Schwachstellen untersucht, und obwohl die Überlaufrinne und die Notventile wie vorgesehen funktionieren, besteht ein beträchtliches Schadenspotential. Außerdem würde der Kauf des Mana-Motors und der erforderlichen Upgrades uns eine zuverlässige Energiequelle bieten, was vor allem im Winter wichtig ist", sagt Mr. Lakai abschließend. In dieser Hinsicht liegt er nicht komplett falsch, wie ich zugeben muss.

Nic tippt kurz seinen Bildschirm an. Dann seufzt er frustriert, wischt das Fenster beiseite und verlagert das Gewicht nach vorn. „Da nicht alle von uns anwesend waren, dürften wir bitte erfahren, was der Spaß kostet?"

„350.000 Credits", nuschelt einer der anderen Stadträte – Norman Blockwell. Er spricht nicht sehr oft, wenn er aber etwas sagt, hören ihm die Leute zu. Nic keucht, als er die Zahl hört und macht große Augen, als Norman sagt: „Und das wäre nur die Summe für das Bauwerk."

Fred klopft mit der Hand auf den Tisch, um die Diskussion abzubrechen. Dann nickt er Jim zu. Jim steht auf, blickt um sich und sagt: „Zur Zeit haben wir fast dreihundert Jäger, etwa die Hälfte davon steht abwechselnd Wache.

Wiederum die Hälfte von denen wird von Roxley dafür bezahlt, dass sie die Straßen im Auge behalten. Zwei Drittel meiner Gruppe sind in den niedrigen Zehnerlevels. Die anderen haben noch niedrigere Stufen, mit Ausnahme meiner drei Kampfgruppen, die mehr als Level 20 erreicht haben. Natürlich schließt diese Schätzung weder den Zirkel, Johns Gruppe noch die Wolfsbrüder mit ein."

Die Brüder grinsen. Ich hätte schwören können, dass die beiden Jungs, die diese Gruppe vertreten, beinahe zu jaulen begonnen hätten. Und Jungs ist der korrekte Ausdruck, da alle Mitglieder der Gruppe unter zwanzig sind. Einerseits bin ich extrem stolz auf die Jungs, andererseits stört mich ihre Anwesenheit – sie sind der erste wirkliche Erfolg unseres Babysitter-Programms, aber dennoch immer noch Jugendliche. Sie haben jeden einzelnen ihrer verdienten Credits für Upgrades ihrer Ausrüstung und ihrer selbst ausgegeben, worüber Fred nicht gerade erfreut ist. Daher hat er sie dazu gebracht, der Stadt Beiträge zu leisten, indem er sie mit einem Stadtratssitz bestach.

Die Unterhaltung schleppt sich weiter dahin, driftet nun aber zu weniger wichtigen Themen ab. Die Stadtbewohner, die nichtkämpfenden Klassen angehören, machen ziemlich gute Fortschritte bei ihren Levels und Skills. Die von ihnen produzierte Ausrüstung ist nun qualitativ hochwertig genug, dass unsere Kämpfer sie direkt einsetzen. Dadurch bleiben einige der verdienten Credits in der örtlichen Wirtschaft.

Ich trommle auf dem Tisch herum, um mich abzulenken, während die anderen weiterschwafeln. Diese ganze Versammlung ist einfach zum Kotzen.

„Und das war der letzte Punkt der Tagesordnung", sagt Fred mit einem strahlenden Lächeln für die Anwesenden. „Tolle Leistung von euch allen."

Gott sei Dank ...

„Der Rabenzirkel möchte erneut das Thema einer Expedition nach Dawson City zur Sprache bringen", sagt Luthien und lächelt alle am Tisch an. Ich bemühe mich, ein Stöhnen zu unterdrücken. Richard stößt mich mit dem

Ellbogen an, und mir wird klar, dass es mir anscheinend nicht ganz gelungen ist. „Dawson City ist der Ort im Yukon mit der höchsten Wahrscheinlichkeit, dass dort eine große Gruppe von Überlebenden lebt. Wir haben sie nun schon mehr als einen Monat lang ohne Zugang zum Shop im Stich gelassen. Es gab keine Vorräte, und von dort sind keine Überlebenden gekommen. Wenn wir ihnen helfen möchten, muss es schnell geschehen."

Luthien beugt sich nach vorn und spricht mit flehender Stimme: „Der Zirkel ist bereit, die Reise zu riskieren, aber das schaffen wir nicht alleine. Wir brauchen zusätzliche Freiwillige, mehr Vorräte und mehr Hilfe. Wollt ihr diese Menschen wirklich ihrem Schicksal überlassen?"

Als sie ihre Rede beendet, brechen im Raum Diskussionen aus. Ich seufze und vergrabe meinen Kopf in den Händen, da jeder etwas zu sagen hat. Leck mich doch kreuzweise, wir werden noch stundenlang hier sitzen.

***

Meine Prognose erweist sich als korrekt, da wir den Raum erst weit nach der Mittagszeit verlassen. Der Stadtrat kann sich nicht einigen, weil unsere Ressourcen knapp sind – aber der Hilferuf rührt uns zu Tränen. Ich lasse Richard für unsere Gruppe sprechen, da meine frühere Beziehung zu Luthien mittlerweile allen bekannt ist. Also mische ich mich besser nicht ein, da wir die Idee entschieden ablehnen. Vor dem Erscheinen des Systems dauerte eine Fahrt nach Dawson City an einem guten Tag sieben Stunden. Und heutzutage gibt es keine guten Tage mehr.

Rachel sitzt auf der Ladefläche ihres Trucks. Während sie auf uns wartet, arbeitet sie mit einer Hand an einem Zauberspruch und hält gleichzeitig eine Zigarette in der anderen. Neben ihr steht Mikito. Die hatte die Sitzung verlassen, als die Diskussion über Dawson City begann. Jetzt trainiert sie ihre Kampftaktiken. Unterwegs ziehe ich eine Trinkmahlzeit aus meinem Inventar und winke unseren wartenden Passagieren zu, während ich das schnelle

Mittagsmahl zu mir nehme. Richard verzieht das Gesicht, als er mich dabei ertappt. Dann aber folgt er meinem Beispiel und klopft gegen den Truck, um Rachels Aufmerksamkeit auf sich zu ziehen. Wo Platz vorhanden ist, sind die Trucks mit nicht aus dem System stammenden Vorräten beladen, meist überschüssiger Nahrung und Kleidung. Aber der Großteil der zu transportierenden Vorräte besteht aus den Passagieren, die mit uns kommen. Indem wir das transdimensionale Inventar des Systems nutzen, wird die Versorgung der Stadt deutlich einfacher. Es müssen nicht mehr täglich riesige Lastwagen unterwegs sein. Natürlich besteht dabei das zusätzliche Risiko, das komplette Inventar zu verlieren, falls das Individuum umkommt. Genau aus diesem Grund wurden wir angeheuert.

„Constable", sage ich und nicke Gadsby zu, der sich soeben mit Amelia unterhält, seiner ehemaligen Kollegin bei der RCMP. Gadsby hat sich für die kybernetische Route entschieden. Statt den beschädigten linken Arm zu regenerieren, hat er ihn durch ein Exemplar aus Chromstahl ersetzt. Ich muss zugeben, der neue Look steht ihm ganz gut. Als ich mich nähere, verstummen sie, aber meine Fertigkeit des Lippenlesens bringt mir interessante Erkenntnisse ein.

"… nicht nur ich, denn Fred hat versucht, Kevin und mindestens drei andere dazu zu überreden."

Gadsby lächelt mich an und streckt die Hand aus, während ich auf Sabre sitze. Es ist mir gelungen, Sabres wahre Fähigkeiten außerhalb unserer Gruppe geheim zu halten, zumindest, soweit ich weiß. Man weiß ja nie, wann es sich als nützlich herausstellt, einen persönlichen Mech als Trumpfkarte auszuspielen. „Freut mich, dich an Bord zu haben. Auf der Archer Lane ist etwas herumgelaufen. Es war etwa zehn Meter lang und blau. Es sah wie eine seltsame Mischung aus Eidechse und Schlange aus, mit einem Horn am Kopf. Echt unheimlich, nach dem zu schließen, was wir kurz sehen konnten."

Ich werfe einen Blick auf mein Team. Richard befindet sich bereits auf dem Fahrersitz und Mikito ist an ihrem Lieblingsort – hinten, mit den Huskys und Richards neuestem Tier, einer 30 Zentimeter langen Schildkröte. Ja, diese Schildkröte, die früher mal als Haustier gehalten wurde, speit seit ihrer Mutation Feuer. Als wir sie bei einem unserer Rettungseinsätze entdeckten, musste Richard sie nur noch zähmen. Im anderen Truck sitzt Rachel am Lenkrad und einer von Gadsbys Männern auf dem Beifahrersitz.

„Damit werden wir schon fertig", versichere ich ihm und drehe meinen Kopf im Helm hin und her. Ich aktiviere das Funkgerät und wende mich an alle. „Wir gehen routinemäßig vor. Ich fahre voraus, dann kommt Richard, gefolgt von den Trucks aus Carcross. Rachel, du fährst ganz hinten. Wir fliehen, wenn es möglich ist und kämpfen, wenn wir dazu gezwungen werden. Die Entscheidung liegt bei mir. Bin ich nicht mehr dazu fähig, übernimmt Ali, dann Mikito, Richard, Gadsby und Rachel. Sind alle von uns tot, werden die Übrigen ganz schön in der Patsche sitzen."

„Damit hast du ja wahre Begeisterungsstürme ausgelöst, Junge", sagt Ali grinsend, während er mit seinen stattlichen 60 Zentimetern neben mir herumwirbelt. Seine Kommentare lösen kurz Gelächter aus, worauf er natürlich stolz ist. Leider besteht ein Nebeneffekt meines Levelaufstiegs darin, dass Ali zusätzliche Interaktionsmöglichkeiten mit der Welt erhält. Nun bleibt er mühelos sichtbar und mit etwas Anstrengung schafft er es sogar, die Welt physisch zu beeinflussen. Zudem hat er einen sehr, sehr begrenzten Zugriff auf seine Affinität, was er bisher meistens dazu nutzt, mir Streiche zu spielen. Eine Person zu blenden, nachdem sie mitten im Gefecht einen Schlag auf den Kopf erhalten hat, ist nicht lustig – unabhängig davon, wie sehr er darüber gelacht hat. Arschloch.

Nachdem dann alle meine Anweisungen bestätigt haben, fahren wir los.

***

Anfangs verläuft die Fahrt nach Carcross recht ereignislos. Die regelmäßige Jagd durch Jims Teams hat die Anzahl feindlicher Monster in

Stadtnähe stark verringert, daher sind die ersten 30 Minuten fast schon gemütlich. Beim Erreichen der Kreuzung halten wir wie üblich beim Fort, um dessen Besitz zu wechseln. Dadurch erhalten seine Leute etwas Erfahrung, bevor ich es wieder übernehme.

Die Hakarta – eine Rasse als Söldner kämpfender Raum-Orcs – sind immer noch eine Anomalie, und ihre ursprüngliche Anwesenheit hier wohl ein seltsamer Zufall. Aber da ist noch etwas, das mich beschäftigt. Obwohl in dem Monat, seit ich das Fort kontrolliere, niemand einen Eroberungsversuch gestartet hat, könnte es in der Zukunft dazu kommen. Nachdem alle ihre Erfahrungspunkte erhalten haben, fahre ich als Späher voraus. Es dauert zehn Minuten, bis ich zur Stelle gelange, wo Gadsby das Monster sah. Ich verringere das Tempo.

***

Gadsby hat ins Schwarze getroffen – da ist etwas im Wald. Allerdings nicht nur ein Monster, sondern zwei davon. Ich betrachte sie aus etwa 300 Metern Entfernung durch das Zielfernrohr in meinem Helm, während sie eine Straßensenke durchqueren. Seit Gadsbys letztem Besuch hier haben die Kreaturen die Stromleitungen über der Straße durchgeschnitten. Ich frage mich, ob sie intelligent sind oder einfach nur Glück hatten.

Xu'dwg'hkkk-Biest (Level 44)
HP: 2380/2380

Hinter mir höre ich Richard abbremsen, der Rest des Konvois ein Stück weiter hinten. Mikito springt ab, nachdem der Truck zum Stillstand gekommen ist. Auf ihrem Gesicht zeichnet sich schon wieder dieses eigenartige Lächeln ab. Ihre Naginata richtet sich auf ein Monster aus und ich nicke gedankenverloren, atme aus und drücke den Abzug meines Gewehrs. Der Blitz und der Treffer erfolgen fast augenblicklich, aber mein Ziel steckt den Strahl weg, ohne eine offensichtliche Wunde davonzutragen. Kurz darauf löse ich einen weiteren Schuss aus. Auch dieser bewirkt kaum etwas, aber ich nehme Notiz davon, wie die Energie über die Haut des Monsters gleitet und sich am Horn konzentriert.

Scheiße. Eine Sekunde, bevor die Kreatur das Feuer erwidert, werfe ich mich zur Seite. Der Schuss verschwindet am Horizont, da die Kreatur aus einem leichten Winkel nach oben schießen muss. Ich werfe mein Gewehr mit einer routinierten Bewegung ins Inventar und renne zum Straßenrand, um die Aufmerksamkeit der beiden Wesen zu spalten und sie von Sabre abzulenken. Ein Kampf ohne Sabre im Mech-Modus wird ziemlich nervenaufreibend werden. Trotzdem bin ich mir relativ sicher, dass wir es schaffen.

Richard bemerkt den Unterschied fast sofort und pfeift, so dass die Huskys Bella, Max und Shadow in den Kampf eingreifen, während die Schildkröte Elsa vom Truck kriecht. Ich bezweifle, dass Elsa rechtzeitig eintreffen wird. Zumindest bemüht sie sich immer. Sie ist unser schweres Geschütz für den Fall, dass uns jemand angreifen sollte. Trotzdem möchten wir sicherstellen, dass sie nicht gebraucht wird.

Bella und Shadow besitzen neue Knochenrüstungen, die aus von den Brüdern gefundener Beute hergestellt wurden. Im vergangenen Monat hat Richard seine Mittel primär in dieses Rüstungsprojekt investiert. Die mattrot glänzenden Knochen wurden an die Form der Hunde angepasst und bedecken ihre Körper sowie die Schädel. Unabhängig davon, welche Art von Kreatur die Wolfsbrüder getötet haben, der Kampf muss ganz schön schwierig gewesen sein. Die Knochen sind härter als Stahl, aber deutlich leichter.

Mikito bewegt sich schräg auf ihr Ziel zu und wechselt gelegentlich die Richtung, so dass das Ding kein gutes Schussfeld erhält. Sobald es noch 50 Meter entfernt ist, wechselt sie erneut die Richtung und sprintet direkt darauf zu. Dabei aktiviert sie ihre neueste Fähigkeit. Ein Flammenschimmer umgibt ihre Gestalt und sie beschleunigt wie eine feurige Rakete, die schräg auf die

Kreatur trifft und diese erschüttert. Aber das ist noch nicht das Ende des Angriffs. Mikito lässt mit einer anderen Fertigkeit, die sie als Tausend Schnitte bezeichnet, einen Wirbel von Schlägen auf den Feind einprasseln.

Allerdings fehlt mir die Zeit, ihren Kampf zu beobachten, da mein Gegner sein Horn erneut aufgeladen hat und die Restenergie für einen weiteren zischenden Blitz in meine Richtung einsetzt. Diesmal gelingt es mir nicht ganz, auszuweichen und der Strahl berührt mein Bein, so dass sich die Muskeln vor lauter Schmerz zusammenziehen. Ich werfe mich zu Boden und rolle mich geduckt und mit einer ausgestreckten Hand ab, während das Monster auf mich zustürmt, um mich aufzuspießen.

Die Kreatur hört einen Schrei, dann landet Orel auf ihr. Der Adler prallt schräg gegen die Kreatur und unterbricht ihren Angriff, bevor seine Klauen sich in ihre Augen bohren. Einen Augenblick später sind die Huskys da und verbeißen sich in Fleisch und Knochen, während das Monster abgelenkt ist. Glücklicherweise sind die Hunde nicht noch größer geworden, obwohl die andauernde Jagd und die Levelaufstiege ihnen neue Fähigkeiten verliehen haben. Bella beißt und fetzt. Ihre Zähne sind von einem Metall umhüllt, das die dicke Monsterhaut so mühelos durchdringt, als wäre diese aus Papier. Neben ihr verschwimmt Max, als er zurückspringt und einem Klauenfuß ausweicht. Er bewegt sich derart schnell, dass er sich zeitweise an zwei Orten gleichzeitig aufzuhalten scheint. Shadows Angriff macht den bizarrsten Eindruck. Sein eigener Schatten geht ebenfalls zum Angriff über, beißt in den Körper des Monsters und schlingt rohes Fleisch in seinen dunklen Schlund. Da mein Bein sich erholt hat, kehre ich im Eiltempo ins Gefecht zurück, obwohl das eigentlich überflüssig ist.

Nachdem Richards Tiere und ich die übergroße Eidechse erledigt haben, hat auch Mikito ihren Feind getötet und reinigt in aller Seelenruhe ihre Naginata. Bei ihrem Anblick schüttle ich den Kopf und bin erneut extrem dankbar, sie auf unserer Seite zu haben. Ich bin ein Allzweckkämpfer mit der

Fähigkeit, eine Menge Schaden einzustecken. Sie hingegen ist praktisch der Tod auf zwei Beinen, falls sie dich erreicht.

***

Wir machen uns hastig ans Plündern der Leiche. Ali warnt uns davor, das Fleisch der Kreatur zu essen – dies ist einer der seltenen Fälle, in denen der Verzehr schädlich wäre. Allerdings glaube ich nicht, dass dieses Risiko für Shadows Schatten gilt. Wir schieben die Leichen beiseite, um die Straße freizuräumen und die Quest in Carcross zu beenden. Die Stadt wirkt genauso hektisch wie eh und je. Die Mauern wurden mittlerweile voll ausgebaut und durch sorgfältig verteilte Wachtürme und Schützenstellungen verstärkt. Drinnen spielen Kinder auf der Straße, mit gelangweilten Teenagern als Aufpasser, da die gesamte Stadt nun eine sichere Zone ist. Man kann sich vorstellen, wie wenig begeistert Roxley und der Stadtrat von Whitehorse davon waren. Erst recht, nachdem einige Leute darum baten, dorthin umziehen zu dürfen.

Als wir nach dem Abliefern der Vorräte mit der Rückfahrt beginnen möchten, kommt Älteste Badger zu uns. „John. Wir müssen uns unterhalten."

***

Wir sitzen an einem weiteren Konferenztisch, auf dem die üblichen Schüsseln mit Eintopf und Fladenbrot stehen, während wir uns den Bericht des Scouts anhören. Überall im Raum sind Karten zu sehen, in denen farblich codierte Markiernadeln stecken. Ein riesiges Whiteboard zeigt diverse Projekte auf. Beim Anblick dieser Karten muss ich lächeln. Mir ist aufgefallen, dass sie diejenigen Häuser und Siedlungen zeigen, die ausgeräumt wurden.

„Ali", sage ich und richte meine Aufmerksamkeit auf meinen Geist, als der Scout verstummt und ich sein Fazit erwarte.

„Keine Ahnung, Boss", meint Ali. „So, wie er es darstellt, ist es wahrscheinlich ein Schlupfwinkel für Monster, der noch nicht zu einem Dungeon geworden ist. Bleibt der lange genug unbehelligt, entsteht ein richtiger Dungeon."

Mehr als eine Person unterdrückt ein Stöhnen. Gadsby setzt eine grimmige Miene auf.

„Ali, könntest du uns zusätzliche Details zu den Dungeons liefern? Meine Notizen dazu sind ziemlich kurz – *Nein. Besser nicht* ist nicht gerade hilfreich", sporne ich meinen Geist an.

„Das ist eigentlich ein guter Ratschlag, Junge", meint Ali und streckt zwei Finger in die Höhe. „Grundsätzlich gibt es zwei Arten von Dungeons. Da wären einmal die natürlichen – Orte, an denen sich Monster versammeln oder aufgrund der extrem hohen Manadichte mutieren. Klingt nach dem, was der Scout gefunden hat. Das Canada Games Centre wäre inzwischen etwas in der Art, wenn die Mitglieder des Zirkels nicht so oft reingingen, um dort Monster zu erlegen. Diese Dungeons sind relativ einfach, die Monster meist nicht viel gefährlicher als die in der Umgebung. Lässt man sie lange genug in Ruhe, werden die Monster natürlich stärker und das Mana selbst verzerrt den Raum. Es ist immer besser, sich um solche Orte zu kümmern, bevor richtige Dungeons entstehen.

„Der zweite Typ besteht aus vorübergehend existierenden Dungeons. Das sind Dimensionslöcher im Raum, die zwei Bereiche mit einer Menge Mana verbinden. Meist sind sie nicht sehr stabil und führen nicht zwingend zur Entstehung von Dungeons. Da die meisten Mana-Konzentrationen sich allerdings in existierenden Dungeons befinden, kann man mit ziemlicher Sicherheit davon ausgehen, dass hinter dem unheilverkündenden blauen Portal ein Dungeon ist. Kluge Leute vermeiden diese – da die Orte zufällig entstehen, weiß man nie, was man dort findet. Was natürlich auch bedeutet, dass es etwa einhundert Gilden gibt, die derartige Labyrinthe suchen und betreten", sagt Ali und tippt sich gegen die Stirn, bevor er fortfährt. „Auf jeden Fall sind vorübergehend existierende Dungeons schlecht. Sie verzerren die umliegenden Bereiche und verändern den Manastrom an beiden Positionen deutlich."

„Und dann gibt es noch die vom System erzeugten Dungeons. Ihr wisst doch, dass eure komplette Welt als Deponie für das Mana der Galaxis dient? Na ja, in kleinerem Umfang funktionieren die vom System erzeugten Dungeons in einer Stadt auf dieselbe Weise. Mana wird aus der Umgebung entnommen und auf den Dungeon konzentriert. Dort beschleunigt es die Mutationen und die Fortpflanzung und erzeugt gelegentlich Risse. Dieser Prozess verringert den gesamten Manastrom der Stadt, so dass die Umgebung ebenfalls weniger Mana erhält und die größeren Monster schließlich verschwinden. Vom System erzeugte Dungeons sind seltsam. Da die meisten Dungeonbesitzer zu stinkfaul sind, sich um die Verwaltung zu kümmern, kaufen sie dafür Dungeonkerne, die gelegentlich total widersinnige Entscheidungen treffen."

„Du hattest zwei Typen erwähnt", sagt Jason.

„Leck mich doch, du pickliger Schnösel", erwidert Ali.

„Also wirklich, Kinder!", raunzt Jasons Mutter. Die beiden verstummen, wobei Ali erst noch die Zunge herausstreckt.

„John, ich bitte dich ja nur ungern ...", sagt Andrea Badger. Ich sehe mir die alte Dame an, betrachte sie ganz genau. Sie ist müde, so müde, und trotz der verjüngenden Eigenschaften des Systems uralt.

Quest erhalten – Höhlen säubern

Säubere die vom Scout gefundenen Höhlen und erstatte dem Gemeinderat von Carcross Meldung.

Belohnung: 10.000 EP

Ich sehe erst sie und dann die Gruppe an. Alle nicken mir zustimmend zu – darunter auch Jason, der nicht mitmachen wird und es angesichts des Gesichtsausdrucks seiner Mutter auch nicht in Erwägung zieht. Es ist eine

Sache, den Jungen auf einem Waldspaziergang mitzunehmen. Eine unerforschte Höhle voller unbekannter Monster ist noch einmal etwas ganz anderes. So verantwortungslos bin ich nun auch wieder nicht.

Außerdem jagt seine Mutter mir eine Heidenangst ein.

***

Nachts trennen wir uns, um auszuruhen. Orel wird mit einer Nachricht losgeschickt, damit Lana weiß, dass wir über Nacht bleiben. Dann bauen wir hastig ein großes Zelt auf, um an der üblichen Stelle am Fluss zu schlafen. Der Adler ist mir unheimlich – äußerlich hat er sich nicht verändert, aber ich könnte schwören, dass er intelligenter wird.

Das ist nicht unsere erste Nacht außerhalb von Whitehorse, und die vom System gekaufte Campingausrüstung ist viel praktischer als alles, was wir früher besaßen. Man drückt einen Knopf und hat ein Zelt, das für 6 Menschen normaler Größe ausreicht. In unserem Fall auch für 4 Menschen und eine Schildkröte. Das Zelt hat sogar eine regelbare Heizung, einen Luftbefeuchter und Beleuchtung.

Die Mädchen werfen uns raus, um sich als Erste umzuziehen, so dass Richard und ich einige Minuten für uns haben. Um uns herum wird die Stadt ruhiger, da die Bewohner nun zu Bett gehen. In einer hartnäckigen Lagerecke unterhält eine kleine Band einige Nachzügler, aber die meisten Menschen sind nun müde geworden. Auch wenn es um Mitternacht im Yukon noch Licht gibt, brauchen sie ihre acht Stunden Schlaf.

Richard winkt mir zu und zieht los. Vielleicht, um noch eine junge Frau abzuschleppen. Ich seufze, als ich zusehe, wie er verschwindet. Anscheinend haben alle von uns eigene Methoden, mit der Situation fertig zu werden, und er tut ja niemandem weh. Dank des Lippenablesens habe ich ein kleines Geheimnis entdeckt. Und zwar, dass er sich im Shop chemisch sterilisieren ließ.

Ich starre ihm einen Moment lang hinterher, bevor ich zum Ufer gehe und mich auf den Boden lege. Das ist ein Vorteil meiner starken Konstitution und der rekonstruierten Gene – ich brauche viel weniger Schlaf, selten mehr als vier Stunden pro Nacht. Ich komme sogar ohne größere Nebenwirkungen mit drei Stunden aus, daher bleibt mir noch sehr viel Zeit. Sobald ich alleine bin, hebe ich die Hand und rufe meine neueste leichte Lektüre auf – *Ein Katalog der Typen und Eigenschaften der vom System anerkannten Klassen, von J. A. Ikayak.*

Kapitel 17

Als wir früh am Morgen die Trucks an der Straße zurücklassen und in die Berge hochwandern, lausche ich unwillkürlich den Unterhaltungen meiner Kameraden, die mir nachfolgen. Ali und Richard besprechen Dungeons und Details, die wohl niemanden sonst interessieren würden. Mikito und Rachel gehen ebenfalls nebeneinander her, wobei die ältere Frau das jüngere Mädchen unter ihre Fittiche nimmt. Mikito tut es gut, sich um jemanden kümmern zu müssen – dadurch hat sie einen Lebensinhalt, bei dem es nicht um das massenweise Abschlachten von Monstern geht. Sie ist nicht geheilt. Das wird sie noch lange nicht sein, aber ihre Rücksichtslosigkeit scheint sich etwas abgemildert zu haben, seit Rachel Teil des Teams geworden ist.

Zum Glück war die vom Scout gezeichnete Karte relativ präzise, so dass es uns nicht schwerfallen dürfte, die Höhle zu finden. Ich muss aufpassen, dass ich meine Freunde nicht zu weit hinter mir lasse, da diese kein persönliches Kampffahrzeug besitzen. Manchmal eile ich durch den Wald voraus und warte dann, bis sie aufschließen, wobei ich die Aussicht genieße. Ich habe keine Angst vor potenziellen Bedrohungen, da Richards Begleitertiere auf allen Seiten unterwegs sind und die örtliche Fauna einschüchtern. Nur Elsa bleibt bei ihm. Auf sich alleine gestellt könnte sie nicht mit uns mithalten.

Auf allen Seiten sind gletschergekrönte Berge zu sehen, und der sich schlängelnde Highway stellt meilenweit die einzige Spur der Zivilisation dar. Nun herrscht Sommer im Yukon, und das niemals endende Sonnenlicht lässt das üppige Grün erstrahlen. In der Ferne erspähe ich die neuen Herrscher der Lüfte – mutierte Störche, Adler und Raben sind mühelos erkennbar. Zwischen ihnen tummeln sich gefährlichere exotische Wesen, die auf sie Jagd machen: Mantikore, Greife, ein Paar schlangenähnlicher Kreaturen und in weiter Ferne etwas, das ein Drachling sein könnte.

„Fünfzehn Minuten", antworte ich auf Rachels Frage, woraufhin sie mit den Augen rollt.

„Das hast du schon zweimal gesagt."

„Fünfzehn Minuten", wiederhole ich, drehe mich um und grinse, während ich den Berg hochgehe. Nachdem ich meine Begleiter hinter mich gelassen habe, genieße ich wieder die Aussicht. Bei der anhaltenden Bedrohung durch Monster und der Möglichkeit eines plötzlichen, brutalen Todes ist es leicht, die Schönheit dieser Landschaft zu vergessen. Ich öffne meinen Helm, atme das frische Aroma der Kiefern ein und muss einfach lächeln. Klarer Himmel, wunderschöne Aussicht und eine ungewisse Zukunft. Was will man mehr?

Dreißig Minuten später erreicht die Gruppe endlich die Höhle. Rachel hat sogar noch ausreichend Puste, um mich wieder einmal anzumaulen. Seit einer Weile spüre ich die Verschiebung des Manastroms, eine subtile Veränderung der Art und Weise, wie die Welt nun funktioniert. Es ist nicht überraschend, dass Rachel diese Veränderung lange vor mir bemerkt hat. Der Höhleneingang, der vom Gletscherwasser aus dem Kalkstein gegraben wurde und noch feucht ist, macht keinen gefährlichen Eindruck. Ich leuchte mit einer mittels Sabre an meinem Arm befestigten Lampe in die Öffnung. Aber dadurch erhalte ich keine neuen Informationen. Vor mir sehe ich nur einen klaffenden, finsteren Schlund, bei dem es mir kalt über den Rücken läuft.

„Ihr solltet ein paar zusätzliche Punkte in eure Konstitution investieren", sagte Mikito und fixiert die beiden demonstrativ. „Und hört mit dem Rauchen auf."

„Klar, Mama", sagt Rachel und holt eine Zigarette heraus.

„Ali, kannst du mal spähen gehen?" Ich deute auf den Höhleneingang und verziehe angesichts der drohenden Dunkelheit das Gesicht.

„Du weißt schon, dass ich im Dunkeln nichts sehe, oder?" Ali hebt die Hand und wedelt damit in Richtung der Höhle, bevor er schließlich antwortet. „Aber ich spüre keine Präsenzen, was bedeutet, dass sie sich garantiert verstecken."

Der Quanten-Status-Manipulator ist keine Option. Der bringt mich auf eine andere Existenzebene, die parallel zu dieser Welt verläuft. Das bedeutet, dass ich erst nach seiner Deaktivierung wieder auf diese Realität einwirken kann. Das ist ideal für die Flucht oder eine Spionagemission. Da die Höhle aber normalerweise pechschwarz ist, würde ich im Dunkeln herumstolpern. Auch das Nachtsichtgerät und die Infrarotkamera des Helms wären mir keine Hilfe, da sie im Gegensatz zu normalem Licht die Dimensionsgrenzen nicht überschreiten. Nein, ich weiß auch nicht, warum das so ist. Ali hat einmal versucht, es mir zu erklären. Sobald er aber mit Grafiken und Gleichungen anfing, fasste ich den Entschluss, dass ich es nicht wirklich wissen muss.

„Na gut. Sobald Richard und Rachel sich erholt haben, gehen wir gemeinsam rein. Die übliche Formation – Ali vorn, dann ich, Mikito, Rachel, dann Richard. Richard – bring Elsa mit. Wir haben keine Ahnung, wie groß die Höhle ist, also entscheidest du, ob du die Huskys mitnimmst. Vielleicht wäre es besser, wenn sie hier draußen bleiben."

Richard quittiert meine Worte mit einem Nicken und schürzt nachdenklich die Lippen. Die Größenzunahme der Huskys erweist sich im Kampf als extrem nützlich. In beengten Umgebungen aber dürfte es ihnen schwerer fallen, in Bewegung zu bleiben. Es wäre schwierig genug, die Höhle mit einem Hund von der Größe eines Ponys zu betreten. Drei wären definitiv zu viele. Ich sehe zu, wie er seine Optionen durchdenkt, bevor er Bella und Max als Wachen zurücklässt und Shadow mitbringt. Na gut, das ist akzeptabel.

Ich atme tief durch, sobald alle bereit sind und nicke Ali zu, dann betreten wir die Höhle. Unterwegs verstummt das Geplauder und wir konzentrieren uns darauf, möglichst leise voranzukommen. Inzwischen sind wir Veteranen der Apokalypse, daran gewöhnt, unsere neue Welt zu erkunden und sämtliche Gegner zu töten, die sich uns in den Weg stellen. Das gilt auch dann, wenn wir Dummheiten begehen und etwa Monster-Schlupfwinkel ohne zusätzliche Unterstützung betreten. Leider ist es notwendig, ständig ein kalkuliertes Risiko einzugehen.

Ali schwebt vor uns. Er setzt seine Affinität ein, so dass das Licht seines Körpers die Höhle erfüllt. Hinter ihm verwende ich die in Sabre integrierten sekundären Lampen, um für zusätzliche Beleuchtung zu sorgen. Dann holen sowohl Rachel als auch Richard chemische Leuchtstäbe hervor und werfen sie neben uns zu Boden, während wir vorrücken. Shadow bleibt hinter uns und markiert sein neues Territorium mit deprimierender Regelmäßigkeit. Ein Hund von der Größe eines Ponys hat eine entsprechende Riesenblase.

Ali führt uns wortlos durch eine Kammer nach der anderen. Die Spannung steigt, während die Angriffe ausbleiben. Ich wünschte fast, etwas würde aus der Deckung springen, um uns anzugreifen. Ich hätte nie erwartet, dass ich einmal so denken würde.

Als der Angriff kommt, erfolgt er von der Seite her. Der erste Schlag trifft Mikito, bricht ihren Arm wie einen Zweig und schleudert sie gegen eine Wand. Ich wirble herum und mein Schwert stößt auf Mikitos Angreifer zu. Allerdings durchdringt mein Schwert dessen Körper wie Luft, und ich stolpere leicht, da der Aufprall ausgeblieben ist. Während dieser Zeitspanne formt sich die Kreatur erneut und schlägt mir gegen die Brust, so dass meine Rüstung sich aufgrund des Drucks verbiegt und ich zurückgeworfen werde.

Während der wenigen Sekunden, in denen die Kreatur wieder ihre feste Gestalt annimmt, erhasche ich einen Blick darauf. Sie ist einen Meter fünfzig groß, humanoid, hat zwei Arme und zwei Beine und ist von einem lila Pelz bedeckt, der in diesem schwachen Licht fast schwarz wirkt. Selbst nachdem die Kreaturen wieder vollständig Gestalt angenommen haben, sind sie von Schatten umhüllt und nur schwierig zu erkennen.

Ich rolle mich ab und mein Schwert fällt vor mir zu Boden. Das Wesen reißt das Maul auf und enthüllt eine Doppelreihe von Fangzähnen, bevor es sich auf mich stürzt. Ich rufe bereits meine Klinge zurück und richte sie senkrecht nach oben, so dass die Kreatur sich selbst daran aufspießt. Die Parierstange hält die Kreatur gerade weit genug auf Distanz, dass sie mir nicht das Gesicht abbeißt.

Sobald ich meine Klinge drehe, löst sich das Wesen wieder in Schatten auf und verschwindet dann vollständig. Ich fauche, drehe mich um und suche nach ihm. In der Ecke hat sich Mikito wieder aufgerappelt und hält die Naginata in ihrer unverletzten Hand, während Richard seine Schrotflinte hin und her schwenkt und nach einem Ziel sucht, um uns Rückendeckung zu geben. Rachel bewegt sich tiefer in die Höhle hinein und flüstert einen Zauberspruch.

Ali flitzt zu uns zurück und ruft mit großen Augen: „Ich kann das Ding nicht verfolgen!"

Echt jetzt? Das war mir bereits klar. Ich bewege mich auf meine Kameraden zu, wobei mein Brustkorb noch von dem Schlag der Kreatur schmerzt. Es ist nicht das erste Mal, das ich für Sabre und die zusätzliche Panzerung dankbar bin. Ach du Scheiße, das Ding war echt stark. Als ich mich Mikito nähere, sehe ich, dass ihre Augen sich nicht richtig fokussieren und ihr ganzer Körper nur noch durch Willenskraft und Training aufrecht gehalten wird.

Ich befinde mich in der perfekten Position, um zu sehen, wie die Kreatur erneut hinter ihr erscheint. Eine Klaue schwingt nach vorn, um ihr den Kopf abzureißen. Ich bin zu weit entfernt und zu langsam, um etwas dagegen zu unternehmen. Daher bleibt mir nichts anderes übrig, als zuzusehen, wie Mikitos Ende sich ihr in einer eleganten Kurve nähert.

Dann erscheint Shadow aus der Dunkelheit. Ich sehe sein schwarzes Fell und die mattrote Knochenrüstung, als er die Kreatur anspringt und deren Hieb teilweise ablenkt. Die Klaue trifft Mikito am Nacken, woraufhin Fleischstücke in einem Blutschauer weggefetzt werden und sie zu Boden stürzt. Noch während Shadow das Bein der Kreatur angreift, löst sich diese wiederum in die Dunkelheit auf. Allerdings ist dies die falsche Taktik, da der Schatten des Huskys sich nun energisch in die körperlose Form verbeißt. Der Angreifer flimmert kurzzeitig, bevor seine Leiche vor uns erscheint.

Crilik-Gestaltwandler im Schattenaspekt (Level 36)
HP: 0/370

Ich würdige die Leiche kaum eines Blicks, da ich nun Mikito erreiche und sofort meinen einzigen Heilzauber wirke. Gleichzeitig wird Rachels Stimme lauter, während ein grüner Blitz aus ihr hervorzuckt und die Höhle sowie die drei weiteren Kreaturen beleuchtet, die – vom Lärm angelockt – ihr gegenüberstehen.

Segen der Natur erhalten
Wirkung: Steigert Regenerationsrate um 23 %

Ich starre Mikitos reglosen Körper an. Meine Hand zerrt bereits einen Verband aus dem Inventar und klatscht ihn auf die offene Wunde. Der Verband breitet sich auf der Haut aus, und die pseudowissenschaftliche Mischung aus menschlichen Stammzellen, managetränktem Pflanzenmaterial und Hightech-Naniten versucht, die Blutung zu stillen und die Wunde zu schließen. Aber vergeblich. Die Blutung schwächt sich ab, aber der Blutstrom kommt nicht zum Erliegen. Da ich mir der drei Gestalten bewusst bin, die auf uns zukommen, fällt mir die Entscheidung leicht. „Raus!"

Richard nickt und feuert seine modifizierte Hightech-Schrotflinte an die Stelle, an der sich eine der Kreaturen befindet. Licht blitzt auf, als die Patrone durch die Luft fliegt. Das eigentliche Geschoss ist glücklicherweise fast lautlos, aber im Gegenzug richtet das Projektil auch keinen Schaden an. Richard knurrt frustriert und lädt eine andere Patrone in die Kammer. Inzwischen kriecht Elsa, die er vor sich abgesetzt hatte, langsam weiter und öffnet das Maul. Ein enger, konzentrierter Feuerstrahl schießt hervor. Diesen schwenkt sie über den Höhleneingang, was vereinzelte Schreie unserer Angreifer hervorruft und die Höhle mit Hitze und dem Gestank von verbranntem Guano und Fell erfüllt.

Ali wirbelt in der Mitte des Raums herum. Er kneift Augen und Lippen zusammen, und der ihn umgebende Lichtschein nimmt stetig zu. Lichtpartikel lösen sich von seinem Körper und schweben durch die Höhle, wodurch diese noch stärker beleuchtet wird. Auf dem olivfarbenen Gesicht des kleinen Geistes erscheint ein Ausdruck intensiver Konzentration. Im Licht verlieren die Crilik-Gestaltwandler die Deckung ihres Schattens und müssen sich materialisieren, so dass Richard die Gelegenheit zu einem Schuss erhält. Überall leuchtet noch die schwache Glut von Elsas ursprünglichem Angriff, während die Schildkröte tief einatmet, um sich zu erholen.

Nachdem Rachel ihren Zauber gewirkt hat, beginnt sie mit einem anderen. Sie gestikuliert, um dem Boden Erde zu entziehen und kurzlebiges Mauerwerk zu erzeugen. All das ereignet sich innerhalb weniger Augenblicke, und ich nutze die Zeit dazu, Mikito hochzuheben und zum Ausgang zu eilen. Nebenbei stelle ich fest, dass sie die Naginata trotz ihrer schweren Verletzungen nicht losgelassen hat. Während des Laufens erkenne ich, dass die Abklingzeit meines Heilzaubers vorbei ist. Daher wirke ich ihn erneut und hoffe, dass es genügt.

Obwohl hinter mir das Geheul weiterer sich in den Kampf stürzender Monster zu hören ist, muss ich darauf vertrauen, dass meine Freunde auch ohne meine Hilfe klarkommen. Ich bin der Einzige, der Mikito retten kann, aber nicht einmal ich bringe das Kunststück fertig, gleichzeitig zu fliehen und zu heilen. Nicht, wenn ein einziges Monster uns derart schwer zugesetzt hat. Ich entsende ein Stoßgebet mit dem Wunsch, dass Richard und Rachel es schaffen, bevor ich ins Freie und ins Licht sprinte.

***

Komm schon, komm schon, komm schon. Das sage ich mir immer wieder und lege eine Hand auf Mikitos Körper, während ich den Heilzauber so oft wie möglich wirke. Er ist fast nutzlos und erhöht ihre Gesundheit kaum.

Außerdem verliert sie immer noch Blut, so dass ihre Gesundheit mit jeder verstreichenden Sekunde weiter sinkt. Ich glaube und hoffe darauf, dass es mir gelingt, die Blutung zu stillen. Aber momentan habe ich ansonsten nichts in der Hand. Wenn man nur einen Hammer besitzt, sieht alles wie ein Nagel aus. Ich hämmere so heftig, wie ich es kann, während ich darauf warte, dass meine übrigen Gefährten die Höhle verlassen.

Es fühlt sich an, als wäre eine Stunde vergangen, als ich schließlich Rachel entdecke, die mit Elsa in den Armen nach draußen kommt. Einige Augenblicke später kommen Richard und Shadow in Sicht. Richard bewegt sich rückwärts und schwenkt seine Schrotflinte mit geübten Bewegungen hin und her. Aus dem Schatten hinter ihm erscheint nichts, und er rennt zurück in den Sonnenschein. Nun fehlt nur noch eine Person ...

„Wo ist Ali?", frage ich die beiden, als sie zu mir stoßen, wobei Rachel mit einer nach außen geführten Handbewegung einen Zauber abschließt. Diesmal brechen Pflanzen aus dem Boden hervor und überwuchern den Eingang. Diesen Zauberspruch kenne ich – Greifende Ranken. Ich entspanne mich im Wissen, dass jedes Wesen, das nun herauskommt, von den Ranken festgehalten würde. Zumindest, bis das Mana, mit dem Rachel die Ranken erfüllt hat, in einigen Stunden aufgebraucht ist.

„Er verschwand einige Minuten, nachdem du weggerannt bist, John", sagt Richard mit einem besorgten Blick. „Er hat geleuchtet und die Kreaturen verscheucht. Im nächsten Moment schrumpfte er dann zusammen und verschwand einfach."

Ich blinzle verwirrt. Nein. Es ist nicht möglich, dass Ali umkommt. Er ist nicht real, er ist ein Geist. Er kann nicht tot sein ...

„John?", sagt Rachel und schubst mich sanft an. Als ich zu ihr aufblicke, realisiere ich, dass sie mich schon länger beim Namen ruft. „Hast du dein Begleiter-Register angesehen? Vielleicht wurde er nur verbannt."

„Verbannt?" Ich blinzle sie an und versuche, das Gesagte zu verstehen. Schließlich nicke ich kurz und klammere mich an diesem Strohhalm fest. Klar. Begleiter-Register. „Äh ..."

„Du weißt nicht, wie man darauf zugreift?" fragt Richard ungläubig. Er wendet sich von der Höhle ab und starrt mich an.

„Darum kümmert sich normalerweise Ali", antworte ich verlegen.

„Denk einfach daran, das Begleiter-Register zu öffnen. Genau wie beim Statusmonitor", erklärt Richard und blickt zu Mikito hinunter. „Nachdem du sie geheilt hast?"

Ich beuge mich schnell nach unten und wirke einen weiteren Heilzauber auf Mikito. Dabei flüstere ich eine Entschuldigung, die ihre Ohren nicht erreicht. Die Wunde an ihrem Hals sieht inzwischen deutlich besser aus, und durch den Verband sickert nun kein Blut mehr. Außerdem ist ihr Arm nicht mehr gebrochen. Mittlerweile sollte sie das Schlimmste überstanden haben.

Auf Richards Anweisung hin rufe ich das Begleiter-Register auf und atme erleichtert aus, als ich dort sehe, dass mein Begleitergeist für den Augenblick verbannt wurde. Dann reiße ich die Augen weit auf, als ich den Preis für seine Rückkehr sehe.

„Es geht ihm gut. Ich habe nicht genug Mana, um ihn zurückzuholen, aber es geht ihm gut", melde ich den beiden, und ihre Körperhaltung entspannt sich etwas. Ich blicke die Höhle an und verziehe das Gesicht. „Werden diese Dinger herauskommen?"

„Wahrscheinlich nicht. Sie starben sehr schnell, als sie beleuchtet wurden. Allerdings gibt es dort drin eine Menge von ihnen. Ich glaube nicht, dass sie sich im Tageslicht gut schlagen würden", antwortet Rachel, während sie nach einer Zigarette greift. Das Zittern ihrer Finger ist der einzige Hinweis darauf, wie knapp der Kampf wohl ausgegangen ist.

„Na schön, dann sollten wir uns verziehen. Richard, die Hunde werden für uns Gefahren aufspüren müssen, da Ali nicht hier ist. Rachel, schaffst du es, die Nachhut zu spielen?" Ich deute auf Mikito, um meine Rolle anzudeuten.

Nachdem alle nicken, machen wir uns eiligst auf den Weg. Es gibt keinen Grund, weitere Risiken einzugehen, indem wir hier bleiben.

***

„Crilik-Gestaltwandler, sagst du?", meint Gadsby, klopft mit Metallfingern auf den Tisch und runzelt die Stirn. Ich nicke zustimmend. Er verzieht das Gesicht und blickt das bewusstlose Mitglied unserer Gruppe an. „Die also haben ihr das angetan?"

Ich nicke erneut, und die Gesichter vor mir drücken Besorgnis aus. Die Mitglieder des Stadtrats, die ganz Carcross repräsentierten, sind mit Ausnahme der Ältesten Badger mächtig. Da sich aber die stärksten Personen im Rat befinden, sind die übrigen Kämpfer von Carcross im Durchschnitt niedrigstufiger als Whitehorses spezialisierte Jäger.

„Keine Sorge, wir werden die Aufgabe abschließen", sage ich ihnen und sie blicken mich überrascht an. Dann kehrt ihre Aufmerksamkeit zu Mikito zurück, und ich lächle ihnen einfach optimistisch zu.

„Wenn du dir sicher bist, John", sagt Andrea Badger, was ich mit einem energischen Nicken quittiere.

„Wir benötigen einige Tage für die Vorbereitung, vielleicht länger, falls wir teure Sachen kaufen müssen. Wenn es euch nicht stört, bleiben wir über Nacht, damit Mikito sich vor der Rückfahrt nach Whitehorse erholen kann."

Da sie dem Vorschlag zustimmen, stehe ich vom Tisch auf. Richard wirft mir einen Blick zu, der darauf hinweist, dass er mit mir reden möchte. Wir verlassen den Raum und Rachel folgt uns. Nachdem wir außer Hörweite sind, erwarten sie meine Erklärung.

„Schon gut. Ich habe einen Plan." Ich grinse sie an und fahre dann fort, da ich mir einige skeptische Blicke einfange. „Gebt mir ein paar Tage Zeit, dann erkläre ich es euch. Vertraut mir einfach, ja?"

Rachel kneift die Augen zusammen und Richard schnaubt nur, bevor das Thema beendet ist.

***

„Jason", sage ich und nicke ihm zu. Ich habe meine Beine auf den Tisch gelegt und lese meine Bücher. Jason runzelt die Stirn und mustert das Buch kurz, bevor er sich neben mich setzt. Mikito schläft weiterhin in der Ecke. Richard und Rachel sind draußen und versuchen, sich unter die Menge zu mischen. Daher ist es nun meine Aufgabe, auf unser Dornröschen aufzupassen.

„John, also, wegen der Höhle ...", beginnt Jason, und ich seufze und wische das Textfenster beiseite. Ich bin fast bereit, Ali zurückzuholen, ziehe aber andererseits auch in Erwägung, ihn noch etwas länger in seinem eigenen Saft schmoren zu lassen. Ohne ihn ist es so nett und still.

„Das ist ausgeschlossen, mein Junge", sage ich und deute mit dem Finger auf ihn. „Deine Mutter würde mich umbringen."

Jason seufzt und macht eine Handbewegung, um eine imaginäre Brille zurechtzurücken, bevor er damit aufhört. „Wenn sie nicht dabei ist, lässt sie mich überhaupt nichts tun. Ohne mich würden wir nicht einmal die Hälfte von all dem begreifen."

Ich nicke zustimmend und lasse den Jungen eine Weile lang Dampf ablassen. Damit hat er durchaus recht, denn sein Wissen über Spiele und die Spielmechanik hat ihnen anfangs das Leben gerettet.

Jason sackt in seinem Stuhl zusammen und sagt: „Ich wollte dich schon länger etwas fragen – was für eine Konfiguration willst du eigentlich?"

„Häh?" Ich starre den Jungen an und gebe ihm zu verstehen, dass ich eine Erklärung brauche. Etwa so, wie wenn ich mit Ali rede.

„Konfiguration – du weißt schon, was möchtest du erreichen? Anfangs dachte ich, es wäre eine Art Assassinen-Schurke, vor allem nach unserem Spaziergang durch den Wald. Aber Rachel hat mir erzählt, dass du oft an vorderster Front kämpfst und einiges einsteckst. Daher denke ich inzwischen eher an einen Paladin-Tank, einen Tankadin. Andererseits erwähnt sie, dass du auch Magie erlernst", meint Jason.

„Ach so ..." Ich neige den Kopf und betrachte ihn von oben bis unten. Dabei fallen mir die immer noch dürren Arme und der schmale Brustkorb auf sowie seine Art, leicht in sich zusammengesunken dazusitzen. Ich erinnere mich an den miserablen Gesundheitswert seiner Statusleiste. Jason blickt mich verwirrt an, als ich mir die Stirn reibe. „Lass mich mal raten. Du möchtest also bei deinem Charakter ein Min-Maxing durchführen. Du investierst die Mehrheit der Punkte in Intelligenz, um deinen Manapool zu vergrößern und einige in Willenskraft, um Zaubersprüche präziser zu wirken. Dazu einige in die Wahrnehmung, was dir beim Wirken hilft, richtig?"

Jason nickt und richtet sich stolz auf. Ich strecke die Hand aus und schlage ihm ganz, ganz leicht oben auf den Schädel. Der Schlag bringt ihn ins Wanken. Ich nehme mir vor, meine Stärke noch mehr einzuschränken, wenn ich den Drang spüre, jemandem eine Kopfnuss zu verpassen. Ich schnaube, als ich ihn mit meiner Frage unterbreche: „Wie viele Gesundheitspunkte habe ich dir weggenommen?"

„Was?"

„Gesundheit, wie viel?"

„Äh ... 5 Punkte?" Jason reibt sich weiter den Kopf und verzieht das Gesicht.

„Ich habe mich extrem bemüht, dir nicht wehzutun und schau mal, was passiert ist. Und das war ein beträchtlicher Teil deiner Gesundheit." Ich deute auf Mikito und fahre dann fort. „Die Kreatur, die uns angegriffen hat? Der Gestaltwandler hat mir mit einem einzigen Schlag mehr Gesundheitspunkte weggenommen, als du maximal hast. Wärst du mit uns in die Höhle gekommen, wärst du jetzt nur noch ein roter Streifen am Boden."

Jason nickt, aber sein Gesichtsausdruck zeigt mir, dass er sich hartnäckig weigert, mein Argument zu akzeptieren.

„Was passiert, wenn man in deinen Spielen stirbt?" Als er auf meine Frage mit Schweigen reagiert, wiederhole ich sie.

Jason gibt nach und sagt schließlich: „Man macht einen Neustart."

„Ja, aber hier gibt es keinen Neustart. Im echten Leben kannst du dir kein Min-Maxing deiner Werte erlauben, Jason. Nicht, wenn du überleben willst. Hier gibt es keine zweite Chance. Meiner Meinung nach lässt deine Mutter dich nicht nach draußen, weil sie weiß, dass du das noch nicht kapiert hast. Investiere Punkte in deine Konstitution und baue die Stärke und Beweglichkeit aus. Verdammt, kauf dir im Notfall Verbesserungen vom Shop. Momentan würde eine steife Brise dich umpusten."

„Was ist dann mit dir? Du stürzt dich andauernd in verrückte, wahnwitzige Situationen", erwidert Jason.

„Ja, das tue ich. Das tun wir alle", korrigiere ich mich nach einem Augenblick. „Die Welt, in der wir jetzt leben, ist verrückt und wahnwitzig. Glaubst du, ich wäre gerne da draußen? Ich habe einfach keine Wahl. Wenn ich aufhöre, wenn ich es langsamer angehe, sterben Menschen. Wenn wir die Monster nicht zurückdrängen, dann vermehren sie sich und wir kriegen es mit einer Monsterhorde zu tun."

Ich atme tief ein und unterdrücke die aufwallende Wut. Der verdammte Junge. „Ich habe ja nicht gesagt, dass du es nicht tun sollst. Aber behandle es nicht wie ein Spiel. Diese Welt braucht Leute wie dich, Jason. Jetzt mehr als je zuvor."

„Soll ich also als rettender Ritter herumziehen, weil das die richtige Option ist?", faucht Jason mich an, in dessen Stimme der Zynismus eines Teenagers mitschwingt.

„Nein. Nur die korrekte Option", sage ich.

Meine Antwort verwirrt den Jungen, was auch beabsichtigt war. Wie erklärt man den Unterschied zwischen der richtigen und der korrekten Option? Dass wir zwischen gut und böse, richtig und falsch unterscheiden, aber nicht erkennen, dass manche Dinge einfach so sind, wie sie sind? Wenn die Welt einfach so ist, dann geht es nicht mehr um die Wahl zwischen richtig oder falsch, sondern darum, die korrekte Wahl für die jeweilige Situation zu treffen. Das ist nicht leicht zu verstehen. Mir ist es auch immer schwergefallen. Ich setze mich täglich damit auseinander, dass ich nicht zuhause in Sicherheit bleibe. Aber ich habe es versucht, und das nimmt nie ein gutes Ende.

Aber da ich ihn verwirrt habe, lässt Jason seine Argumente für den Augenblick fallen. Ich bemerke auch, dass er langsam alles verdaut, was wir besprochen haben. Allerdings stelle ich mir die Frage, ob ich in seinem Fall wirklich etwas bewirkt habe. Jason tat so, als ob alles nur ein Spiel wäre, weil es leichter zu ertragen war als die Realität unserer Lage. Dieser Bewältigungsmechanismus half ihm, seiner Mutter und Carcross beim Überleben. Ihm diesen wegzunehmen könnte mehr Schaden als Nutzen bewirken. Ich sehe ihm zu, wie er eine Weile lang schweigend dasitzt, während ich meine Zweifel unterdrücke und mich auf die einzige Wahrheit konzentriere, die ich kenne. Was ist, das ist.

**

Unser stilles Nachdenken wird durch ein Stöhnen gestört, als Mikito schließlich aufwacht. Ich springe sofort auf die Füße, bringe ihr ein Glas Wasser und helfe ihr auf die Beine. Als sie schließlich die Augen öffnet, sieht sie sich panisch nach ihrer Waffe um. Dann entspannt sie sich wieder, als sie sieht, dass diese neben ihr an der Wand lehnt. Sie greift erst nach der Waffe und zieht sie näher zu sich heran, bevor sie das angebotene Wasser trinkt.

„Schön, dass du wieder da bist, Mikito", sage ich. Hinter mir interpretiert Jason diese Worte als Aufforderung, nun zu gehen.

Mikito trinkt schweigend das Wasser, wobei die nach vorne fallenden Haare ihren Kopf verbergen. Nach dem Kampf mit den Spinnen hatte sie es kürzer geschnitten, aber es war noch lang genug, um ihr Gesicht zu verhüllen.

Sie verharrt mit gebeugtem Kopf in dieser Position. Allmählich höre ich ein Schniefen und mir wird klar, dass sie weint.

„Mikito?", frage ich, strecke meine Hand aus und halte dann inne, da ich mich daran erinnere, dass sie nicht berührt werden möchte.

„Wir waren so nah dran", sagt sie schluchzend. Sie zieht ihre Knie an ihren Körper heran und hält die Naginata fest, während das Schluchzen lauter wird. Ich schweige und stehe ihr lediglich bei, während sie ihre Erlebnisse verarbeitet. Danach steht sie auf, weigert sich jedoch, mich anzusehen. „Danke."

„Schon gut", antworte ich. Da ich nichts zu verlieren habe, frage ich anschließend: „Möchtest du darüber reden?"

Sie schüttelt den Kopf und ich seufze und gehe in die Hocke, um die zierliche Frau anzusehen.

„Ich sollte tot sein. Ken, er ist für mich gestorben. Ich wollte herkommen. Hierher. Wir wollten ein Baby, ein Glücksbaby. Es sollte uns Glück bringen. Als das System kam, erhielt ich Klasse. Er gab seine für das hier auf." Ich sehe, dass ihre Hand die Naginata verzweifelt festhält und schweige, damit sie fortfährt. „Ken wusste, dass mein *Sofu*, mein Großvater, mich ausgebildet hat. Sagte, ich muss überleben."

„Ich konnte ihn nicht retten."

Diese letzten Worte klingen nach einer brutalen Verurteilung. Ich atme aus, und ihre rohe Trauer erinnert mich an meine eigene. „Das kann niemand von uns."

Sie sieht zu mir auf, nur ein kurzer Blick, und dann senkt sie die Augen erneut. „Versager. Wir alle."

Ich nicke und wir schweigen längere Zeit, während wir unseren eigenen dunklen Gedanken folgen. Nach einer Weile flüstert Mikito: „Nicht einfach. Schmerzt immer. Aber mir geht es besser."

Ich bestätige ihre Worte mit einem Lächeln. Dann stehe ich auf und strecke ihr eine Hand entgegen, die sie zögernd ergreift. „Komm schon, du musst was essen. Nach all der Heilung bist du wahrscheinlich heißhungrig."

Bei meinem letzten Wort neigt Mikito den Kopf, und ich erkläre es ihr. Dann ziehen wir los, um uns eine Mahlzeit zu organisieren. Und Nachtisch. Anscheinend war heute der Tag für schwierige Gespräche.

***

Als ich einige Stunden später alleine bin, stehe ich an einer unbeobachteten Mauerecke.

Möchtest du deinen Begleitergeist wieder beschwören?
Preis: 500 Mana
(J/N)

Im Geiste wähle ich Ja und spüre, wie mein Mana in einer Welle aus mir strömt und meinen Körper erzittern lässt, als es sich links von mir sammelt. Es wirbelt in einem Kreis und wird immer heller, bevor Ali zurückkehrt und mit dem Fuß aufstampft.

„Hättest du nicht noch eine Stunde warten können? Ich war fast mit *America's Top Model*, Staffel 5 fertig!", knurrt Ali und schüttelt den Kopf.

„Na schön, eine Sekunde." In Gedanken wähle ich erneut das Begleiter-Register an und sehe die Option, ihn zu verbannen. Das Textfenster bleibt einen Augenblick geöffnet, bevor es sich schließt, während Ali die Hand hektisch von oben nach unten bewegt.

„Nein, nein, nein, geht in Ordnung. Tyra Banks wird auch später noch auf mich warten", sagt Ali hastig und wirbelt um mich herum, wobei seine Augen kurz in die Ferne starren. „Ihr habt es also alle geschafft, was?"

„Ja, das haben wir", meine ich. „Danke. Ich nehme an, dein kleiner Zauber war etwas zu viel für dich, oder?"

Ali schneidet eine Grimasse und nickt. „Was unternehmen wir denn nun wegen der Höhle? Geben wir auf?"

„Nein. Wir gehen zurück. Ich habe einen Plan", antworte ich und sehe, wie Alis Körper angesichts dieser Worte dramatisch erbebt. Ja, ja, lach nur, du Arschloch. Ich habe dich auch vermisst.

„Komm schon, wir haben viel zu besprechen", sage ich und winke ihn zu mir, während der Rest meiner Kameraden schläft. Ehrlich gesagt habe ich eigentlich keinen Plan, eher ein Konzept. Außerdem benötige ich viel mehr Informationen, um es praktikabel umzusetzen. Und all das beginnt mit Ali.

Kapitel 18

Am nächsten Morgen ist das Team bereits um 7 Uhr auf den Beinen. Der Schlaf fiel ihnen wohl nicht leicht, auch wenn die Betten bequem waren. Ich hatte die halbe Nacht damit verbracht, die Mauer entlangzulaufen, bevor ich ins Bett ging. Ich belauschte die Wachen und besprach meine Pläne mit Ali. Interessante Gerüchte hörte ich keine, nur Beschwerden darüber, dass Alkohol verboten worden war und der Vorrat an Zigaretten rasch zu Ende ging. Falls ich als Händler und Schmuggler tätig werden wollte, würde ich einen saftigen Profit erzielen, wenn ich beide Warengruppen von meinen regelmäßigen Fahrten mitbringe. Stattdessen plane ich lediglich, den Zigarettenpreis im Shop zu überprüfen. Man weiß ja nie, ob sich so etwas für eine Bestechung als nützlich erweist.

„Älteste", sage ich und neige den Kopf, als die alte Frau uns verabschieden möchte. Auch wenn ich spät ins Bett ging, ist sie noch länger aufgeblieben, um den Papierkram zu erledigen – und das sieht man ihr an. Selbst mit ihrer verbesserten Konstitution muss die Frau sich ab und zu mal ausruhen. Was ich ihr leider nicht sagen kann. „Brauchst du etwas?"

Sie schüttelt den Kopf, und auf ihrem Gesicht erscheint ein müdes Lächeln. „Nein. Ich möchte mich nur von euch verabschieden. Passt auf euch auf, Kinder, ja? Ohne euch wird es hier einsam sein."

Ich lächle höflich und weiß, was sie meint. Der Zirkel ist zu sehr mit dem Grinden beschäftigt und wagt sich an den Tagen, an denen sie nicht in Whitehorse aushelfen, in zunehmend gefährlichere Zonen. Die Brüderschaft kam einmal in Carcross vorbei und kehrte nie mehr zurück. Dem zufolge, was ich gehört habe, hat Mrs. Badger sie wegen ihres Mangels an Gemeinschaftssinn kritisiert. Daher meiden sie Carcross nun. Teenager, die ein Gefühl der Macht und Freiheit besitzen, lassen sich wohl nicht so bereitwillig ausschimpfen wie kleine Kinder. Andererseits sind sie nun Mitglieder des Stadtrats von Whitehorse und helfen endlich der Bevölkerung beim

Levelaufstieg, so dass die Kritik vielleicht doch etwas gebracht hat. Auf jeden Fall sind wir die einzige kampfstarke Gruppe, die hier regelmäßig zu Besuch kommt. Jim und seine Leute kommen vorbei, wenn es sich einrichten lässt. Aber angesichts der Nahrungssituation haben sie nur selten Zeit dafür.

Diesmal dauert es länger als üblich, Carcross zu verlassen. Erst müssen wir die Kinder – und die gar nicht so gelangweilten Teenager, die auf sie aufpassen – von den Rücken der Hunde heben, was immer etwas Zeit erfordert. Dann brechen die Streitereien zwischen den Passagieren aus, die nach Whitehorse umsiedeln möchten, da jeder darauf besteht, zuerst dranzukommen. Mit dem Beginn der Vorratstransporte beschlossen einige Leute, sie möchten lieber in der größeren Stadt wohnen. Dann bewegte sich eine kleine Gruppe in die andere Richtung, als bekannt wurde, dass das gesamte Gebiet von Carcross als sichere Zone galt. Jetzt, nachdem die Leute von den Bossmonstern gehört haben, ergreifen sie wieder die Flucht und fühlen sich in einer größeren Gruppe sicherer.

Nachdem all das erledigt ist, sind wir zur Abfahrt bereit, obwohl einige Passagiere sich darüber beschweren, zwischen den Hunden sitzen zu müssen. Mikito starrt sie nur an, bis sie den Mund halten. Sie fährt heute hinter mir. Nachdem das alles organisiert ist, fahren wir los.

***

Da wir so viele Leute mitnehmen, sind wir gezwungen, das Tempo zu verringern. Dadurch erhöht sich das Risiko, in der Wildnis auf Monster zu stoßen. Daher halten wir zweimal an, um Monster zu erledigen, die uns zu nahe kommen. Das erste Mal müssen Richard und die anderen Abstand halten – aus den Körpern unserer Gegner entweicht Säure. Diesmal richtet Mikito ihren stechenden Blick sogar auf mich, damit ich zustimme. Danach stürmt sie mitten ins gegnerische Rudel, während ich vom Straßengraben aus mein Gewehr einsetze. Mikito tanzt regelrecht zwischen den Säurespritzern. Sie hält ihre Klinge fest und ihre Sprintgeschwindigkeit, die Usain Bolt wie ein Krabbelkind erscheinen ließe, lässt die Umrisse ihrer Gestalt verschwimmen. Wieder einmal wünsche ich mir, ich hätte endlich Zugriff auf meine Klassen-Fertigkeiten. Die gute Nachricht ist, dass sich die Kreaturen als extrem schwach erweisen. Nachdem Mikito ihre Reihen durchbrochen hat, ist der Kampf praktisch vorbei. Sie bewegt sich zu schnell, als dass ich schießen könnte, ohne sie versehentlich zu treffen. Daher lehne ich mich zurück und überlasse ihr den Kampf.

Beim zweiten Gefecht bekämpfen wir einen Troll. Diesmal aber lautet der Plan, dass wir hinten bleiben, während Richard mit den Hunden angreift. Daraufhin entwickelt sich so etwas wie eine Bärenhetze mit gelegentlichen Schrotschüssen ins Gesicht des Monsters. Der Kampf ist brutal, da die Hunde schneller Fleischbrocken aus dem Troll reißen, als dieser heilen kann. Richard sieht den Hunden mit einem grimmigen Lächeln bei der Arbeit zu. Vermutlich haben alle von uns ungelöste Probleme, die wir erst noch bewältigen müssen.

Die meisten unserer Passagiere ducken und verstecken sich, aber einige dieser tapferen Seelen halten mit den Gewehren Wache. Ich höre, wie jemand sich übergibt und eine Person sich über die Brutalität beschwert und murmelt, wir wären Wilde. Als ich das höre, kämpfe ich gegen den Drang an, zu der dummen Blondine zu gehen und ihr eine saftige Ohrfeige zu verpassen. Stattdessen atme ich tief ein und unterdrücke meine Wut.

Als wir uns Whitehorse nähern, schwebt Ali zu mir zurück und winkt, damit ich abbremse. Ich folge seiner Aufforderung und frage mich, was er wohl entdeckt hat.

„Also, John. Du magst doch Roxley, oder?" Ich nicke. „Und Xev ist auch ziemlich cool, aber trotzdem ist es irgendwie unheimlich, oder?" Ich nicke erneut. „Ich sage ‚es', weil Xevs Fortpflanzungsmethode der menschlichen nicht im Geringsten ähnelt."

„Ali ...", sage ich laut, um Mikito eine Chance zu bieten, dass sie beide Seiten dieser Unterhaltung hört.

„Na ja, am Tor zu Whitehorse befindet sich eine Gruppe nicht-menschlicher intelligenter Wesen. Sie wurden eingeladen, also erschießt sie bitte nicht", sagte Ali, der nun meine Reaktion beobachtet. Ich verringere das Tempo und weiß, dass Richard dasselbe tun wird, sobald er mich einholt. Ach du Scheiße, nicht-menschliche Gäste?

„Roxley hat im System eine Einladung veröffentlicht, daher sollen sie sich nun hier ansiedeln", erklärt Ali mit einer Grimasse. „Deinen Leuten dürfte das überhaupt nicht gefallen. Wie ich sehe, werden diese Wesen von einer großen Menschengruppe erwartet."

„Verdammt", sage ich mürrisch und halte weit außerhalb der Sichtweite des Tors an. Ich versuche, mir meiner Gefühle bezüglich dieser Nachricht klar zu werden. Bei der Mehrheit davon handelt es sich um Variationen von „Ach du Scheiße."

Als die anderen mich einholen, lasse ich Ali rasch die Lage erklären.

„Was fällt ihm ein, Leute in unsere Stadt einzuladen?" Richard schlägt die Hände über dem Kopf zusammen, und als Reaktion darauf beginnen die Hunde um uns herum zu knurren.

„Er betrachtet die Stadt garantiert als seinen Besitz", erkläre ich und zucke mit den Achseln, als Richard mich anstarrt. Ich sage ja nur die Wahrheit.

„Verdammte Scheiße. Und das macht dir nichts aus?" Richard richtet seinen stechenden Blick auf mich, und als sie seine Frage hören, tun Rachel und Mikito es ihm nach. Mikito war vom Motorrad abgestiegen und hatte in Richtung des Waldes geblickt. Nach diesen Worten dreht sie sich wieder zu uns um.

„Ich hatte bereits vermutet, dass wir früher oder später außerirdische Gäste zu Gesicht bekommen, aber das kommt etwas früher als erwartet." Seit Alis Erklärung über den Grund für die Veränderung unserer Welt war es offensichtlich, dass wir Besuch bekommen würden. Ich hatte vermutet, dies würde erst nach Abschluss der Integration geschehen. Aber offenbar sind manche Besucher risikofreudiger als andere.

Richard grummelt und deutet auf Mikito, bevor er fragt: „Und du?"

Sie denkt mit zusammengekniffenen Augen darüber nach und betrachtet dann ihre Stangenwaffe, bevor sie den Blick erneut senkt. Dann mustert sie mich und Richard und sagt: „Ich versprechen besser. Führe, ich gehe mit."

„Falls du mich als Nächste fragst, mir ist es egal. Schließlich fragt ja niemand, ob er sich hier ansiedeln darf", meint Rachel, die mit verschränkten Armen dasteht.

Richard klappt den Mund auf und schließt ihn dann wieder, bevor er Rachel betrachtet, gefolgt von den anderen. Max geht zu Richard, und dieser streichelt den Kopf des Hundes, was ihn sichtlich beruhigt. „Ich bin nicht glücklich darüber", sagt er.

„Ja, das dürfte auf die meisten Leute zutreffen. Aber wahrscheinlich haben wir keine Wahl", sage ich, und er nickt. „Insgesamt akzeptieren wir also. Aber die Frage ist, was wollen wir tun? Wir könnten sie vielleicht umfahren, einen Umweg nehmen ..."

„So, wie es momentan läuft, wird noch jemand erschossen", sagt Ali.

„Was passiert dann?", sage ich.

„Dann sieht es ganz schlecht aus. Sie haben einen deutlich höheren Level als die Wachen, und wenn sie provoziert werden ...", fügt Ali hinzu.

„So eine Scheiße ...", sage ich und beobachte kopfschüttelnd die anderen. „Mischen wir uns ein?"

Mikito antwortet nicht, da sie sich bereits wieder abgewandt hat und den Waldrand beobachtet. Rachel nickt nur, und Richard verzieht heftig das Gesicht, bevor er kurz nickt. Ja, er ist alles andere als glücklich. Ich drehe meinen Hals hin und her, um die plötzliche Anspannung meiner Muskeln zu lockern.

„Also los", knurre ich und starte das Motorrad. Ich blinzle und schon sitzt Mikito hinter mir. Ich muss einfach den Kopf schütteln. Diese Frau ist echt schnell. „Ali, hast du noch etwas Nützliches hinzuzufügen?"

„Immer. Also, erstens nennt man sie die Yerick. Zumindest entspricht dies annähernd ihrer Aussprache. Sie wurden vor 2000 Jahren ins System integriert, und ihr Planet befindet sich fast auf der anderen Seite des Territoriums des Galaktischen Rats. Leider waren sie genau wie ihr Menschen zum Zeitpunkt der Integration nicht sehr weit fortgeschritten, daher wurden sie hauptsächlich der niedrigsten Arbeiterklasse zugeordnet – den Abenteurern", beginnt Ali, wobei er sowohl unsere Position im Auge behält als auch Informationen abliest, die nur für ihn sichtbar sind. „Anscheinend handelt es sich bei dieser Gruppe aber um eine Mischung von Handwerkern und Abenteurern, auch einige Kinder sind dabei."

Ich nicke und folge der kurvenreichen Straße hügelabwärts, während wir uns der eigentlichen Stadt nähern. Ich tippe meinen Helm an, damit sich dieser einzieht und ich den Wind in meinen Haaren spüre. Ich muss dringend mal wieder zum Friseur.

„Und noch was, ihr würdet sie vermutlich einfach als Minotauren bezeichnen", sagt Ali.

Das sagt er mir erst eine Sekunde, bevor die komplette Szenerie sich vor mir ausbreitet. Deshalb nehme ich mir vor, ihm später noch einen Arschtritt zu versetzen. Eine Vorwarnung wäre echt nett gewesen. Der Anblick einer Gruppe von etwa dreißig bullenköpfigen Wesen mit Hörnern und muskulösen Menschenkörpern, die Gewehre und Schwerter tragen, ist ein ziemlicher Schock. Die Yerick stehen nah beieinander vor einer dreieinhalb Meter hohen Mauer aus Stahlbeton. Sie befinden sich direkt vor dem Tor und beobachten die dort postierten Wachen argwöhnisch. Die Mauer selbst bietet nur einen zusätzlichen hohen Aussichtspunkt, da der dahinter liegende Manaschirm die eigentliche Abwehr darstellt. Physische Verteidigungssysteme wie Mauern helfen nur gegen die schwächsten Kreaturen, da die meisten Monster Beton mühelos durchbrechen.

Als ich genauer hinsehe, entdecke ich, dass Roxleys Wächter zwischen den Minotauren und der Mauer stehen und nach innen zu den

Menschenwachen blicken. Hinter der Mauer höre ich die von Ali erwähnte rebellische Menge, obwohl noch keine Rufe ertönen.

Die Minotauren sind extrem gut trainiert. Sobald ich um die Kurve komme, brüllt einer ihrer Späher eine Warnung, und plötzlich werden Gewehre gehoben und Schwerter gezogen. Noch während ich abbremse, springt Mikito ab und rennt mit der Naginata in der Hand neben mir her. Hinter der Mauer sehe ich, dass die Menschen bereits mit ihren Gewehren zielen. Jetzt fehlt nur noch ein Funken, dann bricht die Schießerei los.

Scheiße!

„STOPP!" Dieser laute Befehl ist für alle hörbar, und mein Körper erstarrt. Ich wehre mich gegen den geistigen Befehl, verdränge ihn und spüre, wie er unter meinem Willen nachgibt.

Geistiger Einfluss abgewehrt

Überall um mich herum sehe ich, wie Leute mitten in der Bewegung wie eingefroren stehen bleiben. Aber ich kenne diese Stimme. Ich steige vom Motorrad und lasse meine Waffe zurück. Während ich mich bewege, fällt mir auf, dass ich nicht der einzige bin, der sich dem Befehl widersetzt hat.

Capstan Ulrick (Level 7 Yerick Flammenkrieger, Erste Faust)
HP: 2100/2100

Beim Anblick seiner Gesundheitsleiste mache ich große Augen. Heiliger Strohsack. Capstan überragt selbst seine eigenen Leute um gut dreißig Zentimeter, so dass er mit den Hörnern knapp drei Meter groß ist. Eine seiner Hände hält ein Gewehr, das nach menschlichen Maßstäben eine von mehreren Personen bediente Waffe mit drei glänzenden schwarzen Läufen wäre, und auf seinem Rücken hängt eine Axt. Er ist wie wir in einen einfachen Overall gekleidet, aber ich bemerke das variable Schildmodul, das er an der Hüfte trägt.

Die Augen des Yerick leuchten rot und seine Nasenflügel beben, während sein Blick zwischen mir und der Mauer hin- und herspringt. Die durch diese Bewegung ausgedrückte Warnung ist so überdeutlich, dass selbst eine andere Gattung sie versteht.

Ich frage mich, ob sein Level ein Fehler ist. Und warum ist bei den Minotauren nur ein Viertel der Statusleisten sichtbar? Ich blicke zu Ali und stelle fest, dass der Befehl ihn ebenfalls erstarren ließ. Unwillkürlich denke ich darüber nach, ob ich Roxleys Skill wohl ebenfalls erstehen könnte.

Wie aufs Stichwort springt Roxley über die Mauer und landet auf der anderen Seite, was Capstan überrascht. Allerdings ist der Minotaur ausgesprochen diszipliniert und eröffnet nicht das Feuer, da Roxley lediglich seine Robe glattstreicht. Capstan und ich starren den hübschen Elfen mit der marmorartigen Haut, den spitzen Ohren, den schwarzen Haaren und der goldenen Robe an, bevor wir uns beide gleichzeitig zu Wort melden.

„Harglexasss Roxley", sagt Capstan, zumindest hört es sich so an.

„Roxley!" Ich trete vor, wobei ich meine Hände von der an meinem Oberschenkel festgeschnallten Pistole fernhalte.

Roxley unterbricht uns, indem er die Arme hebt. Dann dreht er sich um und spricht zu allen, wobei seine schwarzen Augen von innen heraus leuchten. „Ich bringe die Person um, die zuerst schießt. Die Person, die danach das Feuer eröffnet, verurteilt auch die Gruppe zum Tod, der sie angehört."

Ich spüre, wie der geistige Druck nachlässt, als würde plötzlich ein Gewicht von mir genommen. Mehr als ein Individuum stolpert herum und die Minotauren-Kinder heulen laut, während die besorgten Eltern zu ihrer Beruhigung nichts anderes tun, als sie zu tätscheln. Ich sehe mindestens einen Wächter, der über die Mauer hinweg seinen Magen entleert, nachdem er nicht mehr unter Roxleys Bann steht. Ich weiß nicht, was mein Team hinter mir tut. Ich kann nur hoffen, dass sie sich an unsere Abmachung halten.

Roxley winkt Capstan herbei, und als ich mich nähere, hebt er warnend einen Finger. Na schön. Sollen sie doch reden. Das Lippenlesen ist mir keine

Hilfe, da sie weder Englisch noch eine andere menschliche Sprache verwenden. Es dauert nicht lange, bis die beiden sich trennen. Capstan geht zu den Yerick und redet mit ihnen, während Roxley uns mit einer eisernen Stimme anspricht: „Das sind meine Gäste und werden auch als solche behandelt. Stößt ihnen etwas zu, ist das so, als wäre mir dasselbe zugestoßen. Die Bestrafung fällt dementsprechend aus."

Junge, Junge. Ich habe von Roxley so einiges gelernt, und dazu gehört die Tatsache, dass die Gastfreundschaft im Galaktischen Kern eine große Rolle spielt. Nur so ist es möglich, dass derart unterschiedliche Gruppen wie die Mitglieder des Galaktischen Rats auf zivilisierte Weise miteinander kommunizieren. Daher wird sie energisch durchgesetzt. Genau aus diesem Grund stecken wir ja in diesem Schlamassel – der Botschafter erwartete ein Minimum an Gastfreundschaft und wurde stattdessen angeschossen, eingefangen und seziert. Bei lebendigem Leibe.

Auf Roxleys Befehl hin öffnet sich das Tor, und seine eigenen Wachen flankieren die Yerick und eskortieren sie in die Stadt. Ich wende mich Roxley zu und möchte ihn ansprechen, aber er schüttelt wiederum den Kopf und seine Lippen bilden die Antwort ‚Heute Abend', bevor er sich der Gruppe anschließt. Nachdem die anfänglichen Nachwirkungen seines Befehls verklungen sind, macht sich wieder seine normale Präsenz bemerkbar. Selbst die Wächter, die nach Gefahren Ausschau halten sollen, werfen dem Elfen kurze Blicke zu. Und die meisten Menschen starren den hübschen, hübschen Kerl einfach an. Kein Wunder, dass er nicht allzu oft in der Öffentlichkeit erscheint.

Na schön. Heute Abend. Es ist nicht meine Schuld, dass mein verräterischer, gefräßiger Magen sich fragt, was es wohl zum Abendessen geben wird.

***

Nachdem wir in der Stadt sind, wäre es zumindest sehr problematisch, dem Stadtrat sofort vom Dungeon zu berichten. Ich vermute, danach würden sie uns in eine Krisensitzung schleppen, in der wir stundenlang quasseln, ohne zu einem Beschluss zu gelangen. Daher schicke ich Richard und Ali vor, um die Ratsmitglieder zu beruhigen. Ali, weil der kleine Quälgeist relevante Informationen besitzt und Richard, weil der Mann tatsächlich jeden um den Finger wickelt, wenn er sich darum bemüht. Er wirft mir einen Blick zu, der „darüber reden wir später noch" ausdrückt. Für den Augenblick folgt er meinen Anweisungen. Ich hoffe darauf, dass Richard den Stadtrat davon abhält, eine Riesendummheit zu begehen.

Mikito und Rachel erhalten denselben Auftrag bezüglich der Jäger, die am Tor warten und den Zugang blockieren. Sie sollen sicherstellen, dass die Jäger keinen Ärger machen. Dann sehe ich noch, wie Mikito die Jäger in einer spontanen Jagdgruppe organisiert. Primitiv, aber wirksam.

Ich? Ich werde einkaufen, sobald ich Sabre bei Xevs Werkstatt abgegeben habe.

Die Biologie des Crilik-Gestaltwandlers (100 Credits)

Ich kaufe mir den Text und die Informationen strömen in mein Bewusstsein. Ich suche nach spezifischen Details, und es ist wirklich einfach, diese zu lokalisieren und zu bestätigen. Super, und jetzt ...

Carcross-Feuchthöhlen (Nr. 12356) Lageplan (25.000 Credits)

Mein Gott, ist das teuer. Ich frage mich, ob der Grund dafür in der Tatsache begründet liegt, dass es sich um einen bekannten Monster-Schlupfwinkel handelt. Ich starre den Bildschirm aufgebracht an. Dann schleicht sich der Fuchs zu mir und grinst mich an. „Kann ich Ihnen vielleicht behilflich sein, Sir?"

Oh, ich bin mir schon bewusst, worauf er aus ist. Jeden einzelnen Credit, den ich besitze – und da Ali mit Abwesenheit glänzt, zögere ich, mich auf ihn einzulassen. Aber fragen kostet ja nichts. „Ich benötige den Lageplan dieses Orts, aber die Karte kostet zu viel."

„Ah, wir führen eine große Auswahl kartografischen Zubehörs", sagt der Fuchs lächelnd und wedelt mit der Hand. „Also wollen Sie kein passives Gerät, das Ihrer jetzigen Karte Daten hinzufügt, ja? Dann müssen wir nach aktiven Optionen suchen. Bevorzugen Sie biologische, spirituelle oder künstliche Methoden, Sir?"

„Das ist mir egal. Zeigen Sie mir die beste Option."

„Preisvorstellung?"

Ich grummle und sehe in Gedanken nach, was ich noch übrig habe. Ich benötige mindestens 10.000 Credits für den Rest der Ausrüstung, die ich haben möchte, also bleibt für das hier kaum etwas übrig. Andererseits könnte ich vielleicht von der Gruppe einen Kredit bekommen, daher ..." Sagen wir mal höchstens 12.000 Credits."

„Knapp", meint der Fuchs und wirkt enttäuscht, bevor er die Hand hebt und eine seitlich geführte Geste vollführt.

Irrwisch-Geist (Modifiziert)

Dieser Naturgeist wurde so modifiziert, dass er einfachen Befehlen folgt und eine Karte mit den von ihm besuchten Orten aktualisiert.
Preis: 12.000 Credits

Hunii Libellen-Drohne (Aufklärung Typ IV)

Diese Libellen-Drohne verfügt über mehrere Video- und Audio-Aufzeichnungsoptionen und kann 3D-Landschaftskarten aktualisieren.
Betriebsdauer: 2 Stunden
Preis: 5.000 Credits

„Was ist der Grund für den riesigen Preisunterschied?", frage ich, während ich die beiden Textfelder anstarre.

„Die Irrwische sind Kontraktbegleiter, ähnlich wie Ali. Zudem haben sie den Vorteil, dass sie fast unverwüstlich sind. Die Drohnen sind vielseitiger, aber extrem zerbrechlich", antwortet der Fuchs sofort.

„Sind die Irrwische intelligent?" Ich habe eine klare Vorstellung von zwei Alis, die den ganzen lieben Tag lang auf mich einreden.

„Begrenzt. Ähnlich wie die Ratten, die Sie Menschen als Haustiere halten", fährt der Fuchs fort. „Allerdings würde ich nicht empfehlen, ihn nach der Beschwörung andauernd bei sich zu behalten. Im Gegensatz zu Ali würde er ständig Ihre Manareserven aufzehren."

„Gibt es weitere Optionen?"

„Selbstverständlich, Sir", sagt der Fuchs und verzieht keine Miene, während er weitere Informationen aufruft. Zwanzig Minuten später muss ich mir eingestehen, dass er wahrscheinlich die besten Optionen ausgewählt hat. Im Normalfall müssen biologische Wesen zurückkehren, um ihre Beobachtungen zu melden. Sie sind nicht der Lage, mich unmittelbar zu informieren, und eine direkte geistige Verbindung ist viel zu teuer und bringt eigene Probleme mit sich. Was die Geister betrifft, sind alle mit mehr Intelligenz als der Irrwisch zu teuer und unfähig, Karten zu erstellen. Die Drohnen bieten zusätzliche Optionen, aber die meisten davon sind nur Variationen mit minimalen Unterschieden bezüglich Betriebsstunden, Struktur und Bewegungsmethode. Die einzige andere Möglichkeit wäre ein Upgrade von Sabre mit besseren Sonar- und Radar-Kartografierungsoptionen. Dies würde allerdings einen kostbaren Befestigungspunkt beanspruchen.

Ich merke mir die beiden Optionen und durchsuche den Shop nach den dafür benötigten Werkzeugen. Da der Fuchs so hilfreich war, beschreibe ich ihm die Umrisse meines Plans. Dann machen wir uns an die Arbeit und stellen meinen Einkaufskorb zusammen. Falls Ali später etwas Zeit hat, wird er sich meine Auswahl ansehen müssen. Ich möchte einfach möglichst viel schon jetzt erledigen.

***

Als ich den Shop verlasse, ist der Nachmittag halb vorüber und zufällig wartet draußen eine Gruppe menschlicher Wächter. Angesichts der Tatsache, dass die Minotauren momentan in diesem Gebäude untergebracht sind, betrachte ich es nicht wirklich als Zufall.

„Amelia", sage ich. Es gelingt mir nicht, meine Missbilligung zu unterdrücken, als ich sie und ihre Freunde anblicke. Bei der Mehrheit handelt es sich um Wächter wie sie, wobei es mich überrascht, dass es sich hauptsächlich um Frauen handelt. Im Allgemeinen sind Frauen bei den Wächtern und Jägern unterrepräsentiert. Aus dem Augenwinkel heraus sehe ich hinter mir zwei Katzen vorbeihuschen, und es läuft mir eiskalt den Rücken hinunter. Glücklicherweise ist Whitehorse keine besonders katzenfreundliche Stadt. Durch Mana mutierte Katzen sind furchterregend – die Art, wie sie mich ansehen, zeigt mir, dass ihre Wildheit direkt unter der Oberfläche lauert.

Amelia lächelt mich an, sobald sie einen Blick auf mich erhascht. Als sie dann aber den Ton meiner Stimme hört, wirkt sie verwirrt. Nach einem Moment hat sie verstanden und winkt ab: „Nein, nein, nichts in der Art. Wir möchten nur helfen. Die Lage beobachten, weißt du."

„Aha", sage ich mit einem leichten Nicken. Die Zusammensetzung der Gruppe verwirrt mich immer noch. Andererseits geht es mich nichts an. „Dann ist ja alles gut. Roxley legt sehr viel Wert auf die Gastfreundschaft."

Amelia verzieht die Lippen und spricht weiter. „Ja. Wir verstehen, wie es sich anfühlt, als Außenseiter verurteilt zu werden."

Ich nicke und bin dankbar dafür, dass zumindest einige Leute vernünftig sind. Wir töten andere nicht, solange sie es nicht mit uns versuchen. „Unterrichtet Mr. Haarknoten immer noch die Klasse?"

„Aiden", antwortet Amelia, wobei sie den Namen mit einem verärgerten Tonfall betont, „unterrichtet heute eine Klasse, ja."

„Danke!" Ich verabschiede mich von ihr. Da ich vor dem Abendessen noch einige Stunden frei habe, widme ich mich besser meinem Training.

***

„Atmet ein und reckt die Arme zum Himmel. Öffnet euch der Welt. Werdet eins mit ihr. Nehmt das Universum in eure Seele auf", ruft Aiden, während er sich durch die Klasse bewegt, seine Hände uns berühren und unsere Haltung korrigieren. „Entspannt euch, lasst eure Hände auf die Erde fallen und verlagert das Gewicht auf die Fersen. Streckt euch in der Stellung abwärts blickender Hund. Verharrt ruhig und konzentriert euch auf eure Atmung. Spürt, wie die Welt sich mit euch bewegt."

In der heutigen Klasse geht es um Yoga: Aiden verwendet zahlreiche Methoden zur Verbesserung der Mana-Manipulation. Die meisten davon hat er aus schlechten Übersetzungen asiatischer Philosophie abgekupfert, aber da es für ihn und seine Schüler zu funktionieren scheint, kann ich mich nicht wirklich beschweren. Jedenfalls nicht zu sehr.

Bei der Mana-Manipulation, oder genauer gesagt der Weiterentwicklung dieser Fähigkeit geht es darum, sich die Kraft vorzustellen, die uns umgibt und alles verändert. Das Verständnis dieser Kraft ist in etwa so anstrengend, als versuche man, einen Elefanten durch ein Nadelöhr einzufädeln. Ohne eine grundlegende Veränderung unserer Weltanschauung wäre es schlicht unmöglich. Die Methode von Mr. Haarknoten ist nicht besser oder schlechter, als wenn Rachel sich die Geister ihrer Vorfahren vorstellt – der Elefant besteht immer noch nicht aus einem Stück. In gewisser Hinsicht ähnelt dies Ali, wenn er mir beibringt, wie ich auf meine elementare Affinität – die elektromagnetische Kraft – zugreife. Allerdings ist das eine künstlich und das andere natürlich, wie Aiden betont.

Hier bin ich also, übe mitten am Tag Yogastellungen und versuche, mich durch meine Bewegungen mit dem Mana zu verbinden. Ich muss zugeben, dass diese Klasse möglicherweise nicht das Richtige für mich ist, was aber auch an den in Lycra gekleideten Ablenkungen liegen könnte. Deswegen kann man mir ja keinen Vorwurf machen – ich habe einen deutlich höheren Konstitutionswert, optimierte Gene und seit Monaten nicht mehr gevögelt.

Nach der Klasse versammeln sich die meisten anderen Schüler um Mr. Haarknoten. Sie reden darüber, wie toll die Klasse war und dass sie der wahren Verbindung näher gekommen sind. Ich wische soeben die Yogamatte sauber, als eine Hand auf meinen Arm herabsinkt. Ohne nachzudenken packe und verdrehe ich den Arm in eine Sperrhaltung, während ich auf den Füßen bleibe. Die Brünette, deren Arm ich ergriffen habe, keucht vor Schmerz. Daher lasse ich sie nun los.

„Tut mir leid. Reine Gewohnheit", antworte ich und erwidere das Lächeln, das sie mir nun präsentiert. Hellbraune, zu einem Pferdeschwanz zusammengebundene Haare. Glänzende braune Augen unter langen, gebogenen Wimpern und eine niedliche Stupsnase schauen zu mir auf. Ich stelle fest, dass sie nicht zurückweicht, obwohl ich sie losgelassen habe. Ich bewundere unwillkürlich ihren Waschbrettbauch in dem Yoga-Outfit, das sie trägt. Sie ist mir so nahe, dass ich sie riechen kann. Eine aufregende Mischung, selbst mit dem Hauch von Schweiß.

„Schon gut", antwortet sie mit einer Stimme, die an Karamellbonbons erinnert. „Hat dir die Klasse gefallen?"

„Ehrlich gesagt hat sie mich nicht weitergebracht. Aber das wird sich bessern", sage ich.

„John, so heißt du doch?", sagt sie.

„Ja ..." Ich blicke über ihren Kopf hinweg und stelle fest, dass Ali nicht anwesend ist, um ihre Statusleiste für mich zu aktualisieren. Verdammt.

Da sie mein Zögern oder zumindest dessen Ursache falsch interpretiert, gibt sie mir eine Antwort. „Karen."

„Schön dich kennenzulernen, Karen", antworte ich, und keiner von uns bewegt sich. Sie ist mir so nahe, dass ich die von ihrem Körper aufsteigende Wärme spüre. Oder vielleicht wird mir allmählich heiß.

„Weißt du, John, meine Freunde und ich müssen uns im Fluss waschen. Vielleicht sehen wir uns später. Ich wohne momentan in der Selkirk-Schule", sagt sie mit einem Lächeln. Dann dreht sie sich um und entfernt sich, wobei sie zuvor noch mit einer Hand über meinen Brustkorb streicht.

„Ja ..." Ich blinzle und sehe zu, wie sie zu ihren Freunden geht. Dabei stelle ich unauffällig sicher, dass ich nicht sabbere, während ich meine Yogamatte aufrolle.

Kapitel 19

Als ich nach Hause zurückkehre, ist es bereits spät. Trotzdem nehme ich mir kurz Zeit und bewundere das Haus im Abendlicht. Wir haben es geschafft, einen Teil unserer Credits für das Haus auszugeben. Dafür haben wir eine neue, zweieinhalb Meter hohe Mauer mit Wachtürmen an beiden Enden erhalten, die jeweils über dreieinhalb Meter hoch sind. Auch wenn physische Mauern heutzutage nicht mehr sehr nützlich sind (selbst ich könnte aus dem Stand heraus darüberspringen), sind sie immer noch besser als gar nichts.

Zudem haben wir die separate Garage dazugekauft und in eine Autowerkstatt verwandelt. Richard zeigt nun ein ausgeprägtes Interesse daran und arbeitet mit Chris an den Trucks. Leider müssen wir die Mana-Motoren und Mana-Batterien immer noch im Shop kaufen. Aber wenn Chris nicht an unseren Trucks herumbastelt, führt er für andere Upgrades an ihren Fahrzeugen durch, was uns etwas Geld einbringt.

Die dafür benötigte Energie wird von einer Kombination aus Mana-Motor und Batterie geliefert, die das Haus und die Suchscheinwerfer oben auf den Mauern mit Elektrizität versorgt. Zudem haben wir im gesamten Haus Sicherheitstüren und entsprechende Fenster installiert, was uns im Fall eines Angriffs zusätzlichen Schutz bieten würde, und selbst die Wände entsprechen nun den galaktischen Normen.

Als ich das Haus betrete, höre ich die Stimmen mehrerer unserer Dauergäste. Da wir eines der wenigen mit Strom versorgten Häuser der Stadt besitzen, hängen hier viele Kinder herum – erst recht, seit Lana einen 72-Zoll-Fernseher für das Wohnzimmer aufgetrieben hat. Ich bleibe an der Tür stehen und höre den glücklichen, zufriedenen Stimmen zu, die sich unterhalten, während im Hintergrund eine Episode von *Firefly* läuft. Ich schließe kurz die Augen, lehne mich gegen den Türrahmen und lasse die Geräusche und Gerüche meines Heims über mich hinwegströmen. Ich kann vielleicht die Welt nicht verbessern – sie nicht zu dem machen, was sie früher war. Aber immerhin habe ich die Mittel, um diesen Kindern vorübergehend eine sichere Zuflucht zu bieten. Als ich die Augen öffne, steht Lana auf der anderen Seite der Tür im Treppenhaus und beobachtet mich mit einem sanften Lächeln. Ich spüre, wie ich sie ausdruckslos anstarre, da sie mich komplett überrascht hat. Aber dadurch intensiviert sich ihr Lächeln noch, auch wenn sie kein Wort sagt. Ich erwidere den Blick ihrer violetten Augen und sehe mir dann den Körper der Rothaarigen an. Ich muss an Karen denken und vergleiche sie mit Lana, ohne an einer der beiden einen Makel zu entdecken. Lana ist wie üblich leger gekleidet – nur ein einfaches graues Top und Jeans – aber darin sieht sie echt gut aus.

„Fertig?", fragt sie mit einem verschmitzten Lächeln. Ich realisiere, dass ich sie weit intensiver angestarrt habe, als es angemessen wäre.

„Ja ...", sage ich kopfschüttelnd. Sie prustet und steigt die verbleibenden Treppenstufen hinab.

„Das Abendessen ist bald fertig, aber du brauchst eine Dusche", sagt Lana, als sie an mir vorbei zur Küche geht. Ich könnte schwören, dass sie dabei einen betonten Hüftschwung hinlegt. Im Gehen ruft sie mir noch zu: „Keine Schokolade für die Kinder!"

Ich grinse und warte kurz, bis sie weg ist, bevor ich dann das Wohnzimmer betrete. Als die Kinder mich entdecken, rennen sie auf mich zu. Ich zwinkere den Teenagern zu, als ich eine Handvoll Mini-Toblerone aus meinem Inventar ziehe und in wartende Hände fallen lasse. Nachdem ich meine gute Tat für den Tag hinter mir habe, gehe ich die Treppe hinunter und um die Ecke zu meiner Wohnung. Im Gegensatz zum Rest des Hauses hat sich hier unten kaum etwas verändert. Ich war auch nicht oft genug hier, um Veränderungen vorzunehmen – was leider auch mein Bettzeug betrifft. Ich muss wirklich mal wieder die Laken wechseln.

Und wieder verspreche ich mir, meine Sachen zu waschen. Ich steige in die Dusche und drehe die Temperatur auf eiskalt, während mir Bilder von Lana/Karen auf meinem Bett durch den Kopf gehen.

Nachdem ich fertig bin, betrete ich die Küche. Wie ich sehe, haben die übrigen Mitglieder der Gruppe ihre diversen Erledigungen hinter sich gebracht. Ich lasse mich auf einen Stuhl fallen, aber als Lana Anstalten macht, aufzustehen, schüttle ich den Kopf. „Ich esse später mit Roxley zu Abend."

Lana nickt nur und setzt sich wieder, bevor sie auf Richard deutet: „Carcross?"

„Also, der Stadtrat hat absolut nichts dagegen, dass wir uns um dieses Problem bei Carcross kümmern. Was das angeht, gab es überhaupt keine Diskussion. Aber ...."

„Ich habe einen Plan, glaube ich", sage ich und lächle ihm beruhigend zu. Richard rollt mit den Augen. „Allerdings müssen wir intelligenter vorgehen. Ich weiß, dass alle von uns bereits Erste-Hilfe-Verbände haben. Sobald es aber hart auf hart geht, werden wir etwas brauchen, das schneller wirkt. Also, zwei Dinge. Wir gehen zu Sally und kaufen für alle einige ihrer besten Tränke, nur für den Notfall. Außerdem sollten alle von euch Heilzauber erlernen. Rachel – vielleicht einen stärkeren für dich?"

Rachel nickt und runzelt nachdenklich die Stirn. Ihr Stärkungszauber ist mächtig und nutzt ihre Spezialisierung, aber die Wirkung entfaltet sich nicht augenblicklich, nicht einmal besonders schnell. Richard kratzt sich am Bart, an den er sich immer noch nicht gewöhnt hat. „Ich möchte mir auch einige Zaubersprüche ansehen. Vielleicht etwas, das allen nützt."

„Okay, gut, das hat ja keine Eile. Ich habe sowieso eine Idee, wie wir mit dem Dungeon fertig werden", fahre ich fort und deute erneut auf Richard. „Was haltet ihr von den Yerick?"

„Die Minotauren?", antwortet Richard.

„Sag das nicht", sage ich kopfschüttelnd. Als er dagegen protestieren möchte, deute ich auf den schwebenden Ali. „Er hat mir gesagt, Orcs würden mich erwarten, dann hat man mich mit Strahlenwaffen und Granaten angegriffen. Was mich beinahe das Leben gekostet hätte. Die sind keine griechischen Legenden oder dumme Biester. Die Yerick sind eine intelligente

Rasse – Aliens, wenn du sie so nennen möchtest. Es wäre besser, den korrekten Namen zu verwenden und sie richtig zu verstehen."

Meine Worte scheinen Rachel zu überraschen. Richard nickt kurz und hebt die Augenbrauen, während er diese Nachricht verdaut. Lana lächelt nur, und Mikito … Mikito isst einfach weiter, jede ihrer Bewegungen so präzise und kontrolliert wie immer.

„Wie gesagt sind die Yerick als Neulinge willkommen. Aber der Stadtrat wird offiziell nichts unternehmen und weist die Bevölkerung an, ihnen nicht in die Quere zu kommen. Die Leute sind von dieser ganzen Angelegenheit genervt. Vor allem von der Erklärung, die Mino… – die Yerick – wären Gäste", sagt Richard.

„Drei Tage. So lange dauert das", erkläre ich und richte den Blick auf Ali, damit er uns eine genauere Erklärung liefert.

„Wie ich dem Stadtrat sagte, müssen die Yerick sich innerhalb von drei Tagen mit Roxley einigen. Am Ende dieser Periode müssen sie entweder gehen oder den Status von Einwohnern annehmen, wie ihr", erklärt Ali. Ich nicke und erstelle mir eine mentale Notiz.

„Drei Tage oder nicht, das plötzliche Auftauchen einer ganzen Aliengemeinschaft geht den Leuten gegen den Strich", betont Richard.

„Auch wenn es ihnen gegen den Strich geht – gehen werden diese Yerick wohl nicht, wenn sie schon ihre Kinder mitgebracht haben", sagt Lana und lächelt, als Rachel sie ansieht. „Alle reden darüber. Und soweit ich weiß, sind ihre Kinder sogar recht süß."

Mikito nickt entschlossen, und selbst Richard muss mit den Schultern zucken. Okay, vielleicht wäre es eine gute Idee, niedliche Yerick-Kinder als Botschafter einzusetzen. Eine mögliche Option für später. Aber ich erschaudere bei dem Gedanken, was sie tun würden, wenn einem ihrer Kinder etwas zustieße. Oder einem der unsrigen. „Rachel?"

Die junge Frau zuckt nur mit den Schultern und schaut mich an, so dass ich gezwungen bin, meine Frage zu wiederholen.

„Was denn? Mikito und ich haben unsere Leute angetrieben, bis sie vor Erschöpfung umgefallen sind. Dann haben wir sie hochgehoben und gegen noch mehr Monster kämpfen lassen. Alle, die wir finden konnten. Heute Nacht sind sie zu nichts mehr fähig, aber ...", sagt sie und zuckt erneut mit den Schultern. „Sie mögen Roxley nicht, und vor allem sind sie sauer darüber, dass ‚Rindvieh' daherkommt und ihnen ihr Land wegnimmt."

„Wie schlimm ist die Lage?", bohre ich nach und beobachte Mikitos Reaktion.

„Schlimm. Dumme Leute begehen nun einmal Dummheiten. Ich habe sogar gehört, wie einer sagte, Kanada gehöre den wahren Kanadiern", faucht sie beinahe, bevor sie fortfährt. „Ich habe sichergestellt, dass Mikito dabei in Hörweite war. Danach lag der Kerl mit der Fresse voran im Dreck. Und hat eine Menge Dreck geschluckt."

Ich nicke und reibe mir die Schläfen, während ich nachdenke. Richard unterbricht mich, bevor es mir gelingt, einen sinnvollen Plan zu entwickeln.

„Bist du dir sicher, dass wir in diesem Fall auf der richtigen Seite stehen, John? Es fühlt sich nicht gut an, diese Wesen einfach hereinzulassen. Wir haben gekämpft und geblutet, um die Monster fernzuhalten, und jetzt bitten wir sie einfach darum, unsere Nachbarn zu werden?", sagt Richard.

„Was würdest du vorschlagen?" Ich blicke Richard an und stelle sicher, dass mein Ton nicht herausfordernd klingt.

„Na ja ...", sagt Richard und schließt den Mund wieder. Er ist schlau genug, sämtliche Optionen in Betracht zu ziehen, wenn er darüber nachdenkt. Wir können Roxley nicht zwingen, sein Angebot zurückzuziehen. Ein Kampf gegen sie kommt ebenfalls nicht in Frage, und selbst wenn – was würde das bedeuten? Die nächste Gruppe wartet bereits um die Ecke. Während seine Stirn sich in noch tiefere Falten legt, lehnt sich Lana vor und drückt ihm die Hand, aber Richard ist aufgebracht. „Ich kann das nicht ausstehen. Es fühlt sich an, als ob wir die Erde und Whitehorse einfach aufgeben. Als ob wir sagen, alles wäre vorbei."

Mikito blickt auf und spricht, sobald sie mit dem Kauen fertig ist: „Wir geben nicht auf. Aber wir haben bereits versagt. Die Welt hat sich verändert."

„Was vielleicht gar nicht so schlecht ist", sage ich, aber Richard hebt eine Augenbraue. „Wir sind uns bewusst, dass die Lage sich verschlechtern wird. Der Anführer der Yerick hat Level 7 in einer fortgeschrittenen Klasse, wenn ich mich nicht irre", sage ich und fahre fort, als Ali nickt. „Daher könnten sie uns eine helfende Hand reichen. Pfote. Was auch immer."

Nach meiner Erklärung steht die Gruppe einen Augenblick lang schweigend und fassungslos da. Mit Level 7 in einer fortgeschrittenen Klasse ist der Yerick ungefähr bei Level 57 – allerdings sind Stufenaufstiege nicht ganz so linear strukturiert. Jeder Level wird zunehmend schwieriger, was im Fall einer fortgeschrittenen Klasse doppelt gilt. Ich lasse sie darüber nachdenken, bevor ich mich an Lana wende.

„Ich weiß, John. Ich sehe, was ich tun kann. Ich rede mit allen Leuten, die ich kenne, aber ...", sagt Lana achselzuckend, und ich nicke erneut. Erwarte keine Wunder. Ich verstehe. Richard, der die Dinge in dieser neuen Welt so nahm, wie sie waren, scheint sich extrem an den Yerick zu stören. Wie schwierig wird es erst, den Rest der Bevölkerung zu überzeugen?

Fertigkeit erhalten
Manipulation (Level 1)
Jeder will sich durchsetzen. Dabei bist du besser als manche andere.

Nach dem Erscheinen des Textfelds blicke ich kurz zu Ali. Er hebt beide Hände, die Handflächen nach oben gerichtet. Diese Situation kann ich nicht ausstehen. Wirklich nicht. Ich habe mich so sehr bemüht, mich herauszuhalten, die Beziehungen innerhalb der Gruppe locker und freundlich zu halten, so dass wir uns gegenseitig einen gewissen Respekt zollen. Ich wollte kein Anführer sein. Wirklich nicht, aber die Welt kümmert sich nicht darum, was wir wollen. Sie ist so, wie sie ist. Ich hasse diesen Druck. Die Tatsache, dass ich der Einzige bin, der immer denken, abwägen und planen muss. Ich möchte mich einfach nur in meinem Zimmer verkriechen, aber stattdessen muss ich kämpfen, töten und plündern.

Ich seufze, schiebe den Tisch von mir weg und stehe auf. „Ich muss los. Morgen müssen wir die Zaubersprüche und die Ausrüstung im Shop besorgen. Xev wird Sabre morgen früh repariert haben und hier vorbeibringen. Theoretisch gesehen könnten wir dann einen neuen Versuch starten, obwohl ich mir nicht sicher bin, ob das die beste Idee ist."

Alle in der Gruppe nicken. Wir könnten Whitehorse und den kommenden Shitstorm hinter uns lassen und Monster jagen. Dann aber gäbe es bei unserer Rückkehr vermutlich Ärger. Andererseits ist es auch nicht unbedingt eine gute Idee, den Monster-Schlupfwinkel zu ignorieren.

„Besuchst du wieder mal deinen Liebhaber?", fragt Lana in einem Ton, der viel zu locker und entspannt klingt.

„Roxley ist nicht mein Liebhaber, Lana", antworte ich sofort, verärgert über diese seltsame Wendung in der Unterhaltung.

„Ach ja? Spätes Abendessen, lange Unterhaltungen und ‚privates Training', hört sich eher nach einem Date an", sagt sie spöttisch und ich rolle mit den Augen. Richard verzieht leicht die Lippen, während Rachel uns zusieht und ebenfalls mit den Augen rollt.

Ach, jetzt habe ich verstanden. Ein kleiner Teufel treibt mich an, und ohne ernsthaft darüber nachzudenken, stelle ich die Frage: „Wieso, bist du eifersüchtig?"

„Mmm ..." Sie legt sich einen Finger auf die Lippen, bevor ihre Stimme zu einem ernsten Ton wechselt. „Vielleicht?"

Ich stehe da und mein Gehirn legt eine Vollbremsung hin, während ich darüber nachdenke, was das bedeutet. Wir flirten seit einem Monat miteinander und tanzen immer um die zentrale Frage herum. Das ist das erste Mal, dass sie laut ausgesprochen wurde. Mein Gehirn kommt wieder auf

Touren, als sie laut und herzhaft lacht. Ich schüttle leicht verärgert den Kopf, und sie sagt: „Mein Gott, wenn du dein Gesicht sehen könntest ..."

Verdammt. Ich bin total darauf reingefallen. Ich muss zugeben, diese Runde geht an sie. Als ich mich umdrehe und gehen will, kommt sie zu mir und legt eine Hand auf meinen Arm, um mich aufzuhalten. Ihre Hand ist weich und warm, und aus dieser Nähe rieche ich die Seife, die sie benutzt, vermischt mit einer Spur ihres eigenen Körpers. „John, es tut mir leid. Du hast dir dein Glück verdient, genau wie wir alle."

„Roxley ist nicht mein Liebhaber!", wiederhole ich.

„Und das ist auch gut so. Momentan wärst du ein schlechter Partner", sagt Lana, und auf ihrem Gesicht erscheint wieder dieses sanfte Lächeln.

„Noch schlechter als Ehemann", sagt Mikito von ihrer Ecke des Esstischs, wobei sie nicht einmal aufhört, ihr Steak zu tranchieren.

Lana nickt zustimmend zu Mikitos Worten, und um ihre Augen erscheinen Lachfältchen. „Das stimmt auch. Also, geh mal mit deinem Jungen spielen. Wir warten hier."

Ich knurre und starre die beiden Frauen an. Richard neigt den Kopf über seinen Teller und schneidet sich vorsichtig ein Stück seines Steaks ab. Zumindest Rachel hat den Anstand, genauso verwirrt auszusehen wie ich. Was zum Teufel würde mich zu einem schlechten Partner machen? Ich stapfe mit meinem Gewehr davon. Nur dank meiner verbesserten Wahrnehmung höre ich, wie Richard – dieser Verräter – schließlich spricht, was alle zum Lachen bringt. „Mein Gott, sein Gesicht!"

***

Das Abendessen bei Roxley ist wie immer eine ausgesprochen förmliche Angelegenheit. Eine kleine, kugelförmige Kreatur serviert unsere Gänge, rollt dann hastig davon und kocht mit der Begeisterung eines erfahrenen Kochs weiter. Das Essen ist unglaublich – bei jedem meiner Besuche gibt es neue und aufregende Gerichte zu entdecken, künstlerische Meisterstücke, deren historischer Hintergrund mir jeweils erklärt wird. Der wichtigste Part ist der Nachtisch, der diesmal aus der Region um Orion stammt – ein süßes, brotartiges Gebäck, das wir in eine rote Soße tunken.

Die Tischgespräche beschränken sich auf allgemeine Themen – die Geschichte der Erde oder des Galaktischen Rats, der Zustand der Welt oder die Funktionsweise des Systems. Persönliche oder geschäftliche Themen kommen nie zur Sprache – diese würden am Tisch eines Dunkelelfen als vulgär gelten. Oder genauer gesagt am Tisch eines Truinnar. Eine faszinierende Gruppe, nach dem zu schließen, was Roxley mir über sie erzählt hat. Ungezügelte Ambition in Verbindung mit rücksichtloser Tugendhaftigkeit und einem ausgeprägten Geschäftssinn.

Als wir mit dem Abendessen fertig sind, stehe ich auf und folge Roxley in sein Arbeitszimmer. Dort entspannen wir uns, verdauen das Mahl und erledigen diejenigen Aspekte dieser Treffen, die als ‚Arbeit' bezeichnet werden könnten. Sofort nach dem Verlassen des Esszimmers erscheint Ali, der sich bisher mit Roxleys Begleiter unterhalten hatte, wieder neben mir.

„Die Yerick", beginnt Roxley, wobei er ein mit einer blauen Flüssigkeit gefülltes Glas in der Hand hält. Ich selbst bevorzuge eine Tasse Kaffee. „Sie werden bleiben. Es gibt noch einige Details zu besprechen, aber Erste Faust Ulrick und ich haben uns in allen wichtigen Fragen geeinigt."

Ich stöhne, beuge mich nach vorn und warte darauf, dass er die Angelegenheit näher erläutert. Allerdings bezweifle ich, dass er es tun wird.

„Die Yerick werden im Osten eine Reihe von Gebäuden entlang der Fourth Street kaufen. Danach werden sie Geschäfte eröffnen, unter anderem einen weiteren Waffenmeister und einen Waffenschmied sowie einige Manufakturen", sagt Roxley. „Generell aber werden sie tun, was die Yerick am besten beherrschen – auf Abenteuer ziehen."

„Müssen wir mit einer Konfrontation durch Ihren Stadtrat rechnen?", fährt Roxley fort.

„Erstens: das ist nicht mein Stadtrat. Ich bin nur ein Mitglied, und meine Gruppe besitzt nur eine Stimme", wiederhole ich zum hundertsten Mal. „Zweitens, offiziell wird er uns keinen Ärger machen. Drittens sind dumme Leute nun einmal dumm."

Roxley nickt langsam und neigt den Kopf zur Seite. „Glauben Sie, dass sie die Yerick angreifen werden?"

„Hat das nicht jemand bei Xev versucht?"

„Ja. Damals beschloss ich, den Zwischenfall zu ignorieren."

„Was Sie vielleicht auch diesmal tun sollten", sage ich und deute nach unten, wo die Yerick sich aufhalten. „Wenn Sie die Yerick hierbehalten können, bis der Gaststatus abgelaufen ist, werden die sich selber um die Störenfriede kümmern."

„Und Sie möchten, dass ich nicht eingreife", sagt Roxley und hebt eine Augenbraue. Ich strecke die Hände aus.

„Wenn Sie sich einmischen, wird alles nur noch komplizierter. Stellen Sie sich auf die Seite der Yerick, werden die Einheimischen es Ihnen übelnehmen und der Stadtrat gerät noch stärker unter Druck, wenn er mit Ihnen kooperiert. Halten Sie sich raus, dann werden einige Idioten sich eben wie Idioten aufführen. Damit wird der Stadtrat schon fertig", antworte ich, ohne ‚hoffe ich' hinzuzufügen, obwohl es mir durch den Kopf geht.

„Na gut", sagt Roxley nickend, und ich entspanne mich etwas. Es ist einfacher, mit Roxley zu arbeiten als mit dem Stadtrat. Seine Motive sind relativ klar, zumindest kurzfristig betrachtet – das Wachstum von Whitehorse zu fördern und es zu einer bedeutenden Machtbasis zu machen. Alles Weitere ergibt sich aus diesem Ziel.

„Also. Sie hatten doch vor, noch etwas zu melden, oder etwa nicht?" Roxley lächelt und blickt mich über den Rand seines Glases hinweg an. Eine neue Welle der Emotionen schwappt über mich hinweg, während ich ihn anstarre. Meine Güte, ist der Mann sexy.

Ich beschäftige mich zuerst mit den neuen Besuchern, liste ihre Namen und ihre Anzahl auf und sehe, wie die Benachrichtigungen für den Abschluss von Quests erscheinen. Es sind weniger Leute, als ich erwartet hatte. Deutlich weniger.

„Ali?"

„Etwa zwei Drittel der Menschen, die du zurückgebracht hast, stammten ursprünglich aus Whitehorse. Anscheinend wird die Quest für diese Personen nicht aktualisiert", erwidert Ali in Gedanken.

Danach erkläre ich den Grund für ihre Rückkehr – den Monster-Schlupfwinkel. Ich liefere eine kurze Zusammenfassung der Ereignisse und sende Roxley eine Karte, als er mich darum bittet.

„Und Sie haben ihn betreten", meint Roxley.

„Ja", sage ich nickend. Roxley reibt sich den Kopf, während er Ali betrachtet.

„Ihr Begleiter hat Ihnen nicht davon abgeraten?"

„Nein", sage ich kopfschüttelnd, und wiederum nickt er.

„Sie spielen ein gefährliches Spiel, Geist", sagt er mit einem intensiven Blick zu Ali. Seine Stimme klingt eisig. „Die Regeln mögen recht locker sein, so locker nun aber auch wieder nicht."

Ali grinst und schwebt einfach in der Luft herum. Ich beobachte ihn einen Moment lang, bevor ich sage: „Erklärung. Einer von euch beiden."

„Diese Aufgabe überlasse ich dem Geist", sagt Roxley und winkt ab. So, wie ich ihn kenne, wird er nicht nachgeben. Daher nehme ich mir vor, später Ali zu fragen. Als Roxley bewusst wird, dass es keine weiteren geschäftlichen Themen zu besprechen gibt, lächelt er und deutet auf eine Tür.

Ich kneife die Augen zusammen, da ich weiß, dass dies die falsche Tür ist. Ich muss zugeben, der Mann ist ziemlich direkt und hartnäckig.

„Nein, nicht heute Nacht", sage ich, stehe auf, schüttle den Kopf und gehe zum Ausgang. Roxley hebt die Augenbrauen, und ich deute mit dem Daumen auf Ali. „Ich muss noch ein Gespräch zu Ende führen."

Roxley nickt kurz, und einen Augenblick lang erscheint auf seinem Gesicht ein flüchtiger Ausdruck der Traurigkeit, den ich am liebsten wegküssen würde. Ich unterdrücke diesen Drang und gehe weiter. Ich habe Lana die Wahrheit gesagt – so ist diese Sache zwischen Roxley und mir nicht. Und so sehr ich es mir auch wünsche, so viel Spaß es mir potenziell bereiten würde, kann ich auf nichts bauen, das mit ihm zu tun hat. Nicht auf meine Gefühle. Nicht auf seine Motive, nicht einmal auf meine eigenen.

***

„Also, Ali, raus mit der Sprache", sage ich am Fluss, als die Sonne schließlich unter den Horizont sinkt. Das Licht reicht noch aus, um zu sehen. Daher war ich auf dem Weg hierher nicht überrascht, dass einige Farmer immer noch in der Park-Farm arbeiteten. Ich betrachte die gegen das Ufer klatschenden Wellen und warte.

„Wieso haben sie *Baywatch* beendet, *Law & Order* hingegen weiter produziert? Ich meine ja nur, beide Serien sind identisch – die gleichen Geschichten werden immer wieder erzählt. Der einzige Unterschied besteht darin, dass eine Serie Frauen in Badeanzügen zeigt, die andere hingegen Rechtsanwälte", sagte Ali. Ich gebe ihm keine direkte Antwort. Stattdessen rufe ich das Begleiter-Menü auf und halte einen Finger über die Schaltfläche „Wegschicken".

„Na gut, na gut. Bei allen Goblinärschen, ich wünschte wirklich, du wärst nicht darauf gestoßen", murmelt Ali und zuckt mit den Schultern. „Roxley macht sich nur Sorgen, ich würde dich zu sehr antreiben."

Ich mustere den Geist kurz und denke darüber nach, bevor ich sage: „Der Schlupfwinkel. Du hättest nicht zulassen sollen, dass wir ihn betreten."

„Jawohl. Monster-Schlupfwinkel sind gefährlich. Monster kämpfen oft energischer, wenn sie ihr Heim verteidigen, weißt du. Generell solltest du mit deinem Level überhaupt nicht in Dungeons oder Schlupfwinkel. Schon gar nicht ohne deine Klassen-Fertigkeiten", sagt Ali.

„Also sollte ich Kreaturen mit Level 14 aus dem Weg gehen?", frage ich verblüfft.

„28. Oder zumindest so ungefähr – aufgrund deines Bonus ist die Berechnung nicht so einfach." Ali bewegt seine Hände in der Luft, so dass unter ihm Schattengestalten im Wasser erscheinen. „Sabre und deine Kameraden spielen ebenfalls eine Rolle."

„Und du hast kein Wort gesagt", erwidere ich und betrachte den Geist nachdenklich. Eigentlich sollte ich irgendetwas fühlen – Wut, Enttäuschung, Ärger – aber stattdessen ist da nur eine beruhigende Benommenheit. Vielleicht ist es zu früh, um eine Reaktion zu zeigen – nur ein weiterer Scheißhaufen, auf den ich aufpassen muss.

„Ich verschwende ja nicht gerne meine Worte", antwortet Ali und schwebt zu mir. „Du hast einen Salamander herausgefordert, als du im Level 4 warst. Du hast einen Boss bekämpft, dessen Level deinen um das Doppelte überstieg – deinen wahren Level. Du übst die Taktiken der Ehrengarde, komplett alleine und ohne Lehrer. Und das sind nur die Höhepunkte in der Ansammlung deiner Dummheiten."

„Na und? Dann lässt du mich noch mehr Dummheiten begehen? Lässt zu, dass ich meine Freunde in Todesgefahr bringe, weil ich nicht weiß, dass die Feinde uns komplett überlegen sind?" Oh. Eigentlich fühle ich mich überhaupt nicht mehr betäubt. Ich bin nur derart wütend, dass ich bereits die andere Seite erreicht habe.

„Ich hab's ja versucht, aber du hast dich geweigert. Du kämpfst, wenn du fliehen solltest und fliehst, wenn ein Kampf die bessere Option wäre. Du bist unberechenbar, weil du selbst nicht weißt, was du willst. An einem Tag verkriechst du dich vor der Welt, am nächsten fährst du auf Sabre zur Monsterjagd. Wenn du besiegt wirst, stehst du auf und kämpfst. Leute bitten dich darum, sie anzuführen, aber du kneifst. Sagst, dass du dich verstecken willst, um dich dann bei jeder Gelegenheit in den Kampf zu stürzen", rasselt Ali herunter.

„Ich ..."

„Nein, lass mich ausreden. Während unserer ersten Unterhaltung hast du mich gebeten, dir einen Weg aus dem Park zu suchen, damit du überlebst. Kurz danach wolltest du etwas, was es dir erlaubt, es mit allen Gegnern aufzunehmen und diese in Zukunft zu schlagen. Du hast nicht darum gebeten, nach draußen transportiert zu werden, du wolltest kein Raumschiff, nicht einmal Credits. Du wolltest die Feinde schlagen", sagt Ali und deutet auf mich. „Du drehst dich dauernd hin und her, und dann erwartest du, ich wüsste, was du willst? Du Arschloch!"

Scheiße.

Ich denke nach. Diesmal ziehe ich alle meiner Taten in Betracht, all die kleinen Entscheidungen, die ich getroffen habe. „Scheiße ..."

„Genau. Zieh mal endlich deinen Kopf aus dem Arsch und sag mir, was du willst – dann helfe ich dir. Das ist meine Aufgabe. Bis dahin werde ich dich so gut wie möglich beraten. Erwarte aber nicht von mir, dass ich immer deine Gedanken lese, verdammt noch mal."

Ich nicke und blicke an ihm vorbei auf den Fluss. Verdammte Scheiße. Er hat recht, natürlich hat er das. Ich, ich kann einfach nicht ... ich falte die Hände und zittere. Ich kann mich einfach nicht damit auseinandersetzen. Aber genau so weiterzumachen ist ebenfalls keine Option. „Ali, es tut mir leid."

Ali schüttelt den Kopf, als ich das sage, wirbelt herum und seufzt, während er zu mir schwebt. „Ich habe dich auch schikaniert. Ich habe dich unter Druck gesetzt, damit du zäher und härter wirst. Das brauchst du, hast es gebraucht. Das System zeigt Menschen in Dungeonwelten keine Gnade. Alles wird schwieriger, bevor es besser werden kann."

„Ich weiß", flüstere ich und zittere. Ich weiß. Verdammt noch mal, ich weiß es. Ich habe die Biester in Kluane gesehen und bin mir bewusst, wie sehr wir levelmäßig unterlegen sind. Ich erinnere mich immer noch an die Knochen. Ich kann es einfach nicht ... „Bitte, hilf mir."

„Selbstverständlich", sagt Ali mit einem sanften Lächeln und schwebt wieder auf Augenhöhe herab. „Dafür bin ich doch da."

Ich selbst zeige ihm die Andeutung eines Lächelns, bevor ich nicke und bibbernd in den Fluss starre. Mein Gehirn dreht sich wie wild und versucht, einen festen Punkt zu finden, während meine Emotionen von unten emporwallen. „Ali, bitte, keine Halbwahrheiten mehr. Verbirg nichts vor mir und spiel nicht mehr den mysteriösen Guru. Du musst offen und ehrlich mit mir umgehen, auch wenn du es für überflüssig hältst."

„Gut. Und da wir uns gerade unterhalten – du solltest deine Haltung Roxley gegenüber überdenken", sagt Ali.

„Was?" Ich verziehe das Gesicht und verenge die Augen zu Schlitzen. „Du willst ja nur zuschauen."

„Ja, aber er ist auch ein adliger Truinnar – er mag vielleicht in Ungnade gefallen sein, ist aber immer noch von Adel. Seine Gunst könnte uns in Zukunft viele Türen öffnen", sagt Ali in einem betont neutralen Ton.

„Ich soll mit ihm schlafen, um meine Ziele zu erreichen?" Diese Vorstellung behagt mir überhaupt nicht.

Ali zuckt wieder mit den Schultern. „Was glaubst du denn, was er dir antun wird? Außerdem bist du so sexuell frustriert, dass es dir praktisch aus den Ohren kommt."

„Ich brauche keine Liebesratschläge von dir", sage ich ernst, und die Wut in meiner Stimme bringt Ali zum Schweigen. Gut. Dann drehe ich mich wieder zum Wasser hin und verschränke meine Hände, während ich versuche, meine Emotionen zu zügeln.

***

Eine Stunde später klopfe ich an eine Tür. Als sie herauskommt, erkenne ich, dass sie geschlafen hat. Aber mein Anblick entlockt ihr ein Lächeln.

„Hallo. Ich hatte dich nicht so früh erwartet", flüstert sie, um niemanden zu wecken.

„Wie wär's mit einem Spaziergang?", murmle ich und deute nach draußen. Sie zögert einem Moment, bevor sie nickt und nach drinnen zurückkehrt, um einen Mantel zu holen.

Ali hat nicht Unrecht. Es ist viel zu lange her. Karen kommt aus dem Zimmer und schleicht sich um die schlafenden Menschen, die sich in der Schule aufhalten. Sie hält ihr dünnes Nachthemd um den schlanken Körper fest und hat es in den wenigen Sekunden irgendwie geschafft, ihre braunen Haare zu bürsten. Ich lächle, genieße den Anblick und die unkomplizierte Situation, während ich ihr die Hand reiche und sie zum Wasser führe.

Kapitel 20

„Guten Morgen!", grüße ich alle, die am Frühstückstisch sitzen. Als Antwort erhalte ich ein eisiges Schweigen von Lana, einen ungemütlichen Blick von Richard und ein Schnauben von Rachel. Richards neueste Eroberung sieht sich die Situation kurz an, gibt ihm ein Küsschen und verzieht sich, wobei sie auf dem Weg nach draußen mit dem üppigen Po wackelt.

„*Ohayō Baka*", antwortet Mikito, während sie sich zu mir wendet und ihre Schüssel mit Reis hinstellt.

„Ich weiß übrigens, was das bedeutet", erkläre ich mit einem finsteren Blick. Sie wendet sich einfach wieder ihrem Frühstück zu, und ich richte meine Aufmerksamkeit auf die Gruppe.

„Was?" Scheiße, war das mit den Yerick wirklich ein so großes Problem? Ich hatte gedacht, wir hätten das Thema gestern ausdiskutiert.

Lana steht auf, wirft ihren Teller ins Spülbecken und verlässt den Raum, ohne ein Wort an mich zu verschwenden. Ich öffne den Mund und schließe ihn dann wieder, bevor ich die anderen ansehe. „Richard ...?"

„Nein. Kommt nicht in Frage", sagt Richard, hebt die Hände und blickt zu Rachel. „Möchtest du jetzt in den Shop gehen?"

Sie nickt, steht auf und sie stellen ihre Teller ebenfalls ins Spülbecken. Als Rachel an mir vorbeigeht, flüstert sie „Arschloch."

Ich stehe völlig verwirrt da. Was zum Teufel? „Mikito?"

„*Baka*", antwortet sie nur und konzentriert sich auf ihr Essen, während ich versuche, aus all dem schlau zu werden. Na ja, das klang ausgesprochen persönlich. Die einzige persönliche Sache könnte Karen sein – aber echt jetzt? Lana hat mir praktisch befohlen, mit jemandem zu schlafen, was zum Teufel soll das also? Ich verstehe Frauen einfach nicht. Wirklich, wirklich nicht.

Und nachdem ich zu diesem Schluss gelangt bin, realisiere ich, dass Mikito weg ist und ich mit den schmutzigen Tellern in der Küche zurückgelassen wurde. Das ist echt gemein.

***

Da mein Team sich in alle Richtungen verstreut hat, habe ich nichts zu tun. Zumindest nichts, was ich gerne tun würde. Aber irgendjemand wird sich wohl darum kümmern müssen. Ich habe keine Ahnung, wann genau ich zum Diplomaten der gottverdammten menschlichen Rasse in Whitehorse ernannt wurde, aber an diesem Punkt stehe ich nun. Ich warte auf Capstan, um mich mit ihm zu unterhalten, während Ali, der auf meine Bitte hin wieder für andere unsichtbar wurde, Handstände macht.

Die Tür öffnet sich und Capstan tritt herein. Nun wird mir klar, warum Roxleys Stützpunkt höhere Decken und breitere Türrahmen besitzt. Wenn man es mit allen möglichen Wesen zu tun hat, macht man bezüglich der Architektur einige Abstriche. Ich frage mich, wie lange es dauern wird, bis wir zum selben Schluss gelangen. Aus der Nähe wirkt Capstan noch größer und imposanter, und er bewegt sich mit der animalischen Grazie von Großkatzen. Er führt keine offensichtlichen Waffen mit sich, trägt aber immer noch den schlichten, mit Panzerplatten verstärkten dunkelbraunen Overall. Eine teure Rüstung – leichter, stärker und ersetzbarer als die, die wir gekauft haben.

Er mustert mich kurz, wobei seine Augen sich auf meine Gestalt und dann den leeren Raum über mir richten. Seine Stimme grollt wie Steine, die sich aneinander reiben. „Einen guten Morgen, Erlöser der Toten John Lee."

„Ali, hat er auch einen Systembegleiter?", frage ich in Gedanken, während ich den Minotauren mit geschlossenen Lippen anlächle. Ich zeige keine Zähne – das könnte den falschen Eindruck erwecken.

„Er heißt Erste Faust Ulrick, und wahrscheinlich hat er keinen. Abenteurerfamilien kaufen ihren Kindern oft die Klassen-Fertigkeit Beobachten im Shop, wenn sie dazu fähig sind", antwortet Ali.

„Guten Morgen, Erste Faust Ulrick", ahme ich ihn nach und merke dann, was soeben passiert ist. „Sie sprechen Englisch?"

„Ja", sagt Capstan und verstummt dann, während er geduldig wartet.

„Also …", sage ich und gehe in mich. Ich möchte mich genau an mein vorbereitetes Skript halten: „Also, wahrscheinlich ist es Ihnen schon aufgefallen, aber es gibt Leute hier, die über Ihre Anwesenheit nicht gerade erfreut sind. Vor allem in so großer Anzahl."

„Ja", sagt Capstan erneut.

„Ich glaube, Roxley hat Sie gebeten, dass Ihr Volk im Gebäude bleibt, bis Sie nicht mehr seine Gäste sind. Ich wollte hinzufügen, dass es eine gute Idee wäre, wenn Ihre Leute nur paarweise in der Stadt unterwegs sind. Natürlich nicht Sie", sage ich, „aber diejenigen, die sich nicht verteidigen könnten."

„Sie drohen uns?", knurrt Capstan, und ich hebe die Hand. Capstan brummt und ich erstarre, da mir klar wird, dass das eventuell zu einem Missverständnis führen würde. Stimmt, kulturelle Unterschiede.

„Nein, nicht ich. Das ist eine Warnung, keine Drohung. Es …" Ich runzle die Stirn und sage dann: „Wissen Sie, Idioten sind nun einmal Idioten. Weder ich noch der Stadtrat sind fähig, alle zu kontrollieren. Das ist bei uns nicht möglich, daher könnten einige dieser Idioten, na ja, etwas wirklich Dummes tun. Ich hoffe, diese Dummheit führt nicht dazu, dass jemand stirbt."

„Sie bitten uns, unsere Angreifer nicht zu töten?" Capstan knurrt erneut. Da ich so nahe bei ihm stehe, wittere ich den moschusartigen Geruch, den ich mit Rindern assoziiere.

„Na ja, wenn Sie es so ausdrücken, vielleicht?", sage ich. „Das würde Ihr Leben vereinfachen, und meines wahrscheinlich auch."

„Sie sind hier der Anführer", meint Capstan.

„Ja. Und nein. Ich leite eine Gruppe von Abenteurern, und unsere Levels sind ziemlich hoch. Daher besitze ich einen gewissen Einfluss, gehöre aber nicht zur Befehlshierarchie", erkläre ich ganz direkt. Für Lügen besteht jetzt kein Anlass. Wenn er die Wahrheit kennt, wird er hoffentlich keine Wunder erwarten.

Capstan imitiert mein Nicken, was bei der Kreatur ruckartig und unnatürlich aussieht.

„Vom System gekaufte Sprachfähigkeiten enthalten auch die Kenntnis der Körpersprache", sagt Ali neben mir, was ausgesprochen hilfreich ist. *„Und falls du es noch nicht erraten hast, es belustigt ihn."*

„Belustigt? Wieso zum Teufel belustigt es ihn?" Ich betrachte den riesigen Yerick aus zusammengekniffenen Augen. Ich verstehe nicht, wieso Ali glaubt, der riesige, braune, fellbedeckte Klotz vor mir wäre amüsiert.

„Sieh dir seinen Schweif an. Außerdem hat er sich dreimal mit der Hand gegen das Bein geklopft", antwortet Ali, während Capstan sagt: „Wir werden keine Menschen töten, wenn es sich vermeiden lässt, Erlöser."

„Danke. Darf ich fragen, was Sie vorhaben?", sage ich.

„Wenn die Sterne uns wohlgesonnen sind, werden wir uns ansiedeln und bauen. Eine Dungeonwelt ist ein lukrativer Planet. Falls Lord Roxley uns die Erlaubnis erteilt, werden wir auf Abenteuer gehen und uns den Segen des Systems verdienen", antwortet Capstan, wobei er die Finger einer Hand ausbreitet.

„Ah…" Ich runzle nachdenklich die Stirn und zucke dann mit den Achseln. Wenn sie schon hier sein müssen, wäre es besser, wenn sie auf unserer Seite stehen. „Kommen Sie für ein Gespräch zu mir, sobald Sie sich eingelebt haben, okay? Vielleicht kann ich Ihnen ein paar Tipps darüber geben, was dort draußen auf Sie wartet."

„Wird gemacht, Erlöser." Capstan nickt wieder ruckartig, und neben mir prustet Ali vor Lachen.

„Das war's dann wohl. Ich bin mir sicher, Sie und Roxley haben noch viel zu besprechen." Ich strecke automatisch die Hand aus, zucke dann zusammen und beginne, sie zurückzuziehen. Allerdings reagiert Capstan diesmal nicht aggressiv. Daher lasse ich die Hand ausgestreckt. Er starrt sie an und ergreift sie dann, wobei meine ganze Hand und mein halber Arm in seiner verschwinden. Dann drückt er zu.

Ach du grüne Neune! Er quetscht meine Hand, und ich drücke reflexartig ebenfalls zu, so dass sich diese Abschiedsgeste plötzlich zu einem

Kräftemessen zwischen uns entwickelt. Natürlich ist er im Vorteil, da ich nur einen winzigen Teil seines Körpers quetsche, aber er würde ohnehin gewinnen. Ich spüre, wie Knochen knacken und Muskeln weich werden. In mir kocht die Wut hoch, und ich fletsche die Zähne. Capstan erwidert meinen Blick, zeigt aber kein Anzeichen der Wut oder eines Blutrauschs. Als ich dann kurz davor stehe, ihn zu verfluchen und auf ihn einzustechen, lässt er los und tritt zurück.

„Mögen wir beide wieder den Morgen sehen, Erlöser", knurrt Capstan, und ich bedenke ihn mit einem eisigen Blick.

„*Ali, gehört dieses Machogehabe zu ihrer Kultur?*" frage ich meinen Begleiter wütend in meinen Gedanken. Es ging mir darum, Frieden zu stiften, nicht einen Krieg anzuzetteln.

„*Du solltest dankbar sein, dass er dich für stark genug hielt, um zu sehen, wer den größeren Schwanz hat. Den hat übrigens er*", sagt Ali und fährt dann fort. „*Im wahrsten Sinne des Wortes. Dafür sind die Yerick sogar berühmt. Geht ein Yerick gelegentlich auf den Strich, verdient er gutes Geld.*"

Nach den ersten Worten habe ich Ali bereits ausgeblendet, eine Technik, die ich mir vor langer Zeit angeeignet habe. "Auf Wiedersehen, Capstan."

Dann gehe ich und spreche in Gedanken den schwachen Heilzauber. Mana durchdringt meine Knochen, heilt meinen Körper und glättet zerquetschte Muskeln. „*Ali, warum zum Teufel hielt er es für nötig, mich herauszufordern?*"

„Äh, du hast ihm gesagt, du wärst einer der Anführer. Und falls du es vergessen hast, besitzt du auch noch zwei Titel, eine fortgeschrittene Klasse und einen höheren Level als er. Zumindest dem zufolge, was für ihn lesbar war", sagt Ali mit einem Schulterzucken. „Es ist nicht seine Schuld, dass du schummelst."

So gesagt ergibt das Sinn, aber ... „Das war nicht das letzte Mal, dass das passiert ist, oder?"

„Jawohl. Werde schnell stärker, Jungchen", meint Ali grimmig, und ich seufze.

Verdammte Scheiße. Als ob ich einen weiteren Grund bräuchte, herumzurennen und auf mich schießen zu lassen.

***

Es ist lange her, dass ich das letzte Mal alleine auf der Jagd war. Obwohl ich das Team mag, fühlt es sich befreiend an, hier draußen zu sein, ohne sich Gedanken machen zu müssen, wo andere sind und wie es ihnen geht. Ich muss mir keine Sorgen machen, weil sie es nicht schaffen, wegzurennen oder sich an Feinde anzuschleichen. Jetzt gibt es nur noch mich und die Schatten.

Ich bin eineinhalb Stunden von Whitehorse entfernt. Tief im Wald und auf einem Berg, da ich zwei Waldwegen gefolgt bin, die vom Highway wegführten. Ich bezweifle, dass seit der Aktivierung des Systems ein anderer Mensch hier gewesen ist. Die Wege waren in einem derart schlechten Zustand, dass ich in den Rüstungsmodus wechseln musste.

Seltsam, mit Sabre im Rüstungsmodus herumzuschleichen. Sich von Schatten zu Schatten zu bewegen, ohne auch nur ein Blatt rascheln zu lassen, sollte eigentlich viel schwieriger sein. Aber mehrmals gelingt es mir, meine Beute zu finden und mit einem Schuss oder Schlag zu töten, ohne dass sie mich entdeckt. Ich vermute sogar, dass das verdammte System die Realität manipuliert, die Schatten näher heranzieht und meine Schritte weicher und leichter macht.

Der Wald um mich herum ist still und seltsam. Es handelt sich um den typischen Yukon-Gebirgswald aus mutierten Fichten, Weiden und Tannen, von denen manche Stacheln entwickeln und andere einen neuen Glanz auf der Rinde aufweisen. Ich berühre versehentlich einen Baum, der früher eine Papierbirke war, und die Kontaktstelle gerät in Brand. Das Feuer klingt nach kurzer Zeit ab und der Baum bleibt unverletzt, aber mein Herz klopft rasend schnell. Zwischen den mutierten Bäumen hängen auch schnellwachsende Lianen. Diese haben hellrote Blüten, und an manchen Stellen ist bereits eine fleischige, gelbrote ovale Frucht zu sehen. Ich habe einige der Blüten und Früchte eingesteckt. Möglicherweise weiß Sally, was man damit anfangen kann. Bisher war Sally von der einheimischen Flora und Fauna im Yukon alles andere als begeistert. Selbstverständlich besteht immer noch die Hoffnung, dass eine mutierte Variante sich als nützlich erweist.

Die Stille geht mir wirklich auf die Nerven, auch das Fehlen von Vögeln oder anderen Tieren – ein Zeichen dafür, dass da draußen eine Scheußlichkeit lauert. Das ist seit einer halben Stunde so. Was auch immer es sein mag, hatte ich bisher keine Spuren davon entdeckt. Jetzt aber sehe ich eindeutige Hinweise.

„Erdelementar", bestätigt Ali, und ich blicke den Boden vor mir an. Die Erde ist nicht nur aufgegraben, sondern zermahlen – als hätte der Boden sich aufgetan und wäre dann von einem riesengroßen, wütenden Kleinkind durchwühlt worden. Zerschmetterte und entwurzelte Bäume zeigen deutlich den Weg dieses Elementars, und einen Moment lang denke ich beinahe darüber nach, den Rückzug anzutreten. Beinahe.

Nach einer Stunde Dauerlauf erwische ich den Elementar und werde erst langsamer, als ich ihm ganz nahe gekommen bin. Ich robbe vorsichtig auf die Hügelkuppe und strecke meinen Kopf nach oben, um zu sehen, wohin sich die Kreatur bewegt. Ich hätte sie schneller aufgespürt, wenn sie nicht zufällige Kursänderungen eingelegt hätte. Jetzt frage ich mich, ob diese wirklich Zufall waren.

Der Elementar ist schätzungsweise neun Meter lang und sechs Meter breit. Er bewegt sich auf sechs Beinen, und sein Kopf erinnert an eine von einem Kind erschaffene Eidechsenskulptur. Bei jeder seiner Bewegungen bildet die Erde einen umgekehrten Wasserfall und sinkt dann hinter dem Elementar wieder zu Boden, während das Gold, nach dem er sucht, an seinem Körper haften bleibt. Mir steht der Mund offen, als ich die Kreatur betrachte. Die Hälfte ihres Körpers ist bereits von unten her mit Gold beschichtet.

„Jetzt brat mir doch einer einen Storch – das ist kein Erdelementar, sondern ein Metallelementar!", sagt Ali neben mir und starrt die Kreatur an. Da er sie nun sieht, wird ihre Statusleiste angezeigt.

Metall-Elementar (Level 43)
HP: 2470/2470

Als hätte sie Ali gehört, dreht die Kreatur den Hals und trabt dann langsam in seine Richtung. Ich betrachte den Geist mit weit aufgerissenen Augen, und plötzlich wirkt er verlegen.

„Scheiße, meine Junge. Ich hatte vergessen, dass sie mich sehen können. Dann wirf dich mal ins Gefecht." Ali deutet auf die Kreatur und schwebt nach oben, so dass er sich außerhalb ihrer Reichweite befindet.

Das muss er mir nicht zweimal sagen. Ich verfluche den kleinen Geist, während ich mein Gewehr in Stellung bringe. Ich drücke den Abzug und sehe, wie der Strahl das Wesen trifft und Goldpartikel in alle Richtungen geschleudert werden. Ich feuere mehrmals und grinse, selbst als die Kreatur in Fahrt kommt. Eine Entfernung von 300 Meter ist für eine 9 Meter lange Kreatur gar nicht so weit, aber darüber zerbreche ich mir nicht den Kopf.

„Übrigens, John, der QSM wird dir nichts bringen. Elementare, genau wie Geister, existieren gleichzeitig in mehreren Dimensionen", ruft Ali von oben. Ich verfluche ihn erneut und rolle mich seitlich ab, um dem Wesen zu entkommen. Der Elementar stößt mich an, als ich ihm vergeblich auszuweichen versuche. Ich überschlage mich mehrmals, während ich durch eine Reihe von Bäumen geschleudert werde, bevor ich zum Stillstand komme. Einen Augenblick lang fühle ich mich schwindlig und spüre bereits die Prellungen, scheine mir aber nichts Wichtiges gebrochen zu haben.

Ich blicke nach oben und sehe, wie die Kreatur nach dem Angriff abbremst und sich zu drehen beginnt. Dadurch erhalte ich die Gelegenheit, das Feuer zu eröffnen. Aha – was das Wenden angeht, reagiert der Elementar äußerst träge. Ich grinse und bewege mich in einem Kreis, während ich schieße und soweit möglich den Bäumen ausweiche. Manchmal durchquere ich sie einfach. Nicht allzu oft, denn einige der Bäume sind so stark mutiert, dass ich vermutlich von ihnen abprallen würde. Verdammtes, bescheuertes System. Wenn ich es schaffe, einen Panzer hochzustemmen, sollte nichts gegen das Durchqueren von Bäumen sprechen. Selbst, wenn der Baum das aushält, müssten seine Wurzeln aus der Erde gerissen werden. Andererseits hat sich die Newtonsche Physik unter dem Einfluss des Mana und des Systems sich längst von der Bühne verabschiedet. Manche Dinge ergeben einfach keinen Sinn.

Die Bewegung und das Schießen sind einfach, und über mehrere Minuten hinweg reduziere ich nach und nach die Gesundheit der Kreatur, selbst wenn diese mehr Metall zu sich heranzieht, um ihre körperlichen Schäden zu heilen. Dieses Spiel gewinne ich, bis mein Gewehr ein erbärmliches Piepsen ertönen lässt und mir klar wird, dass der Akku leer ist. Ich möchte nachladen und erkenne, dass ich das bereits einmal getan habe. Ach du Scheiße ...

Ich laufe weiter und stecke das Gewehr in die Halterung über meiner Schulter. Dann sehe ich mir die Gesundheit der Monstrosität an und erwäge meine nächsten Schritte. Der Gesundheitsbalken ist erst zur Hälfte geleert, und ich habe beide Manabatterien verbraucht. Ich könnte vor der Kreatur fliehen, allerdings zeigt ein Blick auf Sabres Batterie, dass ich diese ebenfalls ziemlich strapaziert habe. Es wäre Selbstmord, ohne Sabre gegen die Kreatur zu kämpfen. Daher bestehen meine Optionen darin, zu fliehen und riskieren, dass ich erwischt werde, sobald meine Batterie leer ist. Oder ich stelle mich sofort zum Gefecht. Wieso mache ich mir etwas vor?

Auf meinem Gesicht erscheint ein wildes Grinsen und ich stürme nach vorn. Na schön, du sechsbeiniges Biest mit dem riesigen, breiten Körper. Die Taktik ist einfach – nahe herankommen, hochklettern und von oben auf das Ding einstechen, bis es stirbt. Ich renne auf den Elementar zu, direkt auf sein Gesicht. Als er mich zu beißen versucht, springe ich ab und nutze den Kopf als Zwischenstation, um auf seinem Rücken zu landen. Am höchsten Punkt meines Sprungs rufe ich mein Schwert herbei und halte es vor mir, so dass es in den aus Erde und Metall bestehenden Körper der Kreatur eindringt. Ich spüre, wie das Schwert sich tief hineinbohrt. Dann erbebt der Körper und die Klinge bricht in meiner Hand. So etwas ist mir schon lange nicht mehr passiert – in dem Maß, wie ich im Level aufgestiegen bin, hat sich auch die Robustheit und Schärfe meiner Waffe verbessert.

Ich grinse und sitze mit einem nach hinten ausgestreckten Bein und einer Hand auf dem Körper der Kreatur, als ich mein Schwert erneut erscheinen lasse. Gerade, als ich die Klinge hineinstoßen möchte, bildet sich aus dem Körper ein goldener Stachel, der mich hinten am Oberschenkel sticht. Nur ein Zucken meines Körpers in letzter Sekunde verhindert, dass ein weiterer Stachel meinen Oberkörper durchbohrt. Ich schreie in meinen Helm, schlage auf den Stachel ein, der mich aufgespießt hat, und zerschmettere diesen.

Nach einer weiteren Sekunde rolle ich weg, da aus dem Körper der Kreatur Stacheln hervorschießen, als diese ihren unkonventionellen Angriff fortsetzt. Ich stoße mich mit meinem unverletzten Fuß ab, so dass ich in die Bäume wirble und gute 10 Meter entfernt zur Ruhe komme. Eine dicke, in die Erde gegrabene Furche markiert meine Landestelle.

Ich ignoriere den Schmerz, packe den goldenen Stachel und ziehe ihn aus meinem Bein, bevor ich ihn gegen meinen Helm schlage. Kurz darauf erscheint ein Trank, den ich im Inventar aufbewahrte, in meiner Hand. Ich schlucke ihn hinunter, bevor ich hastig einen Heilzauber wirke. Die Wunde in meinem Bein schließt sich bereits. Es gelingt mir, aufzustehen und mich der angreifenden Kreatur entgegenzustellen. Als diese sich wieder auf mich stürzt, springe ich knapp links an ihr vorbei und drehe mich in der Luft, so dass ich nach der Landung mit dem Rücken über den Boden rutsche. Dabei schlage ich mit meinem Schwert um mich, treffe den goldüberzogenen Körper der Kreatur und löse ein Stück Gold.

Nachdem ich wieder auf den Beinen bin, kehre ich eiligst in den Kampf zurück. Der Elementar dreht sich herum und ich beginne, Blitzschlag zu wirken, wobei ich wegen des von der Kreatur aufgewirbelten Staubs beinahe niesen muss. Das Mana strömt aus meinem Körper, als ich den Zauberspruch denke und eine Hand vor mich halte. Das Wirken dauert zu lange. Ich muss erneut nach hinten springen, um einem Stachel auszuweichen. Bei meiner Landung ist der Zauberspruch fast beendet. Ali schwebt neben mir heran, legt seine Hand auf meine und verstärkt unsere Verbindung. Er speist den Blitz, der nun meinen Körper verlässt, mit einem Teil seiner Elementaraffinität.

Die von Ali verstärkte Energie rast aus meinem Körper. Die knisternde Energie lähmt die Kreatur, als sie auf diese trifft. Der Elementar erbebt, sobald die Ladung durch seinen Körper schießt, seinen Kern erreicht und das Metall extrem erhitzt. Das glühende Gold schmilzt und tropft aus dem Körper auf den Boden, während der Elementar die Kontrolle über das Metall verliert. Ich konzentriere mich und investiere meine gesamten Reserven in diesen Zauber, so dass mein Mana mit der Wucht eines Wasserfalls auf die Kreatur trifft. Da Ali direkt mit mir verbunden ist und mich unterstützt, spüre ich, wie die Elektronen sich aus der Luft lösen. Der Elementar ist vor Schmerz erstarrt und kann mich nicht angreifen, da seine Gesundheit genauso rasant fällt wie mein Manapegel. Das wird knapp werden.

Nach elf Sekunden halte ich inne, da das Mana komplett aus meinem Körper entwichen ist. Mein Kopf fühlt sich an, als wäre er mit Wolle vollgestopft und meine Sicht ist eingeschränkt, da mir immer wieder alles vor den Augen verschwimmt. Ich sacke zusammen und atme mühsam. Dabei frage ich mich, warum ein kleiner Teil von mir mich anschreit, ich hätte eine wichtigere Aufgabe zu erledigen. Ich unterdrücke diese Empfindung und lasse mich rückwärts fallen. Nun blicke ich in den klaren blauen Himmel empor.

Ich bin mir nicht sicher, wie lange ich bewusstlos war. Als ich dann aber endlich erwache, schwebt Ali über mir und spielt Karten. Ich stöhne und blicke langsam um mich. An der Stelle, wo der Elementar war, befindet sich nun ein Schlackehaufen aus Gold und Erde. Scheiße – ich bin mitten im Gefecht ohnmächtig geworden.

„Wie lange war ich weg?" Ich versuche aufzustehen, aber mir dreht sich der Kopf und ich setze mich hin, sobald ich mich wieder unter Kontrolle habe.

„Etwa 20 Minuten. Trink deinen Manatrank, der wird helfen", sagt Ali und spielt weiter mit seinen Karten. Ich erkenne das Spiel nicht. Er hat sieben Kartenstapel fächerförmig arrangiert und verschiebt gelegentlich eine Karte von einem Stapel zum anderen oder legt eine neue Karte aus seiner Hand ab.

Ich widerspreche ihm nicht und folge seiner Anweisung. Meine Hand verharrt zwischen dem billigen und dem teuren Trank. Mein innerer Pfennigfuchser wählt die billige Flasche und trinkt sie leer. Sofort macht sich in mir ein Gefühl der Erleichterung breit, und die Benommenheit sinkt auf ein erträgliches Maß. Gut, aber zunächst das Wichtigste – Beute. Ich bin mir sicher, dass Ali mich vor allen Gefahren warnen wird, obwohl ich nicht in der Lage wäre, damit fertigzuwerden. Ich sehe mir die Beute nicht einmal an, sondern packe sie und werfe sie ins Inventar, während ich versuche, meinen Mageninhalt bei mir zu behalten.

„Ali, markiere diesen Ort bitte für mich auf der Karte, okay? Wir holen die Leiche später ab." Ich betrachte den geschmolzenen, goldenen Körper des Elementars. Ein Teil von mir ist angesichts der Goldmenge versucht, einen kleinen Tanz aufzuführen. Aber ist Gold überhaupt noch etwas wert?

Missmutig ziehe ich in Erwägung, dass Gold mittlerweile wertlos sein könnte, verwerfe diese Idee dann aber wieder. Damit beschäftige ich mich später noch. Ich richte meine Aufmerksamkeit auf Ali, der sieht, dass ich fast fertig bin, und seine Finger wieder bewegt.

Blitzschlag verbessert!

Du hast den Blitzschlag mit der elementaren Affinität deines Begleitergeists kombiniert, um den Zauber zu verstärken. Beschreibung aktualisiert.

Blitzschlag

Wirkung: Ruft die Macht der Götter herbei, den Blitzschlag. Der Blitz kann je nach Nähe, Ladung und anderen vorhandenen leitenden Materialien weitere Ziele treffen. Wirkt 100 Punkte elektrischen Schadens.

Der Blitzschlag kann kontinuierlich kanalisiert werden, um den Schaden um 10 weitere Schadenspunkte pro Sekunde zu steigern.

Preis: 75 Mana.

Preis für kontinuierliche Wirkung: 5 Mana pro Sekunde

Es ist möglich, den Blitzschlag durch die Elementar-Affinität der elektromagnetischen Kraft zu verstärken. Pro Affinitäts-Level wird der Schaden um 20 % erhöht.

Mana-Entzug

Du leidest an schwerem Mana-Entzug.

Wirkung: -80 % Erholungsraten. - 80% für alle Werte. Bis zum Abklingen der Entzugserscheinungen kannst du keine weiteren Zauber wirken.

Dauer: Für je 1 % zurückgewonnenen Manas verringern sich die Entzugserscheinungen um 1 %

Metall-Elementar (Level 43) getötet

+7000 EP

Echt, kein Levelaufstieg? Ich sehe mir die Erfahrungsmarkierung an und verziehe das Gesicht. Der Levelaufstieg in einer fortgeschrittenen Klasse ist verdammt schwierig. Ich schiebe den Gedanken beiseite, da es mir nichts nützt, mir über Dinge Sorgen zu machen, die sich nicht ändern lassen.

„Warum war es so viel schwieriger, den Elementar zu töten? Ich meine ja nur, den Troll haben wir problemlos erledigt, und die Stufe des Elementars war nicht bedeutend höher", frage ich.

„Mikito hatte ihn bereits ziemlich geschwächt. Und obwohl der Troll sich regenerierte, hat es Auswirkungen, über eine längere Zeit hinweg den Hintern vermöbelt zu bekommen. Außerdem war das hier eine schwierige Kombination. Unter diesen Umständen sind Strahlenwaffen nicht ganz so hilfreich, und dein stärkster Zauber hat eigentlich nur funktioniert, weil ich dabei war", sagt Ali und zuckt mit den Schultern, bevor er fortfährt. „Metallelementare erleiden kaum Schaden durch physische Angriffe. Außerdem hast du noch keinen Zugriff auf deine Klassen-Fertigkeiten, die es dir erlauben würden, die Panzerung zu umgehen. Ohne Sabres Schutzwirkung wärst du jetzt ehrlich gesagt ziemlich tot. Was aber auch nichts Neues ist."

Ich nicke und stöhne, da sich nach dem Abklingen des Adrenalinschubs ein pulsierender Schmerz in meinem Bein bemerkbar macht. Es heilt noch bald genug, aber bis dahin muss ich einfach die Zähne zusammenbeißen. Aufgrund des Mana-Entzugs bringe ich es nicht einmal fertig, einen Zauber zu wirken. Zeit für den Feierabend.

***

„Mr. Lee", ruft mir jemand zu, als ich Whitehorse erreiche, und fordert mich zum Anhalten auf. Mein Kopf schmerzt immer noch. Ich stöhne, als ich erkenne, dass es sich um Fred und Mr. Lakai handelt, halte jedoch nicht an. Ich spiele nur ungern den Diplomaten. Wenn ich dadurch aber sicherstelle, dass in unserer Stadt kein Krieg ausbricht, werde ich das Notwendige tun. Allerdings gelingt es mir nicht, den Funken der Wut und Frustration zu unterdrücken, der sich nun in meiner Stimme bemerkbar macht.

„Fred, La...", setze ich an und werfe dann einen Blick auf seinen Namen, „Eric."

Eric – Mr. Lakai – verengt die Augen zu Schlitzen, schweigt jedoch. Fred lächelt und wartet ab, bis ich vom Motorrad abgestiegen bin, bevor er sich zu Wort meldet. „Wie ich höre, haben Sie mit Lord Roxley und den Minotauren gesprochen?"

„Yerick. Ich habe mit den Yerick und Roxley geredet, ja", antworte ich.

„Was haben Sie dabei erfahren?" Fred präsentiert ein schleimiges Lächeln und beugt sich nach vorn, wobei er mir etwas zu nahe kommt.

Ich zucke zusammen und habe das Gefühl, mich waschen zu müssen, während er weiter lächelt. „Nicht viel. Die Yerick sind in erster Linie Abenteurer, wobei unter ihnen auch Handwerker leben. Sie werden auf Roxleys Einladung herkommen und dem Shop Gebäude abkaufen. Dadurch sollten wir uns dem für die sichere Zone benötigten Wert annähern und die Stadt weiter stabilisieren."

Während ich rede, beobachte ich Fred und hoffe, dass er die Gebäudekäufe als frohe Neuigkeiten interpretiert. Ich bin mir bewusst, dass der Druck zum Erreichen dieser 80 % stark ist. Aber der Preis dafür ist enorm – vor allem, wenn man unsere zukünftigen Ansprüche in Betracht zieht. Momentan stehen wir bei 40 %. Selbst dieser Wert hilft uns dabei, die Anzahl der erscheinenden Monster zu stabilisieren. „Was den Rest betrifft, na ja, das sollten die Yerick mit jemanden wie Ihnen oder Miranda besprechen. Ich bin mir sicher, die würden gerne darüber diskutieren, wie sie sich in unsere kleine Gemeinschaft einfügen können."

Das war etwas übertrieben, aber ich sehe, wie Fred sich begeistert auf den Satz stürzt. „Ja, wir müssen darüber reden, welche Beiträge sie an uns leisten können. Vielleicht gibt es eine Möglichkeit, dass sie sich der Handelskammer anschließen."

„Selbstverständlich", sage ich in einem neutralen Ton und nicke, obwohl ich eigentlich kaum noch zuhöre. Neben mit kneift Mr. Lakai die Augen zusammen und ballt die Fäuste, während Fred sich weiter endlos darüber auslässt, wie diese neue Gruppe in unsere Stadt integriert werden könnte.

„Einen schönen Abend noch, meine Herren." Ich lächle und steige aufs Motorrad, um zu Xev zu fahren. Gott sei Dank muss diesmal nur die Panzerung repariert werden, was nicht allzu lange dauern sollte. Ich winke Xev zu, stelle das Motorrad ab und akzeptiere das Angebot, mit dem Tandem abgesetzt zu werden. Was ich jetzt brauche, ist mein Bett und etwas Ruhe.

Wenigstens einige Stunden. Ich muss wirklich darauf achten, dass ich mich nie wieder derart verausgabe.

Kapitel 21

Das Frühstück am nächsten Morgen verläuft etwas freundlicher, da sich nun anscheinend alle beruhigt haben. Zwar serviert Lana nicht wie üblich mein Essen, andererseits zeigt mir auch niemand die kalte Schulter. Allerdings verläuft die Unterhaltung recht förmlich und es entstehen immer wieder lange Pausen. Was primär darauf zurückgeht, dass Mikito wie immer ihren Reis isst, ohne am Gespräch teilzunehmen.

Nachdem wir fertig sind, klopfe ich auf den Tisch, damit alle zuhören. Als aller Augen sich auf mich richten, sage ich: „Heute ist Tag 3 der Gästerechte. Die Yerick haben gesagt, sie würden bis morgen im Gebäude bleiben, daher bleibt uns noch ein friedlicher Tag. Ich denke, wir sollten uns heute in die Höhle wagen."

Richard tauscht mit den anderen Blicke aus, bevor er sich nach vorne beugt und mich anstarrt. „Und wie sieht dein genialer Plan aus?"

Ich grinse und winke Ali zu mir. Gemeinsam beschreiben wir, was wir wissen und wie unsere Pläne aussehen. Nachdem wir fertig sind, sitzt die Gruppe schweigend da. Richard kratzt sich am Bart und verzieht das Gesicht. Lana hat ein seltsames Lächeln auf den Lippen, Mikito ist ruhig und gefasst, und Rachel grinst.

„Mann, das ist ziemlich irre, oder?", antwortet Rachel und schüttelt den Kopf, während sie eine nicht angezündete Zigarette zwischen den Fingern rollt.

Ich grinse ihr zu und zucke mit den Achseln: „Wenn es klappt, schon. Dafür brauchen wir allerdings Hilfe."

Rachel rümpft die Nase und nickt dann: „Ich weiß, wer dafür ideal wäre."

Die Gruppe nickt ebenfalls langsam, und wir weisen allen hastig die letzten der erforderlichen Aufgaben zu. Während ich zur Tür gehe, packt Lana mich am Arm und sagt: „Das wegen gestern tut mir leid."

„Worum ging es überhaupt?", frage ich, da ich eine Bestätigung meiner Vermutungen hören möchte. Ich bin zwar etwas schwer von Begriff, aber nicht komplett bescheuert.

„Völlig unwichtig. Darüber müssen wir jetzt nicht reden. Pass nur auf, dass du sie heil zurückbringst", sagt sie und blickt ihren jüngeren Bruder an. Dadurch zeigt sie uns, wer wirklich gemeint war. Ich weiß, dass sie alle von uns mag, aber er ist ihr Bruder. Ich mache ihr deswegen keinen Vorwurf.

„Ich werde die Höhle als Letzter verlassen", verspreche ich, und sie lässt mich los. Na gut, es ist an der Zeit, etwas zu töten. Als ich daran denke, spüre ich, wie die langsame Vibration der Vorfreude in mir emporsteigt. Ja, jetzt ist eindeutig der Zeitpunkt gekommen, um Monster abzumurksen.

***

Einige Stunden vor dem Eintreffen der restlichen Crew kauere ich bereits vor der Höhle. Bevor sie zu mir stoßen, möchten sie erst noch in Carcross vorbeischauen. Ich arbeite am ersten Teil des Plans – dem Ausspähen der Höhle. Ali erwähnte, dass der Irrwisch zwar interessant war, beim Verbergen jedoch nicht allzu geschickt vorging. Den Crilik-Gestaltwandlern wäre es im Schattenaspekt ein Leichtes gewesen, ihn außer Gefecht zu setzen. Als Kompromiss haben wir uns eine größere Mana-Batterie für die Drohne gekauft sowie eine zweite, allerdings nur für den Notfall. Das kam mich teuer zu stehen, aber ich hatte keine bessere Option.

Ali beobachtet den Eingang. Diesmal passt er richtig auf, da er nicht automatisch nach Monstern scannen kann, während ich zusehe, wie die Drohne eine Karte der Höhlen erstellt. Ich lasse sie weit oben in Deckennähe fliegen. Dabei setzt die Drohne Infrarotsicht und schwache Radarsignale ein, um 3D-Karten der durchquerten Bereiche zu erzeugen. Dank meiner Verbindung mir Sabre wird die Höhle in hervorragendem Detailgrad auf der

Sichtscheibe meines Helms angezeigt. Noch besser ist, dass die Crilik-Gestaltwandler nichts davon ahnen.

Das Höhlensystem ist eigentlich nicht sonderlich weitläufig, nur etwa einen halben Kilometer lang, mit fünf Haupthöhlen. Die Crilik bewegen sich zu oft, als dass eine exakte Zählung machbar wäre. Grob geschätzt sehe ich über 40 der Gestaltwandler sowie einen eklig aussehenden Alpha-Crilik, der den nächstkleineren Gestaltwandler fast um das Doppelte überragt. Der Alpha streift durch die letzten Höhlen, und nach einiger Zeit fällt mir auf, dass einige der kleineren Gestaltwandler teilweise die halbe Größe besitzen. Stimmt, wir haben es hier mit einem Monster-Schlupfwinkel zu tun.

Als die Teammitglieder eintreffen, bringen sie zusätzliche Hilfe mit. Sowohl Jason als auch Mike sind nun Teil des Teams, obwohl sie zur Geheimhaltung verpflichtet wurden, was Sabre betrifft. Inzwischen stelle ich mir die Frage, warum ich mir deswegen überhaupt Gedanken mache, aber das ist zur Gewohnheit geworden. Rachel marschiert sofort nach ihrer Ankunft zum Höhleneingang und hebt die Hände, als sie Steine aus der Erde zieht, um rund um den Eingang Wände und eine Decke zu formen. Richard geht nach vorn, die Huskys schwärmen neben ihm aus und Elsa wird bei ihm auf dem Boden platziert. Orel sieht von einer direkt über mir gelegenen Position zu. Richard beginnt mit einer Reihe von Leuchtgranaten, welche die Vorderseite der Höhle vollständig erleuchten. Dann bleibt er dort, um nach den Gestaltwandlern Ausschau zu halten.

Mikito und Jason machen sich an die Arbeit und fällen mithilfe von Äxten und Magie Bäume. Diese zerlegen sie dann in Stücke, die für Gadsby leichter zu transportieren sind. Gadsby schleppt auf seinen Schultern grinsend und mühelos Baumstämme, die doppelt so lang sind wie er. Er hüpft in die Höhle, wo er seine Last so sorglos aufstapelt, als würde er einfach nur ein Lagerfeuer vorbereiten.

Inzwischen habe ich die Drohne zur zweiten Höhle zurückgebracht und beobachte die Gestaltwandler. Sie schleichen sich den Rand des beleuchteten

Bereichs entlang und warten darauf, dass wir hineingehen. Ansonsten bleiben sie untätig. Was uns nicht überrascht, denn der Leitfaden beschrieb sie als Kreaturen von beschränkter Intelligenz, die ihren Opfern meist auflauern. Da wir noch nicht tief in ihr Territorium vorgedrungen sind, sind sie bereit, abzuwarten und unsere seltsamen Aktivitäten zu beobachten.

Dank übermenschlicher Stärke und Geschwindigkeit sind unsere Vorbereitungen im Nu abgeschlossen, und ich winke Mikito und Richard herbei. Die beiden erhalten meine Sensorendaten, und während die anderen warten, verteilen wir uns über den Berghang. Das ist der knifflige Teil – wir möchten eine ausreichende Anzahl von Öffnungen blockieren, um den Luftstrom zu reduzieren. Allerdings nicht so viele, dass das Feuer komplett ausgehen würde. Ali und ich schätzen, dass ungefähr die Hälfte die korrekte Anzahl wäre. Oder zumindest hoffen wir darauf. Schließlich sind wir weder Brandstifter noch Feuerwehrleute. Die Behälter mit Schnellzement, die wir aus dem Inventar ziehen, binden sofort ab und härten nach wenigen Sekunden aus, so dass die entsprechenden Löcher luftdicht versiegelt werden.

Als wir zurückkehren, hat der Eingang eine hübsche Überdachung und ist von Stein umgeben, so dass nur eine einzige, breite Öffnung verbleibt. Richard und Elsa beginnen die Mission, indem sie tiefer in die Höhle vorrücken. Elsa spuckt Flammen auf die grünen Baumstämme, bis die Schildkröte gezwungen ist, eine Pause einzulegen. Wir rufen sie zurück. Danach folgt Jason, der einen brausenden, stetigen Wind erzeugt, welcher die Flammen anfacht und vor allem den nötigen Rauch erzeugt. Ich wüsste zu gerne, was sich in der Höhle abspielt. Allerdings habe ich die Drohne bereits zurückgerufen, damit sie nicht beschädigt wird. Das Heulen aus der Höhle beweist, dass die Crilik nicht gerade glücklich sind.

Ansonsten gibt es nicht viel zu tun. Gadsby, Mikito und ich bilden die Frontlinie am Höhleneingang. Die Flammen knistern, und das von der Schildkröte extrem erhitzte feuchte Holz erzeugt eine Menge Rauch, und der die Sicht blockiert. Wir sehen, dass sich hinter den Flammen etwas bewegt, das

Feuer anfaucht und dann im Rauch und den Schatten verschwindet. Danach herrscht Stille.

Jetzt warten wir ab, während der Rauch sich im Höhlensystem verbreitet. Dadurch werden die Kreaturen entweder ersticken oder sind gezwungen, durch die Flammen in unsere Richtung zu flüchten. Natürlich dauert es eine Weile, bis ein halber Kilometer Höhlensystem sich vollständig mit Rauch gefüllt hat. Daher übernimmt Gadsby die angenehme Aufgabe, das zusätzlich gehackte Holz nach Bedarf in die Höhle zu tragen.

„Wisst ihr, das fühlt sich irgendwie nicht richtig an", murmelt Gadsby während einer besonders langen Warteperiode. Jason nickt zustimmend.

Danach schweigt er einen Moment und lässt den durch seinen Zauber erzeugten Wind abflauen, um zu sehen, wie das Feuer sich entwickelt. Als er einen Bereich entdeckt, der noch nicht in Flammen steht, beschwört er einen Flammenspeer und schleudert diesen von sich. Der Speer trifft auf die Baumstämme und setzt sie Brand. Jason blickt mich an, und seine Hände berühren unwillkürlich eine nicht mehr vorhandene Brille. „Kein Spiel, ich weiß."

„Nein, ganz und gar nicht", erwidere ich und verenge die Augen, um die Monster besser entdecken zu können. Das ist kein Spiel, nur unsere beschissenen Leben. Es könnte eine Weile dauern. Aber wir haben die Zeit, das Holz und die benötigte Disziplin, um abzuwarten.

Das erste Warnsignal erreicht uns nach einigen Stunden, als drei Crilik in Panik auf uns zustürmen. Der erste kassiert einen Kopfschuss aus meinem Gewehr und fällt zu Boden, der zweite rutscht aus und wälzt sich in den Flammen. Auf den dritten wartet Mikito und schlägt ihm mit ihrer Klinge den Kopf ab. Eine Stunde später erhalten wir eine Reihe von Benachrichtigungen, weitere Crilik wären umgekommen.

Dann geschieht nichts, und die Zeit vergeht. Gadsby entfernt sich, um zusätzliches Holz zu holen, und in diesem Moment starten die übrigen Crilik den Angriff auf uns. Da das Feuer ihnen im Kampf ihren wichtigsten Vorteil genommen hat und die Kohlendioxidvergiftung ihre Stärke und Ausdauer verringerte, wird der Kampf zu einem Massaker. Aber das hindert sie nicht daran, uns anzugreifen.

Ich starte einen Blitzschlag, worauf ein stärkerer und imposanterer Angriff der gleichen Art von Jason folgt. Die Blitze tanzen zwischen den Kreaturen hin und her und schleudern mehr als eine von ihnen ins Feuer. Rachel zuckt mit den Händen und Steinspeere schießen aus dem Boden und spießen weitere Monster auf, die es durch das erste magische Sperrfeuer geschafft haben. Hinter uns setzt Richard seine Schrotflinte ein, als die Feinde in Reichweite gelangen, wobei er auf die erste Reihe zielt. Dadurch verlieren sie über die Hälfte ihrer Streitmacht und müssen eine Engstelle passieren. Dort warten Mikito und ich mit gezückten Klingen, um ihnen ein Ende zu setzen. Gadsby eilt zu uns zurück, um uns zu helfen, und Mikito greift den Boss selbst an. Ihre Stangenwaffe tanzt hin und her und trifft die Kreatur immer wieder, um sie aus dem Gleichgewicht und in die Defensive zu zwingen. Gelegentlich trete ich zur Seite, um einen Crilik durchzulassen. Dadurch können die Huskys ihren Angriff starten, während ich mich auf die anderen konzentriere. Neben mir zerschmettert Gadsby seine Feinde mit einem Panzerhandschuh und einem Knüppel.

Wie erwähnt ist es ein Massaker. Da die Gegner bereits das Feuer durchqueren mussten, durch die Kohlendioxidvergiftung geschwächt sind und ihre stärkste Waffe nicht einsetzen können, sind sie uns stark unterlegen. Nach dem Ende des Kampfes stehen wir keuchend, aber siegreich bei den Leichen. Wir grinsen einander an und lesen dann gemeinsam unsere Benachrichtigungen.

Quest abgeschlossen!
Du hast die Carcross-Höhle von Crilik-Gestaltwandlern gesäubert!
10.000 EP erhalten. Verbesserter Ruf im Dorf Carcross.

Levelaufstieg* 2

Du hast Level 16 als Erethra-Ehrengarde erreicht. Wertepunkte werden automatisch verteilt. Du darfst 18 Gratis-Attribute verteilen.
Klassen-Fertigkeiten freigeschaltet.

Ich kreische vor Freude und lege einen improvisierten Tanz hin. Endlich, verdammt noch mal! Ich muss einfach grinsen und ignoriere die schockierten Blicke, die die anderen mir zuwerfen. Ich hatte nur noch einen verdammten Level gebraucht und zwei erhalten! Ich investiere einige weitere Punkte in meinen Charisma-Wert, dann bin ich fertig.

„Stimmt was nicht, John?", fragt Gadsby, der mich nicht direkt anblickt und stattdessen die Umgebung absucht.

„Nein, ich habe nur gerade meine Klassen-Fertigkeiten bekommen", sage ich mit einem breiten Grinsen.

„Deshalb brauchst du nicht wie ein kleines Mädchen zu kreischen, wir haben alle unsere Level bekommen", knurrt Jason und reibt sich das Ohr, das mir am nächsten ist.

„Nein, du verstehst es nicht. Meine Klassen-Fertigkeiten wurden soeben freigeschaltet. Endlich." Ich wippe leicht auf den Füßen und bin erleichtert darüber, diesen Makel nicht mehr vor den anderen verbergen zu müssen.

„Was?" Richard dreht sich um und starrt mich an, und mir fällt auf, dass die Mehrheit der anderen dasselbe tut. „Wie zum Teufel hast du es ohne Skills geschafft, mit uns mitzuhalten? Ich nahm an, du hättest alles in deine körperlichen Werte investiert, etwa die Konstitution." Mikito nickt energisch, und Jason glotzt mich nur mit weit geöffnetem Mund an.

„Nein, ich hatte bisher keinen Zugriff darauf", kichere ich boshaft und reibe mir nachdenklich die Hände. Oh, was ich damit alles anfangen könnte.

„Verrückt. Du bist ein total verrückter Kerl", murmelt Jason.

„Lass den Jungen nicht zu arrogant werden. Ohne den Mech wäre er schon ein Dutzend Mal gestorben. Ohne mich ebenfalls", erwähnt Ali grinsend, und ich nicke zustimmend. Stimmt, die Fähigkeit, weit überlegene Kreaturen zu entdecken, sich vor ihnen zu verbergen und zu fliehen war ein enormer Vorteil.

„Werden wir alle aus unseren Klassen-Fertigkeiten ausgesperrt, wenn wir eine fortgeschrittene erhalten?" Rachel mischt sich in die Unterhaltung ein und spricht mit einer zwischen die Lippen geklemmten Zigarette, wobei sie mich fixiert.

Ali springt sofort in die Bresche: „Nein, der süße kleine Kerl hier ist ein Sonderfall. Zerbrecht euch wegen ihm nicht den Kopf."

Rachel nickt, und Mikito deutet mit ihrer Naginata auf die Höhle. „Arbeiten. Tanze später."

Die anderen nicken und mustern mich neugierig, aber sie hat recht. Zeit, sich an die Arbeit zu machen. Sie beginnen damit, die Leichen vor dem Eingang zu plündern, während Rachel und Jason daran arbeiten, die Höhle soweit abzukühlen, dass ich sie betreten kann. Selbst mit Sabre als Rüstung freue ich mich nicht gerade auf diese Aufgabe.

Kapitel 22

Nachdem wir alles erledigt haben, sitze ich auf der Ladefläche des Trucks und arbeite an meinem Statusmonitor.

Für Charisma ausgegebene Punkte

Klassen-Fertigkeiten freigeschaltet
8 Klassen-Fertigkeiten können verteilt werden. Möchtest du das tun?

Will ich? Der Nervenkitzel verleitet mich dazu, von einem Ohr zum anderen zu grinsen. Gadsby fährt auf Sabre, mit meiner Erlaubnis, während ich mich in die Details vertiefe und Informationen über meine Klassen-Fertigkeiten aufrufe. Ich habe bereits eine ungefähre Vorstellung davon, da ich Informationen gekauft und mir im Kopf stundenlang Videos angesehen habe. Als ich allerdings das Feld der Klassen-Fertigkeiten aufrufe, schwebt daneben noch ein weiteres Register – grundlegende Fertigkeiten.

„*Ali, was sind die grundlegenden Fertigkeiten? Werden die gleichzeitig freigeschaltet?*" Sofort sehe ich mir die entsprechenden Einträge an und schneide eine Grimasse. Ich blättere die Seiten hastig durch, überwältigt von ihrer schieren Anzahl. Kraftschlag, Sprint, Erste Hilfe, Manapfeil, Gift, Elementar-Erfüllung. Als ich dann aber die dazugehörigen Informationen aufrufe, bin ich nicht sonderlich beeindruckt.

Kraftschlag
Wirkung: Physische Angriffe bewirken 20 % mehr Grundschaden
Preis: 25 Mana

Sprint
Wirkung: Benutzer hat eine um 5 % höhere Laufgeschwindigkeit
Preis: 10 Mana pro Sekunde

Elementar-Erfüllung
Wirkung: Erfüllt deine Waffe mit einem Elementareffekt deiner Wahl. Diese Wahl wird beim Kauf getroffen und ist nicht veränderbar. +10 Elementarschaden
Preis: 30 Mana pro Sekunde

„Eigentlich nicht, die hättest du dir schon vorher kaufen können", sagt Ali, wendet sich mir zu und stützt die Hände auf die Hüften. „Ich hatte sie blockiert, damit du sie nicht siehst, weil sie sowieso beschissen sind. Damit verringert das System letztlich deine Kampfkraft. Dadurch ergibt sich eine geringfügige Verbesserung, aber nie genug, um wirklich geduldige, intelligente oder erfahrene Gegner herauszufordern."

Bei seinen Worten zucke ich zusammen, und meine Hände möchten den kleinen Geist am liebsten erwürgen. Stattdessen ziehe ich einen Schokoriegel aus meinem Inventar, esse ihn und konzentriere mich auf das Hier und Jetzt. Irgendwie liegt er ja nicht komplett falsch – aber seine Angewohnheit, plötzlich Kaninchen aus dem Zylinder zu ziehen, geht mir allmählich auf die Nerven. Ich zwinge mich dazu, langsamer zu atmen, da die Wut in mir aufsteigt. „*Gerade eben haben wir darüber gesprochen, dass du keine Geheimnisse vor mir haben solltest.*"

Ali schweigt kurz und mustert mich von oben bis unten, dann zuckt sein Gesicht. Diesen Gesichtsausdruck habe ich bei ihm noch nie gesehen, und er gibt mir einen Moment lang Rätsel auf. Dann aber erkenne ich, dass es sich um so etwas wie Reue handelt. Schließlich spricht er: „Ja, stimmt."

„*Wie bitte?*", dränge ich ihn.

„Ich sagte, es stimmt. Tut mir leid, wir hatten uns darauf geeinigt, die Wahrheit zu sagen. Ich hatte es dir so lange verschwiegen, dass ich es einfach vergessen habe", antwortet Ali. Ich knurre und meine Wut schwelt zwar immer noch, ist aber nun unter Kontrolle. Ich bin zwar nicht gerade glücklich, aber zumindest hat er sich entschuldigt, und damit ist die Angelegenheit erledigt.

Ich kehre zu meinen Klassen-Fertigkeiten zurück und esse den Rest des Schokoriegels auf, während ich mich aufs Lesen konzentriere. Ich bin mir nicht sicher, ob ich sofort alles davon auswählen möchte. Trotzdem ist es wichtig, meine Optionen zu kennen.

Die Klassen-Fertigkeiten der Ehrengarde sind in drei Zweige aufgeteilt, wobei die obere Fertigkeit jeweils die Voraussetzung für die stärkeren Skills weiter unten darstellt. Jeder dieser Zweige unterstützt die Gardisten bei ihren üblichen Tätigkeiten als Leibwächter, Champions und natürlich Stoßtruppen der Armee.

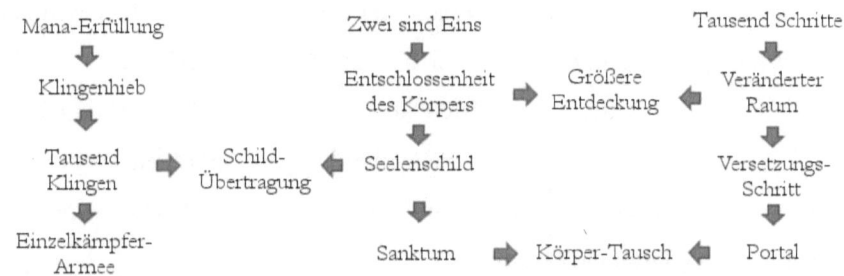

Fertigkeitenbaum Erethra-Ehrengarde

Der erste Zweig konzentriert sich auf die seelengebundenen Waffen der Ehrengarde und erhöht deren Potenzial und Schaden. Meinem Verständnis zufolge unterscheiden sich die Optionen in diesem Zweig abhängig von der seelengebundenen Waffe. Die Mana-Erfüllung fügt ihr Mana-Schaden hinzu, der sämtliche Widerstände umgeht. Klingenhieb erhöht die Reichweite. Tausend Klingen erzeugt zusätzliche Kopien der von mir benutzten seelengebundenen Waffe, und Einzelkämpfer-Armee vereint alle obigen Eigenschaften in einem einzigen, massiven Angriff.

Der zweite Zweig ermöglicht es den Gardisten, als effektive Leibwächter zu dienen. Zwei sind Eins teilt den von einem Ziel erlittenen Schaden mit dem

Gardisten. Die Entschlossenheit des Körpers erhöht die Regenerationsrate, was es dem Gardisten erlaubt, mehr einzustecken. Seelenschild ermöglicht es ihm, einen Schild zu manifestieren, während Sanktum einen Ort erzeugt, der kurzzeitig sämtliche Angriffe aufhält.

Der dritte Zweig beschäftigt sich mit der Bewegung und der Fähigkeit, Treffer zu erzielen. Tausend Schritte ist ein Bewegungs-Stärkungszauber, Veränderter Raum bietet erweiterte Speichermöglichkeiten und Versetzungs-Schritt ist eine Teleportation über kurze Distanzen hinweg an einen Punkt, der sich innerhalb der Sichtlinie befindet. Die vielleicht interessanteste Fähigkeit ist Portal, wodurch ein Gardist die Möglichkeit erhält, eine Verbindung zwischen zwei Orten zu schaffen. Ein einzelner Gardist, der mithilfe eines Portals in deine Front eindringt, könnte eine komplette Armee auf dich loslassen. Oder eine Atombombe.

Die Schild-Übertragung verbessert den Seelenschild, so dass Benutzer einen Teil jedes Angriffs auf den Schild zur Verbesserung ihrer seelengebundenen Waffen verwenden können. Größere Entdeckung bietet dem Gardisten eine Erkenntnisfähigkeit, die der von Ali ähnelt, während er durch Körper-Tausch mit vorbestimmten Zielen die Position wechselt, unabhängig von deren Entfernung.

Bei näherer Betrachtung der Skills fällt mir auf, dass einige davon leider immer noch gesperrt sind. Für den Augenblick wurden anscheinend nur die ersten beiden Levels freigeschaltet. Zumindest, bis ich Level 30 erreiche. Die letzte Stufe schalte ich erst auf Level 40 frei. Trotzdem eröffnen sich mir mehrere Optionen, mit denen ich herumspielen kann. Ich könnte in jedem Bereich einen Level wählen und einen weiteren Skill verbessern, aber vielleicht wäre dies zu simpel. Schließlich bin ich mir nicht einmal sicher, ob ich die Größere Entdeckung brauche, da ich ja bereits Ali habe. Und Distanzangriffe mit dem Schwert sehen zwar interessant aus, aber dafür habe ich meine Gewehre.

So viele Entscheidungen. Während ich die Informationen durchgehe, hole ich gedankenverloren einen weiteren Schokoriegel hervor und knabbere daran, während ich die Unterhaltungen in meiner Nähe ignoriere. Ich werde das Ganze mit Ali besprechen müssen.

***

Als wir nach Carcross gelangen, stecke ich all die Informationen weg. Die Wachen am Tor nicken uns zu und winken uns durch. Rein zufällig sehen wir, dass Mrs. O'Keefe Wachdienst leistet. Ein weiterer Wächter ist zur Versammlungshalle geeilt und die Älteste kommt langsam heraus. Gadsby streckt den Daumen hoch und sie entspannt sich. Dann richtet sie sich auf, als wäre ein großes Gewicht von ihr abgefallen.

Ich steige ab und lächle, als Jason für seine Mutter den gelangweilten Teenager spielt, dabei aber nervös auf den Zehen wippt. Offensichtlich möchte er einerseits cool wirken, andererseits aber unbedingt von unseren Taten erzählen. Richard lächelt Mrs. O'Keefe an und sie wirft ihm einen dankbaren Blick zu, bevor sie sich um ihren Sohn kümmert und ihn wegführt.

Wir hätten noch genügend Zeit für die Rückfahrt, aber da Älteste Badger und Gadsby darauf bestehen, machen wir Feierabend. Für alle außer den Wachen auf der Mauer entwickelt sich der Abend schnell zu einer Feier, und Essen und Trinken werden in rauen Mengen ausgeschenkt. Ein Elch hatte das Pech, dass sein sechs Meter langer Körper als Hauptmahlzeit des Abends dient.

Bald bricht die Nacht herein, und ich sehe, dass sogar Mikito sich etwas entspannt und sich mit einigen anderen Nahkämpfern unterhält. Anscheinend vergleichen sie ihre Waffen und Taktiken, wobei sie angeregt gestikulieren. Rachel ist in eines der Motelzimmer verschwunden und hat Jason mitgeschleppt. Ich frage mich, ob es hierbei um den Austausch von Informationen, Sex oder beides geht. Und Richard bildet wie üblich den

Mittelpunkt der Party. Unzählige Leute sitzen bei ihm, um ihm zuzuhören. Angesichts der beiden Frauen, die zu seinen Füßen sitzen und ihn anschmachten, wird er heute Nacht garantiert nicht alleine schlafen.

Ich? Ich schleiche am Rand herum und versuche, mich unter die Menge zu mischen. Ich sehe, wie sie lachen und fröhlich aussehen und frage mich nach dem Grund. Wir haben einen Schlupfwinkel zerstört und einige Monster getötet, befinden uns aber immer noch auf einer beschissenen Dungeonwelt. Das hier ist nur einer von tausend, vielleicht zehntausend Dungeons, die erscheinen werden. Wir werden es unmöglich schaffen, alle von ihnen zu vernichten. Aber auch wenn mir nicht nach einer Party zumute ist, heißt das nicht, dass sie nicht ihren Spaß haben dürfen. Daher bleibe ich unauffällig, nur einer unter vielen. Was mir sogar so gut gelingt, dass ich eine kurze Benachrichtigung erhalte.

Fertigkeit erhalten
Tarnung (Level 1)
Es ist nicht leicht, in einer Menge zu verschwinden.

Irgendwann stelle ich fest, dass ich es satt habe, den anderen gegenüber den unerschütterlichen Felsen in der Brandung zu spielen. Ich gehe nach draußen, lasse Sabre und mein Team zurück, schleiche an den Wachen vorbei und investiere Punkte in meine Klassen-Fertigkeiten. Einige Dinge möchte ich sofort, die anderen können noch warten. Zunächst je ein Punkt in einigen Bereichen.

Klassen-Fertigkeiten erhalten
Mana-Erfüllung (Level 1)
Die seelengebundene Waffe ist nun dauerhaft mit Mana erfüllt und erzeugt bei jedem Schlag Zusatzschaden: +10 Grundschaden (Mana). Ignoriert Rüstung und Widerstände. Manaregeneration reduziert sich permanent um 5 Mana pro Minute.

Klassen-Fertigkeiten erhalten

Klingenhieb (Level 1)

Indem sie zusätzliches Mana und Ausdauer in einen Schlag strömen lässt, ist die seelengebundene Waffe des Erethra-Ehrengardisten in der Lage, bis zu 3 Meter weit entfernte Ziele zu treffen.

Preis: 40 Ausdauer + 40 Mana

Klassen-Fertigkeiten erhalten

Tausend Schritte (Level 1)

Solange diese Fertigkeit aktiviert ist, erhöht sich das Bewegungstempo des Ehrengardisten und seiner Verbündeten um 5 %. Diese Fähigkeit lässt sich mit anderen Bewegungs-Skills kombinieren.

Preis: 20 Ausdauer + 20 Mana pro Minute

Klassen-Fertigkeiten erhalten

Veränderter Raum (Level 1)

Der Ehrengardist erhält nun Zugang zu einem außerdimensionalen Speicherort mit einer Größe von zehn Kubikfuß. Dort gelagerte Objekte müssen berührt werden, um sie sich herbeizuwünschen. Diese Veränderung darf keine Lebewesen oder Objekte betreffen, auf die momentan nicht zum Ehrengardisten gehörende Auren einwirken. Manaregeneration permanent um 5 Mana pro Minute reduziert.

Ich bleibe in der Nähe der Stadt und bewege mich möglichst leise. Aber zur Erprobung meiner neuen Klassen-Fertigkeiten gibt es keine bessere Gelegenheit als das Aufspüren eines echten Gegners.

„Ali, die Fertigkeit Tausend Schritte. Die erscheint mir nicht sonderlich beeindruckend", sage ich dem unsichtbaren Geist, der ständig nach Bedrohungen Ausschau hält. Die Nacht gehört den herumschleichenden Raubtieren, und obwohl Ali nach dem Levelaufstieg mehr davon entdecken kann, ist sein Level für diese Region immer noch recht niedrig. Zumindest trifft dies auf die tatsächlichen Levels zu, die unglücklicherweise Alis Fähigkeiten bestimmen.

„Die Effekte verstärken sich gegenseitig und beeinflussen auch deine Fahrzeuge, Junge. Stellt dir mal vor, wie viel diese gestapelten Effekte einem Trupp nützen würden, bei dem sie von allen benutzt werden. Weitere Punkte erhöhen auch die Reichweite und den Geschwindigkeitsbonus. Innerhalb der Garde existieren Transportspezialisten, deren Hauptaufgabe darin besteht, Gardisten rasch zum gewünschten Ort zu bringen", erklärt Ali, woraufhin ich nicke. Da ist zwar für mich weniger nützlich, aber ich frage mich, wie dieser Skill zu Mikitos eigenen Tempo-Fertigkeiten passen würde. Sie ist jetzt schon unheimlich schnell.

Mein erstes Opfer in dieser Nacht ist eine langsame Kreatur mit dunklem Rückenpanzer, die einer Schildkröte ähnelt – wenn Schildkröten Stacheln auf dem Panzer und zwei Köpfe hätten. Ich husche an sie heran und schlage blitzschnell zu, so dass ich den ersten Kopf mit einem *Snick* abtrenne. Der zweite Kopf zieht sich zurück und Stacheln schießen hervor, was mich zu einer Ausweichbewegung zwingt. Bei einem erneuten Angriff sehe ich zu meiner Überraschung, dass die Treffer selbst auf dem Panzer tiefe Kratzer hinterlassen. Es ist ein seltsamer Kampf. Ich muss sowohl auf den Kopf achten, den die Kreatur abwechselnd einzieht und hervorschnellen lässt als auch auf die Stacheln, die jederzeit hervorschießen könnten. Nach einigen Runden greife ich die rotierenden Stacheln selbst an und hacke sie mit meiner Klinge ab. Dann trete ich derart energisch nach der Kreatur, dass sie auf den Rücken kippt. Da sie sich nicht mehr mit den Stacheln abstoßen kann, steckt sie fest, und ihr Ende naht. Sofort nach dem Tod des Wesens nehme ich meine Beute an mich und stecke die komplette Leiche in meinen Veränderten Raum.

Anschließend betrachte ich mein Schwert. Aha, schon besser.

Schwert Stufe II (Seelengebundene persönliche Waffe eines Erethra-Ehrengardisten)
Grundschaden: 63
Haltbarkeit: N/Z (persönliche Waffe)
Sonderfähigkeiten: +10 Manaschaden, Klingenhieb

Es dauert eine Weile, bis ich die nächste Kreatur finde, da selbst die örtlichen Monster sich nun allmählich vor der Stadt fürchten. Stattdessen findet das nächste Wesen mich, huscht von einem Baum herab und hätte mir beinahe die Augen ausgehackt. Hätte ich meinen Helm nicht getragen, wäre es ihm auch gelungen. Da der erste Angriff meinen Kopf nicht richtig erwischt, fliegt die Eule wieder nach oben und ich erhalte die Gelegenheit, meinen Klingenhieb auszuprobieren.

Das schnelle Ziehen und der konzentrierte, explosionsartige Schlag fühlen sich ermüdend an, da das Mana die Klinge durchströmt, diese füllt und einen weiten Diagonalschlag durch den Himmel führt. Dieser verpasst die Eule fast komplett. Aber ein Teil des Angriffs trifft knapp einen Flügel, was den Vogel durch die Luft schleudert und unbeholfen landen lässt. Ich trete vor und löse meine Fähigkeit immer wieder aufs Neue aus, wobei ich das Timing der Aktivierung schließlich beherrsche. Bald existiert die unglückselige Kreatur nur noch als zerfetzter Fleischhaufen. Was durchaus positiv ist, denn ich spüre, wie sehr mich dieser Schlag angestrengt hat. Diesen Angriff sollte ich mit Sicherheit nicht allzu oft einsetzen. Ich schnaufe, strecke mich und nehme die Beute an mich, wobei ich den übel zugerichteten Körper zurücklasse. Es wäre sowieso kaum etwas davon essbar.

Nun kehre ich zufrieden nach Carcross zurück. Auch wenn ich wenig Schlaf brauche, muss ich doch hin und wieder ins Bett. Ich schleiche mich zurück in die Stadt, was auch nicht viel schwieriger ist, als sie zu verlassen. Weder der Graben noch die Mauer stellen ein ernsthaftes Hindernis dar. Die Einwohner benötigen eindeutig bessere Verteidigungssysteme. Nachdem ich wieder in der Stadt angelangt bin, wische ich mit der Hand nach oben, um meinen Statusmonitor aufzurufen. Ich investiere zunächst einige Punkte in Wahrnehmung und Glück und hebe mir 5 Punkte für später auf. Nur für den Fall, dass ich Hilfe benötigen sollte. Danach sehe ich endlich meinen Status an.

	Statusmonitor		
Name	John Lee	Klasse	Erethra-Ehrengarde
Volk	Mensch (M)	Level	16
	Titel		
	Monsterschreck, Erlöser der Toten		
Gesundheit	790	Ausdauer	790
Mana	630		
	Status		
	Normal		
	Attribute		
Stärke	52	Beweglichkeit	74
Konstitution	79	Wahrnehmung	30
Intelligenz	63	Willenskraft	63
Charisma	16	Glück	15
	Fertigkeiten		
Verstohlenheit	6	Überleben in der Wildnis	4
Unbewaffneter Kampf	6	Messerfähigkeit	5
Athletik	5	Beobachten	5
Kochen	1	Gefahr spüren	5
Improvisation	2	Sprengstoffe	1
Klingenbeherrschung	7	PKF-Kampf	5
Energiegewehre	5	Meditation	5

Mana-Manipulation	2	Energiepistolen	3
Halbwahrheit	3	Erethra-Klingenbeherrschung	1
Lippenablesen	2	Manipulation	1
Tarnung	1		
Klassen-Fertigkeiten			
Manaklinge	1	Klingenhieb	1
Tausend Schritte	1	Veränderter Raum	1
Zaubersprüche			
Verbesserter schwacher Heilzauber (I)			
Verbesserter Manapfeil (I)			
Verbesserter Blitzschlag			
Boni			
Begleitergeist	Level 16	Wunderkind (Täuschung)	--

Kapitel 23

Am folgenden Morgen sitze ich bereits auf Sabre und warte darauf, dass die anderen aufstehen. Ich bin immer noch ziemlich aufgeregt, da meine Klassen-Fertigkeiten nun endlich verfügbar sind und kann es nicht erwarten, wieder rauszufahren. Ich habe das Gefühl, endlich durchstarten zu können. Wenn es nach mir ginge, gingen wir auf die Monsterjagd, damit ich eine richtige Bewährungsprobe erhalte. Stattdessen muss ich auf das Team warten, und selbstverständlich auch auf die üblichen zu transportierenden Passagiere. Irgendwie ärgere ich mich darüber – schließlich erhalten wir dafür keine Erfahrungspunkte.

Aber ich beruhige mich und sehe mir meine Statusdaten und meine verbleibenden Punkte für die Klassen-Fertigkeiten an. Der durch die Mana-Erfüllung erzeugte höhere Schaden ist fantastisch, aber die dadurch verursachte Reduzierung bei der Regeneration und dem Veränderten Raum könnte problematisch werden, falls mein Manaeinsatz zunimmt. Vor der Auswahl dieser Option hat sich mein gesamter Manapool innerhalb von 10 Minuten regeneriert. Und da die meisten Kämpfe nach weniger als einer Minute vorbei waren, musste ich mir in dieser Hinsicht keine Sorgen machen. In einem längeren Gefecht hingegen würde die Regenerationsrate durchaus eine Rolle spielen, daher verlassen die Gardisten sich ebenfalls nicht völlig auf ihre Magie. Auch wenn das System den Nutzen von Hightech-Waffen etwas stärker beschränkt hat, als man annehmen würde, ergibt sich dadurch immer noch ein bedeutender Ausgleich.

Während die ersten Levels der anderen Optionen mir nicht besonders interessant erschienen, sah die Klassen-Fertigkeit Seelenschild äußerst attraktiv aus. Das Erzeugen eines Schildes wäre in jedem Kampf von großem Nutzen. Allerdings müsste ich dafür Punkte in die Skills investieren, die auf dem Fertigkeitszweig darüber erscheinen. Zwar könnte ich mit der Verteilung von Punkten warten, bis ich die erforderlichen Levels erreiche, aber das könnte ganz schön lange dauern. Wahrscheinlich ist es besser, sie jetzt auszugeben und sofort von den Vorteilen zu profitieren. So viele Entscheidungen.

Als der Konvoi zur Abfahrt bereitsteht, schiebe ich diese Gedankengänge beiseite, da ich bisher kaum darauf geachtet habe, was um mich herum vorgeht. Und die Straße ist der falsche Ort für Grübeleien. Heutzutage befinden sich auf den ersten Kilometern außerhalb der Stadt Wesen zwischen Level 10 und 20. Einige Kilometer weiter entfernt steigen die Levels bis auf 50, um dann wieder zu sinken. Leider ist diese Welt kein Videospiel. Auch wenn Monster ihre bevorzugten Jagdgründe haben, hält sie nichts davon ab, in eine andere Gegend zu ziehen. Daher sind wir bereits an den seltsamsten Orten auf hochstufige Monster gestoßen. In der Gruppe schaffen wir es, ein einzelnes Monster bis knapp Level 60 zu bekämpfen, aber wir haben ja auch noch Zivilisten dabei.

Aber letztlich ist es keine Überraschung, dass die Reise nach Whitehorse ziemlich ruhig verläuft. Ich stecke sämtliche Leichen der von uns bekämpften Monster in meinen Veränderten Raum und zwinkere der Gruppe zu. Die seltsame Kreatur, die Aspekte eines Reptils und eines Vogels aufweist, muss ich zurücklassen. Sie ist schlicht zu groß. Irgendwie überrascht es mich nicht, dass wir am Tor auf erste Anzeichen von Ärger stoßen. Dort warten zwei von Roxleys Wachen, und ich habe die Truinnar lange genug beobachtet, um ihre schlechte Laune zu erkennen.

„Abenteurer Lee. Lord Roxley möchte Sie sprechen. Und zwar sofort", sagte der erste Wächter, noch bevor ich vollständig abgebremst habe, während das Tor sich öffnet. Meine Augen verengen sich, aber ich folge ihm und winke die anderen, die das Tor durchqueren möchten, zur Seite. Das dürfte interessant werden.

„Abenteurer Lee", sagt Roxley, sobald ich den Raum betrete. Ein Blick nach rechts trifft auf Capstan und einen weiteren Yerick. Als meine Aufmerksamkeit dann zu Roxley zurückkehrt, beschleunigt sich mein

Herzschlag, aber aus keinem guten Grund. Irgendwas ist passiert, und ich habe überhaupt kein gutes Gefühl dabei.

„Lord Roxley, Erste Faust Capstan", begrüße ich die beiden mir bekannten Personen. Ich mustere die dritte, ohne eine Antwort zu erhalten. Okay ...

„Wir möchten Ihnen ein paar Fragen stellen, Abenteurer. Vor einigen Tagen haben wir die Pläne der Yericks besprochen. Meines Wissens trafen Sie sich kurz darauf mit Erster Faust Capstan, um diese Informationen zu bestätigen", sagt Roxley, dessen Stimme kühl und gebieterisch klingt.

„So ungefähr. Selbstverständlich habe ich mit ihnen geredet. Und dann mit der Ersten Faust potenzielle Probleme diskutiert", antworte ich und kneife die Augen zusammen. Ali schwebt schweigend neben mir.

„Und warum?", fährt Roxley im selben Ton fort. Nach einem Blick zu Capstan stelle ich fest, dass der sich in keinster Weise bewegt hat.

„Ich wollte nur sicherstellen, dass nichts Schlimmes geschieht. Aber mir drängt sich das Gefühl auf, dass es doch dazu kam."

„Wirklich, und Sie haben die Pläne der Yerick, Grundstücke der Stadt aufzukaufen, mit niemandem besprochen?", sagt Roxley.

„Könnte sein, dass ich meinem Team davon erzählt habe", antworte ich und denke dann nach. „Und Fred. Und Mr. Lakai ... äh ... Eric."

„War es Ihre Absicht, dass diese Informationen gegen die Yerick eingesetzt werden?", fragt Roxley. Mir fällt auf, dass der andere Yerick mich aufmerksam beobachtet.

„Nein, und ehrlich gesagt habe ich es so langsam satt. Ich habe die Frage auf ein Dutzend Arten beantwortet und möchte jetzt endlich wissen, was zum Teufel hier los ist", antworte ich mit einer finsteren Miene.

Daraufhin dreht sich der andere Yerick um und spricht mit Capstan.

„*Er teilt ihm mit, dass du die Wahrheit sagst*", höre ich Alis Stimme in meinem Kopf, und ich blicke ihn an. „*Neue Fähigkeit. Ich bin neuerdings in der Lage, über das System auf häufig verwendete Sprachen und Dialekte zuzugreifen.*"

Ich nicke und verziehe keine Miene, während ich beobachte, wie die drei Blicke austauschen, bevor Capstan dann Roxley zunickt. Danach sagt Roxley: „Die Gebäude – sämtliche von den Yerick gekaufte Gebäude – wurden heute am frühen Morgen abgebrannt. Da Sie die einzige Person sind, der wir diese Pläne offenbart haben, müssen wir davon ausgehen, dass Sie etwas durchsickern ließen. Daher sind Sie für das Ergebnis verantwortlich, unabhängig davon, ob es mit Absicht geschah oder nicht."

Ich blinzle und hebe dann die Hand, während ich sie beobachte. „Hören Sie, ich wollte nicht ..."

„Was Sie wollten, spielt keine Rolle, Abenteurer Lee. Wir sprechen hier von Ihren Taten, und die haben den Yerick schweren Schaden zugefügt. Und mir ebenfalls. Die Tatsache, dass es nicht ihre Absicht war, macht es nicht besser", sagt Roxley, schüttelt den Kopf und weist mich mit einer Handbewegung ab.

Ich starre ihn an und danach Capstan, der die ganze Zeit über kein Wort an mich gerichtet hat. Ich spüre, wie die Wut in mir hochkocht – die Wut darüber, wie sie mich behandeln und so beiläufig fortschicken. Ich ärgere mich darüber, weil ich eigentlich nur helfen wollte. Trotzdem beherrsche ich mich, weil sie in gewisser Weise recht haben. Ich habe Mist gebaut. Ich hatte geglaubt, ich wüsste, was ich tue, und habe mich geirrt.

Dumm, dumm, dumm, John. Immer, wenn es in meinem Leben um etwas von Bedeutung ging, habe ich versagt.

***

Ich verlasse das Gebäude und betrete nicht einmal den Shop. Ich fahre auf Sabre zu Fourth Street, und kaum fünf Minuten später sehe ich entlang der ganzen Straße die ausgebrannten Ruinen der von den Yerick gekauften Gebäude. Ich betrachte die immer noch schwelenden Aschehaufen und frage mich, wie es der Stadt gelungen ist, das Feuer einzudämmen, bevor es sich ausgebreitet hat.

„Nett, nicht wahr?", sagt eine Stimme hinter mir. Nach dem Umdrehen sehe ich Mr. Lakai, der gegen einen Laternenpfahl lehnt.

„Was?", antworte ich.

„Anscheinend hat jemand beschlossen, dass die Minotauren nicht umsonst bekommen sollten, was wir Menschen aufgebaut haben", sagt Mr. Lakai grinsend.

Ich fauche ihn an und stehe im Nu neben ihm. Mit meiner Geschwindigkeit hat er wohl nicht gerechnet, andererseits hat er noch nie einen von uns in der Hitze des Gefechts erlebt. Ich möchte ihn packen und durchschütteln, halte mich aber zurück und raunze ihn nur aus nächster Nähe an: „Du! Du steckst doch dahinter!"

„Ich, was habe ich denn angeblich getan?" Mr. Lakai grinst und weicht nicht zurück. „Ich würde es nie wagen, so etwas zu tun. Ich bin ja nur ein Lakai."

Ich knurre ihn an, kann meinen Zorn jedoch unterdrücken, auch wenn meine Hände deswegen leicht zittern. Ich zwinge mich dazu, einen Schritt zurückzutreten. Dadurch verbreitert sich sein Grinsen noch.

„Du siehst so unglücklich aus. Hat dein Elfen-Liebhaber mit dir Schluss gemacht? Mögen deine kleinen Monster dich nicht mehr?", spottet er und deutet mit der Hand in Richtung der Feuer. „Vielleicht begreifen sie jetzt so langsam, dass echte Menschen sie nicht willkommen heißen."

„John", meldet sich Ali, aber ich weigere mich, dem Arschloch zuzuhören.

„Halt die Klappe, Lakai. Sofort." Ich kneife die Augen zusammen und balle die Fäuste, während ich weiterhin versuche, meine Wut zu zügeln.

„Es ist wohl keine Überraschung, dass Menschenfrauen wie Luthien dich nicht haben wollen, da du so ein – grrhh!" Eine Sekunde zuvor war ich noch einen Schritt von ihm entfernt und hatte meine Hände gesenkt, aber nun packe ich ihn am Hals und drücke ihn gegen die Mauer des Gebäudes hinter ihm. Ein Teil meines Bewusstseins hält mich zurück, gerade weit genug, dass er nicht sofort stirbt. „Halt die Schnauze. Ich will nur wissen, wer das getan hat."

„Leck mich doch am Arsch, du Monster-Liebhaber", keucht Mr. Lakai unter meine Hand. Ich drücke fester zu, würge ihn. Von der Wut geschüttelt, aber lächelnd sehe ich zu, wie sein Gesicht rot anläuft. Ich sehe, wie er nach meiner gepanzerten Hand schlägt und kraftlos nach mir tritt. Ich sehe lächelnd zu, wie sein Widerstand nachlässt und er zu sterben beginnt.

Der Schlag gegen meinen ausgestreckten Arm kommt überraschend. Ich stolpere rückwärts, öffne reflexartig die Hand und lasse ihn los. Dann steht Mikito mit ihrer Naginata vor mir. Sie geht in die Hocke und beobachtet mich so, wie sie auch die Monster beobachtet.

„John!", schreit Richard. Ich merke nun, dass er dies bereits seit mehreren Minuten tut. Er ist außer Atem, und die in einer Abwehrformation vor ihm stehenden Huskys fletschen die Zähne. Dahinter steht Rachel mit erhobenen Händen und ist bereit, einen Zauber zu wirken.

„Was ist?", stoße ich hervor. Mein Zorn steht immer noch kurz vor der Explosion, und ich massiere meinen Arm.

„Du wolltest ihn umbringen!", sagt Richard mit zitternder Stimme.

Ich betrachte den zusammengesackten, sich übergebenden Mr. Lakai, und meine Wut wird neu entfacht. Unwillkürlich bewege ich mich einen halben Schritt auf ihn zu, aber Mikito schneidet mir den Weg ab und richtet die Naginata auf mich.

„John, du musst dich abregen. Das kannst du einfach nicht machen", sagt Richard, diesmal mit einer leisen, sanften Stimme, um mich zu beruhigen.

Geistiger Einfluss abgewehrt

Der Mistkerl möchte mich um den Finger wickeln und meine Emotionen neutralisieren. Scheiß drauf. Fast wäre ich neben ihn getreten und tue es dann tatsächlich, bevor ich begreife, was ich tue. Die Huskys knurren mich an und Rachel wirkt so blass und verängstigt, als müsste sie sich demnächst übergeben. Die Wut in mir steht knapp vor der Explosion. Als ich alle von ihnen betrachte, wird mir klar, dass meine Freunde mich anstarren, als ob ich ein Monster wäre. Ich knurre, opfere den Rest meiner Selbstbeherrschung und gehe schweigend zu Sabre. Ich muss etwas töten, und in der Stadt gibt es keine passenden Ziele. Zumindest nichts, was ich umbringen sollte.

***

Um zwei Uhr früh entdecke ich bereits einen Lichtschimmer am Horizont. Noch ist dieser schwach, aber in einigen Wochen wird es selbst zu dieser Zeit taghell sein. Als ich in die Stadt fahre, halten die Wachen mich nicht auf, beobachten mich jedoch aufmerksam. Ich verstehe, warum sie zögern. Genau deswegen bin ich ja jetzt hier.

Seit drei Tagen komme ich jeweils spät in der Nacht hierher, verkaufe meine Beute im Shop und besuche dann die nachtaktive Spinne Xev. Xev führt einige schnelle Reparaturen an Sabre durch und sieht sich meine mitgebrachten Monsterleichen an. Dann macht sie Vorschläge, wie ich die Teile loswerde, die für sie nicht von Interesse sind.

Seit drei Tagen lebe ich alleine im Fort, jage und töte, um meinen Zorn allmählich abklingen zu lassen. Ich warte nervös darauf, dass etwas passiert, weiß jedoch, dass ich momentan nicht in der Stadt wohnen sollte. Es ist besser, ich bleibe zumindest eine Weile lang auf Distanz. Vieles hat sich verändert, aber versuchter Totschlag gegen einen Mann, der einen beschimpft hat, gilt immer noch nicht als zivilisiertes Verhalten. Aber ich war so verdammt wütend auf ihn. Auf Roxley und Capstan und die Idioten, die das Feuer gelegt haben.

Ich atme tief durch, um meine Konzentration zu verbessern. Zuerst zu Xev. Ich muss den Shop nicht unbedingt besuchen, da mein Inventar nun groß genug ist, um die Beute mehrerer Tage aufzunehmen. Leider ist mein

Veränderter Raum nicht ganz so geräumig. Daher schaue ich jede Nacht hier vorbei.

Die Tore von Xevs Parkplatz stehen offen. Als ich hineinfahre, schließen sie sich hinter mir. Ich steige ab und sehe mich um, während Ali neben mir schwebt und konzentriert einen Bildschirm anstarrt, den nur er sieht. Ich vermute, dass es sich wieder einmal um eine Realityshow handelt. Ich verstehe nicht, warum er so süchtig danach ist. Aber solange es ihn beschäftigt, soll es mir recht sein.

„Xev", begrüße ich die Spinnenmechanikerin, die im Schatten über mir lauert. Ein zorniges Klappern über mir zeigt, dass die Spinne es nicht mag, wieder einmal entdeckt worden zu sein. Dann wende ich mich den anderen Besuchern zu. Ich hebe eine Augenbraue, und meine Stimme kühlt sich etwas ab. „Amelia. Lieutenant Vir."

„John", sagt die ehemalige Polizistin lächelnd und fährt sich gedankenverloren mit einer Hand durch ihre kurzen blonden Haare. Amelia hat zugenommen und wirkt breitschultrig und untersetzt. Aber sie bewegt sich mit einer geschmeidigen Grazie, die man von ihrem Körperbau niemals erwarten würde, und ist im Level aufgestiegen. „Du kennst also Lieutenant Vir."

„Nur vom Sehen", antworte ich, da mir der Lieutenant mehrmals in Roxleys Gesellschaft begegnet ist.

„Ich möchte gerne mit dir über die Yerick und die Gebäude sprechen", sagt Amelia, die mich weiter anlächelt, aber nun näher bei mir steht. Ein Handbreit mehr und sie könnte mich sogar berühren. Meine kampferprobten Instinkte teilen mir mit, dass ihre Positionierung und die von Vir zu meiner Linken kein Zufall sind. Sie behandeln mich als potenzielle Bedrohung. „Aufgrund meiner früheren Karriere bei der Polizei hat Lord Roxley mich gebeten, bei der Untersuchung zu assistieren."

Ich deute ein Nicken an und werfe erst Vir, dann Amelia einen Blick zu, bevor ich in neutralem Ton spreche. Ich spüre, wie der Ärger ein Stück weit in mir aufsteigt und meine Selbstbeherrschung strapaziert. Trotzdem gelingt es mir, ihn zu unterdrücken. „Na gut, ich habe nichts zu verbergen. Solange Xev nichts dagegen hat."

Xev huscht nach unten und stupst mich an, damit ich von Sabre absteige. Danach rollt die Spinne das Mech-Motorrad in die Werkstatt, während ich mich den anderen beiden zuwende. Es folgt ein freundliches Verhör. Voller höflicher Worte, aber dennoch ein Verhör. Amelia zeigt ihr Können, indem sie sich auf jedes Zögern, jede Unwahrheit meinerseits konzentriert. Sie liefert eine klare Einschätzung der Lage, indem sie mühelos Details über meine Treffen mit Roxley, Capstan, Fred und Mr. Lakai sowie meine Unterhaltungen mit der Gruppe in Erfahrung bringt. Sie stellt sogar Fragen über meine letzte Konfrontation mit Mr. Lakai. Dabei kritzelt sie unablässig in ein kleines Notizbuch, während Vir hinter ihr steht und unser Gespräch schweigend beobachtet.

„Na gut, das wär's dann wohl. Herzlichen Dank, John. Ich stelle diese Frage nur ungern, aber du möchtest doch in der Stadt bleiben, oder?", sagt Amelia, und ich zucke lediglich mit den Schultern.

„Momentan. Die Jagdbeute ist ganz gut und Xev die einzige Mechanikerin in einem Umkreis von mehreren hundert Meilen, die in der Lage ist, Sabre zu reparieren", antworte ich.

„Und du wohnst in ...?", fragt sie weiter, nachdem sie sich meine Bestätigung notiert hat.

„Im Fort. Bei Carcross", antworte ich und sie klappt das Notizbuch lächelnd zu.

„Probleme mit deiner Gruppe?", fragt sie, neigt den Kopf zur Seite und lächelt weiter. Eine Einladung an mich, ihr mein Herz auszuschütten.

„Das Verhör ist noch nicht vorbei, mein Junge", sagt Ali telepathisch, während er weiterhin seinen Bildschirm anstarrt und so tut, als würde er uns komplett ignorieren. Ich bezweifle, dass es ihm irgendjemand abkauft.

„Ich genieße die Ruhe dort. Und es ist ganz interessant, wieder alleine auf die Jagd zu gehen", antworte ich mit einem aufgesetzten Lächeln. Höflich, aber ohne Wärme. Ich habe weder mit der Gruppe gesprochen noch den anderen mitgeteilt, was passiert ist. Die Leute brauchen Zeit für sich, und ich sicherlich auch. Zeit, um mir klarzuwerden, was ich gespürt – oder nicht gespürt – habe, als ich Mr. Lakai beinahe umbrachte. Das stört mich am meisten – dass ich immer noch keine Reue spüre, was meine Taten angeht. Macht es einen Unterschied, ob man einen Menschen oder ein Monster tötet? Ich habe sowohl intelligente als auch nichtintelligente Kreaturen getötet. Alle von ihnen treiben nur die Blut- und Erfahrungsmaschine an. Aber ich sollte mich deswegen wirklich schuldig fühlen oder nicht? Schuldig, weil ich jemand umbringen wollte, der mich nur beschimpft hat? Darauf läuft es doch hinaus – ich habe keinerlei Beweise dafür, dass er wirklich der Brandstifter war. Zumindest schäme ich mich ein bisschen dafür, um ein Haar meine Gruppe angegriffen zu haben.

Amelia starrt mich an, während ich nachdenke. Dann nickt sie Vir abrupt zu, und die beiden drehen sich um. „Na gut. Falls weitere Fragen auftauchen, wissen wir ja, wo wir dich finden."

„Selbstverständlich", antworte ich und sehe ihr dabei zu, wie sie den Raum verlässt. Eine gute Frau, die versucht, eine unmögliche Aufgabe zu bewältigen. Ich bin froh, dass Roxley sich an sie gewendet hat. Das dürfte die Suche nach den Verantwortlichen erleichtern. Allerdings vermute ich, dass sie einfach das System fragen könnten – schließlich gibt es im Shop ja alles zu kaufen. Vielleicht haben sie es bereits getan und all das ist nur eine Show, um den Menschen eine ernsthafte Untersuchung vorzugaukeln.

Aber das geht mich nichts an. Nicht mehr. Nachdem sie dann verschwunden sind, wende ich mich dem letzten Schattenbereich zu und rufe: „Du kannst jetzt rauskommen."

Sally kommt kichernd aus ihrem Versteck. „Verdammt, wie hast du mich gefunden?"

„Ich habe meine Methoden", sage ich grinsend. In Wirklichkeit war es Ali. Je stärker er wird, desto besser seine Fähigkeit, niedrigstufige Tarnmethoden zu durchschauen. „Worum geht's?"

„Xev sagt mir, du würdest Leichen der von dir gejagten Monster herbringen. Ich dachte, ich schaue mir sie mal selbst an. Xevs Verständnis der Alchemie ist begrenzt", sagt sie schulterzuckend. Ich nicke und gehe dann zur wartenden Plattform. Ich hole die Leichen heraus und arrangiere sie hastig für die Alchemistin auf dem Tisch. Sally zieht ein Messer aus ihrem Inventar, stochert und zerrt an den neuen Leichen herum und seziert sie mit raschen, präzisen Bewegungen. Sie zieht verschiedene Organe und Körperteile heraus und legt sie zur Seite, wobei sie vor sich hinmurmelt.

„Wie läuft es eigentlich? Bei den Menschen?", frage ich neugierig. Wenn ich ihren Laden besuche, beschränkt sich unsere Unterhaltung meist auf das Notwendigste.

Sie zieht den Kopf aus dem Schlund eines besonders großen, schuppenbewehrten Monsters und ruft: „Die Lage ist angespannt. Extrem angespannt. Heute früh hat jemand versucht, Xevs Werkstatt mit einem Molotow-Cocktail in Brand zu setzen, aber die Upgrades haben den Brand verhindert. Ich wurde nicht angegriffen, aber da mein Laden sich in der Nähe des Stadtzentrums befindet, würde es nur ein Vollidiot versuchen. Aber jetzt muss ich wieder ..."

Ich lasse sie weiterarbeiten, setze mich hin, lege die Beine hoch und ziehe während des Wartens einen Schokoriegel aus meinem Inventar. Eine Stunde später kommt sie heraus, von Blut und Gedärmen bedeckt und schickt mir mit einer Handbewegung eine Liste der Gegenstände, die sie kaufen möchte sowie ihr Angebot dafür. Ich werfe einen kurzen Blick darauf und überlasse Ali das Feilschen. Was weiß ich denn schon vom Marktpreis für Eidechsenhoden? Während ich den beiden beim Feilschen zusehe, werden meine Augenlider schwer. Ich möchte sie nur einen Moment lang schließen.

***

Als ich sie wieder öffne, steht Sabre neben mir, glänzend und wie neu. Die Tore stehen offen und Trucks fahren hindurch, um das Fleisch abzuholen. Jim ist da und nickt mir zu, als ich aufstehe und mich strecke.

„Jim", begrüße ich ihn. Aber er murmelt nur vor sich hin und beäugt mich von oben bis unten, bevor er zu mir kommt. Nur die kurze Pause zu Beginn verweist auf sein Zögern.

„John", sagt er und streckt eine Hand aus, die ich ergreife.

„Wie geht es dir?", frage ich und sehe mir den Mann genau an. Seit unserer letzten Unterhaltung ist er um mehrere Levels aufgestiegen. Zudem wirkt er muskulöser, obwohl seine Schultern tiefer herabgesunken sind und er einen erschöpfteren Eindruck macht.

„Gut", antwortet er und ich hebe eine Augenbraue. Er blickt mich an und zuckt mit den Achseln. „Mir geht's gut. Ich habe seit drei Tagen keine Leute mehr verloren."

Ich nicke langsam. „Ja, die Monsterpopulation stabilisiert sich etwas, auch wenn die Veränderungen weitergehen."

Als er das hört, knurrt er und spuckt zur Seite. „Veränderungen. Davon gibt es viele. Ich erkenne manche Wege nicht mehr, an einigen Stellen nicht einmal mehr das Land. In etwa zwei Kilometern Entfernung haben wir einen neuen See entdeckt."

Bei der Erwähnung des Sees höre ich die Trauer in seiner Stimme. Ich blicke ihn an und er lächelt wehmütig, während er den Kopf schüttelt. Klagen würden wohl nichts bringen. Trotzdem kann ich mir vorstellen, dass die Mutation der Landstriche für die First Nations besonders belastend ist. Wie geht jemand mit der Tatsache um, dass das Land, auf dem er aufwuchs und auf dem seine Vorfahren aufgewachsen sind, sich unter seinen Füßen in etwas verwandelt, das er nicht mehr erkennt? Wie wird er damit fertig, nichts dagegen unternehmen zu können? Andererseits bin ich in dieser Hinsicht vielleicht zu naiv – schließlich hatten die Dämme, die Nationalparks oder das Fehlen verbriefter Landesrechte ähnliche Auswirkungen.

Ich weiß ehrlich gesagt nicht, was ich angesichts seiner Befürchtungen sagen soll. Am Ende stehen wir einfach nur herum und sehen zu, wie die anderen Mitglieder seines Teams die für die Verarbeitung gedachten Monsterleichen aufladen. Er blickt mich noch einmal an und öffnet den Mund, schließt ihn dann aber wieder und geht. Vermutlich hat keiner dem anderen etwas Sinnvolles zu sagen.

***

„John", sagt Richard, der auf der Veranda des Forts sitzt, als ich dort anhalte. Er tätschelt Shadow, während die anderen Hunde im Hof herumtoben.

„Richard." Als ich mich umblicke, entdecke ich keinen der anderen.

„Ich bin alleine", sagt er, als er das beobachtet, und winkt mich zu einem Stuhl. Ich stöhne, als ich den Motorradständer ausklappe und vom Mech absteige. Mein dummes Gehirn glaubt immer noch, ich würde an Schmerzen leiden, obwohl meine Gesundheit vollständig wiederhergestellt wurde.

„Worum geht's?", frage ich, als ich zu ihm gehe und das von Sabre entfernte Gewehr über meine Schulter hänge.

„Mr. Lakai. Der Stadtrat wollte, dass ich mit dir rede." Richard rutscht auf dem Stuhl herum, als wäre ihm dieser unbequem, und ich nicke. Das überrascht mich nicht – natürlich würde ein Beinahe-Mord Folgen nach sich ziehen. „Das hier ist, na ja, worauf sie sich geeinigt haben. Zumindest die Mehrheit."

Ich möchte fragen, wofür er gestimmt hat, tue es jedoch nicht. Die Antwort darauf könnte eine Freundschaft beenden, und unsere steht bereits auf wackligen Beinen. „Sprich weiter. Ich verspreche, den Überbringer der schlechten Nachrichten nicht zu töten."

Richard starrt mich an, sichtlich unberührt von diesem Witz. „Sie werden keine Anklage erheben." Bei dem Gedanken breche ich in schallendes Gelächter aus, aber Richard fährt fort, „allerdings bist du nicht mehr als Mitglied des Stadtrats willkommen. Sie, na ja, sie möchten auch, dass du gehst, aber ..."

„Aber sie haben weder das Recht noch die Fähigkeit, mich dazu zu zwingen. Und Roxley ist es wahrscheinlich scheißegal", beende ich seinen Satz. Natürlich haben wir ein Gefängnis. Da aber die meisten Insassen vor dem Erscheinen des Systems nicht besonders gefährlich waren, wurden diejenigen, die das anfängliche Massaker überlebten, entlassen. Zudem fehlen uns die Ressourcen für ausreichendes Wachpersonal, und ehrlich gesagt würde ich nicht friedlich ins Gefängnis gehen, würden die Typen vom Stadtrat so einen Blödsinn überhaupt versuchen.

„Soweit wir wissen, hat Roxley davon erfahren. Er hat sich aber nicht dazu geäußert, zumindest nicht uns gegenüber", antwortet Richard, und ich nicke ihm zu. Wie gesagt ist es ihm wohl komplett egal.

„Und was ist mit euch?"

„Als Gruppe sind wir gespalten. Wir verstehen, warum du es getan hast, aber John ..." Richard hört auf, Shadow zu streicheln, blickt hoch und spricht in einem energischen Ton weiter. „Du hast uns eine Heidenangst eingejagt. Der Zorn, die Wut, all das haben wir dort draußen schon gesehen. Wir nahmen an, du hättest es unter Kontrolle, aber du hast versucht, einen Mann umzubringen. Und ich hätte schwören können, dass du drauf und dran warst, uns ebenfalls umzubringen."

Ich setze ein grimmiges Lächeln auf und sage ihm die Wahrheit: „Beinahe, ja."

Richard hört einen Moment auf, Shadow zu streicheln, als ich das sage, bevor er weitermacht. Ich spüre unwillkürlich, dass die anderen Begleitertiere sich auf mich konzentrieren und mich lautlos umzingeln. „Also vertraut ihr mir nicht mehr?"

„Doch, das tun wir. Dein Zorn ist es, dem wir nicht vertrauen." Richard fehlen die Worte. Ich lache nur, schüttle den Kopf und winke ab. „Wir ..."

„Hör damit auf, Mensch, ich hab's ja kapiert. Macht euch deswegen keine Sorgen", unterbreche ich ihn, deute auf seinen Truck und verabschiede ihn mit einer schnellen Handbewegung. „Es ist doch besser so."

„John ..." Richard öffnet den Mund, aber ich winke erneut ab, da ich mich plötzlich ausgelaugt fühle. Ich habe all das und die verdammten Emotionen satt.

„Passt auf euch auf, ja?" Ich stehe auf und betrete das Fort, schließe die Tür hinter mir und betrete das Badezimmer. Nachher muss ich etwas essen, und danach schlafen. Dann ist es wieder an der Zeit, Monster zu töten. Es ist wirklich besser so. Dadurch konzentriere ich mich nur auf ein Ziel – stärker zu werden.

Kapitel 24

Nach dem Verlassen der Dusche genieße ich das Gefühl, zum ersten Mal seit Tagen richtig sauber zu sein. Ich strecke mich und verlagere mein Gewicht nach vorn, bevor ich mein Zimmer betrete und nach etwas zum Anziehen suche. Dann fällt mir ein, dass meine Sachen mir mittlerweile nicht mehr passen.

„John?", sagt Lana und lehnt sich durch die Tür, so dass sich ihr roter Haarschopf als erstes zeigt. Sie lächelt, als sie erkennt, dass ich es wirklich bin. Wie immer habe ich den Eindruck, jemand hätte die Sonne eingeschaltet. Wenn sie mit diesem Lächeln ein Zimmer betritt, wirken alle Farben sofort lebendiger.

„Lana", sage ich und nicke ihr zu. Dann greife ich ins Inventar, um die Kleidung hervorzuholen, die ich im Shop gekauft habe. Ich muss wirklich mal daran denken, dass ich mir demnächst Freizeitkleidung zulege – der unter der Panzerung getragene Overall ist zwar bequem, aber nicht gerade das passende Outfit für Zuhause.

„Sorry, ich wollte dich nicht stören", sagt sie, sieht mich von oben bis unten an und dreht sich dann um. „Ich bin dann mal oben."

Ich seufze, da ich das Gespräch mit ihr eigentlich vermeiden wollte. Deshalb bin ich ja mitten am Tag ins Haus gekommen. Ich nahm an, alle Gruppenmitglieder wären dann unterwegs. Aber da ich jetzt schon hier bin, werde ich auch nicht kneifen. Ich ziehe mich an und gehe nach oben, wo Lana eine Tasse Kaffee trinkt und eine weitere für mich bereitgestellt hat.

„Danke", sage ich, als ich daran nippe.

„John, wie geht es dir? Wir haben uns Sorgen um dich gemacht", erklärt Lana und ihr Blick intensiviert sich, als würden meine Gedanken dadurch für sie lesbar.

„Mir geht's super", antworte ich automatisch.

„Wirklich?"

„Ja, echt." Die Fragerei geht mir so langsam auf die Nerven, und ich frage mich, warum sie das Thema zur Sprache bringt.

„John, es ist normal, wütend zu sein. Es ist menschlich, sich aufzuregen, weißt du?"

„Mir geht's wirklich gut", sage ich und betone jedes Wort.

„Richard sagt mir, du würdest im Fort an der Kreuzung wohnen?" Bei diesen Worten blickt mich Lana aus diesen blauen Augen heraus an.

„Ja, das stimmt", antworte ich. „Könntest du Richard etwas ausrichten? Er soll dem Stadtrat mitteilen, dass ich keine Besucher mehr empfange. Ausgenommen die, die sich im Voraus anmelden und dafür bezahlen."

Sie runzelt die Stirn und es dauert einen Moment, bevor sie verstanden hat. Niemand erhält mehr Gratis-Erfahrungspunkte, indem er das Fort von mir übernimmt und wieder zurückgibt. „Warum?"

„Weil es jetzt mein Zuhause ist. Ich möchte nicht, dass Fremde ohne Vorwarnung darin herumtrampeln", erkläre ich.

„Du willst also dort bleiben?"

„Ja. Es ist viel näher an den Jagdgebieten, deren Stufe zu mir passt." Ich gönne mir einen Schluck Kaffee und beobachte sie über die Tasse hinweg.

„Du weißt schon, dass du nicht der Erste bist", sagt Lana und schwenkt den Kaffee in ihrer Tasse.

„Mmm?"

„Du bist ein klassischer Fall. Voller Wut und Verbitterung. Jemand, der das Geschehene nicht verarbeiten kann und daher mehr und mehr Zorn aufstaut. Und wenn es zu viel wird, ziehst du dich von allen zurück, die dich gern haben", sagt sie und schüttelt den Kopf, so dass die roten Haare ihr um das Gesicht fliegen, auf dem nun ein trauriges Lächeln erscheint. „Du bist nicht der Erste, auch wenn du konstruktiver gehandelt hast als die meisten."

Ich schlucke den Rest meines Kaffees herunter, und als ich aufstehe, spüre ich die heiße Flüssigkeit in meiner Kehle. „Mir geht es gut, Lana. Also Schluss mit dem Thema."

„Nein, nein, es geht dir nicht gut. Du hast versucht, einen Mann zu töten. Einfach nur, weil du wütend auf ihn warst. Und jetzt läufst du davon, statt dich mit diesem Ausraster zu beschäftigen." Lana macht Anstalten, mich zu berühren, aber ich weiche zurück und lasse die Tasse auf den Tisch fallen. Lana hält sofort inne und starrt mich an.

„Ich wollte ihn nicht töten. Wäre das mein Ziel gewesen, wäre er jetzt tot", raunze ich mit zitternder Stimme. „Ich wollte nur, ich wollte ..." dass er aufhört. Dass er die Klappe hält. Dass er verschwindet. Ich wollte, dass das System in den tausend Feuern der Hölle brennt für all das, was es angerichtet hat. Ich wollte, dass es aufhört. Ich spüre, wie die Grundpfeiler meiner mühsam aufgebauten Selbstbeherrschung knirschen und allmählich nachgeben.

„Nicht einmal darauf kennst du die Antwort, oder?", flüstert Lana mit einem mitfühlenden Ausdruck.

Jetzt gehe ich. Ich habe keine Antwort für sie, und für mich selbst wahrscheinlich auch nicht. Bleibe ich länger, riskiere ich, dass ich ihr wehtue. Und das nur, damit sie aufhört, mich so anzusehen.

***

„John", beginnt Ali, und ich halte einen Finger hoch.

„Kein Wort. Kein einziges Wort, oder ich befördere deinen Arsch in die Geisterwelt und lasse dich dort", fauche ich, steige auf Sabre und rase davon. Ich muss etwas töten. Am Wachposten verringere ich kaum das Tempo, und auf dem Weg nach Süden verlange ich dem Motor alles ab.

„Finde mir etwas, das ich töten kann. Viele Dinge", stoße ich hervor. Meine Augen brennen, als ich alles aus dem Motorrad heraushole.

„Klar, jaaaa..." Ali schwebt neben mir und bewegt ruckartig die Hand, woraufhin plötzlich eine kleine Landkarte vor mir erscheint, die lichtdurchlässig genug ist, dass ich hindurchsehen kann. Ich erkenne den blinkenden roten Punkt, der meine Position markiert sowie eine ganze Reihe weiterer Symbole.

Blut. Gewalt. Tod.

Wenn ich kämpfe und damit beschäftigt bin, meine Feinde zu zerlegen, ist alles so einfach. Ich spüre, wie der mutierte Wolf mir in die Schulter beißt. Die Zähne bohren sich in mein Fleisch, aber ich packe ihn mit meiner anderen Hand und reiße ihn los. Der Wolf knurrt und ich schleudere ihn gegen einen Baum, rufe meine Klinge herbei und kanalisiere Mana in einer nach außen gerichteten Kraftwelle. Der Schlag schneidet ihn in Stücke und ich sehe, wie all die Wunden, die unter den Löchern in meinem Hemd sichtbar sind, sich langsam schließen.

„Mehr", flüstere ich und wage mich tiefer in den Wald hinein. Hinter mir steht Sabre unbenutzt da. „Mehr, Ali. Finde zähere Gegner für mich. Etwas Härteres."

„Nein, John. Leg dir Sabre an, dann reden wir darüber. Aber das hier ist Blödsinn", sagt Ali, der mit verschränkten Armen vor mir schwebt. „Das ist kein Training mehr, sondern Selbstmord."

„Ich habe dir einen Befehl gegeben", zische ich und hebe die Hand.

„Nein."

Ich vollführe eine Wischbewegung nach außen, rufe den Begleiterbildschirm auf und schicke den immer noch widerspenstigen Geist weg. Na schön. Dann finde ich sie eben alleine. Ich investiere Punkte in Zwei sind Eins, Entschlossenheit des Körpers und Größere Entdeckung, wobei ich die erscheinenden Benachrichtigungen ignoriere. Ich sehe, wie oben rechts eine Minikarte auftaucht, auf der kleine farbige Punkte Monster markieren. Ich konzentriere mich, um die grauen, grünen und blauen Punkte zum Verschwinden zu bringen, aber dann ist die Karte leer. Aus reinem Frust lasse ich die blauen wieder erscheinen. Dann marschiere ich los, während über mir Wolken aufziehen und die ersten Regentropfen fallen.

Na schön. Wenn es in meiner Nähe keine größeren Bedrohungen gibt, kämpfe ich mich eben zu einer durch.

***

Blut

Ich stoße mein Schwert in den Hals der Eidechse und reiße es heraus, so dass das Blut spritzt. Ich spüre, wie eine weitere mir ins Bein beißt. Aber das Gefühl manifestiert sich weit von mir entfernt und der Schmerz ist nur ein Schatten dessen, was er sein sollte. Ich töte die Kreatur mit einer schnellen Bewegung aus dem Handgelenk heraus. Das Schwert erscheint in meiner Hand und verschwindet wieder, nachdem ich ihr den Kopf abgehackt habe.

Schmerz.

Die Pranke des Steinbärs trifft mich an der Schulter, schleudert mich in die Luft und reißt einen Fleischfetzen heraus. Die Kreatur wird zersplittert und zerschlagen, das steinerne Fleisch von den Gliedmaßen geschnitten und ihr Brustkorb durch Stöße mit dem Schwertgriff eingedellt. Ich rolle mich ab und komme wieder auf die Beine. Meine freie Hand hebt sich. Manapfeile treffen den Körper und lassen Steinbrocken aus der Brust explodieren. Der Bär taumelt, der letzte Pfeil trifft sein Herz, dann stürzt er tot zu Boden. Ich sehe, wie er zusammenbricht und zu einem nassen Felsbrocken im Regen reduziert wird.

Tod

Das Horn bohrt sich in meinen Bauch, und noch während dieser Bewegung hebt die Kreatur mich hoch und wirft mich in die Luft. Ich beende gleichzeitig meinen Angriff und treibe meine Klinge bei der Landung in ihren Hinterkopf, wobei mir der Atem stockt. Mit größter Mühe ziehe ich einen Ausdauertrank heraus und wirke einen Heilzauber, aber der kalte, leere Raum, in dem ich existiert habe, zerfällt nun endlich.

Blut. Schmerz. Tod.

Blut fließt aus meinen offenen Wunden und vermischt sich mit dem Regen. Ich bin endlose Stunden lang von einem Kampf zum nächsten geeilt, habe den Schmerz unterdrückt und immer wieder getötet. Das Blut strömt, der Schmerz überwältigt mich und der Tod naht mit schnellen Schritten, aber wenigstens sind der Zorn und die Emotionen verschwunden. Jetzt existiert nur eine schöne, schwebende Leere, in der vertraute Stimmen aus meiner Vergangenheit widerhallen.

„*Das war's? Mehr hast du nicht zu sagen? Wie kannst du so kalt sein?*" Luthien in der Nacht, bevor ich Schluss mache. Als ich sie rauswerfe und ihr sage, zwischen uns wäre es aus.

Kalt. Ja, das bin ich. Mein Körper zittert, und aufgrund des Blutverlusts ist mir kalt. Ich starre den Himmel an und sehe zu, wie das Licht sich verändert. Ich muss nichts mehr tun, kann nichts mehr tun.

„*Wir sind alle Versager.*" Mikito, jetzt.

Ja, aber ich habe vor langer Zeit versagt. Ich war nie gut genug, intelligent genug, hart genug. Immer der Verlierer, der Außenseiter.

„*Eine 2 minus? Dummkopf! Wie willst du mit solchen Noten Arzt werden? Hol mir den Stock. Vielleicht kapierst du es diesmal.*" Eine weitere Stimme, die meines Vaters.

Ich habe es kapiert. Ich habe kapiert, dass es nicht ausreicht. Nichts ist je genug. Man muss nur weitergehen, es versuchen, immerzu weiterrennen und nicht nach hinten blicken, absolut nie.

„*Du hast versucht, einen Mann zu töten. Einfach nur, weil du wütend auf ihn warst. Und jetzt läufst du davon, statt dich mit diesem Ausraster zu beschäftigen.*" Lana. Die wunderschöne Lana, die mir gesagt hat, ich wäre für sie nicht gut genug. Was ja auch zutrifft. Ich war nie für irgendjemanden gut genug.

Es ist egal, völlig egal. Der Schmerz ist nun abgeklungen und ich spüre meinen Körper kaum noch, fühle nicht einmal den Regen auf meinem Gesicht. Ich bin so weit gerannt, wie ich kann und habe alles getan, wozu ich fähig bin.

Ich lächle, als ich spüre, wie mir die Augen zufallen. Vielleicht kann ich mich jetzt etwas ausruhen.

Kapitel 25

Als ich erwache, spüre ich den Schmerz, den Schmerz meiner zahlreichen Wunden. Ich atme tief und keuchend ein, aber der Schmerz verbeißt sich in mir und überwältigt mein Bewusstsein. Da ich zu keinem klaren Gedanken mehr fähig bin, ziehe ich einen Trank hervor, kippe ihn hinunter und spüre, wie sich die Wirkung entfaltet. Das Mana fließt durch meinen Körper, schließt Wunden und ersetzt verlorenes Blut. Eigentlich sollte ich tot sein. Sollte verstorben sein, weil ich verblutet bin.

Nun denke ich wieder an diese blutgetränkten Stunden zurück, an das Töten und Töten und Töten. Und das nur, um meinen Erinnerungen, Gefühlen und meinen Misserfolgen zu entkommen. Die Trauer erfasst und überwältigt mich. Ich rolle mich zusammen und frage mich, warum ich nicht einmal das Richtige hinbekomme.

Dumm, dumm, dumm.

Ich spüre, wie Tränen hervorquellen und wische sie weg, da ich nicht weinen möchte. Ich weine nicht. Ich weine nie. Man darf nicht zulassen, dass andere einen weinen sehen, nie und nimmer. Aber wie bei allen anderen Dingen in meinem Leben versage ich auch hierbei. Ich sitze in einer Lichtung voller Leichen und weine. Weil ich nun meinen Vater nie wieder sehen werde, um ihm gehörig die Meinung zu sagen. Weil Millionen gestorben sind und eine Welt zerstört wurde. Weil ich es immer wieder versucht habe, aber nie gut genug war.

***

Als ich wieder aufwache, geht langsam die Sonne unter. Um mich herum erstarren und verwesen Leichen. Meine Wunden haben sich geschlossen, und ich wurde geheilt – körperlich, wenn auch nicht mental. Ich rolle mich zur

Seite, und als ich einen leisen Atemzug höre, blicke ich auf und stelle fest, dass ich nicht alleine bin.

„John", sagt Lana, beugt sich vor und reicht mir die Hand. Ich blinzle und starre sie an.

„Du bist hier? Warum?"

„Ali hat mich kontaktiert, bevor du ihn weggeschickt hast und außer Reichweite warst. Er hat mir gesagt, du hättest die Kontrolle verloren. Ich konnte sonst niemanden finden, daher ...", sagt sie und schwenkt die Hand. Ich sehe, dass sie ihre Begleitertiere mitgebracht hat. Alle davon.

Ich blicke um mich und erschaudere, als mir klar wird, welche Distanz ich zurückgelegt habe. Das stundenlange Laufen und Kämpfen hat mich weit entfernt von Whitehorse in Zonen gebracht, in denen ich mich nicht aufhalten sollte, und sie auch nicht. „Du hättest nicht herkommen sollen."

„Du hättest nicht davonlaufen sollen", meint Lana, und ich spüre, wie die Wut wieder in mir aufsteigt. Ich versuche, dagegen anzukämpfen, aber das muss ich gar nicht. Die Wut flackert und erlischt, da mein Körper und meine Seele dafür mittlerweile zu erschöpft sind.

„Das war, also ich ..." Ich schaffe es nicht, die richtigen Worte zu finden.

„Ist schon gut, du musst nichts sagen. Nicht jetzt." Sie winkt ihre Tiere herbei, die nun zu ihr trotten. „Wir sollten aber gehen, es wird schon spät."

Ich nicke langsam und drehe mich dann um, um die kleine Lichtung zu inspizieren. Als ich an den Leichen der getöteten Monster vorbeigehe, entdecke ich das monströse, gehörnte Alphamonster, gegen das ich gekämpft habe. Ich nehme die Beute und stecke die Leiche ins Lager.

Meine Hand zögert kurz vor dem Bildschirm, bevor ich sie mit einem Seufzer bewege, um die kleine Nervensäge zurückzurufen. Ali erscheint wieder, tappt mit dem Fuß auf und starrt mich mit verschränkten Armen wütend an. Bevor er zu Wort kommt, hebe ich einen Finger und ermahne ihn: „Kein einziges Wort, Ali. Auch du hast Scheiße gebaut."

„..."

„Na gut, dann machen wir uns mal auf den Heimweg. Markiere mir bitte den optimalen Pfad", weise ich Ali an und blicke dann kurz zur Seite.

„Wird gemacht. Sammeln wir unterwegs die Beute ein?" Ich nicke, da die Verschwendung falsch wäre. „Du solltest vielleicht in diese Richtung gehen", sagt er, und ein blauer Pfeil erscheint, „und zwar zuerst. Dort ist ein Bach, in dem du dir das Gesicht waschen könntest. Baby."

Seltsamerweise fühlt sich diese Stichelei beruhigend an. Ich bin nicht wütend, werfe ihm jedoch einen warnenden Blick zu, der ihn ermahnt, es nicht zu weit zu treiben. Ich ändere den Kurs und folge seinem Pfeil. Lana folgt mir und begrüßt Ali, wobei ihre Tiere in ihrer Nähe bleiben. Unterwegs rufe ich seufzend meine Benachrichtigungen auf. Da Ali nun wieder da ist, muss ich mich nicht durch all die irrelevanten Texte wühlen und lasse nur die wichtigen erscheinen.

Klassen-Fertigkeit erhalten

Zwei sind Eins (Level 1)

Wirkung: 10 % des Gesamtschadens vom Ziel auf sich selbst übertragen

Preis: 5 Mana pro Sekunde

Klassen-Fertigkeit erhalten

Entschlossenheit des Körpers (Level 1)

Wirkung: Steigert die natürliche Gesundheitsregeneration um 10 %. Laufende Gesundheitsstatuseffekte um 20 % reduziert. Manaregeneration permanent um 5 Mana pro Minute reduziert.

„Das erklärt es also …" Glück. Es war reines Glück, dass ich Entschlossenheit des Körpers wählen musste, um die Größere Entdeckung zu erhalten. Das war der einzige vorstellbare Grund dafür, warum ich das Riesenloch in meinem Bauch überlebt habe. Warum die Blutung stoppte, bevor ich starb. Danach war mein Körper in der Lage, den Schaden zu reparieren. Riesenglück.

Als ich den Bach erreiche, wasche ich mir das Gesicht und die Arme. Ich wische all das Blut ab, das ich erreiche, bevor ich aufgebe. Die verdammte Skinsuit-Rüstung werde ich komplett ersetzen müssen. Die ist dermaßen zerfetzt, dass ich genauso gut nackt herumlaufen könnte. Beim Aufstehen bemerke ich, dass Lana nicht in den Wald, sondern zu mir schaut, und reagiere mit einem müden Grinsen. Sie lächelt erneut und wendet dann den Blick ab.

Nachdem ich einigermaßen sauber bin, mache ich mich auf den Weg zur nächsten Leiche und gehe meine weiteren Benachrichtigungen durch.

Klassen-Fertigkeit erhalten

Größere Entdeckung (Level 1)

Wirkung: Benutzer kann System-Kreaturen nun aus bis zu einem Kilometer Entfernung entdecken. Allgemeine Informationen bezüglich ihrer Stärke werden nach der Entdeckung geliefert. Verstohlenheit, Klassen-Fertigkeiten und die Manadichte in der Umgebung beeinflussen die Wirkung dieser Fertigkeit. Manaregeneration permanent um 5 Mana pro Minute reduziert.

„Ali, habe ich gerade meine gesamte Manaregeneration um 20 Punkte gesenkt?" Ich verziehe das Gesicht und rechne mir alles durch. Die Manaregeneration basiert auf der Willenskraft, daher habe ich meine Regenerationsrate insgesamt um ein Drittel verringert. Anders gesagt würde es fast um die Hälfte länger dauern, bis mein Mana wieder aufgefüllt ist, also beinahe fünfzehn Minuten. In einem Kampf wäre dies eine Ewigkeit. Ich weiß, wofür ich die bei meinem nächsten Levelaufstieg erhaltenen Punkt ausgeben werde.

„Beeindruckend", murmelt Lana, während wir die nächste Monsterleiche erreichen und ich zögernd nicke. Wie zum Teufel ist die Leiche dort rauf gekommen? Und sie liegt in zwei Hälften da – es sieht aus, als hätte ich das arme Ding mit bloßen Händen zerrissen. Aber es bringt nichts, den Tod und das Chaos hier anzustaunen. Ich sammle weiter Beute ein, indem ich nach oben springe, um die zerrissenen Leichen zu erreichen.

Klassen-Fertigkeit erlernt – Raserei

Aufgrund wiederholter Aktionen hast du eine Klassen-Fertigkeit außerhalb deiner Klasse erlernt.

Wirkung: Durch Aktivierung wird der Schmerz um 80 % reduziert, der Schaden um 30 % gesteigert und die Ausdauer-Regenerationsrate um 20 % erhöht. Die Mana-Regeneration sinkt um 10 %.

Die Raserei endet erst, wenn sämtliche Feinde getötet wurden. Während einer aktivierten Raserei ist die Flucht für den Benutzer unmöglich.

„Okay, jetzt nimmt mich das System aber auf den Arm", knurre ich und sehe mir den nächsten Text an, während ich durch den Wald zu einem weiteren Schlachtfeld gehe. Dennoch ist ein Skill ein Skill, und wenigstens erfordert dieser keine laufenden Kosten. Und noch eine Benachrichtigung.

Levelaufstieg!

Du hast Level 17 als Erethra-Ehrengarde erreicht. Wertepunkte werden automatisch verteilt. Du darfst 8 Gratis-Attributpunkte und 1 Klassen-Fertigkeitspunkt verteilen.

Gut, dann investiere ich sofort 5 Punkte in die Willenskraft. Anscheinend war mein Ausraster doch für etwas gut. Ich lächle grimmig, als ich die nächste Monsterleiche erreiche. Ach du Scheiße.

„Ich habe keinen Platz mehr", sage ich, während ich die Leiche des Bären anstarre.

„Lass mich mal sehen", sagt Ali. Er verschwindet kurz, dann werden die Leichen plötzlich durch eine schwebende Tür aus meinem Veränderten Raum geschoben. Der stöhnende Geist erscheint hinter der letzten weggeworfenen Monsterleiche. „Also, all die her sind Schrott. Schnapp dir den Bären."

„Total irre", murmelt Lana, als sie sieht, wie Monsterkörper scheinbar aus dem Nichts erscheinen.

Der Begleitergeist hat sich wieder einmal als nützlich erwiesen, da ich immer noch keine Ahnung habe, was welchen Wert hat. Es gibt einfach zu viel zu lernen, und ich habe nicht genug Zeit dafür. Während mir all das durch den Kopf geht, spüre ich einen plötzlichen Druck auf der Brust angesichts all der Dinge, die ich erledigen muss und will.

Ich bleibe stehen, schließe die Augen und atme durch. Nur ein paar Sekunden, ein paar Sekunden, um meine Gedanken zu beruhigen. Ein Schritt nach dem anderen. Mehr kann ich momentan nicht tun. Das konnte ich noch nie. Zerbrich dir nicht den Kopf über die Zukunft oder die Vergangenheit und konzentriere dich einfach auf die Gegenwart.

Ich spüre, wie sich eine Hand auf meine legt, diese ergreift und drückt. Als ich die Augen öffne, blicke ich in die von Lana. Sie lächelt mich an. Ich nicke ihr zu und atme aus. Also gut. Ein Schritt nach dem anderen. Der erste besteht darin, den Rest der Leichen zu holen und zu Sabre zurückzukehren. Auf Lanas Nicken hin trabe ich los.

***

Ein.

Aus.

Ein.

Aus.

Ich atme aus, mitten im Fort, in dem ich sitze und meditiere. Es ist bereits Mittag, und die Sonne scheint in mein Schlafzimmer. Nach meiner Rückkehr habe ich geschlafen wie ein Murmeltier. Ich bin dreckig, stinke und bin von oben bis unten mit Blut bespritzt, aber jetzt fühle ich mich wieder wie ich selbst. Lana wollte, dass ich ins Haus zurückkehre, aber ich habe mich geweigert. Wir haben noch einiges zu besprechen, aber zuerst brauche ich etwas Zeit für mich alleine.

In meinem durch die Meditation erzeugten Ruhezentrum kann ich mich allmählich an meine Gefühle heranwagen und sie langsam testen. Da ist natürlich die Wut, immer diese Wut. So viel Zorn – und dieser richtet sich gegen meinen Vater, gegen die Jungs, die mich während meiner Kindheit schikanierten. Gegen Luthien und das System, die Monster, gegen mich selbst ... die Liste geht endlos weiter. Die Verbitterung meiner Vergangenheit hat sich mittlerweile abgekühlt. Aber diese aufgewühlte, zornige See, die all meine Emotionen beeinflusst, existiert immer noch. Entgegen meiner Erwartungen wurde der Zorn nicht unterdrückt oder weggesperrt. Es fühlt sich eher so an, als ob er sich hinter einem Damm befindet und die Kisten all meiner anderen Emotionen darin herumschwimmen. Allerdings hat der Damm Risse und Lecks.

Und dann die nächste Emotion – Trauer. Ich trauere um eine Mutter, die ich nie wirklich gekannt habe. Eine Schwester, die ich liebte und eine Welt, die einst existierte. Diese Emotion trifft mich wie ein Schlag in den Magen, aber der Schmerz hält an, verschwindet nicht und untergräbt meine Selbstbeherrschung. Verbitterung darüber, wie Ali mich behandelt. Die mangelnde Dankbarkeit des Stadtrats. Die Bürger, die einfach aufgeben und sich von der Welt überrollen lassen. Dann spüre ich diesen Druck, etwas zu tun, Menschen zu retten. Mir oder meinem Vater zu beweisen, dass ich kein Versager bin. Die Furcht vor einem System, das mich umbringen möchte, die Furcht, dass ich nicht genug tue. Dass der nächste Kampf mein letzter sein könnte. Frust darüber, nicht die richtige Wahl getroffen zu haben. Dass mir das Geld und die Zeit zwischen den Fingern zerrinnen. So viele Emotionen, die wenigsten davon positiv.

Ich sitze da und öffne die Kisten, die ich weggeschoben hatte. Ich nehme mir die Zeit, zu fühlen, zu beobachten und mir Dinge zu merken, bevor sie sich erneut schließen – nun vielleicht in etwas abgeschwächter Form. Es ist eine Zeitverschwendung, hier zu sitzen, all das zu fühlen und darüber nachzudenken, aber ich habe keine Wahl. Dann spüre ich wohl wieder Verbitterung darüber, auf diese Weise einen Tag für mich selbst verschwendet zu haben. Und Wut, weil ich glaube, ich wäre diese Zeitverschwendung nicht wert ...

Ich atme mehrmals tief durch und zwinge mich dazu, den leidenschaftslosen Frieden wiederzufinden, der soeben unterbrochen wurde. Das ist nicht zum ersten Mal geschehen und wird wohl auch nicht das letzte Mal gewesen sein. All das habe ich zu lange hinausgeschoben, habe mich vorangetrieben, weil niemand sonst meine Aufgaben übernehmen konnte. Aber auch das stimmt nicht, oder? Ich habe mich selbst vorangetrieben, weil es meinem Naturell entspricht.

Aber jetzt nicht mehr. Jetzt ist Schluss mit dem Kritisieren, mit den Sorgen – ich werde nur noch das Notwendige tun. Um die Welt kümmere ich mich später noch. Momentan geht es um mich und darum, dass ich mich endlich mit der Situation abfinde. Was ist, das ist. Und das gilt auch für mich.

###

Das Ende

Folgen Sie John und Alis weiteren Abenteuern in
Erlöser der Toten (Buch 2 der System-Apokalypse)
https://books2read.com/erloser-der-toten

Hinweis des Autors

Wenn Ihnen dieses Buch gefallen hat, dann bewerten Sie es bitte und schreiben Sie eine Rezension. Dadurch würde ich mich nicht nur bestätigt fühlen, auch der Umsatz würde steigen und mich davon überzeugen, weitere Titel in dieser Serie zu schreiben!

Über den Autor

Tao Wong ist ein begeisterter Leser von Fantasy und Science Fiction, der im Norden Kanadas wohnt und dort schreibt. Er hat viel zu viele Jahre mit dem Training aller möglichen Kampfsportarten verbracht. Da er sich dabei zu oft verletzt hat, verbringt er seine Zeit nun mit der Erschaffung von Fantasy-Welten.

Informationen über diese Serie und andere Bücher von Tao Wong (sowie besondere Kurzgeschichten) finden Sie auf der Website des Autors: http://www.mylifemytao.com

Oder melden Sie sich bei seiner Mailingliste an:
https://www.mylifemytao.com/german/

Interessante Informationen über LitRPG-Serien finden Sie in diesen Facebook-Gruppen:
- Deutschsprachige LitRPG
  https://www.facebook.com/groups/deutsche.litrpg/
- LitRPG Society
  https://www.facebook.com/groups/LitRPGsociety/
- LitRPG Books
  https://www.facebook.com/groups/LitRPG.books/

Über den Verlag

Tao Wong ist der alleinige Eigentümer und Betreiber von Starlit Publishing. Dieser Verlag für Science Fiction und Fantasy konzentriert sich auf die Genres LitRPG & „Cultivation". Er will neue, vielversprechende Autoren in diesen Genres fördern, deren Texte die existierenden Stereotypen herausfordern, dabei aber dennoch ein fantastisches Lesevergnügen bieten.

Weitere Informationen über Starlit Publishing finden Sie auf unserer Website! https://www.starlitpublishing.com/

Sie können sich auch bei der Mailingliste von Starlit Publishing anmelden, um über neue, aufregende Autoren und Bücher informiert zu werden. https://starlitpublishing.com/newsletter-signup/

Die System-Apokalypse: Australien

Die Stadt am Ende der Welt (Buch 1)

Was ist schlimmer als die australische Wildnis?
Die mutierte australische Wildnis.

Die System-Apokalypse kommt nach Australien, wo sie die ansässigen Organismen verwandelt und dem ohnehin schon gefährlichsten Kontinenten der Welt immer noch gefährlichere Kreaturen bringt. Kira Kent, ihres Zeichens Pflanzenbiologin, überrascht das System, als sie gerade mit ihren beiden Kindern im Schlepptau eine Nachtschicht auf der Arbeit einlegt.

Statt der üblichen elterlichen Sorgen, wie etwa Erziehungsarbeit und Rechnung, muss sie sich überlegen, wie sie in einer Welt überleben sollen, deren ohnehin schon tödliche Flora und Fauna ständig schlimmer wird – während sie sich nebenbei mit den nervtötenden blauen

Benachrichtigungsfeldern des Systems und seinen Levels herumschlagen muss und irgendwie versucht, eine Gemeinschaft von überlebenden zusammenzurotten und eine sichere Zone zu schaffen, wo sie ihre Tochter und ihren Sohn schützen kann.

Da sehnt sie sich ja fast wieder in die Budgetsitzungen im Forschungsbeirat zurück. Fast.

Die Stadt am Ende der Welt ist das erste Buch einer neuen Serie, Die System-Apokalypse: Australien. Sie spielt im selben Universum wie Tao Wongs Die System-Apokalypse und setzt zum selben Zeitpunkt an wie Das Leben im Norden, konzentriert sich dabei aber auf die Veränderungen auf dem tödlichsten aller Kontinente, Australien. Fans der ursprünglichen Reihe sowie von LitRPG, Fantasy, Science-Fiction und postapokalyptischen Romanen könnten hier fündig werden.

Lest mehr über Die Stadt am Ende der Welt
https://readerlinks.com/l/2353708

Die System-Apokalypse – Gnadenlos

Eine Faust voller Credits (Buch 1)

Kautionseintreiber. Veteran. Überlebenskünstler.

Dennoch wird es für Hal Mason kein Kinderspiel sein, die System-Apokalypse zu überleben.

Während er einen Kautionsflüchtling dingfest macht, unterbrechen ihn durchsichtige, blaue Fenster. Sie kündigen es an: Das System – eine Welle strukturierter mystischer Energie, die Galaxien umspannt, alle Elektronik zerstört und der Menschheit Fähigkeiten aus Videospielen verleiht.

Während in Pittsburgh die Gesellschaft zusammenbricht und die mutierte Tierwelt durch die Stadt wütet, sind die Überlebenden bereit, jede Opfergabe darzubieten, um sich den nächsten Level zu verdienen. Im Angesicht der fallenden Toten und der zerbrechenden Zivilisation fragt sich Hal, welchen

Preis seine Menschlichkeit hat. Sind die Credits das Blut wert, welches seine Hände immer mehr befleckt?

Oder macht er weiter – gnadenlos?

Eine Faust voller Credits ist das erste Buch in einer neuen Serie im *System-Apokalypse-Universum*. Geschrieben von Craig Hamilton als Debüt in Tao Wongs postapokalyptischem LitRPG Bestseller-Universum, ist *System-Apokalypse – Gnadenlos* ein weiterer Einblick in die Menschheit und ihre Entscheidungen, wenn es hart auf hart kommt und Monster aus den Schatten kriechen.

Lest mehr über Eine Faust voller Credits

https://readerlinks.com/l/2354341

Glossar

Fertigkeitenbaum Erethra-Ehrengarde

Johns Fertigkeiten

Zwei sind Eins (Level 1)
Wirkung: 10 % des Gesamtschadens vom Ziel auf sich selbst übertragen
Preis: 5 Mana pro Sekunde

Entschlossenheit des Körpers (Level 1)
Wirkung: Steigert die natürliche Gesundheitsregeneration um 10 %. Laufende Gesundheitsstatuseffekte um 20 % reduziert. Manaregeneration permanent um 5 Mana pro Minute reduziert.

Größere Entdeckung (Level 1)
Wirkung: Benutzer kann System-Kreaturen jetzt aus bis zu einem Kilometer Entfernung entdecken. Allgemeine Informationen bezüglich ihrer Stärke werden nach der Entdeckung geliefert. Verstohlenheit, Klassen-Fertigkeiten und die Manadichte in der Umgebung beeinflussen die Wirkung dieser Fertigkeit. Manaregeneration permanent um 5 Mana pro Minute reduziert.

Raserei (Level 1)

Aufgrund wiederholter Aktionen hast du eine Klassen-Fertigkeit außerhalb deiner Klasse erlernt.

Wirkung: Durch Aktivierung wird der Schmerz um 80 % reduziert, der Schaden um 30 % gesteigert und die Ausdauer-Regenerationsrate um 20 % erhöht. Die Mana-Regeneration sinkt um 10 %

Die Raserei endet erst, wenn alle Feinde getötet wurden. Während einer aktivierten Raserei ist die Flucht für den Benutzer unmöglich.

Mana-Erfüllung (Level 1)

Die seelengebundene Waffe ist nun dauerhaft mit Mana erfüllt und bewirkt bei jedem Schlag Zusatzschaden: +10 Grundschaden (Mana). Ignoriert Rüstung und Widerstände. Manaregeneration permanent um 5 Mana pro Minute reduziert.

Klingenhieb (Level 1)

Indem sie zusätzliches Mana und Ausdauer in einen Schlag strömen lässt, ist die seelengebundene Waffe des Erethra-Ehrengardisten in der Lage, bis zu 3 Meter weit entfernte Ziele zu treffen.

Preis: 40 Ausdauer + 40 Mana

Tausend Schritte (Level 1)

Solange diese Fähigkeit aktiviert ist, erhöht sich das Bewegungstempo des Ehrengardisten und seiner Verbündeten um 5 %. Diese Fähigkeit kann mit anderen Bewegungs-Skills kombiniert werden.

Preis: 20 Ausdauer + 20 Mana pro Minute

Veränderter Raum (Level 1)

Der Ehrengardist erhält nun Zugang zu einem außerdimensionalen Speicherort mit einer Größe von zehn Kubikfuß. Dort gelagerte Objekte müssen berührt werden, um sie sich herbeizuwünschen. Diese Veränderung darf keine Lebewesen oder Objekte betreffen, auf die momentan nicht zum Ehrengardisten gehörende Auren einwirken. Manaregeneration permanent um 5 Mana pro Minute reduziert.

Zaubersprüche

Verbesserter schwacher Heilzauber (I)

Wirkung: Verleiht 25 Gesundheit pro Einsatz. Ziel muss während der Heilung in Kontakt bleiben. Abklingzeit von 60 Sekunden.
Preis: 15 Mana

Verbesserter Blitzschlag

Wirkung: Ruft die Macht der Götter herbei, den Blitzschlag. Der Blitz kann je nach Nähe, Ladung und anderen vorhandenen leitenden Materialien weitere Ziele treffen. Wirkt 100 Punkte elektrischen Schaden.
Der Blitzschlag kann kontinuierlich kanalisiert werden, um den Schaden um 10 weitere Schadenspunkte pro Sekunde zu steigern.
Preis: 75 Mana.
Preis für die kontinuierliche Wirkung: 5 Mana pro Sekunde
Der Blitzschlag kann durch die Elementar-Affinität der elektromagnetischen Kraft verstärkt werden. Pro Affinitäts-Level wird der Schaden um 20 % erhöht.

Verbesserter Manapfeil (I)

Wirkung: Erzeugt einen Pfeil aus reinem Mana, der auf ein Ziel gerichtet werden kann und dieses beschädigt. Wirkt 15 Schaden. Abklingzeit 10 Sekunden.

Preis: 25 Mana

Ausrüstung

Silversmith Mark II Strahlenpistole (upgradefähig)

Grundschaden: 18

Akkukapazität: 24/24

Nachladerate: 2 pro Stunde pro GME

Preis: 1.400 Credits

Omnitron III Persönliches Kampffahrzeug der Klasse II (Sabre)

Kern: Omnitron Mana-Maschine der Klasse II

CPU: Klasse D Xylik Core CPU

Panzerstärke: Stufe IV

Befestigungspunkte: 4 (1 wird für die Integration des Quanten-Status-Manipulators benutzt)

Software-Anschlüsse: 3 (1 wird für Neuralverbindung benutzt)

Erfordert: Neuralverbindung für erweiterte Konfiguration

Akkukapazität: 120/120

Attribut-Boni: +20 Stärke, +7 Beweglichkeit, +10 Wahrnehmung

Neuralverbindung Stufe IV

Die Neuralverbindung unterstützt bis zu 5 Anschlüsse.

Momentane Anschlüsse: Omnitron III Persönliches Kampffahrzeug der Klasse II

Installierte Software: Rich'lki Firewall Klasse IV, Omnitron III Klasse IV Controller

Ferlix-Doppelstrahlengewehr Typ II (modifiziert)

Grundschaden: 57

Akkukapazität: 17/17

Nachladerate: 1 pro Stunde pro GME (momentan 12)

Schwert Stufe II (Seelengebundene persönliche Waffe eines Erethra-Ehrengardisten)

Grundschaden: 63

Haltbarkeit: N/Z (persönliche Waffe)

Sonderfähigkeiten: +10 Manaschaden, Klingenhieb

www.ingramcontent.com/pod-product-compliance
Lightning Source LLC
LaVergne TN
LVHW040037080526
838202LV00045B/3373